Ꭰarius

Dunkle Haare und dazu passende Augen.

Perfekte Proportionen.

Keine Vorfälle aufgezeichnet. Keine Anzeichen von Ungehorsamkeit. Perfekt unterwürfig.

Mehrsprachig. Gebildet in den aktuellen politischen Angelegenheiten. Hohe mathematische Fähigkeiten.

Ich verarbeitete alle Informationen, während ich mir das vor mir liegende Profil einprägte. Nach zwei Jahren der Suche hatte ich endlich die perfekte Kandidatin gefunden, und das gerade noch rechtzeitig.

Gegenstand siebzehn, ein zweiundzwanzigjähriges, weißes Mädchen mit bemerkenswerten Eigenschaften.

Aber der Mangel von rebellischen Instinkten machte mir Sorgen. Konnte ich sie zu dem formen, was ich brauchte?

Jede Blutjungfrau, die ich wählen würde, würde die gleiche intensive Umschulung erfordern. Einen zu schwachen Geist könnte ich brechen und meine finanzielle Investition zunichte machen. Aber ich musste es versuchen.

Das Foto der Brünetten schimmerte unter der Deckenbeleuchtung. Alles war entblößt, inklusive ihrer weichen Brüste, der dünnen Taille und der femininen

Hüfte. Absolut umwerfend. Sie würde ein kleines Vermögen kosten.

Ich fuhr mit dem Daumen über meine Unterlippe. In ihren fast ebenholzfarbenen Augen brannte ein Feuer, das bei den anderen fehlte. Das würde ich zu meinem Vorteil nutzen. Sie bearbeiten und zu dem perfekten Gift formen.

Die Blutallianz würde nichts ahnen.

Einhundert Jahre der Verschwörung, die in den Händen dieser wunderschönen Frau enden würden. Sie würde die mächtigste Waffe sein, die jemals geschmiedet wurde, und sie würde mir gehören. Vollständig.

Ja.

Sie war die Richtige.

Hoffentlich würde sie unter meinem Befehl nicht zerbrechen. Wenn sie das tat, würde ich sie reparieren. Und wieder von vorne anfangen. Bis zum Endspiel.

Welches wir gewinnen würden.

Um jeden Preis.

Auch wenn das bedeutete, zusätzlich zu meinem auch ihr Leben opfern zu müssen.

Scheiß auf die Blutallianz.

Keuscher Biss

Die Blutallianz — Buch 1

Übersetzt von
Anne Masur

USA Today Bestsellerautorin
Lexi C. Foss

Titelbild entworfen von: Covers by Julie
Herausgegeben von: Ninja Newt Publishing, LLC

eBook:
ISBN: 978-1-950694-77-8

Taschenbuch:
ISBN: 978-1-950694-78-5

Besuchen Sie Lexi im Netz!
www.lexicfoss.com
www.facebook.com/LexiCFoss
twitter.com/LexiCFoss
www.instagram.com/LexiCFoss
E-Mail: lexicfoss@gmail.com

Für Julie, die mich dazu inspiriert hat, diese Welt zu erschaffen...

Sei gewarnt: Darius' und Juliets Romanze ist
unkonventionell und hat ihre Anfänge in einer sehr
dunklen Welt. Menschen haben keine Rechte und meine
Lykaner und Vampire gehören nicht zu der Art, die man
in Märchen findet.

Es wird Beißereien geben.

Bis dann,
Lexi

KEUSCHER BISS

DIE BLUTALLIANZ — BUCH 1

Es gab eine Zeit, in der die Menschheit über die Welt herrschte,
während Vampire und Lykaner im Verborgenen lebten.
Das ist nicht länger der Fall.

Juliet

Es ist mein Schicksal zu gehorchen, meinen Körper und
mein Blut einem Vampir zu geben, bis er nicht länger
Verwendung für mich hat.

Es gibt kein Entkommen.
Keinen Ort, an den ich fliehen könnte.
Befolge die Regeln oder stirb.
Ich möchte nicht sterben.

Darius

Zweiundzwanzig Jahre der Konditionierung haben das
perfekte Gift kreiert – eine Waffe, die meine Feinde nicht
kommen sehen werden. Ich werde sie brechen, sie
trainieren und mit ihrer Hilfe alle vernichten, die sich mir
in den Weg stellen.

Sie ist verführerisch.
Sie ist perfekt.
Und sie gehört mir.

Willkommen in der Zukunft, wo die stärkere Blutlinie die
Regeln macht.
Weiterlesen auf eigene Gefahr.

Es gab eine Zeit,
in der die Menschheit über die Welt
herrschte, während Lykaner und
Vampire im Verborgenen lebten.

Das ist nicht länger der Fall.

Willkommen in der Zukunft, wo die
stärkere Blutlinie die Regeln macht.

WEITERLESEN AUF EIGENE GEFAHR.

DIE BLUTALLIANZ

Internationale Gesetze verdrängen die nationalen Regierungen und werden von der Blutallianz verfochten – einem globalen Rat, der zu gleichen Teilen aus Lykanern und Vampiren besteht.

Alle Ressourcen müssen gleichmäßig zwischen Lykanern und Vampiren aufgeteilt werden, dies beinhaltet auch Land und Blutsklaven. Das gesellschaftliche Ansehen und der Wohlstand liegen allerdings im Ermessen der einzelnen Rudel und Häuser.

Wer ein höher gestelltes Wesen tötet, verletzt oder provoziert, wird mit dem sofortigen Tod bestraft. Alle Streitigkeiten müssen für ein endgültiges Urteil der Blutallianz vorgestellt werden.

Sexuelle Beziehungen zwischen Lykanern und Vampiren sind strengstens untersagt. Geschäftliche Partnerschaften sind jedoch, sofern sie ertragreich und angemessen sind, zulässig.

Menschen werden hiermit als Eigentum eingestuft und haben keine gesetzlichen Rechte. Jeder Mensch wird durch ein Sortiersystem gekennzeichnet und nach Leistung, Intelligenz, Blutlinie, Fähigkeiten und Aussehen bewertet. Die Beurteilung beginnt bei der Geburt und wird am Bluttag abgeschlossen.

Pro Jahr werden zwölf Sterbliche nach Ermessen der Blutallianz ausgewählt, um im Wettkampf um den Status des unsterblichen Blutes gegeneinander anzutreten. Von diesen Zwölf werden zwei gebissen und so Unsterblichkeit erlangen. Die anderen werden sterben. Lykaner oder Vampire außerhalb von diesem Prozess zu kreieren ist nicht rechtens und wird mit dem sofortigen Tod bestraft.

Alle anderen Gesetze unterliegen den Rudeln und der königlichen Familie, dürfen aber nicht mit denen der Blutallianz kollidieren.

TEIL I

DARIUS

„GEGENSTAND SIEBZEHN IST EIN ZWEIUNDZWANZIGJÄHRIGES, weißes Mädchen mit mahagonifarbenem Haar und schokoladenbraunen Augen. Der Mensch ist 1,73 m groß, fünfundsechzig Kilo schwer und spricht Englisch, Spanisch, Japanisch und Deutsch. Ihre anderen intellektuellen Fähigkeiten sind auf Seite neun Ihres Handbuches ausführlich beschrieben."

Ich studierte die Brünette, die auf dem Podium stand, und rief mir die Eigenschaften in Erinnerung, die ich vor einer Stunde auswendig gelernt hatte. Ihr Profil entsprach meinem Geschmack und Zweck – intelligent, mehrsprachig, wunderschön und unschuldig. Genau das, was ich brauchte.

Die gierigen Blicke im Raum bestätigten, dass das eine teure Unternehmung werden würde, aber eine Herausforderung machte mir Spaß.

„Sollen wir mit einer Million anfangen?" Der korpulente Ansager schien mit diesem Betrag recht zufrieden zu sein.

Ich verdoppelte ihn mit einer Bewegung meines Schildes.

Ihr süßes Blut sang zu meinen niederen Sinnen und genau das war der Punkt. Sie stammte von einer seltenen

Menschenrasse ab, die für meine Art wie Ambrosia war, und ihre Jungfräulichkeit verstärkte ihre Anziehungskraft noch zusätzlich. Der Verlust ihrer Unschuld würde den Geschmack ein wenig verändern, aber nicht viel. Daher ihr Wert. Ich könnte sie für Tage, Monate, Jahre oder für immer behalten, wenn ich wollte.

Ein schönes Haustier, das ich besitzen und mit dem ich tun konnte, was ich wollte. Und das würde ich auch tun, nur nicht so, wie es alle erwarteten.

Ich lächelte, als ich mein Schild erneut hob und das Gebot meines Nachbarn verdreifachte.

Am Ende der Nacht würde diese Frau mir gehören. Zum Ficken. Zum Essen. Zum Töten. Was auch immer ich wollte.

Armes Ding. Sie tat mir fast schon leid. Aber sie schien stark zu sein, wie sie dort nackt auf dem Podium stand, sodass wir all ihre Merkmale begutachten konnten. Ich bezweifelte, dass sie viel mehr sehen konnte, als unsere Beine, so wie das Scheinwerferlicht ihre hinreißenden Kurven und ihr Gesicht beleuchtete.

So hübsch.

Und sie gehörte so gut wie mir.

1

JULIET

Schlanke, schwarze Schuhe.

Das ist alles, was ich über meine Zukunft wusste.

Kein Name, kein Gesicht, nur ein Vampir, der in der Kammer das höchste Gebot für meinen Körper und mein Blut abgegeben hatte.

„Erinnere dich an deine Bestimmung", murmelte meine Oberin, als sie mir ein leichtes weißes Kleid über den Kopf zog. Damit fühlte ich mich noch entblößter, als ich es vor wenigen Augenblicken auf dem Altar getan hatte.

„Jawohl, Madam." Die Worte brannten in meinem trockenen Hals. Nackt in einem Raum vor den wohlhabendsten Monstern dieser Gesellschaft zu stehen, war nichts im Vergleich zu dem, was als nächstes kommen würde.

Zweiundzwanzig Jahre Training hatten mir beigebracht, was ich zu erwarten und wie ich mich zu verhalten hatte.

Verbeugen.

Augenkontakt vermeiden.

Gehorsam sein.

Drei Verhaltensregeln, die alle Blutjungfrauen befolgten. Wenn ich Glück hatte, ließ er mich danach vielleicht am Leben.

Meine Oberin drapierte einen tiefroten Umhang über meinen Schultern und band ihn am Hals zusammen, sodass er mein durchsichtiges Kleid verbarg. Ein fälschliches Gefühl von Anstand, das dazu diente, meine Unschuld für meinen neuen Herren zu erhalten.

„Du bist fertig, mein Kind", sagte meine Oberin, als sie mir die Kapuze auf meinem braunen Haar befestigte. Umhang und Kleid waren die einzigen Gegenstände, die ich außerhalb dieser Mauern behalten durfte. Ich durfte nicht einmal ein Paar Schuhe mitnehmen.

„Danke, Madam." Eine automatische Antwort, die durch jahrelange, strenge Disziplin hervorgerufen wurde. Wenn ich mich so verhielt, wie es von mir erwartet wurde, könnte ich eines Tages auch Oberin werden und zukünftige Blutjungfrauen in den angemessenen Verhaltensweisen unterrichten. Zuerst musste ich jedoch meine eigene Einführung überstehen und überleben.

Meine Handflächen wurden heiß, als die Türen der Zeremonienkammer auf schwangen. Zwei Vampire warteten in dem komplett weißen Flur. Sie waren keine Eskorten, sondern Wachen, die meine Kooperation sicherstellen sollten.

Davonlaufen war niemals eine Option.

Kämpfen genauso wenig.

Überleben bedeutete, den Anweisungen zu folgen.

Ich schluckte den Drang zu schreien herunter. Das endete nie gut. Das hier würde passieren, ob ich einwilligte oder nicht.

„Lass ihn nicht warten", flüsterte meine Oberin mit ihrer warnenden Stimme.

Ein Teil des Rituals war es, freiwillig diesen Korridor entlang zu schreiten. So würde es zumindest aussehen. War es wirklich freiwillig, wenn ich keine Wahl hatte?

„Hab einen schönen Tag", brachte ich hervor. Meine Version eines Abschieds von der einzigen Frau in meinem Leben, die ich jemals als Familie angesehen habe. Nicht, dass ich mich getraut hätte, ihr das zu sagen. Wer seine Emotionen nach außen hin offen zeigte, war schwach und ich konnte es mir nicht leisten, dass mich jemand für mitleiderregend hält. Nicht, wenn ich leben wollte.

„Den wünsche ich dir auch", antwortete sie.

Ich neigte meinen Kopf respektvoll, bevor ich den Weg in meine Zukunft begann – zu dem männlichen Vampir, den ich Sire nennen würde.

Meine Beine fühlten sich mit jedem Schritt schwerer an. Ich hatte mich nie außerhalb dieser Anlage bewegt. Was lag hinter dieser Haustür, außer einer sternenlosen Nacht?

Die Wachen folgten mir auf beiden Seiten, darauf bedacht, mich nicht zu berühren. Ich gehörte jetzt jemand anderem. Sie durften mich nur anfassen, wenn ich mich entschied zu kämpfen, aber ich wusste es besser.

Meine nackten Füße erzeugten auf dem makellosen Marmor keine Geräusche, während der Umhang sanft um meine Beine raschelte. Ich konnte fühlen, wie die Wachen mich anschauten. Sie hatten mich alle nackt auf diesem Altar gesehen – wie ein Tier, das versteigert wurde. Genau so nahm die Gesellschaft mich wahr.

Ein Tier ohne Rechte.

Ich hielt vor dem Haupteingang des Gebäudes inne und betrachtete mein Schicksal – eine Türklinke. Sobald ich sie runter drückte, gäbe es kein Zurück mehr. Nicht ohne die Erlaubnis meines Sires.

Aber ich habe keine Wahl.

Ich hatte nie eine.

Meine einzigartige Blutlinie hat mich schon bei meiner Geburt hierher gebracht.

Die Wachen an meiner Seite regten sich, ein Zeichen dafür, dass mein Zögern nicht unbemerkt geblieben war. Noch länger und ich würde es riskieren, ungehorsam zu sein. Das wollte ich nicht sein.

Mein Herz schlug unregelmäßig, als ich die Tür öffnete, um die späte Stunde der Nacht zu enthüllen. Eine Limousine wartete unheilverkündend in der Einfahrt. Keine äußere Beleuchtung. Vampire bevorzugten die Dunkelheit. Nur der Flur hinter mir erleuchtete die Nacht.

Ich trat auf die Veranda und zuckte zusammen, als meine Füße die kalte Oberfläche berührten. Die Kälte wurde mit jedem Schritt stärker und wurde zu Schmerz, als ich den Weg aus Kopfsteinpflaster betrat, der zu meinem Schicksal führte.

Die Wachen begleiteten mich mit wachsamen Blicken.

Dann sprang die Hintertür der Limo auf.

Ich fiel sofort zu Boden, um mich zu verbeugen, meine Knie berührten den unebenen Boden, genauso wie meine Stirn und meine Handflächen. Vampire mit Status verlangten vollständige und vollkommene Unterwerfung, vor allem ein Master. Ihn in irgendeiner anderen Weise zu grüßen, hätte in einer Bestrafung geendet und ich bevorzugte es, das in der ersten Nacht in seinen Händen zu vermeiden.

Teure Schuhe erschienen in meinem Blickfeld und eine tiefe Stimme sagte: „Ich werde von hier an übernehmen."

„Natürlich", antwortete die Wache zu meiner Rechten.

Sie verschwanden auf leisen Sohlen und überließen mich der Gnade meines neuen Besitzers.

Würde er mich hier nehmen? Auf dem Rasen? Wo es alle sehen konnten?

Ich zitterte bei dieser sehr realen Vorstellung.

Er besitzt mich.

Ich blieb gehorsam und wartete auf das Unvermeidbare. Meine Oberin hatte mich auf diesen Moment vorbereitet. Sie hatte mir all die angemessenen Antworten und Plattitüden beigebracht, um meinem neuen Herren zu gefallen. Aber nichts konnte mich auf die Realität vorbereiten.

Was, wenn ich mich versprach?

Was, wenn ich den Schmerz nicht aushalten könnte?

„Steh auf", befahl er.

Galle stieg in mir auf, als ich mich zwang zu gehorchen. Mein Blick blieb auf seinen Schuhen, als ich anmutig mit gefalteten Händen vor ihm stand.

Stille.

Ein Test meiner Gehorsamkeit? Vampire liebten gute Gründe, um jemanden zu disziplinieren, vor allem die Unschuldigen.

Zu seinem Pech beherrschte ich dieses Spiel ausgezeichnet. Und ich weigerte mich zu zerbrechen.

Er umkreiste mich, seine Schritte waren selbst an einem ruhigen Abend geräuschlos.

Ich konzentrierte mich darauf, gleichmäßig zu atmen, als er vor mir stehen blieb. Ich nahm Pfefferminz wahr, ebenso wie einen Hauch von etwas ausgesprochen Männlichem. In der Undurchdringlichkeit der Nacht konnte ich kaum seinen schwarzen Anzug ausmachen, aber er roch nach Eleganz und Prestige. Alle Vampire taten das.

Er riss mir die Kapuze so schnell vom Kopf, dass ich ins Wanken geriet, genau wie mein Puls. Ich hielt die Luft an, als er mit der Spitze seines Fingers über meine Wange strich.

Ein Mann berührt mich.

Verboten.

Bis jetzt.

Ich war darauf vorbereitet, aber die Wärme seiner Berührung war anders als alles, was ich erwartet hatte. Kalte, harsche Bewegungen, darauf hatte meine Oberin mich vorbereitet. Nicht auf diese sanfte Erforschung meines Gesichts. Er hielt an meinem Kinn inne, neigte meinen Kopf erst nach oben, dann zu beiden Seiten und inspizierte meinen Hals.

„Wurdest du in irgendeiner Weise verletzt?", fragte er, seine Stimme war jetzt etwas weicher als zuvor.

Seine Wortwahl verwirrte mich, bis ich ihre Bedeutung übersetzt hatte. Ich schluckte zwei Mal, bevor ich antwortete: „Vor Euch hat mich niemand berührt, Sire."

In meiner Unterkunft waren nur Oberinnen erlaubt. Die Vampirwächter konnten mich zwar anschauen, aber sich mir nicht hingeben, wobei ihre Versuchung sowieso vereitelt wurde. Oberinnen befriedigten die Wachen als eine Art des Trainings für die Blutjungfrauen. Einige dieser Vorfälle würden mich noch jahrelang in meinen Albträumen verfolgen. Vorausgesetzt, ich überlebte so lange.

„Ich sagte verletzt, nicht berührt", antwortete er, als er mein Kinn los ließ. „Steig in die Limo."

„Ja, Sire." Ich machte einen Knicks, bevor ich seinem Befehl folgte.

Ich ließ meine Kapuze unten, da er sie mir nicht wieder aufgesetzt hatte und rutschte über die Bank, damit er einsteigen konnte. Er setzte sich neben mich und schloss die Tür mit einer bedrückenden Endgültigkeit.

Allein.

Mit einem hungrigen Vampir.

Mein Magen drehte sich und plötzlich wurde mir bewusst, warum meine Oberin mir das heutige

Abendessen verweigert hatte. Sie wollte nicht, dass ich alles über meinen neuen Herren erbrach.

Als die Limo losfuhr, legte ich meine Hände in meinen Schoß und versuchte meine Fingernägel nicht in meine Handflächen zu graben. Immerhin hatte er mich nicht auf dem Bürgersteig genommen. Das musste ein gutes Zeichen sein. Aber jetzt waren wir isoliert und umhüllt von Finsternis.

So fühlte es sich bedrohlicher an.

Seine Bewegungen halfen nicht. Kam er näher oder entfernte er sich? Die Bewegung von Stoff deutete an, dass er sich auszog.

Sollte ich ebenfalls meinen Umhang ablegen? Nein. Er würde das für mich tun.

Oh, Göttin. Wir würden es jetzt tun. Ich zog das weiche Leder dem Beton draußen vor, aber –

„Wie lautet dein Name?", fragte er und riss mich aus meinen Gedanken.

Ich schluckte den Kloß in meinem Hals herunter und zwang mich zu einer Antwort. „Wie immer Ihr es wünscht, Sire." Konnte er das Krächzen in meiner Stimme hören? Die Nerven, die meiner sonst so unerschütterlichen Kontrolle entglitten?

„*Emotionen werden dich töten*", hatte meine Oberin mir mehr als ein Mal gesagt.

Reiß dich zusammen.

„Danach habe ich nicht gefragt", entgegnete er mit schnittiger Stimme. „Wie lautet der Name, der dir bei der Geburt gegeben wurde?"

Ich blinzelte. Das folgte nicht dem ordentlichen Protokoll. Herren wählen die Identität einer Blutjungfrau. Wer oder was ich vor der Begegnung mit ihm war, war nicht länger von Bedeutung. Nur mein Training war noch wichtig. Aber sein Ton ließ keinen

Raum für Ungehorsam. Ich würde mich fügen, weil ich es musste.

„Juliet."

Von seiner Seite des Autos raschelte es weiter, gefolgt von einem seidigen Geräusch. Zog er seine Krawatte aus? Einige der Wachen haben das gemacht, wenn sie mit der Schmerztoleranz der Oberinnen spielen wollten. Sie verbanden ihnen die Hände oder benutzten den Stoff, um ihnen die Augen zu verbinden. Ein Schauer lief mir über den Rücken. *Was plant er, mir anzutun?*

„Juliet." Es klang, als würde er meinen Namen probieren und entschied, dass er ihm gefiel. „Ich bin Darius."

Ich erstarrte. Das brach definitiv das Protokoll. Eine Blutjungfrau sprach ihren Herren immer mit Sire an. Nie mit seinem Namen. Meine Oberin hatte mich auf so ein verworrenes Gespräch nicht vorbereitet. Was für ein Spiel wurde hier gespielt?

Keine Antwort fühlte sich richtig an, deshalb blieb ich still. Seine Sticheleien würden mich nicht dazu bringen, meinen Anstand zu verlieren.

Um uns herum blitze Licht auf und blendete meine Augen. Sie schlossen sich reflexartig, während ich versuchte meine Fassung wiederzuerlangen, aber er hatte zweifellos meine erschrockene Reaktion gesehen. Sein Vampirblick würde sich nicht von der plötzlichen Helligkeit in der Limousine blenden lassen.

Irgendetwas knallte, aber ich konnte nicht sehen, was.

Mein Herz sang in meinen Ohren, als ich versuchte, die Kontrolle über meine wandernden Emotionen zurückzugewinnen. Ich fühlte mich gleichzeitig krank, benommen und hilflos.

Tränen rollten über meine Wangen, ausgelöst durch die plötzliche Helligkeit und die Panik, die sich in meiner

Brust anstaute. Ich hatte mich hierauf vorbereitet. Ich wusste, was mich erwartete. Das hätte nicht passieren dürfen.

Hör auf, Reaktionen zu zeigen.

Fokussiere dich.

Atme.

Meine Lungen verweigerten ihre Dienste und meine Hände formten sich zu Fäusten. Alle möglichen Arten der Bestrafung kamen mir in den Sinn. Nicht einmal zehn Minuten und er hatte es geschafft, meine Barrieren zu durchbrechen, und mich dazu gebracht, einen Fehler zu machen.

Weil er das Licht angemacht hatte. Von all den Dingen, die mich hätten brechen können...

„Hier. Das wird helfen", murmelte er und stupste meine Hand mit etwas Kaltem und Hartem an. „Trink."

Ich umfasste den dünnen Stil mit meinen zittrigen Fingern und führte das Glas an meine Lippen. Etwas Scharfes und Fruchtiges berührte meine Zunge und ließ meine Augenlider aufspringen. Die Flüssigkeit spritzte aus meinem Mund, als ich nach Luft schnappte.

„Also, das war graziös", bemerkte er, als er sich bückte, um etwas aus dem Schrank bei seinen Füßen zu holen.

Er hatte sein Jackett und seine Krawatte abgelegt, sein schwarzes Hemd war am Hals aufgeknöpft und offenbarte seine Olivenhaut.

Meine Augen bewegten sich wie von selbst, um seine attraktiven Gesichtszüge in sich aufzunehmen.

Elegant geschnittenes, dunkles Haar.

Definierte Wangenknochen.

Kantiges Kinn.

Eindrucksvolle grüne Augen, umrahmt von dichten, dunklen Wimpern.

Oh nein.

LEXI C. FOSS

Ich senkte sofort meinen Blick. In einem Moment aus Schock und Verwirrung habe ich das Gesicht meines Herren studiert.

Kann noch mehr schief laufen? Ich kannte die Regeln, trotzdem hat es mich nur wenige Minuten gekostet, sie alle über den Haufen zu werfen.

„Vergebt mir, Sir", flüsterte ich. „Der Alkohol hat mich erschreckt." Es war ausdrücklich verboten. Blutjungfrauen trinken nicht. Nie. Das befleckt unsere Blutlinie.

Er nahm den Drink aus meiner zitternden Hand und wickelte ein Handtuch um meine Finger. „Mach dich sauber, Juliet."

Das Unterdrücken der Emotionen schnürte mir die Kehle zu. So eine schlechte Leistung fiel nicht nur auf mich zurück, sondern auch auf meine Oberin. Zusätzlich zu mir, würde er auch sie bestrafen.

Wie hatte ich es geschafft, die Sache so grandios zu vermasseln?

Ich benutzte das Tuch, um meine Hände und meinen Umhang zu reinigen, und wollte mich hinknien, um die Tropfen auf dem Boden aufzuwischen, aber seine Hand um meinem Handgelenk hielt mich zurück. Er hatte so lange nichts gesagt, dass ich mich fragte, ob er erst überlegen musste, wie er mir als erstes wehtun würde. Vampire waren berüchtigt für ihre Grausamkeit. Ich war Zeuge von so vielen Hinrichtungen, Auspeitschungen, öffentlichen Vergewaltigungen und Blutbädern geworden, dass ich mir nur zu gut vorstellen konnte, was seine Absichten mit mir waren.

Er ließ mein Handgelenk los und schaltete das Licht aus. Ich saß schweigend im Schatten der Limousine und wartete. Meine Glieder zitterten vor Verwirrung und Angst, zu stark, um es verbergen zu können. Nicht, dass es jetzt noch darauf ankam. Ich hatte meine Verurteilung

14

mehr als verdient. Ein paar Spritzer Emotionen oben drauf würden meine bevorstehende Bestrafung weder abmildern noch verschlimmern.

„Ich vergebe dir, Juliet", sagte er ruhig. „Wir werden noch eine Weile unterwegs sein. Ich empfehle dir, zu schlafen."

„Ihr wünscht, dass ich schlafe, Sire?" An den Aussetzern in meiner Stimme konnte ich nichts ändern. Er behauptete zwar, er würde mir vergeben, aber Vampire können ausgezeichnet lügen. Ich wusste es besser, als mich von diesen Worten beschwichtigen zu lassen.

„Ja. Ruh dich aus."

„W-wie Ihr wünscht, Sire." Wollte er mich auf eine grausame Weise wecken? Würde das meine Strafe für falsches Verhalten sein? Das erschien mir sehr gutmütig, aber das würde noch von der Art und Weise abhängig sein.

Ich schloss meine Augen mit der falschen Absicht, seinem Befehl Folge zu leisten, aber ich wusste, dass mein Herzschlag mich verriet. Er würde die Wahrheit kennen, aber ich musste es versuchen.

Alles, um ihn zu besänftigen.

Meinen Herren.

Es war meine Bestimmung, zu gehorchen. Meine Bestimmung, Bestrafungen zu akzeptieren. Meine Bestimmung, meinen Körper und mein Blut zu geben. Einzig und allein an ihn. Bis er nicht länger Verwendung für mich hatte.

Es gab kein Entkommen.

Keinen Ort, zu dem ich hätte fliehen können.

Folge den Regeln oder stirb.

Und ich wollte nicht sterben.

2

JULIET

„Miss." Ein grobes Schütteln, gefolgt von: „Bitte. Sie müssen aufwachen."

Ich blinzelte, verwirrt durch die unbekannte Stimme. Sie gehörte nicht zu meiner Oberin oder irgendeiner anderen Frau aus meiner Vergangenheit.

Ich setzte mich in dem fremden Bett aufrecht hin und sah mich um. Königliche Blau- und Goldtöne strahlten in dem überdimensionalen Zimmer, das von Kerzenschein erleuchtet wurde. „Wo bin ich?"

„In Master Darius' Haus", klärte mich eine stämmige Frau mit grauen Haaren auf. „Er erwähnte, dass Sie durch den langen Schlaf etwas benommen sein könnten, und auch als Nebenwirkung des Drucks."

Schweißperlen bedeckten meine Stirn und meine Hände. Das Letzte, woran ich mich erinnerte, war, dass ich vorgab zu schlafen, dann nichts mehr. Ich wusste nicht einmal wie lange wir gefahren waren oder wohin er mich gebracht hatte.

„Master Darius erwartet Sie zum Abendessen", sagte

die ältere Frau, als sie ein freizügiges, schwarzes Kleid über die Bettlaken legte. „Sie sollen das tragen."

Ich schaute sie an. „Seid ihr meine neue Oberin?" Ihr Alter offenbarte ihre Menschlichkeit, aber ich erkannte sie nicht als eine der Gesegneten.

„Ähm, nein, ich bin eine von Master Darius' Dienstmädchen. Es gibt mehrere von uns sowie andere Diener, die das Herrenhaus pflegen." Um ihre blauen Augen bildeten sich Fältchen. „Du kannst mich Ida nennen, Liebes. Darius hat mich angewiesen, dich Juliet zu nennen."

Ich runzelte die Stirn. „Hat er?"

„Ja, war das falsch?"

„Oh, natürlich nicht. Wenn er Juliet gewählt hat, dann soll ich so genannt werden." Wie seltsam, dass er meinen Geburtsnamen gewählt hatte. Vielleicht mochte er ihn?

Ida sah mich interessiert an. „Ich habe Gerüchte über deine Art gehört. Das wird ein Genuss für Master Darius sein."

Ich schauderte über Bedeutung ihrer Worte. Mein Körper würde seine Leckerei zum Abendessen sein. Ich nahm an, dass es besser war, als der Rasen vor dem Coventus oder in seiner Limousine.

„Ich sollte mich vorbereiten", sagte ich leise und glitt aus den seidenen Laken.

Jemand hatte mir den Umhang abgenommen und mich in dem durchsichtigen weißen Kleid zurückgelassen. Ich zog es mir über den Kopf und tauschte es gegen das schwarze Kleid ein. Es war nicht weniger freizügig als mein vorheriges Outfit, mit seinem durchsichtigen Mieder und dem Schlitz im Rock. Meine beiden Beine waren ab der Hüfte an entblößt und meine Brüste zeichneten sich deutlich unter dem durchsichtigen Material ab. Typische Kleidung für Blutjungfrauen. Obwohl Frauen in meiner

Position erst dunklere Farben trugen, nachdem sie ihre Jungfräulichkeit verloren hatten.

Es sei denn...

Hatte er mich genommen, während ich geschlafen habe?

Gänsehaut breitete sich bei dem Gedanken über meine Arme aus.

Vielleicht war das der eigentliche Zweck gewesen, mich außer Gefecht zu setzen.

Ich erspähte einen Spiegel in der Ecke, neben einer Tür, die zu einem gefliesten Boden führte. *Ein Badezimmer.* Eins, das nur für meinen Gebrauch bestimmt war? *Unwichtig.*

Ich bewegte mich wie auf hölzernen Beinen, ängstlich, wegen dem, was ich sehen könnte, aber mein Aussehen war normal, abgesehen von meinen vom Schlaf zerzausten Haaren. Keine sichtbaren Spuren an Hals, Armen oder Oberschenkeln. Und ich fühlte mich nirgendwo wund. Nach dem, was mir meine Oberin erzählt hatte, würde es wehtun, vielleicht sogar noch mehrere Tage danach. Wenn er mich genommen hätte, würde ich es wissen.

„Da drin gibt es eine Bürste und andere Utensilien", sagte Ida in Erinnerung an mein Aussehen. Sie stand neben mir, die Hände vor sich gefaltet, und wirkte neugierig. „Wünschst du Hilfe?"

Ich räusperte mich. „Nein, Madam, aber danke."

Sie lächelte. „Dann werde ich bei der Tür auf dich warten." Sie zeigte auf ein großes Holzpaneel am anderen Ende des Raumes verneigte ihren Kopf leicht, bevor sie mich vor dem Badezimmer allein ließ.

Ein menschliches Dienstmädchen. Wie faszinierend. Ich hatte angenommen, dass Vampire und Lykaner sie anstellten. Meine Blutlinie wurde zu sehr geschätzt und war zu selten, um von Menschlichkeit beeinflusst zu werden. Wir waren von Geburt an in Besitz und wurden von Vampirwächtern beschützt. Oder vielleicht war *inhaftiert* das bessere Wort. Nicht, dass ich das jemals laut ausgesprochen hätte.

Im Badezimmer fand ich eine Bürste und machte mich daran, meine braunen Haare in Ordnung zu bringen und sie zu voluminösen Wellen zu formen. Meine Oberin hatte behauptet, das wäre meine beste Eigenschaft, also würde ich sie entsprechend präsentieren. Danach putzte ich mir die Zähne und fügte ein paar andere weibliche Noten hinzu. Für die Auktion war ich bereits vorbereitet und rasiert worden, also dauerte es nicht lange, bis ich zu Ida zurückkehrte.

Sie lächelte freundlich mit Fältchen um ihren Augen. „Ich wünschte, wir könnten alle so selbstsicher sein." Mit diesen Worten übergab sie mir ein Paar High Heels mit 15 cm hohen Absätzen.

„Entschuldigung?", fragte ich verwirrt, als ich in die Stöckelschuhe glitt.

„Schon gut, Liebes. Master Darius wartet. Er hat zwei Gäste bei sich."

Mein Herz schlug schneller, als wir los gingen. „Gäste?"

„Ja. Master Trevor und Master Ivan."

Ich schluckte das Zittern in meinem Hals hinunter. „Sind sie zum Abendessen hier?" *Um mich zu genießen?*

„Ja", antwortete sie, als sie mich über eine sehr breite Treppe hinunter in ein großes Foyer führte.

Drei Vampire auf einmal? Bei dem Gedanken verpasste ich fast eine Stufe. Sicherlich hatte Darius nicht geplant, dass sie mich alle heute Nacht haben würden. Es sei denn, er hatte geplant, dass ich sterbe, in diesem Fall, hatte er sicherlich vor, dass das passiert.

„Hier entlang", sagte Ida, als wir die unterste Stufe

erreicht hatten. Meine Absätze klapperten auf dem Marmor und kündigten unsere Ankunft an. Es erinnerte mich an die Schläge der Trommeln vor einer Hinrichtung oder vielleicht war es auch mein Herz, das in diesem unheilvollen Rhythmus schlug.

Die meisten Blutjungfrauen kehren nicht zum Coventus zurück. Unser Blut war so stark und machte so süchtig, dass Vampire sich kaum zurückhalten konnten und uns leer tranken.

Davor hatte mich zumindest meine Oberin gewarnt.

Es gab nichts, was ich tun konnte, um ihn zu stoppen, wenn es das war, was er begehrte. Schreie würden den Moment nur versüßen. Ich war in etwa gleichzusetzen mit einem teuren Steak, das entweder verschlungen oder genossen wurde, was auch immer mein Herr bevorzugte.

Dieser Gedanke hat mich oft zu Tränen verleitet, aber ich habe vor langer Zeit gelernt, dass das Schicksal seinen Weg für mich nicht ändern wird. Wenigstens würde mein Ende schnell kommen.

Ida klopfte an eine dunkle Holztür.

„Herein", Darius' tiefe Stimme brachte meinen Magen zum flattern. Ich erinnerte mich an das Gesicht, seine Stimme und seine hellgrünen Augen. Ich hätte niemals hinsehen dürfen.

„Er möchte, dass du herein kommst, Liebes, nicht ich", murmelte Ida mit einem ermunternden Nicken.

Natürlich würde sie es bevorzugen, dass ich mich der Party anschloss und nicht sie. Klarer Selbsterhaltungstrieb. Dafür konnte ich sie nicht verurteilen.

„Ihr wart sehr nett zu mir", sagte ich zu ihr. „Danke."

Ihre Lippen kräuselten sich zu einem irritierten Grinsen. „Ein Genuss, in der Tat", sie schüttelte den Kopf. „Geh jetzt, bevor er nochmal fragt."

Ich nickte. „Ja, natürlich." Vampire mochten es nicht, zu warten.

Ich drückte die Tür auf, um hineinzuschauen und fand den Raum erhellt von noch mehr Kerzen vor. Ein langer Mahagoni-Tisch schmückte das Zentrum unter einem Kronleuchter, mit genug Stühlen darum, um einer ganzen Armee Platz bieten zu können. Vier Plätze waren mit teurem Besteck und Tellern eingedeckt und davor stand ein Aufgebot an Servierschalen, dessen Düfte in meiner Nase kitzelten.

Master Darius stand neben der Wand direkt hinter der Tür, begleitet von seinen beiden, mit Anzügen bekleideten Gästen.

„Sire", grüßte ich, wobei ich meinen Platz auf dem Boden vor seinen Füßen einnahm und meine Stirn den Marmorboden berührte.

Ihre Augen fühlten sich auf meiner nackten Haut an wie Brandeisen, die Male hinterließen, während sie meine unterwürfige Position bewunderten. Sie sagten nichts, dennoch *fühlte* ich jedes unausgesprochene Wort. Hunger und Erregung verdickten die Luft, mein Magen drehte sich, als ich darauf wartete, dass der Erste von ihnen zuschlug.

Dies ist meine Bestimmung, erinnerte ich mich selbst, als ich meine Atmung beruhigte.

Ein. Eins, zwei, drei.

Aus. Eins, zwei, drei.

Mich auf meine Atmung zu konzentrieren half nur wenig, meinen donnernden Herzschlag zu beruhigen. Ich konnte den scharfen Klang nicht vor ihren räuberischen Sinnen verbergen. Er diente als Leuchtfeuer, das mich für sie noch verlockender machte.

Ein Zittern lief mir über den Rücken.

Drei gegen einen. Ich hatte zu oft dabei zugesehen.

Würde ich in der Lage sein, mit ihren Penetrationen umzugehen? Würde ich schnell sterben?

Göttin, betete ich und beschwor die höchste Macht auf Erden hervor. *Bitte lass es schnell zu Ende gehen...*

Ihre Schuhe schlichen über den Boden, als sie mich umrundeten.

„Sie ist exquisit", murmelte einer von ihnen, „und die Versuchung lässt sich nicht leugnen."

„Ja", die vertraute männliche Stimme schrie nach meiner Ausbildung und forderte völlige Unterwerfung. Er besaß mich auf jede Art und Weise.

„Aber kann sie neu programmiert werden?", fragte eine dritte Stimme, ihr Tonfall klang ausgesprochen fremd.

„Die Zeit wird es zeigen", entgegnete Master Darius, als er sich vor mich hinkniete. „Wirst du das jedes Mal machen, wenn du mich siehst?" Seine Finger suchten mein Kinn und zwangen mich, seinen Blick zu treffen. „Weil ich davon jetzt schon genervt bin."

„Sire?", fragte ich, verwirrt, während ich versuchte, überall hinzuschauen, nur nicht in sein Gesicht. Den Blick eines Herren zu treffen war ausdrücklich verboten. Das stellte eine Herausforderung dar und ich wollte ihn auf keinen Fall angreifen.

Er kniff mich so fest ins Kinn, dass mir Tränen in die Augen stiegen. „Sieh mich an, Juliet." Ich schluckte und zwang mich, zu gehorchen. Diese scharfe, grüne Iris brannte sich in meine. So hypnotisch schön und dennoch tödlich. Und so alt.

„Du sollst dich nicht auf diese Art verbeugen, es sei denn, ich verlange es ausdrücklich von dir. Hast du das verstanden?"

Nicht wirklich... „Darf ich um eine Erklärung bitten, Sire?" Eine mutige Frage. Eine, die mir zusätzliche Strafen einhandeln könnte, aber ich brauchte mehr Details, um Folge leisten zu können.

„Du darfst", antwortete er und ich schwöre, er klang fast amüsiert.

„Wie wünscht Ihr, dass ich mich verbeuge?", fragte ich. „So habe ich es in meiner Ausbildung gelernt, aber wenn es euch missfällt, werde ich meine Technik anpassen."

„Gar kein Verbeugen", stellte er klar.

„Soll ich stattdessen einen Knicks machen?"

„Nein", er ließ mein Kinn los und stand auf. „Steh auf, Juliet."

„Ja Sire." Ich kam schnell auf meine Füße und richtete meinen Blick einmal mehr auf den Boden.

Stille.

Ich wusste nicht wirklich, was ich mit meinen Händen machen sollten, also ließ ich sie herab hängen, während die drei mein Kleid bewunderten.

„Sie ist wirklich reizend", murmelte einer der Männer.

„In der Tat", erwiderte mein Herr. „Sollen wir essen?"

Diese beiläufigen Worte sorgten dafür, dass mein Magen sich drehte. Keine Plattitüden oder Befehle mehr, nur ein *Essen*.

„Ich bin am Verhungern."

„Ich ebenfalls."

„Ausgezeichnet", sagte mein Herr, als er mir näher kam. Ich blieb ruhig, als er eine Hand auf meinen Rücken legte.

Das war's.

Meine letzten Momente.

Wenn ich mich fügte, würde es weniger wehtun.

Ich legte meine Haare über eine Schulter, entblößte meinen Hals und wartete.

Bitte lass es schnell gehen.

3

DARIUS

Verdammt, sie duftete unglaublich.

Mein Erzeuger – Cam – hatte mich einmal vor der Versuchung gewarnt, die eine Blutjungfrau mit sich brachte, aber ich hatte ihn nie ernst genommen. Nach mehreren Stunden neben Juliet in der Limo verstand ich ihn allerdings endlich.

Die Frau war unwiderstehlich.

Meine Zähne schmerzten mit dem Verlangen, sie zu schmecken, auch wenn es nur für eine Sekunde wäre. Trevor und Ivan würden es auch fühlen, aber der Anstand hielt sie davon ab, das jemals auszuprobieren.

Und Christus, die Verbeugung. Sich in eine so unterwürfige Position zu begeben, hat all meine dunklen Bedürfnisse geweckt und das war ganz offensichtlich auch der Zweck davon.

Das musste aufhören. Alles was sie tat, jedes Wort, das sie sagte, war Ausdruck von Unterwerfung, die sich in ihr in den Jahren der Indoktrination tief verwurzelt hatte. Das sollte mir nicht gefallen, aber verdammt, wenn ich jetzt nicht erregt wäre.

Ivans Vergnügen rollte wie Wellen von ihm herab. Natürlich genoss er das. Er stand gänzlich hinter der lächerlichen Idee unseres königlichen Freundes, dass ich mir als Statussymbol eine Blutjungfrau kaufen sollte. Oh, es würde funktionieren, vorausgesetzt, ich könnte der Versuchung widerstehen, sie zu früh zu nehmen.

Juliets Puls hämmerte gesund in ihrem freigelegten Hals und verspottete meine Instinkte. Ich könnte sie auffressen und sie würde nichts tun, um mich aufzuhalten – vielleicht würde sie mich sogar ermutigen.

Aber es wäre nicht echt.

Alle abgerichteten Antworten sollten dem Höchstbietenden gefallen. Nicht, dass ich ihr die Schuld geben würde. Sie war ein Opfer ihrer Blutlinie.

Ich legte meine Handfläche auf ihren Rücken, um sie ein bisschen näher heranzuziehen und hob meine andere Hand, um sie um ihren Nacken zu legen. Sie beugte sich der Berührung und schloss ihre Augen, aber ihre Lippen zitterten leicht.

Angst.

Es schien, dass keine noch so lange Ausbildung ausreichte, damit sie bereit für diesen Moment war. Nicht sehr überraschend.

Ich strich mit dem Daumen über ihren Puls und ihr Kiefer spannte sich an.

Mhm, eine Kämpferin lauerte unter der Oberfläche. Sie wollte leben, in einer Welt, in der die meisten Menschen den Tod bevorzugten. Faszinierend.

Ich lehnte mich vor, um ihren süchtig machenden Duft einzuatmen. So süß und verlockend. Zu wissen, dass ich nicht widerstehen musste, verstärkte nur das Verlangen, sie zu schmecken. Sie zu nehmen.

Meine Lippen fanden ihren Puls und ich küsste ihr verehrend den Hals. Sie schien gegen mich zu schmelzen, als würde ihr Körper seine Bestimmung wahrnehmen. Aber ihr Kiefer blieb angespannt.

Ich hatte eine gute Wahl getroffen.

Eine sehr, sehr gute Wahl.

Ich knabberte an ihrer zarten Haut, darauf bedacht, ihre Oberfläche nicht zu verletzen, bevor ich meine Lippen an ihr Ohr legte. „Mach noch einmal eine Verbeugung oder einen Knicks in meiner Gegenwart und das nächste Mal beiße ich dich, Juliet." Als sie zitterte, streichelte ich ihre Wange, bevor ich mich zurück lehnte, um ihrem Blick zu begegnen. „Und ich erwarte, dass du mich ansiehst, wenn ich mit dir rede."

Sie blinzelte benommen. „Aber der Anstand verlangt–"

Ich drückte auf ihren Puls, um ihre antrainierte Antwort aufzuhalten.

„Es interessiert mich nicht, was der Anstand verlangt, Juliet."

Ich strich den Kratzer glatt, den mein Zahn hinterlassen hatte und schloss meine Augen, als ein Hauch ihres Geschmacks meine Zunge traf. Der verdammte Himmel auf Erden. Was würde ich dafür geben, meine Zähne in ihrer Vene zu versenken und ihr Blut zu nehmen.

Aber ich brauchte sie lebend und ich wollte ihre Zustimmung. Das würde es noch süßer machen, sie zu nehmen. Weil ich ihre Erlaubnis haben würde. Irgendwann.

Ich gönnte mir noch eine Kostprobe, während Trevor und Ivan uns mit neidischen Blicken ansahen. Es war nicht nur ihr Blut, das sie anzog, es war auch dieses freizügige Kleid. Ich hatte es gewählt, um ihnen zu zeigen, wie lukrativ sie sein würde, und ihre Äußerungen bestätigten meinen Verdacht.

„Ich entschuldige mich, dass ich Euch verärgert habe, Sire", flüsterte sie.

Ich unterdrückte den Drang zu knurren. Meine aristokratischen Brüder waren von diesem gehorsamen Verhalten begeistert. Die Ehrerbietigkeit verstand und genoss ich, aber ihre Unterwerfung wurde durch die Angst vor harten Bestrafungen hervorgerufen. Ich zog die angenehmere Art einer Ermahnung vor, etwas, das Juliet bald kennenlernen würde.

Aber vorher musste ich noch ein paar Mauern niederreißen.

Und zweiundzwanzig Jahre eingefleischte Etikette.

„Du sollst tun, was ich sage, richtig?"

„Ja, Sire."

„Dann wirst du meiner Bitte Folge leisten, dich in meiner Gegenwart weder zu verbeugen noch einen Knicks zu machen, es sei denn, ich befehle es." Ich zwang mich weg von ihrem Hals und neigte ihren Kopf so, dass es ihr unmöglich war, meinem Blick auszuweichen. „Und du wirst mir in die Augen sehen, wann immer wir miteinander sprechen. Hast du das verstanden?"

„Ich...", sie schluckte sichtbar, aber hielt meinem Blick vorsichtig stand. „Ja. Natürlich, Sire."

„Ausgezeichnet", ich ließ ihren Nacken los und führte sie zum Tisch. „Nimm Platz."

„Du hattest schon immer Glück mit den Damen, Darius", bemerkte Trevor, seine Belustigung war offensichtlich.

„Wir sollten uns Notizen machen", stimme Ivan zu.

„Für den Fall, dass wir uns unsere eigenen Sexpüppchen kaufen?", fragte Trevor mit einem Schmunzeln.

„Unbedingt. Ich will eine Rothaarige."

„Hmm, ja, ich sehne mich gerade eher nach einer Brünetten."

„Ich denke, das tun wir alle, Kumpel."

„Genug", knurrte ich, als ich Juliet in ihren Stuhl half. Sie saß sehr ruhig da und fokussierte sich auf den Tisch, während ich neben ihr Platz nahm. Es schien, als würde die Sache mit dem Augenkontakt noch etwas Arbeit erfordern.

Trevor und Ivan saßen uns gegenüber, sie wirkten amüsiert.

„Warum seid ihr beide nochmal vorbeigekommen?", fragte ich.

„Du weißt, warum", antwortete Ivan. „Trevor wollte dein neues Spielzeug sehen."

Ich rollte mit den Augen. „Sie ist kein Spielzeug."

„Sie ist eine wandelnde Sexpuppe mit köstlichem Blut", murmelte Trevor. „Definitiv ein Spielzeug."

Juliet reagierte nicht auf die geschmacklose Beschreibung und blieb äußerlich gefasst, die Hände lagen gefaltet in ihrem Schoß. Diese Art von Kontrolle würde später sehr hilfreich sein.

Ich griff nach einer Platte mit gebratener Ente und schob ein paar Scheiben auf Juliets Teller, bevor ich mich selbst bediente.

Trevor und Ivan folgten meinem Beispiel, griffen nach verschiedenen Tabletts und füllten ihre Teller mit den von Gladice zubereiteten Köstlichkeiten. Sie versuchten andauernd, sie mir abzukaufen, aber ich lehnte immer ab. Ich hatte eine der besten Köche der Region und ich habe nicht geplant, sie sehr bald herzugeben. All meine Bediensteten gehörten mir. Ich beschützte sie leidenschaftlich, genau so, wie ich es mit der Schönheit neben mir machen würde.

Sie beäugte das Essen, das ich vor ihr abgestellt hatte, bevor sie schüchtern über den Tisch blickte.

Ich grinste, als ich verstand, warum. Juliet hatte erwartet, selbst das Hauptgericht zu sein. Definitiv eine

Versuchung. Eine, der ich mich vielleicht in einer anderen Nacht hingeben würde, wenn wir alleine sind. Vorausgesetzt, sie wäre einverstanden.

Meine Freunde waren offensichtlich zu dem gleichen Entschluss gekommen, denn beide schmunzelten über ihre Verwirrung.

Armes Mädchen. Sie hatte keine Ahnung, wo sie hier rein geraten war, aber das würde sie bald lernen.

Ich legte meinen Arm über die Rückenlehne ihres Stuhls, kam ihr Stück für Stück näher und drückte meine Lippen erneut gegen ihr Ohr. „Vampire essen auch Nahrung, Schätzchen."

Es war eher ein unnötiger Genuss, da wir es nicht zum Überleben brauchten, aber meine Geschmacksknospen schätzten das Aroma.

„Ich weiß", flüsterte sie. „Natürlich weiß ich das." Das letzte schien sie mehr zu sich selbst zu sagen als zu mir, aber ich antwortete trotzdem.

„Gut", ich tippte auf ihren Puls und dachte an etwas anderes. „Du wirst wissen, wenn ich vorhabe dich zu beißen, Juliet. Ich werde dich nämlich vor dem ersten Mal warnen."

Bei meinen Worten schreckte sie zusammen, ihre Wahrnehmung war benebelt von dem, was das Coventus in ihren hübschen Kopf gebohrt hatte. Was sie nicht wusste, war, dass nicht alle Vampire gleich erschaffen wurden. Und ich war stolz darauf, ein Rebell zu sein.

„Iss", sagte ich zu ihr, als ich mich wieder nach vorne richtete. „Du wirst die Stärkung brauchen."

Juliet brauchte eine schrittweise Einführung in meine Bedürfnisse. Wenn ich es überstürzte, würde sie sterben und ich brauchte sie unbedingt lebend. Ich brauchte auch ihr Vertrauen, was die schwierigste Emotion von allen sein dürfte. Kein Mensch, der noch bei Verstand war, vertraute einem Vampir.

Trevor hob sein Weinglas für einen Toast. „Auf ein neues Bestreben."

„Auf die Zukunft", fügte Ivan hinzu.

„Auf den Wandel", antwortete ich und prostete den beiden mit meinem Glas zu.

Juliet war die Einzige, die sich nicht freute, weil sie noch nicht ganz verstand. Aber das würde sie. Schon bald.

Ich grinste, als sie ihre Gabel nahm, um meinem Befehl nachzukommen. Diese kleinen, lenkbaren Gewohnheiten werden in den nächsten Monaten sehr nützlich sein. Sie würde tun, was ich wollte, wo ich es wollte.

Kein Spielzeug, sondern Kapital. Mit perfekten Brüsten und dem Gesicht einer Göttin würde sie niemand verdächtigen. Und ich besaß jeden köstlichen Zentimeter von ihr.

„Scheint, als hättest du jede Menge Training vor dir, Darius", sagte Ivan, als er zu der besorgt aussehenden Juliet nickte. Sie pikste ein Stück Fleisch auf und knabberte vorsichtig daran, bevor sie die Gabel mit einem verwirrten Gesichtsausdruck wieder absetzte.

„Sind in dem Coventus keine Enten erlaubt?", fragte ich trocken.

Sie blinzelte aus ihren großen, braunen Augen in meine und schnitt eine Grimasse. „Ich... ja... aber nicht so wie das hier."

„Wie was?"

„Reich", flüsterte sie. „Es ist dekadent, Sire." Sie wollte ihren Blick gerade unterwürfig senken, aber hob ihn wieder, bevor ich etwas sagen konnte. Ja, ihre Gehorsamkeit würde sicherlich zu meinen Plänen passen.

„Du meinst, es ist pikant", interpretierte ich ihre Worte.

„Lass mich raten, sie haben dich gezwungen, nur mit dem Notwendigsten zu leben und jedes Essen mit echtem Geschmack verboten?" Typische Methode bei einer Gehirnwäsche. Es diente auch dazu, ihre Figur zu kontrollieren, und das hatte bei ihr eindeutig funktioniert.

„Mein Blut ist rein, Sire."

„Rein." Das Wort hinterließ einen sauren Geschmack auf meiner Zunge. Die Gesellschaft wollte ihre Erscheinung kontrollieren, um ihren Wert zu steigern, nicht, um ihre Blutlinie zu stärken. Sie würde gleich schmecken, egal, was sie zu sich nahm und auch ihre Jungfräulichkeit hatte keinen Einfluss auf ihren natürlichen Geschmack. „Meine Brüder haben die perfekte Frau aus dir gemacht, Juliet. Reizend, sittsam, wunderschön. Ich kann dir versichern, dass die Essgewohnheiten, die dir beigebracht wurden, nur eine Eigenschaft beeinflussen und das ist nicht dein Blut."

Ich probierte die Ente und fand sie, wie immer, perfekt zubereitet, während Juliet die Stirn in Falten legte. Nicht ihr schönster Ausdruck, aber ich zog ihn der Angst vor, die sonst von ihr ausging.

„Vergebt mir, Sire, aber ich verstehe nicht ganz, was Ihr meint. Ist das eine Art Test?", sie leckte über ihre Lippen. „Ich möchte Euch nicht enttäuschen."

Trevor schmunzelte, als Ivan mit einem amüsierten Grinsen den Kopf schüttelte. Die beiden hatte eindeutig zu viel Spaß. Sie wussten, dass ich meine Geduld bei diesen Themen selten aufrecht erhalten konnte, aber ich konnte ihr wohl kaum die Schuld daran geben, was Meinesgleichen ihr angetan hatte.

Ich legte meine Gabel ab und meinen Arm wieder um ihren Stuhl. Sie hörte auf zu atmen, als ich mit meinem Zeigefinger ihre Halswirbelsäule nachzeichnete. „Du hast meinen Champagner in der Limousine abgelehnt", murmelte ich, „weil Alkohol verboten ist, ja?"

Ihre Augen, die meine immer noch wie befohlen trafen, weiteten sich. Soviel zu ihrem sich senkenden Angstlevel.

„Ja", flüsterte sie. „Es-es tut mir leid, Sire."

Es dauerte eine Weile, bis ich verstand, was sie meinte. Sie hatte ihren Drink durch die ganze Limo gespuckt, nachdem ich sie aufgefordert hatte, etwas zu trinken. Die meisten in meiner Position hätten ihr neues Haustier dafür bestraft, sich so frech zu verhalten, aber ich sah sie als etwas ganz anderes.

„Ich habe dir bereits vergeben", erinnerte ich sie. „Aber ich würde dir gerne eine Lektion erteilen."

Ihr Herz schlug so laut, dass es alle Vampire im Raum anzog, mich eingeschlossen. Trevor und Ivan hörten auf zu essen, ihr Fokus richtete sich auf die ängstliche Blutjungfrau und ihren singenden Puls.

„Natürlich, Sire." Die Worte waren so weich, ich hätte sie fast nicht gehört.

Mein Arm fiel auf ihre Schulter, um sie festzuhalten, als ich sagte: „Gib mir deine Hand, Juliet."

Sie reichte mir die, die mir am nächsten war, als wäre sie eine Puppe, die ich herum kommandieren konnte. Ich griff mit meiner freien Hand um ihr Handgelenk und führte es für einen Kuss zu meinen Lippen.

Ihr Körper zitterte und verriet ihren stoischen Ausdruck. Ich vermisste wirklich die Tage, an denen menschliche Frauen wenigstens noch ein bisschen Frechheit oder Kampfgeist besaßen. Vielleicht konnte ich dieser mit der Zeit wieder etwas davon beibringen.

„Du hast gelernt, dass Alkohol und reiches Essen deine Blutlinie befleckt, richtig?" Ich fühlte ihren Puls an meiner

Zunge und genoss, wie er unter meiner Berührung schlug.
So lieblich.

Sie nickte. „Ja, Sire."

„Du hast auch gelernt, dass es wichtig ist, dein Blut rein
zu halten, um deinem Herrn zu gefallen?"

Ein weiteres Nicken, dieses Mal bestimmter.

„Ausgezeichnet, dann sollte das eine einfache Lektion
werden, Liebling." Ich zwickte in ihre zarte Haut, was ihre
Hand leicht erröten ließ. „Ich werde dich jetzt probieren."
Ich wartete nicht auf ihre Zustimmung, da sie nicht
erforderlich war. Sie kannte ihre Bestimmung.

Meine Zähne durchbohrten ihre Vene mit geübter
Leichtigkeit und zogen gerade genug von ihrer Essenz, um
meine Neugierde zu befriedigen, aber keinen Hunger
anzuregen.

Himmel, meine Instinkte raunten, als mein Magen sich
bei dem Bedürfnis nach mehr verkrampfte.

Es wäre so einfach, sie in meinen Schoß zu ziehen und
alles von ihr zu nehmen. Das Kleid überließ nichts der
Fantasie – ein einziger Riss würde es entfernen. Und sie
würde all meinen Forderungen nachkommen.

Weil sie mir gehörte.

Scheiße. Ich hätte niemals erwartet, dass das so
erotisch sein würde. Die Kunst, eine Person zu besitzen,
war moralisch falsch und dennoch konnte ich mich nicht
dazu bringen es zu bereuen.

Eine Nacht und schon drohte mir meine Kontrolle
durch einen einzigen Schluck ihres Blutes zu entgleiten.
Ich hatte erwartet, dass es verlockend sein würde, vielleicht
sogar süchtig machte, aber nicht diesen erotischen Drang,
sie komplett zu nehmen.

Sie erzitterte, als ich mir einen weiteren Schluck
genehmigte, ihre süße Erregung knisterte in der Luft. Ich
hatte mich unbewusst dafür entschieden, mit meinem Biss

eher Lust als Schmerz einzuführen. Ihr kleines Zittern ermutigte mich fast weiter zu machen, aber ich musste eine Lektion beenden. Ich ließ von ihrer Vene ab, mit beachtlicher Anstrengung, und leckte ihre Wunde, während ich ihrem schläfrigen Blick stand hielt.

„Probier den Wein", sagte ich mit einer Spur des Drangs, der in meiner Stimme lag. „Jetzt."

Sie hob das Glas mit ihrer freien Hand und legte es an ihre Lippen, bevor sie realisierte, was ich verlangt hatte. „Sire..."

„Jetzt", wiederholte ich.

Tränen glitzerten in ihren Augen, als sie meinem Befehl folgte und an dem roten Wein nippte. Ihre Kehle verkrampfte sich, als sie schluckte und ihre Augen schloss. Ich züchtigte sie nicht für ihren Ungehorsam, stattdessen labte ich mich an ihrer Wunde und biss sie erneut, für mein persönliches Vergnügen dieses Mal etwas tiefer.

Ihre Lippen öffneten sich mit einem Stöhnen, als ich ihr über den Biss Endorphine einflößte, um sie für die Befolgung meiner Befehle zu belohnen. Das Glas in ihrer Hand fiel auf den Tisch und ihr Kopf gegen meinen Arm.

Kein Horror mehr, nur reine, unverfälschte Glückseligkeit, und das war so verführerisch wie die Hölle. Wenn unser Publikum nicht gewesen wäre, hätte ich sie noch weiter getrieben. Sie hatten heute Abend mehr als nur eine Show bekommen – eine, die meine Pläne für sie nur noch verstärken würde.

Ich erleichterte ihr die Rückkehr in die Realität, indem ich meine Zähne einzog und ihre Wunden mit meiner Zunge heilte. Einige meiner Artgenossen zogen es vor, die Wunden offen zu lassen, als eine Art den Besitz zu markieren, aber ich wollte sie gesund und unverletzt. Ihre weiche Haut war zu schön, um sie zu beschädigen.

Ihre dichten Wimpern flatterten, als sie ihre

mandelförmigen Augen öffnete und wieder meinem Blick begegnete. *So gut erzogen.*

„Du bist noch genauso süß, wie vor wenigen Sekunden, Juliet", murmelte ich. „Der Alkohol beeinflusst nur deinen mentalen Zustand und kann bei übermäßigem Verzehr zu Gewichtszunahme führen. Aber er hat keine Macht über dein köstliches Blut, meine Liebe. Ich werde es morgen nochmal probieren, falls du weitere Beweise möchtest."

Ich küsste ihren Puls einmal mehr, bevor ich ihre Hand wieder in ihren Schoß legte. „Jetzt iss dein Abendessen und hör auf, dir über Regeln Sorgen zu machen, die in diesem Haus nicht gelten. Ich werde dir sagen, was ich erwarte und danach wirst du dich richten. Verstanden?"

Das Rosa in ihren Wangen wurde purpur, als sie sich ihren Weg zurück durch die Wolke der Lust bahnte. Ich stellte mir vor, dass es ein fremdes Gefühl für sie war, eines, das ihre Oberin ihr nicht beigebracht hatte, weil sie wahrscheinlich gar nicht wusste, dass es existiert.

Als Bürger zweiter Klasse hatten Menschen nicht das Recht auf irgendeine Art von Vergnügen. Schmerz, mit Sicherheit. Genuss, nein. Das machte das Gewähren meiner Belohnung nicht illegal, nur unüblich. Allerdings hatte ich den Verdacht, dass die meisten meiner Artgenossen es in gewissen Grenzen zuließen, je nach Vorliebe.

Ihre rosafarbene Zunge befeuchtete ihre Lippen, dann nickte sie. „Ja, Sire."

„Dann betrachte ich diese Lektion als abgeschlossen", antwortete ich und nahm meinen Arm von ihren Schultern. „Genieß dein Essen."

Weil ich meines ganz bestimmt genossen hatte, auch wenn es kaum genug für eine Vorspeise gewesen war.

4

JULIET

DRAUSSEN SCHIEN DER MOND HELL, vor den Balkontüren meines Zimmers. Er erleuchtete den Hof und die dichten, endlosen Bäume, die den Außenbereich des Anwesens umgaben.

Ich hatte den Großteil des frühen Abends damit verbracht, diese atemberaubende Aussicht zu genießen. Darius' Haus vermittelte ein falsches Gefühl von Ruhe, das in den Mauern des Coventus nicht existierte. Etwas Neues und sehr... Beruhigendes.

Letzte Nacht hatte er meine Anwesenheit beim Abendessen gefordert, dann entließ er mich nach dem Dessert.

Weder hat er mich gefressen, noch hat er mich seinen Gästen angeboten.

Ich habe dieses Spiel ganz und gar nicht verstanden.

Meine Oberin hatte mich auf jede Situation vorbereitet, das dachte ich zumindest. Aber mein Sire spielte mit fremden Karten. Er zwang mich, Alkohol zu trinken, etwas, das ausdrücklich verboten war. Und dennoch hatte ich es genossen. Vielleicht zu sehr.

Oder war es möglicherweise der Biss?

Meine Oberschenkel verkrampften sich allein bei der Erinnerung an seinen Mund auf meiner Haut. Nicht in meinen wildesten Träumen hatte ich *das* erwartet.

Es war anders als all die Vorfälle zwischen meiner Oberin und den Vampiren gewesen, denen ich während meines Trainings beigewohnt hatte. Normalerweise weinte sie still, während sie mit ihr machten, was sie wollten. Und wenn sie schrie, bestraften sie sie noch härter.

Stille war eine wichtige Fähigkeit, die einem schon jung beigebracht wurde. Vampire bevorzugten ruhige Haustiere, die ihnen alles erlaubten, was sie begehrten. Und darauf war ich mit Darius vorbereitet gewesen. Ich habe erwartet, dass er mir wehtat, während er seine Bedürfnisse befriedigte. Stattdessen hatte er mir erlaubt zu *fühlen*.

Meine Lippen drohten sich zu krümmen, wie sie es nur selten taten.

Ein Trick, flüsterte mein Verstand, *das ist alles ein Trick.*

Und zwar ein Angenehmer.

Bis jetzt.

Ein Klopfen riss mich aus meinem Tagtraum. Ich schaute zur Tür in Erwartung, sie würde sich öffnen.

„Juliet?", die tiefe Stimme entfachte ein Flattern in meinem Bauch.

Warum kam er nicht einfach rein?

Ein weiteres Klopfen.

Eigenartig.

Ich ging herüber, um die unverschlossene Tür zu öffnen und enthüllte einen mit einem Anzug bekleideten Darius, der im Flur auf mich wartete.

„Sire", murmelte ich, meine Knie knickten sich leicht aus einem Reflex heraus. Ich erinnerte mich an seinen Befehl, weder Knicks noch Verbeugung zu machen, richtete mich wieder auf und sah seine hochgezogenen Augenbrauen. „Das ist eine Angewohnheit, Sire." Nicht, dass das eine Entschuldigung gewesen wäre. Mein Körper sollte instinktiv jeder Laune folgen, ohne Rücksicht auf ein früheres Training.

„Darf ich reinkommen?", fragte er.

„Natürlich." Ich trat einen Schritt zur Seite, während ich meine Augen dazu zwang auf seinem Gesicht zu ruhen, anstatt sich abzuwenden. Sein kantiger Kiefer und die Form seiner Wangenknochen waren bewundernswert. Es war sein intensiver Blick, auf den ich aufpassen musste. Ich hätte mich leicht in diesen grünen Augen verlieren können.

„Ida hat mich darüber informiert, dass du dein Quartier den ganzen Abend nicht verlassen hast", murmelte er. „Hast du keinen Hunger?"

Das Festmahl gestern Abend hatte mir genug Nährwerte für eine Woche geliefert. „Ich fühle mich derzeit recht zufrieden." Ich hatte die Tasse im Badezimmer benutzt, als ich durstig war.

„Ich verstehe." Er schloss seine Hände hinter seinem Rücken und starrte auf mich hinunter. „Es steht dir frei im Haus herumzuspazieren, wann immer du möchtest."

„Sire?" Das erschien... unangemessen.

Er zog eine Braue hoch. „Möchtest du eine Führung?"

„Ich...", wollte ich? „Möchtet Ihr mir eine Führung geben?"

Er beobachtete mich lange, bevor er sagte: „Dieses unterwürfige Verhalten strapaziert bereits meine Geduld, Juliet. Zieh dir etwas Angemessenes an, dann gebe ich dir eine neue Aufgabe."

„Natürlich, Sire", ich zupfte an meinem Kleid. „Was würdet Ihr bevorzugen?"

Er schmunzelte. „Was ich bevorzugen würde?", er

kratzte sich am Kinn, bevor er sich mit der Hand über den Hals fuhr. „Ich würde gar nichts bevorzugen, wenn ich ehrlich bin."

Ich öffnete den Seidengürtel um meiner Taille und ließ mein Kleid zu Boden fallen. „Wie Ihr wünscht, Sire."

Sein Grinsen entglitt ihm. „Das...", er wich einen Schritt zurück, als seine Augen auf meine entblößten Brüste fielen und dann weiter nach unten, um jeden Zentimeter meines Körpers zu untersuchen.

Nacktheit störte mich nicht, aber ich stand noch nie so nah bei einem Mann, ohne Kleidung zu tragen. Und dieser konnte mich anfassen, wann und wie er wollte.

Das hätte mir Angst machen müssen, doch mein Magen schien sich auf ganz andere Weise zu verkrampfen. Vor allem, als seine Pupillen sich vor unverschleiertem Hunger weiteten.

Er wollte mich nochmal beißen.

Und ich dachte mir, dass ich es auch wollte.

Seinem Blick folgte eine ungewohnte Wärme, die alle meine Nerven streichelte und ein fremdes Gefühl zwischen meinen Schenkeln weckte. Ich bemühte mich ruhig zu bleiben und meine Haltung zu bewahren, als er mit einem gefräßigen Schimmer in den Augen meinem Blick begegnete.

„Sarkasmus", murmelte er, als er einen Schritt näher kam. Er legte meine braunen Locken auf eine Seite, sodass mein Hals seinem Blick ausgesetzt war. „Aber deine wörtliche Interpretation kann ich wohl kaum bestrafen."

Er riss meinen Körper an sich und presste seine Lippen auf meine Kehle. „Wenn ich dir sagen würde, dass du mich oral befriedigen solltest, jetzt sofort, würdest du auf die Knie gehen?"

Bei der Vorstellung wurde mein Mund ganz trocken.

Ich hatte während meines Trainings unzählige Fellatio

beobachtet, hatte sogar orale Übungen als Training absolviert, aber niemals an einem echten Mann – einen Angehörigen des anderen Geschlechts vor meiner Auktion zu berühren war strengstens verboten. Es hatte mich nie interessiert, da ich immer dachte, dass der Akt mich abstoßen würde, aber die Vorstellung, Darius so intim zu erkunden, gefiel mir auf eine düstere Art und Weise.

„Ist das Euer Wunsch, Sire?", flüsterte ich.

„Mit einem Mund wie deinem, kann ich mir vorstellen, dass das der Wunsch von den meisten Männern wäre, Juliet." Seine Zähne strichen über meinen Puls. Ich erbebte bei der sinnlichen Erinnerung, die sein Mund bei mir hervorrief, und stellte fest, dass ich mich nach seinem Biss sehnte.

Nichts war so, wie ich es erwartet hatte. Ich erwartete grobe Worte, schmerzhafte Penetrationen und die sehr sichere Aussicht auf den Tod. Nicht dieses sinnliche Spiel.

Ich öffnete meinen Mund, um zu fragen, ob er mich auf meinen Knien wollte, aber die Worte blieben mir im Hals stecken, als er nach meiner Hüfte griff und mich an sich drückte. Mein Herz setzte einen Schlag aus, als der Beweis für seine Erregung gegen meinen Bauch drückte.

Ein stiller Befehl für mich zu handeln? Ich war mir nicht sicher.

Schweiß trat mir auf die Handflächen, als ich meine Finger hob und über die Kante seines Gürtels gleiten ließ. Er griff mein Handgelenk, wirbelte mich herum und drückte meinen Rücken gegen seine Brust. Mein Puls schoss bei der schnellen Bewegung in die Höhe und wurde dann plötzlich unregelmäßig, als seine Hand gegen meinen Unterleib drückte, um mich festzuhalten.

Ich konnte nicht atmen, nicht mit seinen Lippen, die meinen Hals berührten.

Oh, Göttin...

Seine Zunge zeichnete ein hypnotisierendes Muster nach, das mich im Delirium in seinen Armen zurückließ. Eine Hitzewelle überrollte mich, sammelte sich in meinem Magen und strahlte nach außen.

Ein Wimmern entwich mir, als ich darum kämpfte, all diese Sinneseindrücke zu verstehen. Heiß, kalt, Spannung in allen Gliedmaßen...

Seine Hand glitt nach unten.

Langsam.

Die Luft blieb mir im Hals stecken, unsicher, als er den frisch zurechtgemachten Bereich zwischen meinen Hüften erkundete. Für die Auktion wurde ich überall rasiert. Meine Oberin meinte, mein neuer Herr würde das bevorzugen.

„Zeit für eine neue Lektion", flüsterte er.

„S-Sire?", ich konnte nicht ...

Meine Knie knickten ein, als seine Fangzähne sich in meine Haut bohrten.

Intensiv.

Plötzlich.

Sehr viel härter als letzte Nacht.

Aber auch sehr gut.

Er hielt mich an ihn gedrückt, mit einer Hand um meine Brust und einer Hand auf meinem Bauch. Ich erschauderte durch seinen besitzergreifenden Griff und die Wärme, die durch meine Adern strömte. Die meisten Vampire flößten mit ihrem Biss keine Endorphine ein, aber Darius tat es und dafür war ich ihm sehr dankbar.

Beinahe wäre mir sein Name über die Lippen gekommen, als er meine Essenz in seinen Mund saugte. Es brannte auf eine intensive Weise, die mich dazu brachte, meine Oberschenkel zusammenzudrücken und die Augen zu schließen.

Das war meine Bestimmung und in seinen Armen fühlte es sich so richtig an.

Die Angst, die ich in einem solchen Moment erwartet hatte, wurde durch eine Leidenschaft ersetzt, von der ich nicht wusste, dass sie existierte. Menschen sollten so etwas nicht fühlen, oder vielleicht war „es ist ihnen nicht erlaubt" passender. Die Tatsache, dass unsere Umarmung verboten war, verstärkte meinen Genuss nur noch mehr.

Seine Hand wanderte tiefer, an eine Stelle, von der ich bis heute nicht wusste, dass ich dort berührt werden wollte. Ich wusste, dass er dorthin gehörte und verstand, dass er meinen Körper besaß, aber die Realität übertraf meine Vermutungen bei weitem.

Ich griff nach seinem Unterarm, brauchte etwas, um mich festzuhalten, als er meine Schamlippen teilte. Meine Glieder zitterten, als er einen Finger in mich steckte und so von oben und unten in mich eindrang.

Es war so überwältigend und kraftvoll.

Ich wusste nicht mehr, wie ich denken sollte, hatte verlernt, zu atmen.

Alles, was ich konnte, war fühlen.

Sein Mund.

Seine Hand.

Seine Wärme.

Ich wiegte mich willig gegen ihn, unfähig, mich davon abzuhalten mehr zu wollen, mehr zu *brauchen*.

„Darius...", meine Beine zitterten unkontrollierbar, sein Arm um meine Brust war das einzige, was mich noch aufrecht hielt.

Ich fühlte mich eingesperrt, beschützt und besessen.

Er nahm einen gefährlich tiefen Schluck aus meinem Hals, so tief, dass ich Sterne sah, während er noch mehr von dieser Euphorie in mich pumpte, sowohl mit seinem Biss als auch mit seinen Fingern.

Ich konnte mich nicht bewegen, so eingenommen war ich von all den Empfindungen, die meinen gesamten Körper zu lähmen schienen. Und dann brach eine stürmische Welle über mich hinweg, die mich keuchend und flehend und weinend zurück ließ.

Er hatte mich in Zwei gerissen.

Hatte die Luft aus meinen Lungen gerissen.

Verbrannte meine Haut und ließ mich wild zitternd zurück.

„Das ist es, Juliet", flüsterte er, seine Lippen berührten mein Ohr. „Fühle."

Ich schwankte gegen ihn, als meine Glieder ihren Dienst verweigerten. Mein Mund blieb in einem nicht enden wollenden Stöhnen geöffnet, während Feuer mir sämtliche Nerven versengte.

Es schien ewig zu dauern, bis die überwältigenden Gefühle abklangen.

Und erst einige Minuten später wurde mir klar, dass Darius mich in seine Arme gehoben hatte.

Wir waren auf meinem Bett und ich lag in seinem Schoß.

Sein Mund strich über meine Stirn und meine Schläfe, während er mir weiterhin beruhigend ins Ohr flüsterte.

Ich blinzelte, benebelt.

Was ist gerade passiert?

Darius strich mir das Haar hinter die Ohren und dann über meine Wange. „Du hast einen wunderschönen Orgasmus, Liebling", er zeichnete meine Unterlippe mit seinem Finger nach, während er sprach. „Ich freue mich schon darauf, ihn zu spüren, wenn ich in dir bin."

Mein Herzschlag pochte in meinen Ohren. Wollte er das jetzt tun?

Sein Finger glitt in meinen Mund, hatte einen moschusartigen Geschmack, den ich noch nicht kannte.

Mich, realisierte ich.

Das war die Hand, die er benutzt hatte, um mich zu befriedigen.

Meine Beine pressten sich zusammen und erregten ein Beben tief in mir.

Seine Augen glühten, als ich meine Essenz von seiner Haut saugte. „Ich werde es sehr genießen, wenn du auf die Knie gehst,", flüsterte er düster, als er wieder meine Lippen nachzeichnete. „Aber noch nicht jetzt."

Er presste seinen Mund auf meinen, was mich zutiefst schockierte.

Vampire küssen keine Menschen.

Aber dieser hier küsste mich definitiv.

Darius' Zunge glitt durch meine Verteidigung und brachte mich dazu, zu antworten. Ich hatte so etwas noch nie erlebt, fand es aber recht angenehm – vor allem die Art und Weise, wie seine Lippen meine liebkosten.

Ich gab die Bewegungen zögerlich zurück, lernte seine Vorlieben mit jeder weiteren besser kennen. Meine Essenz vermischte sich mit seiner, verstärkte unseren Kuss und schuf eine berauschende, süchtig machende Atmosphäre.

Seine Finger fuhren durch meine Haare, hielten mich fest, als er meinen Mund verschlang und ich zufrieden stöhnte. Niemand hatte mich jemals auf diese Weise berührt, als ob ich etwas bedeuten würde.

Obwohl ich verstand, dass das alles eine Folge von meiner vorübergehenden Bestimmung hier war, hoffte ein kleiner Teil von mir, dass es eine andauernde Wirklichkeit werden könnte.

Darius zog seinen Mund zurück und drückte seine Stirn gegen meine, während unser schwerer Atem die Luft erfüllte. Würde er die Aufgabe jetzt beenden und mir meine Jungfräulichkeit nehmen? Oder hatte er etwas anderes im Sinn?

Ich wusste nicht länger, was ich von ihm zu erwarten hatte.

Er hatte alle Formalitäten gebrochen.

Er nährte sich, ohne mich zu verletzen.

„Genuss", murmelte Darius. „Jetzt weißt du, wie sich das anfühlt." Er küsste mich erneut, dieses Mal sanfter, bevor er zurückwich, um meinem Blick zu begegnen. Seine Augen waren dunkler geworden, zu einem Waldgrün, so hypnotisierend und schön.

„Juliet", er sprach meinen Namen mit einer Autorität aus, die Aufmerksamkeit forderte.

„Ja, Sire?", ich glaubte, seinen Namen vorhin vielleicht laut ausgesprochen zu haben, aber ich konnte mich nicht erinnern. Eine weitere gebrochene Regel.

„Du musst dich mir nur anbieten, wenn du dich nach Genuss sehnst, nicht, weil du einen Befehl befolgen willst. Hast du das verstanden?"

Ich blinzelte ihn an. Seine Worte waren klar, aber die Bedeutung dahinter verwirrte mich. Es war meine Pflicht, Blut und Sex zu bieten. Warum sollte mein Wunsch in diesem Arrangement eine Bedeutung haben?

Er zog wartend eine Braue hoch.

„Ja, Sire", die Worte kamen raus, bevor ich sie stoppen konnte, als meine Ausbildung wieder die Oberhand übernahm. Ein unzufriedener Herr war ein wütender Herr.

„Gut", er presste seine Lippen gegen meine Stirn und setzte mich zur Seite ab. „Jetzt such dir ein Outfit deiner Wahl aus und triff mich im Flur. Ich möchte dir etwas zeigen."

5

DARIUS

Das ist ja gut gelaufen.

Scheiße.

Ich rieb mir mit einer Hand über mein Gesicht und nutzte die Wand als Stütze, während ich darauf wartete, dass Juliet zu mir in den Flur kam. Sie zog sich besser ein paar verdammte Klamotten an oder ich würde die Kontrolle verlieren.

Als ich hörte, dass sie ihr Zimmer den ganzen Abend nicht verlassen hatte, dachte ich, dass ein Gespräch bezüglich meiner Erwartungen notwendig sein könnte. Das hätte ich besser Ida überlassen sollen, aber nein, ich entschied, dass eine Tour ein guter Weg wäre, Juliet an die Idee zu gewöhnen, dass sie mir vertrauen konnte.

Stattdessen habe ich sie fast gefickt.

„Was würdet Ihr bevorzugen?"

Ich habe das Erste gesagt, was mir in den Sinn gekommen war, und sie hatte es ziemlich wörtlich genommen.

Exquisit wäre nicht einmal ein Anfang, um eine nackte Juliet zu beschreiben. Ihre feinen Kurven und weiche Haut wurden im Hinblick auf das männliche Geschlecht entworfen.

Und diese Lippen... Ich meinte, was ich gesagt habe. Ich konnte es kaum erwarten, dass sie sich um meinen Schwanz wickelten. Der jetzt hart wie Stein in meiner Hose war.

So viel dazu, sie für meinen Nutzen zu beruhigen.

Die Tür knarrte, als Juliet die Klinke drehte.

Ich hielt die Luft an.

Was würde eine Frau, die dazu gezüchtet wurde, durchsichtige Kleider zu tragen, auswählen, wenn sie die Wahl hatte? Ich hatte Ida die Verantwortung für Juliets Garderobe überlassen. Wer weiß, was sie gekauft hatte?

„Ist das akzeptabel, Sire?", fragte Juliet weich, als sie zu mir auf den Flur trat.

Ich hatte es besser gefunden, als sie mich im Schlafzimmer Darius genannt hatte. Es war der erste Riss in ihrer artigen Fassade und ich hatte die Absicht, diesen Weg weiter zu gehen. Vielleicht würden ein paar mehr Orgasmen mir dabei helfen.

Ich verbarg meine innere Belustigung über diese Aussicht und wendete mich der Auswahl ihrer Kleider zu. Ein schwarzes, trägerloses Kleid, das knapp unter ihrem Arsch endete und jede Kurve umarmte. Großartig. Genau das, was mein Schwanz sich wünschte.

Immerhin ist es nicht durchsichtig.

Ich räusperte mich und nickte: „Das ist akzeptabel." Ich musste irgendwann einen Grund für sie finden, sich zu bücken, nur um zu sehen, was sie als Unterwäsche gewählt hatte, aber ich würde darauf wetten, dass sie darauf verzichtet hatte.

Und jetzt würde dieser Gedanke mich während der gesamten Tour foltern. Fantastisch.

Memo an mich selbst: Ida bitten, eine angemessenere

Garderobe für Juliet zu kaufen.

„Sollen wir?" Ich wartete nicht auf ihre Zustimmung, als ich mich in die entgegengesetzte Richtung der Treppen auf den Weg machte. Ihre nackten Füße bewegten sich leise über den Holzboden, während sie mir pflichtbewusst folgte. Das Knurren in ihrem Magen verriet mir, dass sie entweder gelogen hatte, was ihren Hunger betrifft, oder erst jetzt bemerkte, dass sie etwas zu Essen brauchte. Ich würde sie deswegen nach unserem ersten Stopp der Tour ansprechen.

„Das" – ich deutete auf die Tür, die ihr am nächsten war – „ist der Eingang zu meinem Quartier."

Ihre dunklen Augen weiteten sich, als ich die Klinke betätigte.

„Nervös?", ich konnte mir die Stichelei nicht verkneifen, als ich die Sitzecke betrat. Nackt vor mir zu stehen, erwies sich als unproblematisch, aber ihr meine Privaträume zu zeigen, sorgte für eine feurige Röte auf ihren Wangen. Verblüffend.

„Ja, Sire", flüsterte sie nach einer Pause neben mir. Ihr saftiger Duft wickelte sich um mich und ließ meine Schneidezähne vor lauter Hunger schmerzen. Der Biss in ihrem Zimmer war für sie gewesen – nicht für mich. Ich sehnte mich nach so viel mehr, aber zuerst musste sie verstehen. Ohne ihr Verständnis würde alles scheitern.

Das hatte mich aber nicht davon abgehalten, ein wenig Spaß mit ihr zu haben.

Ich schlang meine Handfläche um ihren Hals und kam einen Schritt näher. Ihre Brüste streiften meine Brust, als sie scharf einatmete. Überraschung gemischt mit Angst und etwas eindeutig Weibliches in ihrem Blick.

Lust.

Ich drückte meine Lippen an ihr Ohr: „Du darfst mein Zimmer jederzeit betreten, Liebste."

Ich streichelte ihren Nacken, genau dort, wo ich sie vorher gebissen hatte. Die Haut war Dank meiner Fürsorge bereits verheilt. Eines Tages würde ich sie als die Meine markieren, vorausgesetzt, sie entspricht meinen Erwartungen.

„Aber ich sollte dich warnen", fügte ich hinzu, als ich meine Zähne über ihre Haut gleiten ließ. „Wenn du mich hier besuchen kommst, gehe ich davon aus, dass du Befriedigung brauchst und ich erwarte, dass du den Gefallen erwiderst." Meine Zunge folgte ihrem steigenden Puls, um meine Warnung zu unterstreichen.

Ich grinste, als Juliet ihren Hals in stiller Einladung beugte. Sie hatte keine Ahnung, zu welchem Spiel sie mich einlud, aber das würde sie wissen. Bald.

„Komm, Juliet", flüsterte ich. „Wir haben noch einige Stationen auf unserer Tour vor uns." Ich gab ihr einen langen Kuss auf die Kehle und fuhr mit meiner Nase über ihr errötetes Schlüsselbein.

Sie zu haben, würde das Warten wert sein.

Ich ließ von ihr ab und ließ sie mitten in meinem Wohnzimmer stehen. Schließlich holte sie mich bei der Treppe wieder ein, ihre Füße tappten sanft gegen das Holz. Ich blickte auf ihre geröteten Wangen und kämpfte mit einem Lächeln. Dieser Frau stand Erregung sehr gut.

„Wie ich bereits sagte, es ist dir erlaubt, dich auf dem Anwesen frei zu bewegen, wie du möchtest", murmelte ich, als wir zum Foyer hinaufstiegen. „Wenn ich dich für eine soziale Verpflichtung benötige, werde ich dich benachrichtigen, und was einen Fluchtversuch angeht, den würde ich dir nicht empfehlen."

Hektar um Hektar von Land und Bäumen umgaben das Herrenhaus und dahinter lagen kleine Kolonien von Lykanern. Die wären nicht sehr nett zu einer umherirrenden Blutjungfrau.

„Flucht?", wiederholte Juliet mit leiser Stimme. „Wohin sollte ich denn gehen?"

„Wohin, in der Tat", stimmte ich zu, als ich sie in die Küche führte. Gladice hatte für Juliet einen Teller auf dem Tresen stehen lassen. Ich hob die Abdeckung hoch, um die Temperatur zu kontrollieren und entschied, dass es reichen würde. „Iss etwas, dann gehen wir weiter." Ich zog einen Hocker vor und hob eine Augenbraue, um sie von einer Diskussion abzuhalten.

Sie studierte das Angebot neugierig, während sie auf den Sitz rutschte. Ihr Kleid saß hoch an ihren Oberschenkeln, nicht, dass sie es bemerkte oder sich dafür interessierte. Ich wiederum fragte mich erneut, was sie wohl darunter trug. Es wäre so einfach es herauszufinden, aber das Geheimnis fand ich fast noch aufregender.

Ich nahm Silberbesteck aus der Schublade und übergab es ihr, als ich ihr gegenüber an der Kücheninsel Platz nahm.

„Dankeschön", murmelte sie, als sie sich das Hühnchen auf ihrem Teller vornahm.

Ich verschränkte meine Arme auf der Marmorplatte. „Du musst mir nicht danken, Juliet", ich meinte es ernst.

Die Welt, die sie kannte, glich nicht mehr der Welt, an die ich mich erinnerte. Ihr ganzes Leben lang wurde Juliet gesagt, dass ihr einziger Zweck auf Erden darin besteht, gefickt zu werden und zu bluten. Und während das Raubtier in mir das verstand, war der Mann in mir entsetzt.

Vampire und Lykaner waren die höher gestellte Rasse – keine Frage – aber mit diesem Status kam auch eine Art der Verantwortung einher, welche meine Brüder scheinbar vergessen hatten. Selbst Haustiere verdienten Rechte.

Sie aß schweigend, aber in ihrem Blick loderten Fragen auf. Ich versuchte, die in ihren Kopf gebohrten

Formalitäten zu durchbrechen, aber sie diskutierte nie. Es schmerzte mich eine Frau zu sehen, die durch die Lehren der Gesellschaft so verkrüppelt wurde, und Juliet, die ihre gebrochene Natur nicht kannte oder nicht erkannte, verletzte mich noch mehr.

Trotzdem war das nichts im Vergleich zu dem, was ich als nächstes tun musste.

Es war fast schon grausam, aber ich musste die Blase, in der sie lebte, zerplatzen lassen, und kannte nur einen Weg, das zu tun.

Indem ich ihr die Wahrheit sagte.

„Ich weiß nicht viel über deine Ausbildung, abgesehen von dem Dossier, das mir während deiner Auktion zur Verfügung gestellt wurde. Du sprichst mehrere Sprachen, deine rechnerischen Fähigkeiten sind zulänglich und du magst Biologie – alles Eigenschaften, die ich schätze. Was ich nicht weiß, ist, wie gut du dich in Geschichte auskennst?"

Sie kaute zu Ende und setzte ihre Gabel neben dem halb aufgegessenen Teller ab. Ihre Augen huschten umher und suchten nach etwas, bevor ihr Blick auf dem Waschbecken landete.

Als ich bemerkte, was sie brauchte, stand ich auf und suchte ihr ein Glas, um es mit Wasser zu füllen. Ihre neugierigen Augen trafen meine, als ich es ihr übergab. Eine weitere Formalität war ruiniert; Ich bediente den Bediensteten.

Juliet nahm einen sehr langen Schluck, bevor sie das Glas absetzte. „Dank...", sie biss sich auf die Lippe und hielt den Rest des Wortes, von dem ich ihr erst vor wenigen Augenblicken gesagt hatte, dass es nicht nötig ist, für sich.

„Du darfst mir danken", stellte ich klar. „Aber es ist keine Pflicht."

Ihre runden Augen legten mir nahe, dass wir besser

hier anfangen sollten, als mit der Geschichtsstunde. Zweiundzwanzig Jahre in dem Coventus hatten sie zu dem perfekten Haustier geformt, nach dem Vampir-Standard. Gehorsam, unterwürfig und pflichtbewusst. Ich musste ihre Wahrnehmung der Regeln neu ordnen.

„Bist du fertig mit dem Essen?", fragte ich, bevor sie antworten konnte. Sie hatte die gleiche Menge gegessen, wie am Abend zuvor, aber ich wollte sicher gehen.

„Ja, Sire."

„Ausgezeichnet", ich drückte mich vom Tresen weg. „Folge mir."

Sie wartete nicht auf eine zweite Einladung und kam direkt hinterher. „Meine Ausbildung beinhaltet die vollständige Kenntnis über die Blutallianz. Ich kenne mich auch sehr gut in Geographie, den königlichen Familien und den allgemeinen Regierungsangelegenheiten aus."

Ich blickte über meine Schulter. „Was dich zum perfekten Haustier für jemanden mit Klasse macht", und genau deshalb hatte ich sie gewählt. „Aber nichts davon ist Geschichte, Juliet. Hat dir niemand etwas über die Welt vor der Herrschaft von Lykanern und Vampiren beigebracht?"

Ihr Stirnrunzeln beantwortete meine Frage.

„Nein, natürlich nicht", murmelte ich, als wir am großen Ballsaal vorbeigingen. „Das Coventus würde nicht wollen, dass du solche Dinge weißt. Es verstärkt dein Training zu glauben, dass es schon immer so war."

„Ich... ich weiß nicht, wie ich darauf antworten soll, Sire."

„Ich hatte vermutet, dass du das nicht würdest,", ich hielt vor einer Reihe von Glastüren an und drehte mich zu ihr, um auf sie herab zu schauen. „Du existierst, um Vampiraristokraten zu dienen und zu gefallen. Besonders dein Blut ist der Grund dafür, dass du für diesen Weg ausgewählt wurdest. Aber das Leben war nicht immer so, Juliet."

Ich drückte die Türen zur Bibliothek auf und ging rückwärts hinein, mein Blick auf ihrem. „Bevor ich dir eine Aufgabe gebe, möchte ich ein paar Sachen zwischen uns klären."

Ihre Aufmerksamkeit flackerte zu den vom Boden bis zur Decke reichenden Bücherregalen, die jede verfügbare Wand im Raum abdeckten, bevor sie die Fenster mit Blick auf die lebhafte Gartenterrasse hinter mir erspähte. Sie schluckte und fand ihren Weg zurück zu mir, ihre Wangen röteten sich vor Reue. Ich hob beschwichtigend eine Hand hoch, bevor sie sich dafür entschuldigen konnte, abgelenkt gewesen zu sein. Ich verstand es, es war ein herrlicher Anblick. Deshalb hatte ich sie gebaut.

„Angst ist ein wunderschöner Trainingsmechanismus. Sie ist das, was meine Art den Menschen einflößt, um ein bestimmtes Verhalten zu garantieren", ich trat einen Schritt auf sie zu und fasste sie am Kinn, um ihren Kopf nach hinten zu neigen. „Ich möchte nicht, dass du Angst vor mir hast, Juliet. Obwohl ich deine Folgsamkeit schätze, möchte ich auch deinen Willen."

Ich strich ihr mit meinem Daumen über die Lippen, um die vorprogrammierte Antwort, welche auch immer sie geben wollte, aufzuhalten.

„Meine Regeln sind einfach. In meinem Haus kümmere ich mich nicht um Formalitäten und ich erwarte, dass du dich um dich selbst kümmerst. Es steht dir frei, dich wie es dir passt auf meinem Anwesen zu bewegen, was alles innerhalb der Grundstücksgrenzen umfasst. Wenn ich dich für etwas brauche, werde ich dich darüber informieren, ansonsten gehört deine Zeit dir allein. Hast du das verstanden?"

Sie studierte mich, ihre Pupillen geweitet durch die

Unsicherheit: „Ich... ich denke schon, Sire." Das Zögern in ihrer Stimme, in Kombination mit diesen viel sagenden Augen, ließ mich nicht gerade mit viel Hoffnung auf ihr Verständnis zurück.

Anstatt noch mehr zu erklären, ließ ich ihr Kinn los und wandte mich einem Bereich in der Bibliothek zu, der einige meiner Lieblingsbücher umfasste. Aufgaben waren etwas, das sie zu schätzen wusste, und ich hatte eine schreckliche Aufgabe für sie.

Ich pflückte ein paar ältere Bände aus dem Regal und platzierte sie auf einem Tisch in der Nähe des Kamins. Das würde ausreichen, um mit ihrer Umerziehung zu beginnen. Als ich mich umdrehte, um es ihr zu erklären, fand ich sie beim Studieren eines Gegenstandes neben dem Kamin nahe des überdimensionalem Sofas wieder.

„Ein Fernseher", erklärte ich ihr von der Seite. „Diese Technologie wird nicht mehr hergestellt, aber Menschen liebten das Kino." Meiner funktionierte noch mit dem angeschlossenen Mediaplayer. Ich benutzte ihn nur, wenn die nostalgische Seite in mir es verlangte. „Soweit ich weiß sind sie in der Lykaner-Gesellschaft noch recht beliebt."

„Was macht es?", fragte sie und neigte den Kopf zur Seite.

„Es spielt einen Film ab, wie ein Buch, das zum Leben erwacht. Vielleicht werden wir mal einen zusammen schauen."

Sie blinzelte zu mir hinauf. „Ist das etwas, das eine Erlaubnis benötigt?" Ich hatte also endlich etwas gefunden, das sie faszinierte.

„Nein", murmelte ich. „Aber es erfordert eine Anleitung." Eine, für die ich heute Abend keine Geduld hatte. „Zuerst habe ich eine Aufgabe für dich."

Sie betrachtete die Bücher auf dem Tisch. „Ihr wünscht, dass ich lese."

„Ja." Ich verschränkte meine Arme hinter meinem Körper, um mich daran zu hindern, sie nicht anzufassen. Keine noch so große Linderung meinerseits würde meine Absichten für sie erweichen. „Du magst vielleicht wissen, wie die Blutallianz heutzutage operiert, aber nicht, wie es dazu kam."

Juliet nahm den ersten Band in die Hand – ein globales Geschichtsbuch. „Es gab vorher einen anderen Rat?"

„Es gab viele davor, unter anderem mehrere menschliche Regierungen."

„Menschliche Regierungen?", wiederholte sie mit hochgezogenen Augenbrauen.

„Lies", murmelte ich. „Wenn du fertig bist, kommst du zu mir und wir werden weiter diskutieren." Ich wollte sie alleine lassen, hielt aber inne, als ich an einem anderen Regal vorbeikam und mir etwas Besseres überlegte. „Wenn du mit denen fertig bist, such dir ein paar Bücher aus dieser Reihe aus. Sie sollten dir den nötigen Beweis liefern, um mir zu glauben." Die Manuskripte enthielten verschiedene Bilder, die die verschiedenen Weltkriege darstellten, und einige Wenige über die versuchte Säuberung der unsterblichen Blutlinien.

Die Menschen haben versagt. Jämmerlich.

„Ich habe für die nächsten drei Wochen weder Reisepläne, Juliet, noch haben wir irgendwelche Verabredungen. Nimm dir also ruhig Zeit und komm zu mir, wenn du bereit bist", ich ging in Richtung Tür und hielt dann wieder inne. „Und du kannst lesen wo auch immer du dich am wohlsten fühlst. Und vergiss nicht zu essen. Denk daran, du hast die Erlaubnis mein Grundstück ohne Begleitung zu erkunden."

„Ja, Sire", sagte sie, ihren Blick auf die Bücher gerichtet, nicht auf mich.

Lasst die Umschulung beginnen.

6

DARIUS

„Wo ist die Puppe?“", fragte Ivan, als er durch die Glastür schlenderte.

Ich ließ mich auf den Boden senken und drückte mich wieder hoch. „Du meinst Juliet?“

„*Puppe* scheint mir passender, aber ja.“ Er stellte sich neben mich, die Hände in den Hosentaschen.

Ich machte noch ein paar mehr Liegestütze, bevor ich auf die Füße sprang. Training war eigentlich nicht notwendig, aber heute brauchte ich die Ablenkung. „Sie ist in der Bibliothek und liest.“

Ivan schnaubte: „Das hast du letzte Woche schon gesagt.“

„Und sie ist immer noch dort“, ich streckte meine Arme nach oben und ließ meinen Kopf kreisen. „Willst du mit mir joggen gehen?“

Mein bester Freund schaute mich an und schüttelte amüsiert den Kopf. „Warum fickst du sie nicht einfach? Ist sie nicht deswegen hier?“

Ich überließ es Ivan, mit seinem Schwanz über

Beweggründe nachzudenken. „Du weißt, warum sie hier ist.“

„Ja, tue ich, und ein Teil davon ist, sie zu ficken“, er winkte mit einer Hand zu meiner Trainingshose. „Ich meine, das ist absurd, Alter. Du gehst nicht einmal gerne laufen.“

Das stimmt, aber ich brauchte eine körperliche Ablenkung, um mich davon abzuhalten, dem köstlichen Duft zu folgen, der nach meinen Instinkten rief.

Juliet war jetzt seit zehn Tagen in der Bibliothek und hatte sie kaum verlassen, sogar kaum geschlafen. Ich musste mich mehrmals davon abhalten, dort hinein zu gehen, um sie ans Essen zu erinnern. Glücklicherweise hatte Ida diesen Teil für mich übernommen.

Als ich die drei Wochen erwähnt hatte, hätte ich niemals gedacht, dass Juliet so lange brauchen würde. Ich wollte nur, dass sie ein paar Bücher liest und dann mit Fragen zu mir kommt. Aber nein, sie blätterte einfach weiter durch die Seiten, ohne die geringste Spur von Besorgnis. Ich wollte die Wahrheit benutzen, um ihr Training zu durchbrechen, aber das schien überhaupt nicht funktioniert zu haben.

Was bedeutete, dass ich selbst grundlos verhungerte.

Ich könnte da rein spazieren und sie – wie Ivan so wortgewandt vorgeschlagen hatte – ficken und sie dazu zwingen, meine Wünsche zu erfüllen, und das würde ich auch tun, wenn wir soweit waren.

Ivan verschränkte die Arme in seiner herablassenden Art, wie er es immer gerne tat: „Hast du versucht mit ihr zu reden?“

„Meine Worte wären nicht ausreichend, nicht bei der Ausbildung, die sie bekommen hat“, ich fuhr mir mit den Fingern durch die Haare und atmete laut aus, „Blutjungfrauen werden schon in einem sehr jungen Alter gebrochen und die Sklaverei wird tief in ihrer Psyche verwurzelt. Diese Art der Gehirnwäsche lässt sich nicht so leicht rückgängig machen."

„Aber du denkst, ein paar Bücher bekommen das hin?"

„Das bietet Juliet den historischen Kontext von dem, was Menschen früher auf dieser Welt bedeutet haben, und erschafft Zweifel." Sobald ich sie soweit hatte, konnte ich ihr Denken neu ordnen und ein Bedürfnis nach Rache auslösen. „Aber jetzt hat sie über fünfzehn Bücher gelesen und immer noch nicht nach einer Erklärung gefragt."

„Denkt sie, das sei alles erfunden?", fragte Ivan sich.

Ich hatte diese Möglichkeit auch schon in Betracht gezogen. „Wenn sie das tut, weiß ich nicht, wie ich sie vom Gegenteil überzeugen kann."

Vampire und Lykaner haben die Welt komplett umstrukturiert, um alle Hinweise auf eine menschliche Herrschaft zu vernichten. Hoffnung lebt hier nicht länger. Alle meine Lehrbücher wurden als illegale Propaganda angesehen, nicht, dass ich jemals die Absicht gehabt hätte, sie deswegen aufzugeben.

„Wirst du sie gegen eine Neue eintauschen?", Ivans Tonfall sollte andeuten, dass es ihm egal war, aber ich wusste, dass es tief in seinem Innern nicht so war. „Mal angenommen, sie ist defekt, meine ich."

„Falls sie sich als nicht mehr trainierbar herausstellt, müssen wir über eine Alternative nachdenken", gab ich zu. Der neue Plan würde nicht so sehr ihre Ablösung, sondern vielmehr einen drastischeren Ansatz erfordern. „Aber mein Ziel ist es, es nicht so weit kommen zu lassen."

„Richtig, denn du möchtest ihr Einverständnis haben, was ich immer noch für Zeitverschwendung halte", seine dunklen Augen glitzerten im Mondlicht, als sich sein Blick verengte. „Du hast die Mittel, diese Aufgabe zu erfüllen, aber du weigerst dich, das zu tun, was getan werden muss.

Zwing sie einfach dazu, dich ein paar Mal von ihr trinken zu lassen und fick sie, Darius. Dann wird sie deine *Erosita* und du kannst sie kontrollieren."

Ich legte mir meine Hände in den Nacken, um mich selbst davon abzuhalten, ihn zu schlagen. Der Bastard hatte natürlich recht. Ich könnte dieses Problem in einer Handvoll Nächten lösen, wenn ich mich darauf konzentrierte. Aber ich sehnte mich nach ihrer Einwilligung. Ich brauchte sie nicht – ich besaß sie – aber ich wollte, dass sie eine bereitwillige Partei ist und keine Gezwungene.

„Du spielst Psychospielchen, obwohl du es nicht musst", fuhr Ivan fort. „Weil dir langweilig ist."

„Oder vielleicht möchte ich besser sein als der Mann, den ich vorhabe zu töten", suggerierte ich und dehnte erneut meinen Hals. „Ernsthaft, ich muss laufen gehen." Alles, was mich davon abhalten würde, in die Bibliothek zu gehen und genau das zu tun, was mein Freund gerade vorgeschlagen hatte.

„Nein, du musst dich nähren", knurrte Ivan. „Ich habe erst gerade die Gesellschaft einer hübschen kleinen Bluthure genossen und trotzdem schmerzen meine Fangzähne bei dem Geruch von deiner *Juliet.*"

„Ooh, du machst dir Sorgen um mich. Wie süß." Ich lief los und wusste, dass der Tölpel mir folgen würde. Das tat er immer.

„Du bist ein Arsch", sagte er murrend, als er mich eingeholt hatte. „Und auch ein verdammter Irrer."

„Du fluchst zu viel."

„Fick dich."

Ich grinste. „Zur Kenntnis genommen und ignoriert."

„Als ob dich das schockiert." Er rollte die Ärmel seines teuren Pullovers bis zu den Ellbogen hoch, mehr aus Gewohnheit, nicht weil es nötig gewesen wäre. „Und du kannst so viel laufen, wie du willst, Kumpel, aber wir wissen beide, was du tun musst."

Meine Hände ballten sich zu Fäusten: „Die Krönung ist in sechs Monaten. Ich habe genug Zeit, um sie neu zu programmieren. Das wird schon gut gehen."

„Gut", wiederholte er. „Ich gebe zu, dass Juliet wunderschön ist und göttlich riecht, aber sie ist nur eine Hülle von einer Frau und bei weitem nicht in der Lage, das zu schaffen, was du brauchst. Letztendlich wirst du sie sowieso dazu zwingen."

Ich erhöhte das Tempo und stampfte meine Frustration in den Boden.

Ivan hatte nichts gesagt, was ich nicht schon wusste. Juliet hatte ihre Stärken, aber wenn ich sie nicht dazu bringen konnte, sie so zu nutzen, wie ich es brauchte, musste ich sie zwingen. Sie war eine zu teure Investition, um sie einfach wegzuwerfen, und eine Neue als Ersatz zu kaufen, würde Spekulationen verursachen, die ich mir nicht leisten konnte.

Ich musste mit dem geplanten Ablauf fortfahren.

Der erste Schritt war ihre Konditionierung zu brechen.

Der zweite Schritt wäre, sie davon zu überzeugen, mit mir zusammenzuarbeiten.

Und der dritte wäre die Umschulung all ihrer Instinkte.

In sechs Monaten.

Nicht der beste Zeitplan, aber es war möglich. Vorausgesetzt, ich hatte die richtige Blutjungfrau ausgewählt.

Ich duckte mich, als ich auf die Bäume am Rande des Hofes traf, um auf den Waldweg zu gelangen, den ich am liebsten hatte. Ivan fluchte hinter mir über seine Schuhe, wurde aber nicht langsamer.

Keiner von uns brauchte das Training. Wir waren dank unserer Vampirgene für immer in unseren Dreißigern eingefroren, aber ich genoss trotzdem hin und wieder eine gute Portion körperliche Anstrengung. Es nahm mir die überschüssige Energie und hielt meine Reflexe in Schach.

„Ich schwöre, du bist zum Teil Lykaner", murmelte Ivan, als er über eine herausgewachsene Wurzel sprang. „Als nächstes wirst du dich noch auf mich stürzen."

„Du beschwerst dich zu viel. Nächsten Mal rufe ich Trevor an."

„Oh, klar doch, als würde er sich seine Schuhe für dich schmutzig machen."

Stimmt. Trevor würde am Waldrand warten bis ich zurück kam. „Wenigstens könnte ich dann in Ruhe laufen."

„Du hast mich nicht hierher bestellt, damit ich ruhig bin."

Und deshalb betrachtete ich Ivan als einen meiner besten Freunde. Er kannte mich fast so gut wie Cam es damals getan hatte.

Ich lief ein paar Minuten schweigend weiter, bevor ich zugab: „Ich möchte über einen Plan B reden."

„Ohne Scheiß?"

„Ich habe Juliet noch nicht aufgegeben", fuhr ich fort und ignorierte seinen Kommentar. „Aber ich habe den richtigen Sündenbock gefunden."

Er sprang über einen Baumstumpf und landete geschickt auf seinen Füßen. „Lykaner oder Vampire?"

„Weder noch. Ein Abtrünniger." Ich manövrierte um einen breiten Baum herum und begann einen steilen Anstieg ohne an Tempo zu verlieren. Eins der vielen Vorteile des Vampirismus war erhöhte Geschwindigkeit und Beweglichkeit – und die Fähigkeit während des Laufens eine Konversation zu betreiben.

„Wenn wir es zu einem Anschlag eines Abtrünnigen machen, nimmt das die Schuld von uns und macht den Herrschaftssitz wieder frei", fügte ich hinzu.

„Und dein Name bleibt im Dunkeln", betonte Ivan. „Wodurch der Zweck verfehlt wird."

„Nicht zwangsweise", ich sprang über einen massiven Felsen und nutzte einen Hauch meiner vampirischen Fähigkeiten, um meine Geschwindigkeit nochmal zu erhöhen. „Es verlängert das Spiel ein bisschen, aber es gibt andere Wege, meinen Namen zu der Masse zu tragen."

Ivan pfiff. „Das ist noch Jahre hin, Alter. Unser königlicher Freund wäre darüber nicht glücklich, genauso wenig wie die anderen."

„Es ist ein Reserve-Plan", stellte ich klar. „Den wir benutzen, falls Juliet nicht durchkommt." Aber ich hatte jedwede Absicht, sie für mich zu gewinnen. „Sie ist immer noch die beste Option."

„Deshalb sage ich, du solltest es einfach hinter dich bringen, damit wir mit der Ausbildung beginnen können." Er umrundete einen Baum und traf mich auf der anderen Seite wieder. „Oder gib sie mir und ich kümmere mich für dich darum."

Ein lebhaftes Bild von Ivan, wie er sich um Juliet *kümmerte* verklärte mir die Sicht. Sie würde ihn nicht ablehnen, würde es vielleicht sogar genießen. Wie sie es bei meinem Biss in ihrem Zimmer getan hatte...

Ihr Körper hatte sich sinnlich gegen meinen gedrückt, als sie sich den Freuden meiner Berührungen hingab. Ich konnte noch immer ihr kleines Stöhnen hören und die Art und Weise, wie sie meinen Namen sagte, während sie sich auf ihrem Höhepunkt befand. Mein Schwanz zuckte bei der sinnlichen Erinnerung, aber erstarb gleich wieder bei dem Gedanken an Ivans Vorschlag.

Ich konnte es mir deutlich vorstellen – sein Körper nimmt ihren, während seine Fangzähne sich in ihren weichen Hals bohrten...

Scheiße nein.

Negative Energie schoss durch meine Adern, erhitzte mein Blut und trübte mein Urteilsvermögen.

Meins.

Niemand, außer mir, würde Juliets Unschuld berühren.

Mitten im Lauf stieß ich den Trottel mit meinem Ellbogen und schickte ihn geradewegs mit einem Grunzen zu Boden.

Allein zu denken, er hätte das Recht…

Meine Hände ballten sich zu Fäusten, als ich darüber nachdachte ihn nochmal zu schlagen, nur fester. Ein Teil meiner Wut war das Ergebnis von Blutlust und unnötigem Hunger. Aber ein anderer Teil war Inbesitznahme.

„Sie gehört mir, Mikhail", warnte ich ihn mit seinem Nachnamen. „Der Einzige, der sich um Juliet kümmert, bin ich."

„Besitzergreifender Arsch", maulte er, als er wieder aufstand. „Das war ein Angebot, keine Forderung."

„Ich lehne ab."

„Offensichtlich." Er schüttelte einige Blätter aus seinen Haaren. „Willst du kämpfen oder weiter laufen?"

Aggression knisterte in der Luft zwischen uns. Ivan war sich durchaus bewusst gewesen, wie ich auf dieses „Angebot" reagieren würde, was bedeutete, dass dieser Bastard absichtlich meinen Besitzanspruch auf die Probe stellte. Scheinbar wollte er kämpfen. Ich könnte die Übung gebrauchen und er würde eine annehmbare Herausforderung darstellen.

„Beides", entschied ich. Ich würde ihm in den Arsch treten und dann meinen Lauf fortsetzen.

„Großartig. Dann schlag mich", stichelte er. „Oder versuch es wenigstens."

Ich grinste. „Als du mich das letzte Mal so herausgefordert hast, habe ich dein hübsches Gesicht neu geordnet."

Er zuckte mit den Schultern. „Ich bin geheilt."

„Du hast geheult."

„Schwachsinn", er ging in Kampfhaltung. „Jetzt werde ich dich auf deinen Arsch setzen, nur um dir etwas zu beweisen."

„Ja? Und das wäre?"

„Dass ich gut genährt bin und du am verhungern. Vielleicht wirst du danach endlich essen."

Ich schnaubte. „Selbst halb tot wäre ich noch besser als du."

„Das wäre Trevor", korrigierte er mich. „Du hast mich angerufen, weil du zusätzlich zu den aufmunternden Worten einen richtigen Gegner haben wolltest."

Das konnte ich nicht verleugnen. „Jetzt hör auf Scheiße zu labern und schlag mich, Ivan."

Er schmunzelte. „Gerne."

7

JULIET

SIEBZEHN BÜCHER LAGEN AUSGEBREITET auf dem Boden der Bibliothek – alle beschrieben eine Welt, in der die Menschen regierten.

Doch keins von ihnen erwähnte Lykaner oder Vampire.

Außer das eine in meiner Hand.

Ich habe es vergraben in einem Regal gefunden, die maskuline Schrift auf dem Einband hatte meine Aufmerksamkeit auf sich gezogen.

Die Entstehung.

Es schien eher ein Notiz- als ein Lehrbuch zu sein, aber als ich durch die handbeschriebenen Seiten blätterte, fand ich schließlich Wörter, die ich erkannte.

Ich rollte mich in dem überdimensionalen Stuhl neben dem Kamin ein – er war im Laufe der letzten Woche zu meinem Lieblingsplatz geworden – und begann durch die handbeschriebenen Seiten zu blättern.

Es begann mit einer Beschreibung eines Weltkrieges zwischen den Menschen, etwas, wovon ich schon fünf oder sechs Mal in den anderen Büchern etwas gelesen hatte.

Dort hörten die meisten Bücher auf, aber dieses fing dort an – ein weiteres Zeichen dafür, dass ich etwas Neues gefunden hatte.

Ich überflog die mir bekannten Wörter über die Atomwaffen und stimmte den sachlichen Kommentaren zu, dass die Menschen die Welt zerstören wollten. Dann wurde ich langsamer, als ich eine neue Passage über die Lykaner las.

Der Cyrus-Clan hat uns als erstes geoutet. Sie wurden im späten einundzwanzigsten Jahrhundert von einer paramilitärischen Einheit entdeckt, die nach einer vermissten Frau aus einer in der Nähe liegenden Stadt gesucht hat. Offenbar mochte der Alpha die Tochter des Gouverneurs und hat sie entführt. Also hat sich tatsächlich alles wegen einer Frau geändert.

Das war definitiv ein Protokoll.

Ich las weiter darüber, wie Menschen verschiedene Experimente mit den Lykanern durchführten, die allesamt scheiterten, weil sie ihre Biologie nicht verstanden. Ein paar Regierungen versuchten ihre Genetik für militärische Zwecke zu missbrauchen, scheiterten aber.

In der Zwischenzeit trafen sich Lykaner und Vampire im Verborgenen, um über die Zukunft der Menschen zu diskutieren. Mehrere der Clanmitglieder waren wütend über die Behandlung des Cyrus-Clans und forderten Vergeltung, wodurch diejenigen, die sich nach einer Umformung der Welt sehnten, eine Plattform erhielten, auf der sie stehen konnten. So wurde die Blutallianz gegründet.

Der Tonfall der Worte erinnerte mich an Darius. Wenn man bedenkt, dass das Notizbuch in seine Regale gestopft war, schien es wahrscheinlich, dass es ihm gehörte.

Ich blätterte eine Seite um und lernte mehr über den Aufstand in dem die überlegenen Arten einen Anschlag planten, der über die Hälfte der menschlichen Rasse auslöschte und sie erfolgreich die Kontrolle über die Welt übernahmen.

Die Menschen wurden in Lager aufgeteilt, in denen sie getestet werden sollten. Geist, Stärke, Intelligenz, Schönheit und Blutlinie trugen alle zum Schicksal eines jeden geringeren Wesens bei. Die meisten wurden ausgerottet, sodass nur 300.000 für die offizielle Auslese übrig blieben.

Die Blutallianz entwarf rechtliche Ansprüche, mit denen sowohl die Lykaner als auch die Vampire einverstanden waren und teilten die Sterblichen in ihre entsprechenden Lager ein. Alle moralischen Rechte wurden entfernt, wodurch die Menschheit zu einem Eigentum degradiert und somit als Objekte proklamiert wurde, die man nach Belieben erwerben und besitzen kann.

Ich zitterte bei der sehr realen Beschreibung meiner Bestimmung in dieser Welt. Vampire sahen mich als lebendiges Essen an, das nach Belieben verzehrt und ansonsten ignoriert wurde.

Obwohl Darius meine Augen für eine ganz neue Sicht auf Meinesgleichen geöffnet hat. Er erlaubte es mir, ihn anzuschauen, mit ihm zu reden und er gewährte mir Freude.

Aber das könnte mir alles durch ein einziges Wort von ihm wieder entrissen werden.

Ich fuhr mit dem Finger über die Seite und dachte über seine Absichten nach. Er bat mich die Lehrbücher durchzusehen und sagte, ich solle zu ihm kommen, wenn ich die Bücher auf dem Boden und einige aus den Regalen gelesen hätte. Ich hatte getan, was er von mir verlangt hat, aber ich verstand immer noch nicht, warum er mir diese Aufgabe gegeben hatte.

Wollte er mich mit der Geschichte meiner Art quälen? Wie die Menschen klein gemacht wurden, zu Spielsachen, die Vampire und Lykaner zum Vergnügen benutzten?

Oder war es nur zu meiner Information gedacht und sollte mein gesamtes Training verbessern?

Ich blätterte zur nächsten Passage, in der die

verschiedenen Bereiche der Sterblichen beschrieben wurden. Blutfarmen, Akademien, Auswahlverfahren der Unsterblichen, königliche Harems, Clan-Zuchthöhlen, menschliche Fortpflanzungslager – meine Augen verengten sich bei einem Absatz, der sich speziell auf mich bezog.

Blutjungfrauen sind vielleicht die faszinierendste Ausprägung. Ihre Blutlinien sind einzigartig und gelten als beinahe todbringend süchtig machend. Es wurde eine besondere Regelung getroffen, um ihre genetische Fortpflanzung für den alleinigen Gebrauch von Vampiren zu ermöglichen, und im Austausch erhielten die Lykaner ihre eigene sterbliche Linie für die Vollmondspiele.

Aber das wirklich Faszinierende ist, dass diese Blutjungfrauen für die Elitegesellschaft vorbereitet werden. Sowohl Männer als auch Frauen existieren in voneinander getrennten Einrichtungen und werden – anders als die meisten Menschen – in den Künsten der intellektuellen Angelegenheiten ausgebildet, um sich besser in die High Society einzufügen.

Sie werden auch so erzogen, dass sie das perfekte Sexspielzeug sind, obwohl die meisten nur einmal benutzt werden, bevor sie wieder entsorgt werden. Die Glücklichen unter ihnen kehren zum Coventus zurück, um zukünftige Blutjungfrauen auszubilden, während die Mehrheit von ihnen in den Zuchtzyklus integriert wird, um sich fortzupflanzen, danach kommen sie irgendwann auf die Farmen.

Meine Lippen öffneten sich bei der letzten Zeile der Seite.

Zuchtzyklus – um mehr Blutjungfrauen zu erschaffen.

Meine Oberin hatte immer gesagt, die meisten kehren zum Coventus zurück. Die Notizen von Darius deuteten an, dass dies nicht der Fall war, dass es mein Schicksal wäre, Unzucht zu treiben, bis ich nicht länger fruchtbar wäre.

Ein eiskalter Schauer lief mir über den Rücken.

Ich existierte, um meinem Herren zu dienen, indem ich ihm unbegrenzten Zugang zu meinem Blut und meinem Körper gewährte. Das war der einzige Zweck meiner Existenz. Ich bedeutete nichts anderes; Nur ein Haustier, dass er benutzen konnte, wann immer er es wollte.

Und dann sollte ich entsorgt werden, um noch mehr zu erschaffen für zukünftiges Vergnügen.

Aber diese Bücher übermittelten eine Geschichte, in der die Menschen regierten – nicht gut, wenn man all die Schlachten und Kriege bedenkt, aber wenigstens haben sie *gelebt*. Während das Dienen alles sein wird, was ich je machen werde.

Ich blinzelte Tränen aus meinen Augen, als die Verwirrung Löcher in die Blase meiner Existenz riss.

Warum ich?

Warum war das mein Schicksal?

Wegen meinem Blut.

Und wie bei einem Fluch würde ich dazu gezwungen sein, mehr von meiner Art zu produzieren. Dieses Kind würde dann zum Coventus geschickt und geschult werden, so wie es bei mir war, um einem neuen Herren zu dienen, bevor sich der Kreislauf wiederholt.

Mein Magen knurrte und erinnerte mich daran, dass ich heute wieder vergessen hatte zu essen. Aber was spielte das für eine Rolle?

Ich schmiss das Tagebuch auf den Boden und blickte auf das Geschichtsbuch, das eine *starke, weibliche* Führungspersönlichkeit zeigte – *menschlich*. Sie lächelte nicht, aber ihre Augen zeugten von Intelligenz und Entschlossenheit. Meine würden niemals so aussehen wie ihre. Wenn ich in den Spiegel blickte, sah ich ein seelenloses Wesen, das nichts über das Leben wusste. Weil ich in einer Hülle wohnte, die von Vampiren geformt worden war.

Sie waren mächtiger, stärker und unsterblich. Das gab

ihnen die Fähigkeit, jeden unter sich zu kontrollieren und eine Person wie mich zu besitzen.

Früher hatten die Menschen Rechte.

Warum würde Darius wollen, dass ich das alles lerne?

Es diente keinem anderen Zweck, als mir zu zeigen, wo mein Platz ist, und mir gleichzeitig jegliche Hoffnung zu nehmen. War es das, was er mir zeigen wollte? Für den Fall, dass ich irgendwelche Ideen gehabt habe, über das, was wir hier tun?

Ich hatte meinen Zustand der Unwissenheit bevorzugt, in dem die Blutallianz schon immer als die herrschende Macht existiert hat. Wo Menschen nie eine Position mit Autorität inne hatten. Wo ich nicht die leiseste Ahnung von einer optimistischen Zukunft hatte.

All das hatte er mir mit dieser Ansammlung an Büchern genommen.

Warum?

Ich legte die weibliche Führerin zur Seite und stand auf, entschlossen.

Was hatte ich zu verlieren? Er hatte sowieso vor mich zu benutzen und dann wegzuwerfen. Ich kann genauso gut nach einer Erklärung fragen. Vielleicht würde er mich deshalb töten. Das würde immer noch besser sein, als zur Zucht gezwungen zu werden.

Meine Hände rollten sich zu Fäusten, als ich aus der Bibliothek und in Richtung Foyer stampfte. Er hatte mir gesagt, ich soll ihn nur in seinen Räumlichkeiten besuchen, wenn ich Genuss empfinden möchte. Er hatte mir auch gesagt, ich solle ihn aufzusuchen, wenn ich fertig wäre. Nun, ich war mehr als fertig.

Verdammt seien die Regeln und die Etikette.

Ich brauchte Antworten und ich wollte sie jetzt.

„Juliet!", Ida rief mich, als ich gerade die Treppe erreicht hatte.

Normalerweise hätte ich ihr mit einem zurückhaltende Lächeln oder einem höflichen Gruß geantwortet, aber mein Mund weigerte sich gegen beide Varianten, als ich mich zu ihr umwandte. Wenn sie meinen Mangel an Höflichkeit bemerkt hatte, ließ sie es sich nicht anmerken.

„Wenn du nach Master Darius suchst, er ist draußen mit Master Ivan." Sie zwinkerte und wanderte mit ihrer seltsam lebhaften Art davon.

Darius hatte ihr offensichtlich nicht das gleiche Lesematerial gegeben wie mir, ansonsten wäre sie nicht ansatzweise so zufrieden mit ihrem Schicksal.

Andererseits würde sie nicht in ein Zuchtlager geschickt werden, um Blutjungfrauen zu produzieren.

Meine Lippen wurden dünner.

Draußen.

Ich hatte mich noch nicht durch die Türen dieses großen Hauses getraut. Darius hatte mir die Erlaubnis gegeben, mich zu bewegen, wie ich wollte, aber ich hatte Angst gehabt, es könnte ein Test sein. Jetzt interessierte es mich nicht länger, ob ich bestand oder nicht.

Etwas Süßes kitzelte auf meinem Weg durch die Küche meine Nase. Ein paar von Darius' Dienern wuselten herum und beäugten mich neugierig, als ich geradewegs auf die Glastüren zu ging, die zu der überdimensionalen Terrasse führten.

Ich zögerte. Das könnte genau das sein, wie er wollte, dass ich reagierte, und er wartete draußen, um mich zu bestrafen

Er hatte auch gesagt, dass ich ihn aufsuchen sollte, wenn ich mit lesen fertig war.

Die Haare auf meinen Armen tanzten, als ich darüber nachdachte, die eine Regel zu brechen, vor der mich meine Oberin gewarnt hatte. Einen Vampir um Gehör zu bitten, brachte den Menschen normalerweise eine harte Bestrafung ein, manchmal sogar den Tod.

Aber er hatte mich angewiesen ihn aufzusuchen, wenn ich meine Aufgabe beendet hatte, und ich war fertig mit diesen Büchern.

Ich würde eher sterben, als zur Zucht gezwungen zu werden.

Und die Farmen?

Ich schauderte. Allein der Begriff zeichnete ein Bild, das ich nicht in meinem Kopf haben wollte.

Nicht meine Zukunft.

Ich weigerte mich.

Weil du eine Wahl hast?

Die Augen des Menschen blitzten wieder in meiner Erinnerung auf, von dem Foto der weiblichen Führerin, die eindeutig *gelebt* hatte. Wie würde ich aussehen, wenn ich mich gegen Darius erhob? Wie eine Kriegerin? Oder würde ich leblos in den Abendhimmel starren?

Würde es überhaupt eine Rolle spielen?

Meine Lippen zitterten, als ich die Klinke drückte.

Ich hatte nichts zu verlieren. Kein Leben, dass es wert war zu leben. Nur Regeln, die mir jede Handlung vorgaben. Darius hatte bereits einige gebrochen. Was wäre da eine mehr?

Die steinerne Terrasse kühlte meine nackten Füße, als ich nach draußen ging. Es dauerte mehrere Schritte, bevor mir die Schwere meiner Tat bewusst wurde.

Das einzige andere Mal war ich draußen gewesen, als die Wachen mich zu Darius' wartender Limo geführt hatten. Und dennoch bin ich einfach raus gegangen, als würde es nichts bedeuten.

Kein Alarm.

Keine Wachen.

Ich blinzelte.

Selbst wenn ich es geschafft hätte, eine Tür des Coventus zu erreichen, wäre ich umringt gewesen, sobald ich die Klinke berührt hätte. Nicht, dass ich jemals in Betracht gezogen hatte, das zu versuchen. Es wurde einfach nicht gemacht. Warum sollte ich fliehen? Wohin würde ich gehen?

Das Mondlicht erhellte einen Weg zu den Bäumen, lud mich fast ein, ihm zu folgen. Ich wusste von dem Blick aus meinem Fenster, dass der Wald weiter und weiter ging, aber irgendwo musste er aufhören. Wohin würde er mich bringen? Zu einem schlimmeren Schicksal? Zu einem Besseren?

Ich trat einen Schritt vor und blieb erneut stehen, als ich eine neue Textur unter mir wahrnahm.

Gras.

Wie... wunderlich.

Ich kniete mich hin, um die kühlen Halme zu berühren, als ein Flüstern zu meiner Linken mich erschrecken aufstehen ließ.

„Juliet…" Das Gemurmel umschmeichelte mein Ohr und kündigte die Anwesenheit von Darius an, als er sich auch schon hinter mir materialisierte. Wärme umhüllte meinen Körper, als er seine Brust gegen meinen Rücken drückte und seinen Unterarm um meinen Bauch wickelte.

„Hallo, Liebling." Er drückte mir einen Kuss auf den Hals, gerade als Master Ivan vor mir auftauchte. Ich hatte kaum daran gedacht, zu fliehen, und schon hatten mich zwei mächtige Vampire zwischen sich eingefangen.

Ivan stand nah genug, um mich zu berühren, aber er tat es nicht. Lust schien in seinen braunen Augen, als er auf mich hinab starrte, mit einer Arroganz, mit der ich mich niemals messen könnte. Er wusste, dass er mich mit einer Handbewegung überwältigen könnte und mit diesem Wissen wuchs er. Seine Lippen zogen sich grinsend nach oben und lenkten meine Aufmerksamkeit auf das Blut, das an seinen Mundwinkeln glitzerte. Es verlieh seinem ansonsten attraktiven Gesicht einen gefräßigen Reiz.

„Kein Verbeugen und Augenkontakt", grübelte er. „Sogar mit einem Gast. Das nenn' ich Fortschritt, Darius."

Seine Worte liefen wie Eiswasser über meinen Kopf und ließen mich an Ort und Stelle erstarren. Ich hatte nicht beabsichtigt sein Gesicht anzuschauen oder seinen Blick zu treffen, aber ich war in einen zwanglosen Rhythmus verfallen, nachdem ich so viele Tage in der Bibliothek verbracht hatte. Ich hatte mich im Dunst der Geschichte verirrt und mein ganzes Training vergessen.

Oder vielleicht hatte ich mich *entschieden*, es zu vergessen.

„Tatsächlich", Darius' Lippen brachten meinen Puls mit einem einzigen Wort zum stehen. „Hast du dich nach draußen gewagt, um uns zu füttern, Liebling?"

„F-füttern?", wiederholte ich mit trockener Kehle.

Ivan fuhr mit seinen Fingern durch sein dunkles Haar und begutachtete mich sorgfältig mit seinen geweiteten Pupillen. „Ich denke, deine Juliet hatte andere Absichten. Schade."

„Hat Ivan recht? Hast du mich aus einem anderen Grund aufgesucht, Juliet?" Darius zog meine Locken zur Seite und legte meinen Hals komplett frei, während ich darum kämpfte, mich zu erinnern, wie man atmet. „Bist du fertig mit lesen?" Seine Zähne kratzten über meine empfindliche Haut, wodurch sich mein Bauch verkrampfte.

Ich kannte jetzt die Gefühle, die mit seinem Biss einher gingen, und ein dunkler Teil von mir sehnte sich nach einem weiteren. Es kam mir vor wie gestern, als er mich in meinem Schlafzimmer gehalten hatte, aber ich wusste, dass das nicht stimmte. Vielleicht vor einer Woche? Es war vor...

„Juliet." Er zwickte mich warnend in den Nacken und brachte mich ins Hier und Jetzt zurück. „Hast du deine Aufgabe erledigt? Ist das der Grund, weshalb du zu uns gekommen bist?"

Ich schluckte – oder versuchte es zumindest. Seine Wärme an meinem Rücken hatte meine Entschlossenheit zum Einsturz gebracht. Ich wollte Antworten einfordern, aber das Vorhaben und sein unabwendbarer Griff kamen nicht überein.

Er könnte mich wie einen Zweig zerbrechen.

Oder mich wegschicken, um mehr Menschen zu erschaffen…

„Ich habe gelesen", sagte ich langsam mit rauer Stimme. „Blutjungfrauen treten dem Zuchtzyklus bei, bevor sie zu den Farmen geschickt werden." Ich schluckte erneut, bevor ich hinzufügte: „Das ist mein Schicksal." In meine Stimme schlich sich ein säuerlicher Ton ein, den ich noch nie zuvor gehört hatte. Er ließ mir keine Zeit zum Nachdenken.

„Hmm, du hast mein Notizbuch gefunden." Er wirbelte mich in seinen Armen blitzschnell herum und wickelte mein Haar um seine Finger. Das Mondlicht warf unheimliche Schatten auf sein Gesicht, während es seine grünen Augen hervorhob. In ihnen loderte ein Hunger, den ich fast schmecken konnte, und auf seiner Wange schien ein verblassender Bluterguss zu sein. Es stellte mich zufrieden, ihn dort zu sehen, obwohl ich nicht hätte sagen können, wieso.

„Du klingst unzufrieden mit deinem Schicksal, Juliet", fuhr er fort. „Gibt es dafür einen bestimmten Grund?"

„Unzufrieden…", wiederholte ich, ließ mir das Wort auf der Zunge zergehen. „Weil ich gezwungen werde, mehr von meiner Art zu erschaffen? Weil meine Nachkommen an den Höchstbietenden verkauft und dann gezwungen werden, den Zyklus fortzusetzen? Und weil ich unweigerlich auf eine Farm gehen werde?" Mit jedem Wort wurde meine Stimme fester, erhöhte sich von einem Flüstern zu einer Tonlage, die ich noch nie zuvor aus meinem Mund gehört hatte. „Nachdem ich gelernt habe, dass Menschen früher Rechte hatten?"

Warum sollte er mir das beibringen?

Wollte er mich foltern?

Sich einen Spaß aus meinem Schicksal machen?

Um das arme menschliche Mädchen mit einer falschen Hoffnung zu verspotten, die nicht länger existierte?

„Ich würde sagen, sie klingt unzufrieden", bemerkte Ivan mit einem Lächeln in seiner Stimme.

Als Antwort darauf ballten sich meine Hände zu Fäusten. Eine gewaltige Reaktion, die ich vorher nie in Betracht gezogen hatte…

„Scheint so", stimmte Darius grinsend zu.

Diese selbstgefällige Belustigung trieb mir die Nägel noch weiter in die Handflächen. Wie grausam sie waren, auf einem Schwächling rumzuhacken und über meine Misere zu lachen. Ich hatte *nie* eine Wahl.

Ich war mehr als *unzufrieden*.

Mein Kopf drehte sich mit einem Inferno an Bildern, die meine Gedanken mit einem roten Schleier trübten. Fremde Emotionen strömten durch mein Bewusstsein und erhitzten mein Blut.

Es nahm mich ein.

Traf jeden Nerv und forderte etwas, das ich nicht wiedergeben konnte.

Meine Brust summte mit dem Bedürfnis zu schreien.

Und meine Fäuste ballten sich mit dem Verlangen, jemanden zu verletzen.

Ich konnte das nicht tun. Ich konnte nicht atmen. Nicht, wenn er mir so nahe war.

Ich versuchte, mich aus seinem Griff zu befreien, aber er gab nicht nach. Stattdessen kicherte er.

Meine Augen weiteten sich, als sich ein Feuer in meinem Herzen entfachte und meine Instinkte außer Kontrolle gerieten.

Ich wollte ihm wehtun.

Tritt ihn.

Schlag ihn.

Töte ihn.

Alles davon.

Ich hatte das vorher nie als eine Option in Betracht gezogen, aber zu wissen, dass die Menschen damals gegen diese Gattung um ihr Leben gekämpft haben, ermutigte mich in all meinen Gedanken.

„Ja", murmelte er. „Da sind die Emotionen, die ich wollte."

„Ja, viel Glück dabei sie zu bändigen, Kumpel", sagte Ivan, als er sich auf den Weg zurück zur Terrasse machte. „Ich beneide dich nicht um deine Aufgabe."

8

DARIUS

In dem Moment, als Juliets Duft meine Sinne traf, kehrte ich mit Ivan im Nacken zum Anwesen zurück. Ich benutzte die teleportationsartige Fortbewegung nur selten, aber ich wollte wissen, was sie nach draußen gebracht hatte.

Und ich könnte über den wütenden Ausdruck in ihrem Gesicht nicht glücklicher sein. Er malte ihre Wangen in einem schönen Rosa und vergrößerte den Reiz ihrer prallen Lippen. Aber es war das Feuer in ihren dunklen Augen, das mich am meisten faszinierte.

Das war die Frau, die ich zum Spielen einladen wollte.

„Was hast du noch in meinem Notizbuch gelesen?", fragte ich mich. „Etwas über den unsterblichen Bund?"

Ihre Nase flatterte. „Du möchtest mich für deine Zwecke missbrauchen und mich in ein Zuchtlager schicken."

Ich schmunzelte. „Das ist der übliche Weg, aber sag mir, was du noch gelesen hast."

Sie versuchte, sich mir zu entziehen, aber ich hielt sie

fest. „Ich will mich nicht fortpflanzen!", schrie sie, was mich schockierte.

„Juliet –"

Sie wand sich heftig, ihr Körper zitterte durch die Emotionen, die sie nicht länger unterdrückte, als Tränen in ihre Augen stiegen.

Okay, die Wut hatte ich genossen.

Das hier nicht so sehr.

Ich wollte ihre Ausbildung zerstören, nicht die Frau selbst.

„Hör auf", forderte ich und festigte meinen Griff. „Juliet."

„Nein", flüsterte sie gebrochen. „Lieber sterbe ich." Ihre Beine gaben nach und sie fiel schlaff in meine Arme. Ich hob sie mit Leichtigkeit hoch und drückte sie an meine Brust, während sie leise weinte.

Meine Entschlossenheit geriet ins Wanken, als ich sah, wie ihre Ausbildung noch wirkte, selbst wenn sie trauerte. Der Ausdruck starker Gefühle wurde von meiner Art bestraft, deshalb versuchte sie, ihre Schluchzer zu unterdrücken und still zu bleiben.

Ich schüttelte den Kopf. „Du hast nach der Stelle mit der Zucht nicht weitergelesen, oder?"

Ihre Lippen bewegten sich, aber es kamen keine Laute heraus.

Ich interpretierte das als Bestätigung, dass sie mein Notizbuch nicht zu Ende gelesen hatte. Sie war wahrscheinlich zu schockiert, um sich mit den nächsten Seiten zu beschäftigen. Eine Schande, wenn man bedenkt, dass diese ihr das Fünkchen Hoffnung gegeben hätten, das sie so dringend benötigte.

Ivan hatte sich beim ersten Anzeichen von Emotionen ins Haus zurückgezogen und traf mich an der Hintertür, als ich näher kam. Er sagte kein Wort, als ich Juliet an ihm und dem Personal vorbei trug.

Ich dachte darüber nach, sie nach oben in ihr Zimmer zu bringen, entschied aber, dass ein Abstecher in die Bibliothek uns beiden guttun würde.

Sie bewegte sich nicht und gab auch keine Laute von sich, als ich sie über die Schwelle in den Raum trug, in dem sie sich in den letzten zehn Tage eingenistet hatte.

Ich wanderte zu der bizarren Anordnung an Büchern, die auf dem Boden lagen. Ein vertrautes Foto einer früheren Präsidentin schaute mich an. Es erinnerte mich an eine Zeit, in der die Menschen noch erfolglos regierten. Juliet musste das faszinierend gefunden haben, wenn sie es für alle sichtbar auf dem Stuhl liegen gelassen hatte.

Ich hielt sie mit einem Arm und bückte mich, um mein Notizbuch vom Boden aufzuheben. „Du hast es nicht zu Ende gelesen."

„Ist mir egal", brachte sie in einem erstickten Flüstern hervor. „Bestraf mich. Töte mich. Ist mir egal."

Die letzten Worte formte sie mehr mit den Lippen, als sie wirklich auszusprechen, aber ich verstand ihre Bedeutung in ihrem Ausdruck. Sie zog den Tod ihrer Zukunft vor. Ich konnte ihr keinen Vorwurf machen. Die meisten in ihrer Position würden ähnlich empfinden.

Ich ließ mich mit ihr in meinem Schoß auf die Chaiselongue nieder. „Ich habe nicht den Wunsch, dich zu töten, Juliet." Das wäre eine Verschwendung einer exquisiten Blutjungfrau. Ich strich ihr mit meiner freien Hand das Haar aus ihrem hübschen Gesicht und hielt mein Buch in der anderen. „Lies zu Ende."

Sie scheute sich vor dem Notizbuch und rollte sich an meine Brust. „Nein", ein flehender Ton untermalte ihre Stimme, als sie ihr Kinn herunter zog, um ihr Gesicht zu verstecken.

„Nein?", wiederholte ich, ein klein wenig beeindruckt von ihrer Verweigerung.

Es schien, als würde sie mich ablehnen, während sie gleichzeitig Trost bei mir suchte. Eine sonderbare Kombination, die daher kam, dass ihre ganze Welt auf den Kopf gestellt wurde. Ich würde mich nicht entschuldigen, aber ich könnte nachsichtig mit ihr sein. In einem gewissen Maß.

„Dann werde ich es dir vorlesen." Und hoffentlich würde die zusätzliche Erklärung unserer Situation helfen.

Ich blätterte durch die vertrauten Seiten und suchte meine Nacherzählung des Sortierprozesses.

Dieses Notizbuch war meine Art und Weise gewesen, mit der Entstehung unserer neuen Welt umzugehen.

Als ein ehemaliger Professor lebte ich in einem Land aus Lehrbüchern und Forschung. Die Dokumentation schrieb sich wie von selbst, aber ich hörte auf, als die BlutalIianz vor fast einem Jahrhundert den Status Quo erreichte. Der Vorgang war nahtlos, da sie hundert Jahre lang ihre Messer geschärft und all jede ausgelöscht haben, die sich ihrer Bewegung widersetzt haben – so wie Cam.

Die Gerüchte einer Revolution erstarben zusammen mit der Bekanntgabe des Ablebens meines Schöpfers, wodurch es für mich nichts Neues zu dokumentieren gab.

Jedenfalls bis vor kurzem.

Ich hatte den Abschnitt gefunden, den ich gesucht hatte, der mit der Zeile über die Farmen endete. Juliet hatte es nicht bestätigt, aber ich war mir sicher, dass das die Stelle war, an der sie aufgehört hatte zu lesen, also blätterte ich zur nächsten Seite.

„Dann gibt es die wenigen Auserwählten, die mit einem Dienst für die Ewigkeit beschenkt werden. Manche mögen unter diesen neuen Bräuchen als Alternative den Tod vorziehen, da die Zeremonie, die einst das gegenseitige Einverständnis erforderte, jetzt durch die Versklavung verdorben wurde. Während die Gesellschaft über die Idee der gebundenen Partnerschaft spottet, ist es nach den Gesetzen der Blutallianz immer noch eine akzeptierte Praxis."

Ich machte eine Pause, um mich zu vergewissern, dass ich ihre Aufmerksamkeit hatte, und sah, dass sie das Buch in meiner Hand studierte. Ihre Schultern zitterten immer noch, aber das Schluchzen hatte aufgehört. Ich nahm das als Zeichen, fortzufahren.

Sobald eine Blutjungfrau – oder eigentlich jeder Mensch – die Zeremonie durchläuft, wird der Mensch als wertvolles Eigentum betrachtet und erhält eine bestimmte Toleranz. Die Möglichkeit, zusammen mit seinem Herren oder seiner Herrin an gesellschaftlichen Veranstaltungen teilzunehmen, wird erlaubt. Obwohl die Elitegesellschaft das Ritual verspottet, wird es unweigerlich verehrt und genießt ein gewisses Prestige, das bei vielen Neid erregt. Die Blutjungfrau eines anderen Vampirs zu berühren, besonders eine, der zeremonielle Rechte gewährt wurden, wird mit dem sofortigen Tod bestraft."

Und dieser letzte Satz war das, was mich am meisten interessierte. Weil einige Männer dem Verbotenen nicht widerstehen könnten, vor allem nicht, wenn es Juliets Kaliber hat. Sie als meine *Erosita* zu markieren würde sie für meine Brüder unwiderstehlich machen, vor allem für die, die nach Macht strebten.

Ich ließ das Notizbuch sinken und konzentrierte mich auf die umwerfende Frau in meinem Schoß. Sie trug ein weiteres von diesen kurzen Kleidern, wodurch ich in Frage stellte, was Ida für sie gekauft hatte. Bestimmt auch eine Hose und ein T-Shirt?

„Ich...", Juliet benetzte ihre Lippen, ihre Stirn legte

sich in Falten. „Ich verstehe nicht, was du versuchst mir zu sagen. '

Ja, ich hatte erwartet, dass sie das nicht würde. Oder vielleicht vermutete sie etwas, traute sich aber nicht, zu hoffen Ich legte das Notizbuch auf den Beistelltisch und schlang meine Arme um ihre Taille, um sie festzuhalten.

Diese tröstende Geste verwirrte sie vermutlich noch mehr, aber sie war eher für mich als für sie. Ich genoss das Gefühl, eine Frau zu halten, besonders, wenn sie so deliziös duftete.

„Der Zweck darin all diese Bücher zu lesen, war es, dir einen Überblick über die Geschichte der Menschheit zu geben.' Ich warf einen Blick auf die Vielzahl der Bücher auf dem Boden. Alles von antiker Mythologie bis zu den letzten Weltkriegen starrte zu mir zurück. „Hast du die alle gelesen?"

„Ja", flüsterte sie. „Aber das Notizbuch habe ich nicht zu Ende gelesen."

Das hatte ich mir bereits gedacht. „Du hast mehr als genug gelesen, um zu verstehen, dass Lykaner und Vampire nicht immer regiert haben, und dass die Welt nicht immer so funktioniert hat, wie sie es heute tut."

Sie nickte und etwas von dem Feuer funkelte in ihren verführerischen Augen.

Gut. Das war es, wonach ich mich bei ihr sehnte, diese Wut. Es würde helfen, diese Unterhaltung zu meinem Vorteil zu führen.

„Wenn du denkst, dass die Behandlung von Blutjungfrauen ungerecht ist, dann solltest du einem Bluttag beiwohnen." Ich rieb meine Hände sanft über ihre nackten Arme, um meine Sehnsucht zu lindern. Zu wissen, dass ich ohne eine Strafe machen konnte, was ich wollte, half mir nicht wirklich. Aber ich wusste, dass es viel süßer werden würde, wenn sie zustimmte mir zu helfen, anstatt sie dazu zu zwingen.

„Also war der Zweck, mir zu zeigen, dass mein Leben schlimmer sein könnte?"

Ich grinste über den Hauch von Irritation in ihrer Stimme. „Nein, Liebling, der Zweck war es, dir Kontext zu geben. Ich habe ein Angebot für dich, das ich dir ohne die Geschichtsstunde nicht machen könnte."

Sie drehte sich in meinem Schoß, um meinem Blick ganz begegnen zu können. Ich habe Augenkontakt gefordert, wann immer wir uns unterhalten, aber das hier fühlte sich anders an. Stärker, selbstsicherer – als ob sie fühlte, dass sie das Recht hatte, mich anzuschauen. Es offenbarte einen Riss in ihrer Ausbildung und das begeisterte mich.

„Ein Angebot", wiederholte sie und legte ihre Stirn in Falten. „Ich stehe zu deiner Verfügung, Sire. Warum würdest du mir etwas anbieten wollen?"

Ich legte meine Hand auf ihren Nacken und strich mit meinem Daumen über ihren regelmäßigen Puls. Seit wir in der Bibliothek angekommen sind, hatte sie sich deutlich beruhigt. Ihre rosigen Wangen und die verschwollenen Augen waren geblieben, aber ihr Atem war zu seinem Normalzustand zurückgekehrt.

„Hmm." Ihre Lippen waren zu verführerisch. Ich versuchte, sie zu ignorieren, aber ihr so nah zu sein, mit ihrem weichen Körper in meinem Schoß, konnte ich kaum widerstehen. „Deine Bestimmung war es immer einem Herren zu dienen, mit der Absicht, dass es nur vorübergehend ist, richtig?"

Juliets Herzschlag wurde schneller – nur ein wenig – aber das übliche angstvolle Glitzern in ihren Augen war nicht zu sehen, als sie nickte. *Faszinierend.*

„Soweit ich weiß, bringen sie euch bei, den Tod zu

erwarten." Es diente dazu, den Menschen beizubringen, nicht auf das Unvermeidliche zu reagieren. Es war ebenfalls Teil der Gehirnwäsche, um sie daran zu erinnern, wo ihr Platz in der Nahrungskette war. Ich beobachtete sie genau, als ich hinzufügte: „Ich möchte nicht, dass dein Dienst bei mir nur vorübergehend ist."

Ihre Zunge schoss aus ihrem Mund, um ihre Lippen zu befeuchten, meine Worte hatten ins Schwarze getroffen. „Du beziehst dich auf... auf die Zeremonie? Aus deinem Protokoll?"

„Ja." Ich strich mit meinem Daumen über ihre Wirbelsäule und folgte der Bewegung mit meinen Augen. „Aber im Gegenzug möchte ich auch etwas von dir."

„Was möchtest du von mir?", fragte sie schwach. „Ich gehöre dir bereits."

„Mhm, stimmt." Ich strich mit meinen Fingern durch ihre Haare und zog sie näher, sodass nur noch wenige Zentimeter Luft zwischen unseren Mündern blieb. „Ich besitze deinen Körper und dein Blut, aber was ich begehre, ist deine Seele."

„Du möchtest mich töten, Sire?", sie atmete gegen meine Lippen.

„Nein, Liebling, ich möchte dich in das perfekte Gift verwandeln." Ich ließ meine Nase über ihre errötete Wange gleiten, bevor ich einen Kuss auf ihren Hals drückte.

Die Versuchung in Person.

Meine Fangzähne verzerrten sich danach sie zu beißen. Zehn Tage ohne ihr Blut waren zu lang. Ich hatte etwas von den Spendern genommen, die in meinem Anwesen lebten, aber das hatte meinen Appetit nicht im Geringsten gestillt. Wenn überhaupt, sehnte ich mich nur noch mehr nach ihr.

Sie schluckte. „Ein Gift?"

Ich grinste gegen ihren Hals. „Ja. Ein Tödliches."

„Ich bin nicht sicher, ob ich folgen kann, Sire."

„Du bist unwiderstehlich, Juliet", hauchte ich gegen ihr Ohr. „Indem ich dich durch die Zeremonie zu meinem Eigentum mache, erschaffe ich eine verbotene Frucht, der meine Art nicht widerstehen kann. Und diese Versuchung werde ich zu meinem Vorteil nutzen." Sie war das perfekte Gift und ich hatte die Absicht, das entsprechend auszunutzen.

„Aber wie willst du mich benutzen, Sire? Was wirst du von mir verlangen?" Erregung tränkte ihre Stimme, als ihr Körper instinktiv auf meine nicht zu unterdrückenden Sehnsüchte reagierte. Diese Art des Trainings konnte nicht gelehrt werden, es war alles mit ihrer Blutlinie verbunden und dessen natürliche Reaktion auf meine Nähe. Einige betrachteten es als einen Paarungsmechanismus, andere als ein Geschenk des Himmels. Ich sah es als eine Chance.

„Das könnte ich auf so viele Arten beantworten, Liebling." Aber ich wusste, was sie meinte. „Wenn du der Zeremonie zustimmst, werde ich dich benutzen, um meine Feinde zu zerstören. Sie werden nicht wissen, wie ihnen geschieht. Und ich werde dich auch ganz sicher dazu benutzen, meine Bedürfnisse zu befriedigen." Denn sie hier zu haben und nicht den Luxus ihrer Gesellschaft zu genießen, wäre eine Verschwendung einer überaus guten Bettgenossin.

„Ich habe gerade erst angefangen dir zu zeigen, was ich dir bieten kann, Juliet", ich küsste sie mit offenem Mund unter ihr Ohr und grinste, als ein Schauer sie durchfuhr. „Und ich glaube, ich habe dir gezeigt, dass es für uns beide recht angenehm sein kann hier zu leben, nicht wahr?"

„Würde...?", sie räusperte sich, „würde das weitergehen?"

„Dass ich dich verführe?"

„Und die anderen Dinge?", fragte sie.

„Du meinst Genuss?"

Sie wimmerte, als ich mit der Zunge ihren Hals erforschte. „J-ja." Ich konnte nicht sagen, ob das eine Einladung war, weiter zu machen, oder eine Antwort auf meine Frage. Vielleicht beides.

„Wie ich während unserer Tour durch das Anwesen gesagt habe, du bist jederzeit in meinen Räumlichkeiten willkommen, wenn du dir mehr wünschst", ich drehte mich, um ihrem Blick zu begegnen. „Aber heute Nacht verlange ich es."

Ihre Brust hob und senkte sich in schnellen Zügen. So wunderschön. Ich wollte ihr das Kleid vom Körper reißen, um ihre umwerfenden Brüste zu enthüllen und jeden Zentimeter ihres Körpers anzuknabbern. Dieses Mal würde ich sowohl nehmen als auch geben.

„Meine Bestimmung ist es, deine Bedürfnisse zu befriedigen, welche auch immer das sein mögen", sagte sie sanft.

„Mhm, aber ich verlange alles von dir, Juliet." Ich zog mich von ihrem verführerischen Blut zurück, um ihren hypnotischen Blick zu treffen. „Du wurdest darauf trainiert, mit der High Society in Kontakt zu treten, in verschiedenen Sprachen zu kommunizieren und mit deinem Blick zu verführen. Alles bewundernswerte Eigenschaften, aber was ich dir beibringen möchte, unterscheidet sich erheblich von dem, was du bereits weißt."

Sie blickte zu mir hoch, mit einer Unschuld, die ich plante zu zerstören. Ich nahm an, dass mich das zu dem Bösewicht in ihrer Geschichte machte, oder vielleicht zu ihrem Retter.

„Bist du bereit mehr zu lernen, Juliet?" Ich lockerte meinen Halt in ihrem Haar, um mit den Fingern durch ihre dicken Locken zu fahren. „Im Gegenzug kann ich dir die Einführungszeremonie anbieten. Das wird dir einzigartige Privilegien innerhalb der Gesellschaft gewähren und dich als die meine kennzeichnen, was dich vor einer alternativen Zukunft schützt. Und du wirst aufhören zu altern." Zumindest vorübergehend. Der Blutaustausch müsste mehrere Male wiederholt werden, bevor ich ihren Körper beanspruchen konnte, aber selbst die erste Stufe würde ihr bestimmte Rechte und Stärke geben.

„Aufhören zu altern?", wiederholte sie.

„Ja. Der Bund zwischen uns wird dir Unsterblichkeit gewähren, Liebling."

Ihre Pupillen weiteten sich. „Unsterblichkeit?", ein Hauch von Ehrfurcht erfüllte ihre sanfte Stimme. Sie hatte meinen Kommentar über den ewigen Dienst aus dem Protokoll offensichtlich nicht verstanden. „Und, ähm, was erfordert diese Zeremonie?"

„Deine Bereitschaft meine Bedürfnisse zu erfüllen", antwortete ich. „Was das Ritual selbst betrifft: Du musst von mir trinken." *Und anschließend ficke ich dich bis zur Unendlichkeit und zurück.*

Ihre Augen weiteten sich. „Das ist verboten, Sire."

Ich grinste. „Nein, nur der Blutaustausch ist verboten. Die Zeremonie selbst ist legal. Du wirst es verstehen, nachdem wir unseren ersten gesellschaftlichen Ausflug unternommen haben."

Einige würden mein Handeln ins Lächerliche ziehen, aber die meisten würden es beneiden. Blutjungfrauen, vor allem solche, die so verlockend waren wie Juliet, waren selten und begehrt. Ihr Kauf war der erste Schritt, um die Aufmerksamkeit auf meine Wiederkehr in die Gesellschaft zu lenken. Sie zu behalten, würde der zweite sein.

Manchmal musste man das Spiel mitspielen, bevor man es zerstören konnte.

Ich sammelte ihre Locken über einer Schulter und zwang mich dazu, mich zu entspannen. Sie zu berühren war eine Besessenheit und ich musste mich konzentrieren.

„Unsterblichkeit, Freuden und Sicherheit, Juliet. Das ist es, was ich dir anbiete. Im Gegenzug will ich deine Zustimmung und Kooperation für alles, was ich möchte. Es wird nicht leicht werden, und du wirst Dinge für mich tun, die dir nicht gefallen, aber ich glaube, dass die positiven Aspekte den Negativen am Ende überlegen sind. Die Entscheidung liegt allerdings bei dir."

9

JULIET

„DIE ENTSCHEIDUNG LIEGT ALLERDINGS bei dir."

Falsch. Nichts in meinem Leben war jemals *meine* Entscheidung. Ich existierte, um einen Herren mit Sex und Nahrung zu versorgen – etwas, das ich immer akzeptiert habe. Es war keine Debatte oder eine Meinung, sondern bloß eine Tatsache.

Nur, dass die um uns herum ausgebreiteten Bücher eine andere Welt malten, eine Welt, in der die Menschen die Wahl hatten und so leben durften, wie sie wollten.

Diese Welt hat sich nicht durchgesetzt.

Hier hatte ich keine Rechte.

Keine Wahl.

Ich lebte für Darius' Vergnügen, solange er mich haben wollte. Meine Oberin hatte mich auf die Unumgänglichkeit vorbereitet ausrangiert zu werden, aber sie hatte nie Alternativen erwähnt.

Das Notizbuch erklärte alles. Blutjungfrauen wurden nicht zwangsläufig von ihren Herren getötet, sondern eher an andere Orte geschickt, um sich zu vermehren.

Aber nur wenigen Auserwählten wurde die Zeremonie angeboten.

Darius hat nicht erklärt, was das alles bedeutet, aber ich habe genug Schlüsse gezogen, um sein Angebot zu verstehen.

Wenn ich ablehnte, würde er mich zum Coventus zurückschicken oder an einen schlimmeren Ort. Oder er würde mich sogar töten. Das könnte er und es würde niemanden interessieren.

Dennoch behauptete er, es wäre meine Entscheidung.

Eine Lüge.

Der Zeremonie zuzustimmen war die einzige Option, auch wenn das bedeutete, dass ich ihm alles geben musste. Meine eigentliche Bestimmung war es, ihm zu gefallen, mit oder ohne dem Angebot der Unsterblichkeit. Das machte sein Angebot eher zu einem Geschenk, da er mir überhaupt nichts schuldete.

Und mit ihm zu leben war bis jetzt nicht mal annähernd so schrecklich, wie ich ursprünglich erwartet hatte. Er gab mir Genuss, wo die meisten Schmerz auslösten. Selbst jetzt enthielt sein Blick einen unersättlichen Hunger, den er mit bewundernswerter Leichtigkeit kontrollierte. Die Vampire aus meiner bisherigen, zugegeben begrenzten, Bekanntschaft haben nicht gewartet, sie nahmen einfach. Dennoch besaß Darius eine Geduld, die ich bewunderte, und eine Art mich zu berühren, nach der ich mich sehnte.

Es gab keine Wahl.

Ich würde akzeptieren.

Nein zu sagen brachte mir gar nichts, während die Zustimmung mir eine Chance gab, wenn auch nur vorübergehend.

Es wäre niemals ein richtiges Einverständnis, nicht ohne eine andere realistische Alternative. Aber Menschen hatten nicht das Recht, Entscheidungen zu treffen. Wir taten lediglich, was uns befohlen wurde. Was meine Antwort einfach machte.

„Ich werde alles tun, was du wünschst, Sire." *Deshalb bin ich hier.*

„Mhm." Er legte den Kopf zur Seite und fuhr mit seinem Daumen über seine Unterlippe. „Das wirst du, ja, aber das ist nicht genau das, was ich wollte." Seine Pupillen weiteten sich, als er mich studierte. „Nun, ich nehme an, es ist ein Anfang. Wir können auf meine Anforderungen noch einmal zurückkommen, wenn ich dir mehr darüber beigebracht habe, was ich mir *wünsche*, das du tust."

„Natürlich, Sire." Ich bezweifelte, dass mich das vom Gegenteil überzeugen würde. Selbst, wenn er entscheidet, mich in ein Gift zu verwandeln – was auch immer das bedeutete – würde ich tun, was er verlangt. Weil es keine andere Option gab, wenn ich mich nicht fortpflanzen oder auf eine Farm ziehen wollte. Hoffentlich würde ich ihn nicht enttäuschen.

„Dann werden wir die Zeremonie einleiten", murmelte er, während seine Hände sich auf meine Hüfte legten.

Ich schluckte. „Jetzt?"

„Ja", er festigte seinen Griff. „Setz dich auf mich."

Elektrizität lief mir die Wirbelsäule herunter, als ich mich auf seinem Schoß verlagerte, um meine Beine auf die Außenseite seiner Oberschenkel zu legen. Es dehnte den Stoff meines Kleides, sodass es sich um seine Finger schmiegte.

„Du musst nicht viel von mir trinken." Er fuhr mit seinen Handflächen über meine Seiten, hoch und runter, und schickte eine Spur von Feuer durch das dünne Gewebe. „Aber im Gegenzug verlange ich mehr Blut von dir, vor allem, weil ich die letzten zwei Wochen nicht gut gegessen habe."

Ich studierte die Ringe unter seinen Augen. Die meisten Vampire brauchten täglich Nahrung, aber die Älteren und Stärkeren konnten auch mit weniger überleben. Dass er nicht jeden Tag für eine Mahlzeit zu mir gekommen war, sagte viel über seinen Status aus. Darüber hatte ich bis jetzt noch nicht nachgedacht.

Aber wenn er nicht viel zu sich genommen hatte, wie er gesagt hat, dann brauchte er tatsächlich viel von mir. Das würde seinen Biss intensiver machen und möglicherweise auch den Genuss, der damit einhergeht. Er hatte erwähnt, dass er es heute Abend verlangen würde.

Ein Beben arbeitete sich durch meine Gliedmaßen, als ich überlegte, was das bedeuten würde. Sicherlich wollte er mich auch entjungfern.

Das würde wehtun.

Aber es könnte mir auch gefallen.

Irgendwas stimmt mit mir ganz und gar nicht.

All das Lesen und die unerwarteten Konversationen hatten meinen Geist entgleisen lassen. Ich wusste nicht mehr, was ich zu erwarten hatte, aber eines war sicher.

„Ich bin bereit, Sire." Ihm zu gefallen, würde nicht schwer sein, selbst, wenn er mir Schmerzen zufügen würde Ich legte mein Haar auf eine Seite, um meinen Hals einfacher zugänglich zu machen. Das war meine Art, ihn zum Essen einzuladen, nicht, dass er eine Einladung gebraucht hätte.

Seine Hände fielen auf meine entblößten Oberschenkel, als er sich entspannt in die Chaise zurücklehnte und mich mit halb geöffneten Augen ansah. Alle Vampire waren attraktiv, aber mein Atem stockte bei dem Verlangen, das von Darius' stattlichen Gesichtszügen ausging. Er war wirklich einer der schönsten Männer, die ich je gesehen hatte.

Nein, das hier würde definitiv nicht schwer werden.

Er zeichnete mit den Daumen den Rand meines Kleides nach und zog den Stoff nach oben. Die Haare auf meinen Armen stellten sich auf, als er die Falte meines Pos erreichte.

Ich schluckte.

Er wird mich wieder anfassen.

Genuss...

Kühle Luft traf auf meinen Intimbereich und löste ein inneres Zittern in mir aus.

Ja.

„Mhm, wie ich vermutet habe", murmelte er, als sich der Stoff um meine Taille sammelte. „Du trägst nichts unter diesem Kleid." Sein Blick fiel auf die Stelle zwischen meinen Oberschenkeln.

„Ich wurde dazu angewiesen, nie Unterwäsche zu tragen", flüsterte ich.

„Eine Regel, die bestehen bleiben kann", sagte er, als seine Hand nach dem Reißverschluss an meinem Rücken suchte. Er öffnete sich langsam, Stück für Stück.

Mein Atem stockte, als er sein Ende erreichte. Ich war schon zuvor nackt vor ihm gewesen, aber das hier fühlte sich anders an. Dieses Mal schlug mein Puls nicht aus Angst schneller, sondern aus Sehnsucht.

Beiß mich, hätte ich beinahe gesagt, konnte die Worte aber einfangen, bevor sie mir mit einem Stöhnen entgleiten konnten.

Er zog das Kleid runter und entblößte meine Brüste. Meine Nippel verzogen sich zu schmerzvollen Spitzen, als ich auf das wartete, was als nächstes kommen würde.

Aber er zog seine Hände zurück und entspannte sich stattdessen in der Chaise. „Umwerfend."

Unter seiner langsamen visuellen Inspektion wurde meine Haut ganz heiß. Zwischen meinen Beinen regte sich ein Gefühl, dass sich danach sehnte, Reibung zu finden, während ich versuchte, ruhig zu bleiben.

Oh, Göttin...

Ich wollte mich winden.

Gegen ihn lehnen.

Trost suchen.

Irgendwas. *Alles.*

„Sire", brachte ich heraus, meine Stimme klang fremd in meinen Ohren.

„Ja, Juliet?", er faltete seine Hände hinter meinem Kopf. „Was wünschst du dir?"

„Ich...", ich leckte über meine Lippen. „Ich möchte dir eine Freude machen."

Eine Augenbraue schoss nach oben. „Möchtest du?"

Ich nickte. „Ja." Das würde mich von dem Schmerz in meinem Inneren ablenken und mir außerdem erlauben ihn zu berühren – und ihn zu erkunden. „Oh ja, sogar sehr gerne." Die Worte flossen ohne meine Erlaubnis, aber ich konnte sie nicht zurücknehmen, selbst wenn ich es wollte. Er strahlte Belustigung aus.

„Sehr gut. Auf deine Knie, Juliet." Der Befehl in seiner Stimme beruhigte mich und gab mir die Führung, nach der ich mich sehnte.

Ich glitt von seinem Schoß auf den Boden und nahm wie befohlen eine unterwürfige Position ein. Das war das Training, das ich verstand. Er regte sich, platzierte seine Füße jeweils seitlich von mir und umklammerte mich mit seinen starken Oberschenkeln.

„Du kannst mir auf zwei Arten eine Freude machen", murmelte er, als er seine Hose lockerte. Das war nicht seine übliche Anzughose, sondern eine sportlichere Variante. Ich dachte, dass er sich ausziehen wollte, aber stattdessen hob er sein Handgelenk an seinen Mund und biss hart genug zu, um es zum Bluten zu bringen. „Trink."

„Für die Zeremonie", keuchte ich.

„Ja", er hielt mir die Wunde vor die Lippen. „Jetzt, bevor sie sich wieder schließt."

„Ja, Sire." Ich konnte ihn nicht abweisen, nicht, wenn er in diesem Ton mit mir sprach. Ich griff nach seiner Hand und leckte zögerlich dort, wo er es wollte.

Seine süße Essenz berührte meine Zunge und überraschte mich.

Das... ist nicht abscheulich.

Eigentlich ist es recht angenehm.

Ich schloss meine Lippen über der Bisswunde und zog mehr in meinen Mund. Seine Hand schloss sich um meine, während seine andere meinen Hinterkopf umklammerte und mich gegen ihn drückte. Ich interpretierte das als ein Zeichen, weiter zu trinken, und fügte mich.

Ein Summen pochte in meinem Kopf und ließ meine Augen zufallen. Es zwang mich mehr zu nehmen, stärker zu saugen. Ich reagierte instinktiv und nahm mehr und mehr von seinem Blut in meinen Mund und schluckte, bis er mit seinen Fingern durch meine Haare glitt und mich von seinem Handgelenk wegzog.

Ich atmete stoßweise, mein Körper wollte mehr, aber er hielt mich mit Leichtigkeit zurück.

„Ich möchte, dass du das mit meinem Schwanz machst." Sein scharfer Ton riss mich aus meiner Benommenheit und zwang mich zum Handeln. Er ließ mich los, um seine Hose runterzuziehen. Mein Herz setzte bei dem Anblick seiner hervorstehenden Erektion einen Schlag aus. Nicht alle Männer wurden gleich geschaffen und Darius stellte viele der anderen, die ich gesehen hatte, in den Schatten.

Und den will er in mich reinstecken...

Meine Oberschenkel drückten sich zusammen.

„Dein Mund, Juliet. Jetzt."

„Ja, Sire", meine Stimme überschlug sich.

Ich kann das.

Meine Oberin hatte mir verschieden Techniken beigebracht, sowohl durch Demonstration als auch dadurch, dass ich an ähnlich geformten Modellen geübt habe. Aber ich hatte noch nie einen Mann so festgehalten.

Ich griff um seinen Schaft und streichelte ihn zögerlich.

So heiß… Das hatte ich nicht erwartet, auch nicht die weiche Haut.

Er pulsierte in meiner Handfläche und ermutigte mich, meine Hand wieder über ihn gleiten zu lassen, dieses Mal stärker.

„Hör auf damit und lutsch meinen Schwanz", befahl er.

Ich lehnte mich nach vorne und nahm ihn tief in meinen Mund, auf eine Art, von der ich wusste, dass sie ihm gefallen würde. Sein Kopf fiel mit einem zustimmenden Stöhnen zurück, das ich in jeder Faser meines Körpers spürte. Ich schluckte so viel von ihm, wie ich konnte, bevor ich mich zurück zog und von vorne begann.

„Scheiße", knurrte er, seine Hände griffen nach meinem Kopf, um meinen Dienst zu leiten.

Ein intensives Verlangen baute sich zwischen meinen Beinen auf, als ich mir vorstellte, wie er in meinen Körper eindrang, wie er es gerade mit meinem Mund tat.

Oh, Göttin, ich hatte nie gedacht, dass ich es wollen würde, aber ich tat es.

Meine Beine drückten sich zusammen, als ich mit seinem dicken Schaft im Mund stöhnte.

„Mach das nochmal", sagte er mit heiserer Stimme. „Sag meinen Namen."

Das tat ich, nicht, weil er es mir gesagt hatte, sondern weil ich es *musste*. „Darius" rollte über meine Zunge auf seine knollige Eichel, bevor ich so stark an ihm lutschte, dass er die Rückseite meines Halses traf.

Er griff meine Haare auf beiden Seiten und stieß sich noch tiefer in mich, was es mir unmöglich machte, zu atmen. Ich umklammerte seine Hüfte als Unterstützung, als er begann, ihn grob zwischen meine Lippen zu schieben.

Darius grunzte meinen Namen und eine Reihe von Flüchen, während er nach Luft schnappte. Jeder harte Stoß verhöhnte den in mir pochenden Schmerz und weckte die Sehnsucht, dass er mich auf die gleiche wilde Art und Weise nehmen würde. Es würde wehtun, aber das tat das hier auch und ich genoss es.

Tränen traten in meine Augen, als seine Finger sich noch stärker krümmten und an meinen Haaren zogen. Seine Bewegungen wurden schärfer, ein Zeichen, das ich erkannte.

„Atme tief durch, Juliet", krächzte er.

Ich atmete so tief ein, wie er es mir erlaubte und entspannte meine Kehle so gut es ging, um seinem Befehl nachzukommen. Er ging unmöglich tief in mich, so dass meine Lippen auf die Basis seines Schafts trafen, als er seinen Samen mit einem besessenen Stöhnen entleerte.

Meine Beine zitterten, als ich mich bemühte, nicht an seinem schonungslosen Eindringen zu ersticken. Er lockerte seinen Griff gerade genug, um mir Raum zum Keuchen und Schlucken zu geben, während er in meinem Mund blieb.

Als ich fertig war, traf ich seinen Blick, was ihn dazu brachte, seine Lippen zu einem Lächeln zu verziehen. „Du bist alles wert, was ich für dich bezahlt habe, und noch mehr, Liebling", er kämmte mir die Haare mit seinen Fingern, während er sich langsam von meinem Mund löste. „Aber ich muss immer noch genährt werden."

Ja, Sire", flüsterte ich durch meine schmerzende Luftröhre.

Er grinste. „Zieh dein Kleid aus."

Ich nahm den Stoff an meiner Taille und zog ihn über meinen Kopf, um ihn auf den Boden zu legen, während ich vor ihm knien blieb. Er stand und zog sich seine Hose wieder an, nur Zentimeter von meinem Gesicht entfernt.

Seine Handfläche streichelte über meine Wange, als er auf mich hinab sah. „Du sahst mit meinem Schwanz in deinem Mund so wunderschön aus. Wir werden das sehr bald wiederholen."

Ich wollte seinen Wünschen gerade zustimmen, aber Darius drückte seinen Daumen auf meine Lippen und brachte mich zum Schweigen.

„Leg dich mit gespreizten Beinen auf die Chaise", murmelte er. „Auf den Rücken."

Meine Knie protestierten, als ich versuchte aufzustehen, aber er streckte mir seine Hand entgegen, um mir vom Boden aufzuhelfen. Ich nahm seine Hilfe mit einem gemurmelten „Dankeschön" an, bevor ich mich auf dem Polster in die gewünschte Position brachte.

Er bewunderte mich einen Moment lang, sein Blick berührte jeden ungeschützten Winkel meines Körpers. „Rutsch etwas höher."

Ich bewegte mich, bis mein Kopf das obere Polster der Liege berührte, und er sich an das Ende der Chaise kniete. Seine Hände umklammerten meine Waden, bevor sie höher rutschten, um meine Beine weiter auseinander zu drücken.

Meine Schultern spannten sich an, als er sich auf seinen Ellbogen zwischen meinen Oberschenkeln niederließ und sein Gesicht direkt über meinen feuchten Schoß legte. „Mmm, du glänzt für mich. Das finde ich gut, Liebling."

Ich erzitterte, als er mich mit offenem Mund auf meine sensibelste Stelle küsste.

„Oh...", meine Nägel gruben sich in die Polster. „S-Sire..." Mein Becken drückte sich nach oben in seinen Mund, als er an meinem intimsten Punkt saugte. „Ich..." Mir fehlten die Worte.

Es fühlte sich...

Unglaublich an.

Heiß und kalt.

Ich zitterte, obwohl ein Feuer in mir brannte. Seine Finger fuhren an der Innenseite meiner Schenkel hoch und schlossen sich seinem Mund an, um mich doppelt zu quälen. Plötzlich traten zwei Finger in mich ein, was mich gleichzeitig zum Schreien und Stöhnen brachte.

Nie in meinen wildesten Träumen hatte ich so etwas erwartet.

Seine Zunge... Ich wusste nicht, dass die sich so bewegen können. Darius machte sie flach und rollte sie auf, genau dort, wo ich ihn am meisten brauchte. Meine Beine zitterten unter seinem Angriff, als sich meine Venen mit einer heißen Flüssigkeit füllten, die nicht zu bändigen war.

Seine Zähne kratzten an meinen empfindlichen Nerven und schickten einen Schock durch meinen Körper. Er konnte mich doch nicht dort beißen wollen. Das würde viel zu sehr weh tun und −

Ein Schrei blieb in meiner Kehle stecken, als er meine Haut nur knapp oberhalb dieser Stelle durchbohrte, nicht genug, um davon zu trinken, aber genug für mich, um zu bluten.

„D-Darius", wimmerte ich, als ein Feuer jeden Aspekt meines Daseins überwältigte. Er hatte etwas getan, hatte eine Art Welle der Ekstase durch mich hindurch geschickt, die jeden Teil von mir unkontrolliert pochen ließ.

„Lass es zu, Juliet." Seine Worte ließen mein

empfindliches Fleisch vibrieren, erschütterten mich. Er zog mich so hart in seinen Mund, dass Sterne hinter meinen Augen explodierten.

Es war mir egal, wie laut ich schrie, oder dass es sein Name war, der durch die Luft hallte. Er hatte etwas so Unglaubliches getan, so kraftvoll, dass ich es nicht einmal ansatzweise begreifen konnte.

Meine Seele löste sich von meinem Körper, fuhr in ihn und verließ ihn erneut. Ich zitterte und stöhnte und weinte. Ich konnte nicht aufhören. Eine Welle Euphorie nach der anderen traf mich und ich bemerkte kaum, dass Darius sich von meiner Mitte zu meinen Oberschenkeln arbeitete. Sein Daumen kreiste immer noch über meine Mitte, während er direkt aus meiner Oberschenkelarterie trank, was mich von Minute zu Minute schwächer machte.

Aber ich konnte mich nicht genug darauf konzentrieren, um mir Sorgen zu machen.

Alles was ich tat, war fühlen.

Und schweben.

Und mich an seinen Berührungen aalen.

„Darius", formten meine Lippen stimmlos, als die Sterne in der Dunkelheit untergingen. Ein Teil von mir wusste, dass wir auf einen gefährlichen Weg zusteuerten. Ich kämpfte darum, ihn zu warnen, ihn anzuflehen...

„D...", mein Mund fühlte sich trockener an, als er sollte. Schwer. Ich versuchte, meine Lippen zu befeuchten, aber ich konnte meine Zunge nicht bewegen.

Alles fühlte sich so viel kälter an als noch vor wenigen Augenblicken.

Taub

Darius.

Mitternacht leerte meinen Blick, als ich in eine sternlose Nacht blinzelte.

So allein.

Ich hatte immer erwartete zu sterben…
Ich hatte nie erwartet, dass ich leben wollte.
Bis heute.
Bis Darius mir Hoffnung gegeben hatte.
Bloß ein weiterer grausamer Vampirstreich.
Ich hätte es wissen müssen –

1 0

DARIUS

„Schlaf", flüsterte ich, als ich Juliet zudeckte. Sie sah so blass aus, aber ihr Herz schlug gesund in meinen Ohren. Die Male an ihren Oberschenkeln waren bereits verheilt. „Meine hinreißende Juliet."

Ich strich die Locken aus ihrem Gesicht und bückte mich, um ihre Stirn zu küssen. Wir hatten gerade erst mit dem Prozess der Zeremonie begonnen, aber vorerst war es genug. Am nächsten Morgen würden wir mit ihrem Training beginnen. Vielleicht nachdem ich ihren wunderschönen Mund nochmal gefickt habe.

Ihr die Unschuld zu nehmen, musste noch warten. Vorerst. Zuerst wollte ich testen, wie weit sie gehen würde, um mir zu gefallen.

Ungeachtet dessen würde ich sie behalten. Sie hat ihren Wert auf den Knien mehr als bewiesen, aber wenn ich sie über das Schlafzimmer hinaus trainieren könnte, wäre ihr Wert für mich unendlich.

„Ich bin beeindruckt, dass du so weit gekommen bist", sagte Ivan. Er lehnte mit verschränkten Armen an der Wand meines Schlafzimmers. „Aber du hast trotzdem

103

noch einen weiten Weg vor dir, Kumpel. Sie ist eine wunderschöne Puppe, aber Aussehen ist nicht alles für diesen Job."

Ich fuhr mit dem Finger ihren Arm herunter und wieder nach oben. „Sie hat Temperament."

„Ja, aber ist das genug?"

„Das bleibt abzuwarten", gab ich zu. „Aber mit der richtigen Motivation denke ich, dass es funktionieren wird."

Ivan kratzte sich am Kinn. „Wenn du das schaffst, hast du dir den Sitz verdient."

„Wir wissen beide, dass es hierbei um mehr geht, als nur um Macht."

Seine braunen Augen glühten. „Ja, aber es ist ein netter Nebeneffekt."

„Ein Nebeneffekt", wiederholte ich und mein Blick fiel auf die schlafende Schönheit in meinem Bett. „Wir werden dabei zusehen, wie unsere Feinde durch ihre eigene Schöpfung fallen werden."

Das würde die süßeste Rache werden und sie hätten sie so sehr verdient.

„Wenn es jemand schaffen kann, dann du", sagte Ivan und stieß sich von der Wand ab. „Du hattest schon immer eine Schwäche für das Unmögliche."

Ich grinste. „Ich ziehe es vor, es eine Herausforderung zu nennen."

„Klar, Kumpel." Er ging mit einem letzten Winken und ließ mich allein mit meiner zukünftigen *Erosita*. Arme Juliet, sie wollte mir eine Freude machen, dabei hatte sie noch keine Vorstellung davon, was ich wirklich von ihr wollte.

„Du wirst es lernen", murmelte ich, als ich mit meinen Knöcheln über ihre Wange strich. „Und wenn wir Erfolg haben, wirst du die tödlichste Waffe von allen in meiner Waffenkammer sein."

Sowohl verführerisch als auch tödlich.

Und dein Training gehört mir.

Scheiß auf die Blutallianz.

TEIL II

11

DARIUS

SECHS WOCHEN SPÄTER...

„SIE IST NICHT BEREIT", Ivan hatte seine Stimme gesenkt, so dass nur ich in hören konnte.

Ich nippte an meinem Bourbon, während ich mich im Raum umsah. „Ja, darum geht es."

„Du riskierst ihr Leben, Darius."

„Das ist mein Vorrecht und meine Entscheidung, Ivan." Außerdem würde sie in meiner Sichtweite bleiben und wenn sie in Schwierigkeiten gerate würde, würde ich sie retten. Heute Abend ging es darum, Juliet in unsere gemeinsame Zukunft einzuführen, nicht darum, sie zu verletzen.

Ich richtete meine Krawatte, während Ivan den Kopf schüttelte. „Wann fängt die Show an?"

„Sobald Viktor sein Interesse kundtut", antwortete ich.

„Gut, wenn man bedenkt, wie lüstern er sie anstarrt, wird es nicht mehr lange dauern."

Ich schmunzelte zustimmend.

Juliets durchsichtiges Abendkleid überließ nichts der Fantasie dennoch stand es ihr wirklich gut. Es war weniger Vertrauen, eher Akzeptanz. Die Zurschaustellung ihres

Körpers in einem Raum voller Vampire hat sie kaum beunruhigt. Sie hielt ihre dunklen Augen nach unten gerichtete und nutzte ihren eingefleischten Gehorsam zu ihrem Vorteil.

Und ihr Blut...

Scheiße, es erregte den ganzen Raum. Jeder würde ihre Keuschheit spüren, ebenso wie ihr Zweck, hier für Unterhaltung zu sorgen.

Und niemand konnte sie ohne meine Erlaubnis anfassen, weil sie mir gehörte.

Zum Ficken.

Zum Vergnügen.

Zum Fressen.

Zum Teilen.

Alles, was ich wollte.

Ihr düsterer Blick hob sich und traf meinen, dann senkte sie ihn wieder. Ich unterdrückte ein Lächeln über ihre offensichtliche Missachtung der Regeln. Den Blick eines Herren ohne Erlaubnis zu treffen war ausdrücklich verboten, auch wenn ich es zu Hause erlaubt hatte. Hier war es allerdings riskant für uns beide.

Vielleicht würde sie mich doch noch überraschen.

„Er ist interessiert", murmelte Ivan neben mir. „Lüsterner Scheißkerl."

Ich grinste gegen mein Glas. „Du bist nur sauer, dass ich die Aufgabe übernommen habe, ihn zu töten."

„Nein, ich bin angepisst, weil du ihr Leben riskierst, für einen Job, den ich im Schlaf erledigen könnte", erwiderte er scharf.

Ich schnaubte. Er hatte natürlich Recht, aber es würde Konsequenzen haben, wenn Ivan ein angesehenes Mitglied der Blutallianz tötete. Juliet hingegen bot uns eine einzigartige Möglichkeit.

Die unerlaubte Berührung des Eigentums eines anderen Vampirs hatte düstere Konsequenzen. Die Beschädigung des Eigentums verschlimmerte das Verbrechen und machte den Tod zu einer mehr als akzeptablen Folge. Selbst für hochrangige politische Mitglieder.

„Sieh ihn dir an", fügte Ivan düster hinzu. „Er hätte sie in Sekundenschnelle auf ihrem Rücken. Sie hat keine Chance."

Ich studierte den blonden Mann über den Rand meines Glases hinaus und zuckte mit den Schultern. „Ich habe ihr ein Messer gegeben."

„Mit dem sie kaum umgehen kann", konterte Ivan.

Von wegen. Ich habe ihr vorhin die wichtigsten Bewegungen gezeigt. „Alles was sie tun muss, ist eine Szene zu erschaffen, ihn vielleicht bei dem Vorfall zu schneiden und ich kümmere mich um den Rest."

„Weil *das* so einfach ist für eine Frau mit ihrer Geschichte", Ivan schüttelte den Kopf. „Du überschätzt ihre Fähigkeiten erheblich."

„Im Gegenteil, ich kenne ihre Talente sehr gut." Anzüglichkeit vertiefte meine Stimme, als ich Juliet beobachtete. Ich hatte sie bei den anderen Menschen im Raum gelassen, um Häppchen und Drinks zu servieren, etwas, von dem ich hoffte, dass es ihr leicht fallen würde. Es gab ihr außerdem einen größeren Zweck, der es ihr erlaubte, sich frei unter den Gästen zu bewegen, während sie in vollem Ausmaß begafft werden konnte.

„Nichts davon hat irgendwas damit zu tun, bei der Ermordung eines Vampirs zu helfen", knurrte mein ältester Freund. „Lass mich das machen."

„Nein." Ein schaler Befehl. Einer, den sich nur sehr wenige trauen würden, ihn zu missachten. „Ich kann ihre Konditionierung nicht brechen, bevor ich nicht vollständig verstanden habe, wie sie funktioniert. Also wirst du nicht eingreifen. Ich habe das im Griff."

Ivans Lippen verzogen sich, gerade genug, dass ich es bemerken konnte. Er hieß meine Methoden ganz offensichtlich nicht gut, blieb aber still.

„Vorsichtig, alter Freund", neckte ich leise. „Sonst fang ich noch an zu glauben, dass du dich tatsächlich um das Mädchen sorgst."

Das verhöhnte er: „Sie ist eine Sexpuppe." Die Lieblingsbezeichnung von Ivan und Trevor für mein hübsches, kleines Spielzeug. „Ich denke, dass du eine wichtige Investition verschwendest."

Stimmt. Juliet hat mich ein kleines Vermögen gekostet, aber genau das war der Punkt. Sie zu besitzen, trug zu meinem Ansehen bei, was mir auf der politischen Bühne ein Druckmittel gab. Vampire schätzten Reichtum über allem anderen, weil es gleichgestellt war mit Alter und Macht und ich besaß alle drei Eigenschaften im Überfluss.

„Darius", eine tiefe Stimme sprach mich von links an. Nicht mein Ziel für diesen Abend, aber auch ein wichtiges Mitglied der Gesellschaft.

„Sebastian", ich streckte meine Hand aus. „Es ist lange her."

„Das ist es", stimmte er zu, als er meine Hand drückte. „Ich wollte schon anfangen zu glauben, dass du dich für den ewigen Winterschlaf entschieden hast.

Ivan kicherte: „Nein, nur ein Jahrhundert."

Ich heuchelte Belustigung vor. „Es ist schwierig Winterschlaf zu halten, wenn Ivan ständig vorbeischaut, um mich zu ärgern."

„Cheers", Ivan kippte den Rest seines Drinks herunter und stellte das Glas an die Seite. „Jemand musste ja sicherstellen, dass du noch lebst."

„Offensichtlich geht es mir gut", antwortete ich

trocken. „Ich habe in letzter Zeit lediglich meine Privatsphäre genossen."

„Ja, als ich hörte, dass du bei der letzten Auktion dabei warst, dachte ich, dass es sicher ein Missverständnis ist." Sebastian beäugte Juliet interessiert durch den Raum.

„Wie du siehst, war es das nicht", antwortete ich. „Ich habe entschieden, dass es an der Zeit für mich ist, mich in den feineren Teilen der Gesellschaft zu bewegen und wollte etwas Köstliches, was mich begleitet."

„Ich würde sagen, du hattest Erfolg." Sebastian hatte seinen Blick noch nicht von ihr abgewendet, wofür ich ihn kaum verurteilen konnte. Das war immerhin ihr Zweck.

„Ja, ich denke, das hatte ich, murmelte ich, zufrieden mit seiner Beurteilung.

„Es ist gut, dass du wieder da bist", Sebastians Ton zeigte keine Anzeichen einer Lüge, genauso wenig wie sein Blick, als er sich wieder auf mich konzentrierte. „Zumindest nehme ich an, dass das der Grund für deine Anwesenheit heute Abend ist?"

„Ich gehe es langsam an." Ich trank meinen Bourbon aus und stellte den Schwenker auf den Tisch neben Ivans ausrangiertem Glas. „Das schien eine passende Veranstaltung zu sein, um Kontakte zu knüpfen. Vielleicht nehme ich später in diesem Jahr auch an der Krönung teil." Die komplette Wahrheit, wenn man bedenkt, dass ich die Absicht hatte, zum neuen Herrscher dieser Region gekrönt zu werden. Nicht, dass irgendjemand außerhalb meines Kreises das wusste – noch nicht.

Sebastian zog die Augenbrauen hoch. „Du möchtest dich in der Politik involvieren?"

Ich erlaubte mir selber ein leichtes Grinsen. „*Involvieren* ist so ein starkes Wort. Sagen wir einfach, ich habe Interesse daran, mich unter alte Freunde zu mischen." Und dabei ihre Gunst zu gewinnen. Beginnend heute

Nacht. Viktor war einer der Kandidaten, die für die Krönung in Frage kamen, und das wollte ich korrigieren, indem ich Juliet als Köder benutzte.

„Hm, gut, wenn du dich entscheiden solltest, mitspielen zu wollen, dann sprich unbedingt mit mir. Ich denke, die Allianz könnte von einem Mann mit deinen Fähigkeiten profitieren."

Ich versteckte mein daraus resultierendes Lächeln. Sebastian hatte eine nicht unerhebliche Bedeutung auf der politischen Bühne. Ihn auf meiner Seite zu haben, wäre bestimmt von Vorteil und genau die Art von Unterstützung, die ich plante, einzuholen.

„Ich weiß dein Vertrauen zu schätzen", antwortete ich glatt. „Und ich werde über deinen Vorschlag nachdenken."

„Tu das", ermutigte er mich und händigte mir seine Karte aus. „Wir sollten das genauer besprechen, vielleicht bei einem Abendessen irgendwann diese Woche?" Sein Blick wechselte zu Juliet und sein eigentlicher Wunsch wurde deutlich.

„Natürlich", murmelte ich zufrieden. Juliet erfüllte bereits ihren Zweck, indem sie mir half, Verbündete zu finden. Und alles, was sie dafür tun musste, war existieren. „Ich rufe dich an, um das zu arrangieren."

„Großartig", er hielt mir seine Hand entgegen und ich nahm sie an. „Ich habe dich vermisst."

„Ebenso", log ich.

Ivan stand schweigend neben mir, als Sebastian sich davon machte und fragte dann: „Bin ich unsichtbar?"

Ich grinste. „Nur für einen Mann mit Status."

„Du bist ein Mann mit Status und du scheinst mich sehr gut wahrnehmen zu können."

„Weil du dich weigerst, mir von der Seite zu weichen." Wie eine lästige Mücke, die ständig um meinen Kopf schwirrte. Nur dass ich ihn tatsächlich mochte.

„Idiot", murmelte er und brachte mich zum lächeln. Nur sehr wenige würden es wagen, mich so zu nennen, aber Ivan tat es mit einem Können, das ich sehr bewunderte. Deshalb hatte ich ihn als meinen besten Freund ausgewählt.

„Ihr scheint euch gut verstanden zu haben", sagte Trevor, als er zu uns in die Ecke kam. „Deine kleine Sexpuppe sorgt für Aufsehen."

„Tut sie das?" Ich grübelte und folgte seinem Blick zu Juliet. Sie stand neben der Bar und hielt ein Tablett mit Getränken, die alle mit Blut versetzt waren. „Habe ich gar nicht bemerkt."

Trevor lachte leise. „Lügner. Sie sitzt nackt auf deinem Schoß sobald ihr diesen Raum verlasst."

Stimmt. „Ihr steht das Kleid wirklich gut."

„So nennst du das?", fragte Ivan. „Weil es mich eher an Dessous erinnert."

„Es geht bis zum Boden", betonte ich. „Es ist zufällig durchsichtig und an beiden Seiten bis zur Hüfte aufgeschnitten. So ist der Zugang zur Oberschenkelarterie einfacher."

Ich schnipste mit den Fingern und sofort hob sich ihr Kopf, ihre dunklen Augen trafen meine für den Bruchteil einer Sekunde, bevor sie sich mit dem Tablett auf den Weg in unsere Richtung machte. Niemand versuchte sie zu stoppen, aber mehrere meiner Artgenossen verfolgten aufmerksam ihre Schritte durch den Raum.

Als sie mich erreicht hatte, machte sie einen Knicks. „Sire."

„Geht es dir gut, Liebling?", fragte ich sanft, als ich eine Sektflöte von ihrem Tablett nahm. Ivan und Trevor taten es mir gleich.

„Ja, Sire", flüsterte sie.

„Dann bist du bereit?", drängelte ich, obwohl ich

bereits wusste, dass sie nicht einmal ansatzweise auf die bevorstehende Aufgabe vorbereitet war.

Sie nickte trotzdem. „Das ist dein Wunsch, Sire. Also ja."

Ivan rollte neben mir mit den Augen, während Trevor schelmisch grinste. Er freute sich offensichtlich auf Viktors baldiges Ableben. Ich traf den Blick meines Ziels und las die Anfrage in seinem Ausdruck.

„Es scheint, als wäre er auch bereit", murmelte ich, als ich meinen Kopf dezent Richtung Tür neben mir neigte. Dahinter lag ein Flur, der zu mehreren privaten Unterkünften führte. Ich hatte Juliet bereits informiert, welche ich für sie vorgesehen hatte. Viktor würde sie allein durch ihren Duft finden können.

Ich drückte ihr einen Kuss auf die Schläfe und gab ihr Tablett an Ivan weiter.

„Enttäusch mich nicht, Juliet", flüsterte ich in ihr Ohr. Für Viktor würde es so aussehen, als hätte ich ihr gerade einen Befehl gegeben, während der Rest lediglich mich sehen würde, wie ich mich mit meinem Haustier unterhielt. Das war ein sehr heikler Tanz. Wenn irgendjemand den subtilen Austausch zwischen mir und Viktor wahrnehmen würde, würde unser Plan scheitern.

Deshalb hatte ich Trevor und Ivan als Beobachter dabei. Sie nickten mir beide unauffällig zu, um mir zu bestätigen, dass es niemand gesehen hatte.

„J-ja, Sire."

„Denk an meine Warnung", fügte ich hinzu, meine Lippen streichelten ihren Puls. „Jetzt geh."

„Sire." Sie machte erneut einen Knicks, bevor sie durch die Tür verschwand.

Ich richtete meine Krawatte und lächelte meinen engsten Freunden gutmütig zu. „Es wird Spaß machen, sie später für ihr Versagen zu bestrafen."

Ivan wirbelte den Inhalt in seiner Flöte herum, sein Blick war hart. „Du bist ein sadistischer Arsch, D."

„Eher ein Genie", korrigierte Trevor.

„Mach dir keine Sorgen Ivan. Ich bin mir sicher, sie wird es auch genießen." Oder ich würde es zumindest versuchen. Das kam darauf an, wie sehr sie das hier vermasselte.

Viktor kam näher, sein dunkler Blick erfüllt mit Heißhunger. Mein Lächeln versiegte etwas, als ich überlegte, was ich gerade auf Juliet losgelassen hatte. Wenn man sich nach seinem Blick richtete, würde es erhebliche Anstrengungen erfordern, nicht zu früh in ihrem Namen zu handeln.

„Dankeschön", flüsterte er, als er an uns vorbei in Richtung Ausgang marschierte.

Ich hob eine Augenbraue, als er durch den Raum wanderte, sowohl als Show für die anderen im Raum, als auch als Reaktion auf seine wahrgenommene Unhöflichkeit. „Seine Konversationsfähigkeiten lassen zu wünschen übrig."

„Er scheint es eilig zu haben", antwortete Trevor und spielte seine Rolle perfekt. Seine Stimme war gerade so hoch, dass einige sie hören konnten, aber nicht so hoch, dass es offensichtlich wurde.

„Unhöflich", stimmte Ivan zu und nippte beiläufig an seinem Glas.

Ich tat es ihm gleich und genoss meine eigene Flöte mit sprudelnder Flüssigkeit und tat so, als würde ich mich nicht ganz wohl fühlen. Meine Sinne waren an die von Juliet gebunden und ich wartete darauf, dass sich auch nur ein Funken Panik durch unsere provisorische Verbindung schleichen würde. Die Zeremonie hatte erst angefangen uns zu verbinden, gerade genug für mich, um ihre Emotionen zu fühlen. So wie aufkommende Panik und die Selbstzweifel, die sich durch unsere Verbindung bohrten.

Ja, es schien, als würde sie kläglich scheitern.

Oh, mein Schatz Juliet.

Ich trank langsam mein Glas aus und stellte es auf den Tisch in der Nähe. Dann begann ich die Show, indem ich meine Krawatte lockerte und die Tür anstarrte, durch die Juliet und Viktor geflohen waren. „Wenn die Herren mich entschuldigen würden, ich brauche eine etwas andere Art der Erfrischung."

Ivan schmunzelte. „Ich wusste, dass du die Nacht nicht ohne ein kleines Vorspiel überstehen würdest."

„Kannst du ihm das verübeln?", fragte Trevor.

„Ich sicher nicht", kommentierte ein in der Nähe stehender Mann, seine Lippen kräuselten sich belustigt.

„Ich auch nicht", sagte sein Begleiter. „Sie riecht fantastisch."

„Nun, ich bin froh, dass Sie da alle zustimmen", bemerkte ich trocken, als ich mich auf den Weg zur Tür machte.

Denn euch allen steht durchaus eine Show bevor.

Lasst die Spiele beginnen.

12

JULIET

EINATMEN.

Ausatmen.

Meine Hände zitterten.

Du kannst das.

Ich hatte keine andere Wahl. Darius hatte es befohlen, daher würde ich diese Aufgabe erfüllen. Auch wenn das bedeutete, ein Leben zu nehmen.

Meine Lippen formten ein einladendes Lächeln, während mein Inneres zu Eis gefror.

„Nun, du bist ein verlockender Leckerbissen, nicht wahr?", die tiefe Tenorstimme ließ mir einen Schauer über den Rücken laufen, aber keinen von der guten Sorte. Ich starrte demütig auf die Schuhe des Vampirs, so wie es die Etikette von jemandem in meiner Position verlangte.

Eine Blutjungfrau. Ein Besitz. Ein Mensch ohne Rechte.

„So hübsch…", der nach Zigarettenrauch riechende Atem des Mannes stieg mir in die Nase, als er mit seinem Finger den tiefen V-Ausschnitt meines durchsichtigen, schwarzen Kleides entlang fuhr. Darius hatte das Outfit für mich ausgesucht und meine dunklen Haare hoch gesteckt, um meinen Hals besser zu präsentieren. Unter dem dünnen, durchsichtigen Stoff trug ich nichts – etwas, dass der Vampir, der mich berührte, offensichtlich wertschätzte.

„Wie großzügig von deinem Herren, dich mit mir zu teilen", fuhr er fort, als er mir schmerzhaft in die Brustwarze kniff. Ich biss mir auf die Zunge, um den Schrei zu unterdrücken, den seine Berührung verursacht hatte.

Die Klinge an der Innenseite meines Schenkels flehte mich an zu handeln, aber meine Instinkte hielten mich ruhig.

Noch nicht, flüsterten mir meine Gedanken zu.

Feigling, antwortete mein Bewusstsein. *Du bist für das hier nicht bereit.*

„Setz dich auf mich", forderte der Vampir.

Mein Körper bewegte sich wie von selbst, um sich seinem Willen zu beugen, als wäre ich eine Puppe. Die ganze Zeit hatte mein Gehirn rebelliert und es gewagt, meine alte Ausbildung mit der Neuen zu ersetzen, aber ich ließ mich von seinen Befehlen hinreißen.

Menschen gehorchten.

Aber sie befolgten auch die Befehle ihres Herren.

Meine Augen schlossen sich, als ein Krieg zwischen Herz und Verstand in mir ausbrach.

Einen Vampir zu verletzen war strengstens verboten. Genauso, wie die Befehle seines Herren zu missachten. So oder so würde ich eine Kardinalsregel brechen.

Die Handflächen des Vampirs liefen an meinen Seiten hoch, als ich im Autopilot auf seinen Schoß rutschte. Seine Erregung legte sich zwischen meine Beine – eine gefährliche Einladung, die ich nicht annehmen wollte. Aber wenn er mich nahm, müsste ich mich fügen.

Master Darius hatte mich hierher gebracht.

Um das Wesen unter mir herauszufordern.

Nicht, um ihm Vergnügen zu bereiten.

Ein Test.

Einer, den ich nicht bestehen würde, wenn ich meine Finger nicht bald unter den Stoff meines Kleides schob, um nach dem Dolch zu greifen und ihn in diesen Vampir zu stechen.

Oh Göttin... Wie war ich hierhergekommen? Die Auktion schien eine Ewigkeit her zu sein. Ich sollte die Blutjungfrau eines neuen Herren werden, um Nahrung und Sex zu liefern, nicht um die Komplizin in einem Mordfall zu werden.

Mein Magen rebellierte, als der Vampir seine Fänge über mein Schlüsselbein und meinen Hals zog. Es fühlte sich falsch an. Nur mein Herr – Darius – durfte mich dort berühren. Nur hatte er mich diesem blonden, namenlosen Mann überlassen und mich einzig mit der Aufgabe zurückgelassen eine Szene zu machen.

Benutz die Klinge.

Gänsehaut breitete sich auf meinem Körper aus.

Nein. Die ist nur zur Verteidigung.

Heiße Luft durchströmte meine Haut, während der Vampir meinen Puls für seinen Biss vorbereitete. Darius hatte mir gesagt, ich sollte den Mann nicht zubeißen lassen und mich verteidigen, wenn es nötig wäre.

Greif nach dem Messer.

Oh, Darius wäre so verärgert, wenn ich versagen würde. Bisher wurde ich von seinem Zorn und seinen Bestrafungen verschont, aber die würden bald folgen, wenn ich nicht endlich die Waffe zog und handelte.

Was, wenn ich ihn nicht traf?

Was, wenn ich nicht schnell genug war?

Was, wenn mich jemand erwischte?

Heiß und kalt vermischten sich in meinem Blut,

lähmten mich. Dann durchbrach die Spitze eines Fangzahns meine Haut und ich wurde ein Opfer des Zwangs zu Gehorsamkeit.

Zweiundzwanzig Jahre im Coventus überlagerten das zweimonatige Tutorial meines Herren. Die Erinnerung der Muskeln war ein mächtiges Werkzeug.

Unterliegen.

Gestatten.

Liefern.

Schmerz flackerte durch den Nebel meines Geistes, als der Vampir seinen tödlichen Kuss vertiefte. Darius war bisher der Einzige, der je mein Blut gekostet hatte, und er hatte mir immer Euphorie eingeflößt... Das hier war nicht Darius.

Meine Lippen teilten sich zu einem Schrei, den ich zwangsweise herunter schluckte. Meinen Schmerz zu zeigen, würde ihn nur noch mehr antreiben, das wusste ich durch die vielen Stunden der Beobachtungen während meiner Ausbildung.

Grobe Hände befingerten mein Kleid und rissen den Stoff von meiner Brust bis zur Hüfte auf. Sein Mund folgte und klammerte sich in einem grausamen Biss an meine Brust, der mein Inneres verbrühte.

Kein Genuss.

Nur unerträglicher Schmerz.

Eine Vorliebe, die die meisten Vampire teilten.

Darius nicht...

Meine Hände krochen zu dem Messer, aber der Vampir hatte zu schnell zu viel genommen. Meine Glieder wurden innerhalb von Sekunden kalt und ließen mich hilflos in seinem Schoß zurück.

Und sehr, sehr allein.

Ein Befehl.

Die Fütterung des Mannes durch einen Schrei oder

Kampf abzulehnen. Etwas, *irgendwas*, um Aufmerksamkeit zu erregen, und jetzt konnte ich kaum noch reden, geschweige denn schreien.

Ich habe versagt.

Hatte noch nicht einmal den Dolch aus der Scheide um meinen Oberschenkel gezogen.

Und das hier würde meine Bestrafung sein – dem Schicksal entgegenzutreten, vor dem ich mich immer gefürchtet habe – Tod durch einen übereifrigen Vampir. Mein Blut war berauschend und der fanatischen Art nach zu urteilen, wie der Mann jetzt an mir saugte, war er definitiv in den Bann gezogen worden.

Niemanden würde es kümmern.

Nicht einmal Darius.

Ich war Eigentum. Ein kaputtes Spielzeug, das mein Herr nicht hatte neu trainieren können. Es spielte keine Rollen, dass er mich im Grunde ohne Erfahrungen in die Höhle des Löwen geschickt hatte. Ich hätte es besser machen können. Er würde es mir höchstwahrscheinlich gestatten diesem Tod zu unterliegen.

Meine Brust zersprang in Splitter, ob durch den Schmerz des Versagens oder den Vampir konnte ich nicht sagen.

Alles tat weh.

Eine warme Flüssigkeit lief über meine Haut, durchnässte mein Leben, das mir auf so grauenvolle Weise aus dem Körper gesaugt wurde.

Ein Schlag auf den Kopf ließ Licht hinter meinen Augen flackern – der Vampir versuchte, mein Bewusstsein zurückzubringen, zweifellos um sein Werk zu bewundern.

Oder um mir die Jungfräulichkeit zu nehmen.

Weil Darius das nie getan hatte und ich ihn jetzt im Stich ließ.

Er würde mit einer Neuen von vorne anfangen.

Mich bei einer neuen Auktion ersetzen.

Ich hatte ihm nie etwas bedeutet.

Lass dir davon nicht weh tun, tadelte ich mich selbst. *Du wusstest es besser.*

Aber er war ein netter Herr, viel besser, als ich es jemals erwartet hätte, selbst mit seiner Absicht, mich in sein persönliches Gift zu verwandeln.

„Juliet", Darius' Stimme überkam mich wie eine warme Liebkosung, die mich beinahe aus meinen Träumereien gerissen hätte.

Selbst nach dem Tod würde er mich noch heimsuchen.

„Juliet", jetzt härter, gefolgt von einer Erschütterung, die meine Sinne verwirrte. Ich fühlte mich schwer. Ich war in eine warme, schlammige Substanz gehüllt, die auf meiner Brust lastete. Es tat weh zu atmen.

„Ich würde sagen, es ist gerechtfertigt", sagte eine männliche Stimme vorsichtig. Flach. Unbekannt.

Was ist gerechtfertigt?, fragte ich mich.

„Klar", fauchte Darius. „Als ob es je in Frage gestanden hätte."

„Hmm, nun gut. Ich hoffe, sie wurde nicht zu sehr entleert. Wäre doch schade." Die gleiche flache, männliche Stimme.

Meine Augenlieder flatterten, aber ich konnte nichts sehen.

Zu viel... von irgendwas.

„Wenn sie das ist, werde ich Vergeltung für seine komplette Linie suchen", knurrte Darius.

„In Ordnung." Stoff bewegte sich – vielleicht Anzughosen? – als die Stimme immer schwächer wurde. „Ich werde der Allianz meinen Bericht über die heutigen Ereignisse vorlegen. Du wirst nicht zur Rechenschaft gezogen werden."

„Das mache ich auch", verkündete ein anderer Mann. Er erinnerte mich an Trevor...

„Ich auch." Und das war Ivan.

Wo bin ich?

„Danke euch allen", antwortete Darius und klang etwas beruhigt. „Wenn es euch nichts ausmacht, würde ich mich jetzt gerne um meine zukünftige *Erosita* kümmern."

Erosita? Hatte ich das richtig verstanden? Was bedeutete das?

„Natürlich", sagte eine kalte Stimme. „Wenn du irgendwas brauchst, weißt du, wo du uns findest."

„Zur Kenntnis genommen", murmelte mein Herr, seine Finger lagen auf meinem Hals.

Alles um mich herum schien sich zu bewegen. Der Geruch pikanter Speisen und Liköre erfüllte die frische Abendluft. Dann Leder. Neu oder frisch gereinigt.

In meinem Kopf drehte sich alles.

Etwas Warmes berührte meine Lippen.

Dekadent.

Flüssig.

Süchtig machend.

Verschwunden.

Meine Welt veränderte sich weiter, ich schwebte in einem Dunst aus fremden Sinneseindrücken und Gerüchen, bis das Summen in meinen Ohren die Stille übermannte.

„Ah, Juliet", flüsterte Darius. „Ich hatte mir mehr erhofft, aber jetzt weiß ich wenigstens, wo ich anfangen muss", seine Lippen fielen auf meine. „Wach jetzt auf." Der Befehl in seiner Stimme zog an all meinen Nervenenden und zwang mich, die Augen zu öffnen.

Selbst in der gedimmten Beleuchtung der Limousine konnte ich die strengen Linien seines hübschen Gesichtes ausmachen. Hohe Wangenknochen. Lange, dunkle

Wimpern. Üppiges braunes Haar. Kantiges, männliches Kinn. Glühend grüne Augen.

„Was zum Teufel ist passiert, Juliet?"

Ich schluckte. „Ich...", mein Mund fühlte sich an wie Sandpapier. Nicht, weil ich mit dem Tod gekämpft hatte, sondern wegen seines intensivem Ausdrucks. „Ich konnte ihn nicht töten."

„Was bedeutet, dass du meinen Befehl missachtet hast", entgegnete er, als er nach meinen Kinn griff, um meinen Blick zu halten. „Was passiert, wenn eine Blutjungfrau ihrem Herren den Gehorsam verweigert, Juliet?"

„Bestrafung", flüsterte ich.

„Lauter, Liebling. Ich möchte sicher sein, dass du die Konsequenzen deines Handelns verstehst."

Meine Kehle schnürte sich zu, als ich darum kämpfte, meine Antwort zu wiederholen. „Bestrafung." Es war immer noch nicht mehr als ein Krächzen.

„Hmm", seine Handfläche glitt auf meine Kehle und drückte drohend zu. „Was werde ich mit dir machen?"

Erst jetzt realisierte ich, dass er mich auf seinen Schoß gesetzt hatte, meine Beine baumelten an einer Seite runter, während er mich mit einem Arm um meinen Rücken festhielt. Normalerweise würde es mir nichts ausmachen ihm so nah zu sein, aber von seiner angespannten Gestalt strahlte Gefahr aus.

„Was auch immer du wünschst, Sire", antwortete ich leise und meinte es auch so. Er besaß mich. Geist, Körper und Seele. Meine Bestimmung war es, seinen Hunger zu stillen und ich hatte versagt. Ich hatte es verdient bestraft zu werden.

„Tatsächlich", sein Daumen zeichnete meine Kieferpartie nach, seine Stimme war weich und bedrohlich. „Er hat dich gebissen, Juliet. Weißt du, wie ich mich jetzt fühle?"

Steine schienen auf meiner Brust zu liegen.

Da ich die Regel Nummer Eins gebrochen hatte, hatte ich keinen Zweifel. Er war… „Wütend."

„Besitzergreifend", korrigierte er mich. „Er hat das berührt, was mir gehört, und warum? Weil du versagt hast meinen Anleitungen Folge zu leisten."

Ich leckte meine Lippen, die auf einmal ganz trocken waren. „Es – es tut mir leid, Sire."

„Tut es das?", fragte er mit derselben samtweichen Stimme. Seine Hand rutschte über meine entblößte Brust. Mein Puls machte einen Sprung, als er ihre steife Spitze zwischen Daumen und Zeigefinger einklemmte. „Hier hatte er seinen Mund. Hat die Essenz getrunken, die mir gehört."

Ich hielt ein schmerzerfülltes Stöhnen zurück, als Darius grob meine empfindliche Haut zusammendrückte. Normalerweise lösten seine Berührungen Freude aus. Das hier sollte mir nicht gefallen – jedenfalls nicht gänzlich.

„Darius", hauchte ich, als sein Griff sich drehte.

„Weißt du, was es mit einem Vampir macht, wenn er sieht, dass sein Besitz von einem anderen liebkost wird?" Durch seinen geschickten Griff schossen noch mehr Qualen durch meine Brust. Göttin, wie konnten sein Daumen und sein Zeigefinger *das* machen? „Und alles nur, weil du es erlaubt hast. Warum, Juliet? Warum hast du es erlaubt? Ich habe dich gewarnt, was passiert, wenn ein anderer dich beißt, oder nicht?"

Ich nickte und er schlug meine Brust so stark, dass ich nach Atem rang. *Heilig…*

„Worte, Juliet. Gib sie mir."

„Ja!", schrie ich und zitterte, sowohl wegen seines Tonfalls als auch aufgrund der seltsamen Empfindungen, die seine Berührung hervorrief. Todesangst… Gemischt mit Erregung?

Was stimmt mit meinem Körper nicht?

„Mehr", knurrte er, seine Finger wechselten zu meiner anderen Brustwarze. „*Warum* hast du es erlaubt?"

„Aus Gewohnheit", gab ich zu, als er erneut Druck ausübte. „Ich… ich bin ausgebildet… Unterwerfung."

„Und Vernunft ist nicht genug, um den Bund mit dem Coventus zu brechen?"

Zu viel… Das waren zu viele Schmerzen… „So einfach ist das nicht", sagte ich mit Tränen in den Augen. „Ich… die Regeln… ich kann das nicht."

Mein ganzer Körper zuckte unter seiner Berührung. Es brannte zwischen meinen Beinen und erhitzte meine nackte Haut, selbst, als meine Brust schon taub wurde.

„Darius, bitte…", flehte ich, ohne zu wissen, was ich wollte. Sollte er aufhören? Weitermachen? „Es tut mir leid, dass ich dich enttäuscht habe!", meine Stimme überschlug sich vor Angst – eine verworrene Reaktion meines Körpers auf diese sinnliche Folter in Verbindung mit seiner offensichtlichen Irritation.

Ich hatte nie zuvor gegen irgendwen gekämpft, noch hatte ich das je gewollt.

Selbst das Wissen, dass Vampire und Lykaner die Menschheit vernichtet, Menschen in bestimmte Gruppen eingeteilt, uns alle unsere Rechte genommen und meine Blutlinie im Wesentlichen speziell für den Vampirgenuss geschaffen hatten, würde daran nichts ändern…

„Ich bin keine Kämpferin, Darius", flüsterte ich mit geschlossenen Augen. „Ich kann das nicht."

13

DARIUS

„Und genau da liegst du falsch, Juliet." Eine Kriegerin schlummerte irgendwo unter ihrer Haut, ich musste sie nur zum Spielen überreden.

Sie heute Nacht zu testen war der erste Schritt.

Ihre Bestrafung würde der Zweite sein.

Ich ließ Juliets Brust los und unterdrückte ein Lächeln, als sie sich in meinem Schoß wand. Selbst unter Schmerzen versuchte sie immer noch, mir zu gefallen.

Perfekt.

Umwerfend.

Meins.

Dennoch hatte sie trotz meiner Warnungen einem anderen erlaubt, sie zu beißen. Hätte ich nicht darauf gewartet, dass Viktor die Kontrolle verliert, wäre sie gestorben.

Ich habe genau den Moment erwischt, als ihre indoktrinierten Gedanken die Oberhand gewannen und sie dazu zwangen, Viktors Bedürfnissen nachzugeben. Ich hätte die Fütterung schon da aufhalten können, aber ich brauchte seine Aggressionen, um alles richtig in Szene zu setzen. Was nicht nötig gewesen wäre, wenn sie nur so reagiert hätte, wie ich es ihr aufgetragen hatte.

Einen Vampir ohne triftigen Grund zu töten, brachte einen Haufen Papierkram mit sich. Dass Juliet in meinen Armen fast verblutete, gab mir einen gerechtfertigten Grund zum Handeln. Und das hatte ich schnell getan, indem ich Viktors Kopf von seinem Körper trennte, während er weiter trank. Eine blutige Szene, sicher, aber wichtige Botschaften wurden am besten blutig vermittelt.

Aber nicht einmal die Ermordung von Viktor konnte das Brennen in mir lindern, nachdem ich gesehen hatte, wie er Juliet verspeiste. Schlimmer noch, sie hatte ihr Schicksal einfach akzeptiert.

Ich rieb mir den Nasenrücken.

Diese wunderschöne Kreatur wurde kunstvoll gefertigt und zur perfekten Verführerin geformt. Sie konnte mehrere Sprachen sprechen, intelligente Gespräche zu verschiedenen Themen führen, nackt durch einen Raum voller Männer laufen, ohne ihren Stolz zu verlieren, und sie hatte den Mund einer Göttin.

Und sie war in jeder Hinsicht unterwürfig.

Mit einem Schnipsen meiner Finger, würde sie auf ihre Knie fallen und so lange an meinem Schwanz lutschen, wie ich wollte. Sie würde sich jedem fügen, dem ich sie geben würde, auch einem völlig Fremden, nur weil das Coventus dieses Pflichtgefühl in ihrem hübschen kleinen Kopf verankert hat.

Verdammt, ich hasste und liebte sie gleichzeitig.

Es war mir ein Rätsel. Ich wollte, dass sie selbstständig dachte, dennoch stellte sich die dunkle Seite in mir alle Möglichkeiten vor, wie sie mit ihrem Körper dem meinen einen Gefallen tun könnte. Immer und immer wieder.

Mein Penis pochte unter ihr, flehte darum, raus kommen zu dürfen, um zu spielen. Aber es war noch nicht an der Zeit. Ihr Leben hing von ihrer Fähigkeit ab, meinen Befehlen in vollem Umfang zu folgen.

Wenn sie nicht kämpfen konnte, war sie außerhalb des Schlafzimmers wertlos für mich.

Ich schob meine Finger in ihr langes, fast schwarzes Haar und wickelte die Strähnen um meine Faust. Sie schnappte nach Luft, als ich zog – hart – und sie zwang, meinem Blick standzuhalten.

„Ich habe dir mein Blut gegeben, Juliet. Das ist der einzige Grund, weshalb du jetzt noch lebst." Meine Unsterblichkeit heilte sie schnell und effizient, aber das verfälschte den Sinn dieser Übung. „Du wärst fröhlich unter seinen Fängen gestorben. Indem du einen anderen Herren erfreust. Wie untreu von dir."

„Nein!" Ihre dunklen Augen loderten, als sie meinen Blick trafen, der erste Funke der Kämpferin, der aus ihrem Inneren aufblitzte.

Ich hob eine Braue, als sie nicht weiter sprach. „Nein?"

„Du hast mich ihm gegeben." Die hauchdünne, leicht trotzige Haltung in ihrer Stimme ließ auf ihre schwankende Entschlossenheit schließen, aber die Worte waren klar.

„Zum Kämpfen. Nicht zum Ficken und Füttern." Sie lag nackt in dem Schoß dieses Vampirs, ihre Brüste waren seinen Zähnen ausgesetzt und sie hatte nicht einmal geschrien.

Weil sie das erwartet hat. Es akzeptiert hat. Es angenommen hat.

Scheiß Coventus.

Es war ein Wunder, dass Viktor nicht das Messer gesehen hat, das an ihrem Oberschenkel geschnallt war. Es war das erste, wonach ich griff, bevor ich ihn getötet habe. Die ganze Szene war ein Albtraum.

„Ich bin eine Blutjungfrau", flüsterte sie gebrochen. „Das ist meine Bestimmung."

„Das ist nicht *deine* Bestimmung, Juliet", ich lockerte meinen Griff ein bisschen. „Aber wenn das alles ist, was du tun möchtest − mir gefällig zu sein − dann geh auf deine Knie."

Sie erstarrte. „Jetzt?"

„Ja." Mein Schwanz würde die Aufmerksamkeit genießen und ich würde ihr eine Lektion erteilten. Ich ließ sie los und hob meine Augenbrauen. „Wirst du mich etwa warten lassen?"

„Nein, Sire." Sie krabbelte von meinem Schoß auf den Boden und legte ihre zitternden Hände auf meine Oberschenkel.

Sie so zwischen meinen Beinen zu haben, half ein wenig dabei, die in mir tobende Wut zu zügeln. Ich meinte, was ich über die besitzergreifenden Instinkte gesagt habe. Sie gehörte mir, mir allein, und dieser Vampir hatte sie an Stellen berührt, die nur für meine Hände und Lippen bestimmt waren.

Wir würden diesen Fehler jetzt sofort beheben.

„Mach deinen Job, Juliet." Grausame Worte, aber effektiv.

„Ja, Sire." Ihre blutverschmierte Brust hob sich, als sie tief einatmete und ihre Finger zu meinem Gürtel führte. Die Schnalle öffnete sich unter ihrer fachkundigen Berührung, schnell gefolgt von Knopf und Reißverschluss. Mein Schwanz sprang ihr quasi entgegen, aber ich hielt die Emotionen auf meinem Gesicht zurück. Diese Lektion war nicht zum Vergnügen gedacht.

Sie befeuchtete ihre Lippen mit ihrer Zunge, als sie meinen Schaft von oben bis zur Basis streichelte. Ich entspannte mich in dem Ledersitz und verweigerte ihr die Befriedigung einer Reaktion, außer der, die sie in ihrer Hand hielt. Wenn sie wollte, dass das hier ihr einziger Zweck ist, würde sie dafür arbeiten müssen. Die fehlende Beleuchtung in der Limousine begünstigte meine Misere. Sie würde mich nicht ansatzweise so gut sehen können, wie ich sie sehen konnte.

„Tiefer, Juliet." Nach mehreren Wochen, in denen sie mich Oral befriedigt hatte, wusste sie, was ich mochte. Ich hatte sie noch nicht ganz genommen, weil ich ihre wahre Zustimmung wollte und nicht die Fügsamkeit, die ihr das Coventus eingeflößt hatte.

Mein Schwanz traf auf die Rückseite ihrer Kehle, als sie hart an mir saugte. Fast hätte ich geknurrt, konnte es aber in letzter Sekunde herunterschlucken. Scheiße, die Frau war in Besitz des talentiertesten Mundes, den ich je gespürt hatte. Kein Würgreflex. Kein Zögern. Nur reines, unverfälschtes Verständnis für genau das, wonach ich mich sehnte.

Es kostete mich beträchtliche Mühe, oberflächlich entspannt und unbeeindruckt zu bleiben, vor allem als mein Blut durch ihren Dienst zu kochen begann.

So perfekt.

So heiß.

So verdammt unglaublich.

Elektrizität strömte durch meine Venen, die durch ihren ständigen Augenkontakt noch verstärkt wurde. Sehnsucht erhellte ihren Blick und gab ihr die Erscheinung einer Göttin. Die Frau war umwerfend, selbst wenn sie mit dem Blut eines anderen Mannes bedeckt war.

Scheiße.

Ich konzentrierte meine ganze Energie darauf, gleichgültig zu bleiben, auch wenn meine Leiste pochte. Vielleicht gehörte Juliet wirklich auf ihre Knie, um mir zu dienen. Es wäre eine verdammte Lüge, wenn ich sagen würde, ich wollte sie woanders haben.

Es juckte mir in den Finger, nach ihren Haaren zu greifen und sie dazu zu zwingen, ihn bis zum Anschlag zu schlucken, hart, immer und immer wieder. Ich würde kraftvoll in ihren schönen Hals kommen. Und sie würde jeden Tropfen schlucken, so wie sie es immer tat.

Meins.

Sie wurde für mein Vergnügen geformt.

Geschult in allen Künsten des Verkehrs, einschließlich den dunkelsten Fantasien.

Ich konnte es nicht erwarten, sie alle zu entdecken. Zur rechten Zeit. Bald.

Jetzt.

Ich gab meinem Drang nach, grub meine Finger in ihre Haare und stieß mich ohne Vorwarnung bis in ihren Hals. Ihre Augen weiteten sich, aber sie kämpfte nicht gegen mich an. Sie wartete nur darauf, dass ich sie wieder atmen ließ.

Unterwürfig bis ins Mark.

Vertrauensvoll.

Nicht flatterhaft.

Tränen glitzerten an den Rändern ihrer Augen, das einzige Anzeichen dafür, dass sie Luft brauchte.

Aber immer noch keine andere Reaktion, nicht einmal eine Bitte. So antörnend und doch so ärgerlich. Wie konnte ich eine Frau brechen, die offensichtlich so kaputt war?

Indem ich die Bruchstücke in einem neuen Muster wieder zusammensetzte.

Eins, das einer Kriegerin würdig wäre.

Ich gestattete mir noch einen Stoß, bevor ich mich komplett aus ihr zurückzog. Meine andere Hand wickelte sich um meinen Schaft und gab ihm einen heftigen Stoß, als sich meine Eier bei der bevorstehenden Explosion zusammenzogen.

„Du gehörst mir", fauchte ich. „Niemand sonst fasst dich an."

„Ja, Sire", stimmte sie mit großen Augen zu, als ich auf sie herab starrte. Mit einem letzten Schub entlud ich mich auf ihrer Brust, während ich so an ihren Haaren zog, dass sie zusehen musste.

Ihr Name kribbelte auf meiner Zunge, kam mir aber nicht über die Lippen. Ich weigerte mich ihr etwas zu gönnen, wenn ich mich so verdammt unbefriedigt fühlte.

„Reib dich damit ein", befahl ich, als ich fertig war. Ich wollte den Geruch des anderen Mannes auslöschen, sie auf die entwürdigendste Weise als mein Eigentum kennzeichnen.

Aber weder bewegte sie sich, noch antwortete sie.

Ich zerrte scharf an ihrem Haar. Nicht genug, um ihr weh zu tun, aber genug, um ihre Aufmerksamkeit zu bekommen. „Jetzt, Juliet."

Ihre Hände legten sich auf ihre Brust, massierten und schmierten meine Essenz über ihren ganzen Körper. Ich beobachtete aus der Dunkelheit heraus, wie mein Sperma sie brandmarkte.

„Nicht aufhören", meine Worte waren scharf und ein bisschen schroff, wodurch sich ihre Finger schneller über ihre Brustwarzen bewegten. Offensichtlich verstand sie meine Intention, da das die Stelle war, an der Viktor sie gebissen hatte. Jede Bewegung ihres Daumens holte mir meinen Platz dort Stück für Stück zurück, mein Eigentum.

So eine brave kleine Blutjungfrau.

Ich riss Juliet nach vorne und ihr Mund öffnete sich ohne meinen Befehl, ihre Zunge huschte heraus, um die Flüssigkeit abzulecken, die noch an meinem Schlitz hing. Sie summte zustimmend, bevor sie mich tief in ihren

Mund nahm und auch den letzten Tropfen von meinem Schaft lutschte.

Mein Griff lockerte sich nicht. Wenn überhaupt, dann wurde er fester, als sie meinen Schwanz auf eine Weise verschlang, wie es nur wenige andere könnten.

Ihre Hände massierten weiter ihre Brust, während sie an mir lutschte, aber dieses Mal langsamer und intensiver.

Sie hatte einen erotischen Rhythmus angenommen, einen, der ihre Erregung verstärkte.

Ich holte tief Luft und aalte mich an ihrem berauschenden Duft.

Mmm... So, so gut.

Von ihr strahlte feuchte Hitze aus, die zweifellos an ihren Oberschenkeln heruntertropfte.

Sie genoss es – mich, wie ich ihren Körper besaß. Meine Dominanz.

Und jetzt wollte meine süße Juliet kommen.

Perfekt.

Ich ließ sie weitermachen, weidete mich an der leichten Bewegung ihrer Hüften, als sie versuchte, die Reibung zu finden, die sie jetzt bräuchte. Ihre Brustwarzen waren mittlerweile harte, kleine Spitzen, die um meine Berührung bettelten, und ihre Pupillen überschatteten ihre Iris.

„Du hast das genossen", murmelte ich.

„Ja, Sire", sie sprach die Worte um meine immer noch harte Erektion. Ihre Aufmerksamkeit hatte sie kaum ihrer Wirkung beraubt. Ich sehnte mich nach so viel mehr von ihr, aber nicht, bevor sie nicht ihre Lektion gelernt hatte.

„Mach mir den Reißverschluss zu, Juliet." Wir hatten das Anwesen vor ein paar Minuten erreicht, aber ich hatte uns noch einen Moment gegönnt, gerade lang genug, um mich ihrem erregten Zustand zu vergewissern. Wenn sie die Beine breit machen würde, würde ich zweifellos eine sehr geschwollene, feuchte und bereitwillige Muschi finden, in der ich versinken könnte.

Noch nicht.

Ihre Finger fummelten nicht herum, als sie mir meinen Steifen in die Hose steckte. Ich würde mich später darum kümmern.

Keine Sekunde später öffnete sich die Tür, mein Fahrer hatte eindeutig meinen nächsten Schritt gespürt. Ich stieg aus und hielt Juliet meine Hand entgegen. Sie legte ihre Handfläche in meine, obwohl ihre Verwirrung ihr ins Gesicht geschrieben stand. Jedes Mal, wenn wir solchen Aktivitäten nachgingen, erwiderte ich die Befriedigung.

Aber nicht heute Abend.

Es sei denn, sie würde es verlangen.

Nachdem sie aufgestanden war, legte sie ihren Arm um meinen. Ihre nackten Füße fühlten sich auf dem Kopfsteinpflaster vermutlich nicht so gut an, aber genau das war der springende Punkt. Ich wollte, dass sie erregt und verwirrt ist und dass ihr unbehaglich zumute ist.

Sie ging an meiner Seite entlang, ohne mit der Wimper zu zucken, folgte mir ins Haus und nach oben, und es schien ihr überhaupt nichts auszumachen, dass sie nichts anderes trug als Sperma gemischt mit Blut. Zumindest war ihr Selbstvertrauen noch intakt.

Ich drückte die Tür zu ihrem Quartier auf und ihre Nasenlöcher weiteten sich, als ihre Aufregung die Luft erfüllte. Sie dachte, ich hätte vor, sie auf dem Bett zu entjungfern. Armes Schätzchen. Nein. Das war nicht das Spiel, das wir heute Nacht spielen würden.

Stattdessen führte ich sie ins Badezimmer und stellte die Dusche an.

„Du hast meine Erlaubnis zu baden, Juliet. Ich empfehle, die Möglichkeit zu nutzen, solange sie dir angeboten wird." Ich ließ diese Andeutung einen Moment lang im Raum stehen, bevor ich weiter sprach. „Dann geh schlafen. Wir haben morgen einen langen Tag vor uns."

„J-ja, Sire", sagte sie mit herabhängenden Mundwinkeln.

„Es sei denn, es gibt etwas anderes, das du brauchst?", fragte ich schnell mit einer hochgezogenen Braue.

Sie blinzelte. Runzelte die Stirn. Schüttelte ihren Kopf. „N-nein, Sire. Ich werde duschen und schlafen."

Hmm. Enttäuschend. „Gut", sagte ich stattdessen. „Dann sehen wir uns morgen."

Ich drehte mich um und verließ den Raum, ohne sie nochmal anzuschauen und ignorierte ihr scharfes Einatmen.

Die Regeln in diesem Haus waren klar. Juliet hatte eine offene Einladung, zu mir in mein Schlafzimmer zu kommen, wann immer sie Lust hatte. Angesichts dessen, wie ihre Erregung meine Nase verhöhnte, als ich ihr Zimmer verließ, konnte man davon ausgehen, dass sie sich heute Abend nach mir sehnen würde. Sehr sogar. Es war ihre Entscheidung, ob sie mich aufsuchen würde oder nicht.

Daher die wichtigste Lektion des heutigen Abends: Leben.

Ein Geschenk, das nicht viele Menschen in dieser Welt erhalten, aber eines, das ich ihr mit Freuden gemacht hätte. Leider konnte ich sie nicht dazu zwingen, es anzunehmen.

Zweiundzwanzig Jahre des Trainings, das Schicksal ungeachtet der persönlichen Zufriedenheit zu akzeptieren, war eine schwer zu ändernde Mentalität.

Ich brauchte die unter ihrer Haut verborgene Kämpferin, damit sie an die Oberfläche kommen und spielen würde. Sobald ich sie herausgelockt hatte, würde die tatsächliche Umschulung beginnen.

Bis dahin hatte ich nur die Hülle einer Frau, mit der ich arbeiten konnte, und ich sehnte mich nach so viel mehr.

„Komm zu mir, Juliet", flüsterte ich in den leeren Flur. „Bitte."

14

JULIET

MEIN GANZER KÖRPER stand in Flammen.

Nicht wortwörtlich, aber es brannte so heftig, dass ich nicht unter der Bettdecke schlafen konnte. Der Ventilator trug nur wenig dazu bei, meine heiße Haut zu kühlen.

Ich konnte Darius immer noch auf mir fühlen, selbst nach der Dusche. Seine Essenz verbrannte mein ganzes Sein, drückte auf meine Seele.

Er besaß mich ganz und gar. Ich wusste es von Anfang an, aber es so zu empfinden, war berauschend. Süchtig machend. Frustrierend und erregend.

Ich trat den Rest der Decke vom Bett und ärgerte mich.

Wie war ich innerhalb von nur einem Zentimeter meiner Lebensbahn von der Erwartung, benutzt zu werden, dazu übergegangen, mich nach Darius' befriedigender Aufmerksamkeit zu sehnen?

Ich war wegen seiner Bedürfnisse hier, nicht wegen meiner Eigenen. Dennoch hatte er sich immer revanchiert.

Außer heute Abend.

Warum? Weil ich ihn enttäuscht hatte? War das seine Version von einer Bestrafung?

Ich setzte mich aufrecht hin. Das Coventus hatte mir verschiedene Methoden gezeigt, jemanden zu tadeln, die alle in Schmerz und manchmal auch im Tod endeten. Keine davon traf hier zu.

Also ein Test?

„Wofür?", flüsterte ich zu mir selbst. „Was willst du?"

Ich dachte über unseren zeremoniellen Bund nach und fragte mich, ob ich etwas von ihm spüren konnte.

Es war da — eine von Dunkelheit umhüllte psychische Verbindung — als ob wir kurz davor wären, unsere Gedanken zu verbinden, aber noch nicht ganz.

Darius hatte erwähnt, dass sie noch nicht vollständig war, dass es noch ein paar mehr Abende erforderte, an denen wir unser Blut austauschten. Vielleicht meinte er das?

Trotzdem wusste ich, dass er wach war, als ob er bereits ein Teil von mir wäre. Aber seine Emotionen waren mir verschlossen.

Er wartet.

Bei dem Gedanken erstarrte ich. Eine Vermutung oder ein Instinkt?

Spielt das eine Rolle?

Er hat mir gesagt, ich könnte sein Zimmer betreten, wann immer ich wollte.

„Aber ich sollte dich warnen", hatte er gesagt. *„Wenn du mich hier besuchen kommst, nehme ich an, dass du Befriedigung brauchst und ich erwarte, dass du den Gefallen erwiderst."*

Ich zitterte vor der lebhaften Erinnerung an seine Schneidezähne, die meinen Puls bei diesen Worten berührten. Ein Versprechen und eine Drohung in einem.

Mein Inneres pulsierte vor Begierde und drängte mich, auf das Angebot einzugehen. Wenn dieser Schmerz zwischen meinen Oberschenkeln eine Strafe sein sollte, würde er mich dann ohne Befriedigung in mein Zimmer zurückschicken? Oder mich dafür belohnen, dass ich ihn aufgesucht habe, damit er sich um meine Bedürfnisse kümmert?

Ich biss mir auf die Lippe und überlegte. Es gab nur einen Weg, das herauszufinden.

Du bist verrückt, flüsterte eine kleine Stimme, *er kann dich mit einer Bewegung seiner Hand töten, oder noch Schlimmeres.*

Stimmt.

Allerdings hatte er mich in den zwei Monaten seit wir uns kennen nie wirklich verletzt. Seine Version des Schmerzes kam immer mit Genuss einher. Mein Innerstes zog sich bei der Erinnerung an die Limo zusammen. Manches davon hatte wehgetan, aber es hatte auch ein Inferno in mir entfacht, das immer noch brannte.

Ich stöhnte, als sich meine Brustwarzen gegen mein hauchdünnes Nachthemd verhärteten. Selbst Seide fühlte sich im Moment zu schwer an. Ich hatte mir keine Gedanken um Unterwäsche gemacht. Es gab eine ganze Schublade mit unberührter Wäsche, die ich nicht benutzen wollte, wahrscheinlich weil sie im Coventus verboten war. Die einzigen, die ich je in Erwägung gezogen hatte, waren die Dessous. Die würde Darius mögen.

Ich zog die Augenbrauen hoch.

Wenn ich in einem davon zu seinem Quartier gehen würde, wäre er eher dazu geneigt, nachsichtig mit mir zu sein.

Vielleicht.

Ich drückte mich vom Bett hoch, um in der Schublade nach den verlockendsten Stücken zu suchen. Darius schien dunkle Farben zu bevorzugen. Ein schwarzes Negligé aus durchscheinendem Material fiel mir ins Auge. Ich tauschte mein Seidenhemd gegen den dünnen Stoff und zitterte, als er mich oben an den Oberschenkeln kitzelte.

Ein passendes Höschen vervollständigte das Set, aber es erstickte meine erregte Mitte furchtbar in Unbehagen. Ich riss sie wieder runter und schnappte erleichtert nach Luft.

Meine Beine zitterten, als mein Wesen von Begierde überrollt wurde. Trotz der kochenden Hitze in meinem Innern bekam ich Gänsehaut auf den Armen und ein Stöhnen spaltete meine Lippen.

Ich könnte das alleine erledigen oder es zumindest versuchen, aber ich begehrte Darius' fachliche Kompetenz. Nur er wäre in der Lage, mich wirklich von diesem unaufhörlichen Pochen zu befreien. Seine Berührungen waren eine Sucht, nach der sich mein Körper jetzt sehnte. Ohne sie würde es weiterbrennen.

Ein Paar 10 Zentimeter hohe Pumps und ein Seidengewand vervollständigten mein Outfit. Ich würde den Gürtel lösen, sobald ich sein Zimmer betrat, vorausgesetzt, er würde mir Eintritt gewähren.

Mit tiefen, beruhigenden Atemzügen machte ich mich auf den Weg durch den Flur zu seinem Quartier. Die Worte, die er bei unserer ersten Tour gesprochen hatte, bestärkten mich in meinen Schritten und erinnerten mich daran, dass ich genau aus diesem Grund eine offene Einladung von ihm bekommen hatte.

Er könnte immer noch unzufrieden mit mir sein, aber er hat mir nicht gesagt, dass ich in meinem Zimmer bleiben sollte.

Nur baden und schlafen.

Was ein Befehl gewesen sein könnte…

Stopp. Wir machen das.

Ich blieb vor seiner Tür stehen, die Hand erhoben und bereit.

Klopf an.

Lauf.

Lass deine Faust Bekanntschaft mit der Tür schließen. Sanft.

Geh zurück in dein Zimmer.

Du warst heute Abend schon einmal ein Feigling, mach das nicht nochmal.

Entscheide dich für die Vernunft.

Entscheide dich für den Genuss.

Meine Knöchel klopften zaghaft auf das Holz, als meine Oberschenkel sich zusammen drückten. Ich brauchte es – ihn. Kraft durchströmte meine Muskeln, während sich meine Entschlossenheit verfestigte und ich mit etwas mehr Kraft klopfte.

„Komm rein", seine Stimme drang durch die Tür und ließ jede Faser meines Körpers erzittern.

Ich drückte die Klinke und trat ein. Er saß oben ohne mit einem Notizbuch auf dem Schoß dar, den Rücken gegen die Kissen des Kopfteils seines überdimensionalen Bettes gelehnt.

„Juliet", murmelte er und legte seinen Stift nieder. „Was kann ich für dich tun?"

Ich schloss die Tür leise und trat in das weiche Licht, das von seinen hohen Decken herabfiel. „Ich kann nicht schlafen", gab ich zu und ließ mein Gewand fallen. „Ich… brauche dich."

Seine grünen Augen glitten über meine Kurven, nahmen alles in sich auf, bevor sie meinen Blick trafen. „Was brauchst du, Liebling? Sag es mir."

„Befriedigung", flüsterte ich.

Er hob herausfordernd eine Augenbraue. „Lauter, Liebling."

„Befriedigung", wiederholte ich mit trockener Kehle und zitternden Beinen. „Bitte, Sire. Mir ist so heiß, es tut schon weh."

„Bist du feucht für mich?"

„Ja", meine Antwort kam zusammen mit einem Stöhnen heraus, als ich meine Beine zusammenpresste. Noch mehr und ich würde sicher vor Qualen zusammenbrechen.

„Zeig es mir", seine leise Stimme, gepaart mit der Bitte, rührte einen Vulkan der Empfindungen in mir an. Es war so intensiv, dass ich nicht atmen konnte. Ich konnte mich nicht bewegen, konnte nicht denken.

Seine Muskeln beugten sich, als er das Notizbuch von seinem Schoß auf den Nachttisch schob und sich wieder zurücklehnte.

„Ich warte, Juliet", murmelte er, die Hände waren hinter seinem Kopf verschränkt. Er glich einem dunklen Engel, sein Blick hinterhältig und seine Lippen einladend.

Die Bedeutung seiner Bitte schlug mir in den Bauch und zwang meine Füße, sich zu bewegen, bevor mein Verstand die Worte verarbeitet hatte. An diesem Zeitpunkt war es bereits zu spät.

Ich kniete mich neben ihn auf das Bett und hob für seine Inspektion ein Bein an.

„Näher, Liebes." Seine Stimme war eine erotische Liebkosung, die jeden meiner Nerven reizte. Mein Körper erlag jedem seiner Wünsche und tat ohne zu zögern genau das, was er verlangte.

Die Kissen unter seinem Kopf gaben nach, als ich meine Knie in sie drückte, und den heißesten Teil meines Körpers direkt über seinem Gesicht hielt. Seine Handflächen rutschten unter mein durchsichtiges Dessous nach oben, um meine Hüften zu fassen, während ich das Kopfteil des Bettes griff, um nicht das Gleichgewicht zu verlieren.

„Hmm, du bist so erregt, du bist schon angeschwollen." Sein Atem traf auf meinen feuchten Intimbereich und rührte ein Stöhnen aus meiner Kehle, das ganz und gar nicht nach mir klang.

„Bitte, Sire", flehte ich. „Bitte."

„Nur, weil du so süß gefragt hast." Sein Griff wurde fester, als er meine Mitte an seinen Mund führte. Die erste Berührung seiner Zunge gegen meine Klitoris entlockte mir einen kehligen Schrei, der seinem Namen glich.

Mein Körper zitterte unkontrolliert über ihm, sein Griff war das Einzige, was mich ruhig hielt.

Ich brauchte es, sehnte mich danach.

Oh, Göttin…

Sein Mund war pure Magie. Genau der richtige Druck.

„Darius", hauchte ich, meine Beine zitterten leidenschaftlich.

Sein Kopfteil krächzte unter meinen Händen. Es war fast zu viel, aber ich konnte den genussvollen Übergriff nicht verhindern. Nicht, wenn er mich so voll und ganz einnahm.

Ein Feuer breitete sich in meinem Unterleib aus und Funken schossen in meine Gliedmaßen. Meine unsittliche Position über ihm verstärkte meine Gefühle noch mehr. Sie gab mir ein falsches Gefühl von Macht, einen Anschein von Kontrolle, die ich so vorher noch nie gefühlt hatte. Seine Hände gaben mir Stabilität, seine Lippen hatten mich im Besitz und ich fühlte mich wie eine Königin.

Seine Königin.

Geschmolzene Hitze konzentrierte sich zwischen meinen Beinen, versengte mein Inneres und erzeugt einen Wirbelsturm voller Energie, der sich auf nur einen einzigen Punkt konzentrierte.

„Oh", stöhnte ich, mein Körper schrie nach einer Befreiung. Etwas Scharfes – Darius' Fangzähne – streichelten mein Freudenzentrum, knabberten ganz leicht an mir und stürzten mich in ein Meer voller Glückseligkeit.

Sein Name raunte durch die Luft, klang eher wie ein Knurren, als mein Geist sich auflöste. Alle Sensoren in mir explodierten gleichzeitig, mein Körper zerbrach unter dem Druck dieser extremen Ekstase, sodass ich nicht länger denken konnte.

Meine Stirn traf auf etwas Hartes.

Meine Hände drückten noch fester zu.

Wilde Krämpfe schossen immer und immer wieder durch mich hindurch.

„Darius", brachte ich hervor, mein Gehirn zerbrach, mein Herz wurde zerfetzt und meine Seele zerquetscht.

Wie konnte etwas so Phänomenales so wehtun?

„Shh", murmelte er und holte mich zurück zu ihm, in die Wirklichkeit.

Ich hockte immer noch über seinem Gesicht, meine Schultern krümmten sich in quälender Lust und mein Kopf drückte sich gegen das kühle Kopfteil. Langsam drang wieder Licht in mein Sichtfeld. Ich registrierte die Hitze seiner Handflächen auf meinen Oberschenkeln. Sein Mund an meinem Intimbereich.

„Wunderschön." Lob vertiefte seine Stimme und ließ mir einen Schauer über den Rücken laufen. Seine Hände streiften meine Beine bis zu den Knöcheln, wo er mir geschickt die Schuhe auszog. Die Ballen seiner Finger massierten meine Fußsohlen und verursachten ein Kribbeln in meinen Waden.

So, so gut...

„Was habe ich dir darüber gesagt, hierher zu kommen?", fragte er sanft.

Meine trockene Kehle verkrampfte sich, als ich versuchte zu schlucken. „Erwiderung", brachte ich mit kratzender Stimme hervor.

„Gutes Mädchen", seine Augen verdunkelten sich zu

einem Waldgrün, als er lächelte. „Rutsch runter. Ich möchte deine Erregung an meiner spüren."

Es dauerte viel zu lange, bis ich seinem Befehl nachkam, aber er drängte mich nicht. Seine Hände führten mich, als ich mich rückwärts über seinen Körper schob, zu seiner nackten Hüfte und noch tiefer.

Er ist nicht nur oben ohne, er ist nackt.

Ich hatte Darius noch nicht nackt gesehen. Er ließ seine Kleidung immer an, selbst, wenn ich ihn befriedigte. Meine Hände glitten zu seinem Bauch, um mich auszubalancieren, aber auch um ihn zu *berühren*. Feste Muskeln. Umwerfend. Glatt. Ein Raubtier umhüllt von heißer, gebräunter Haut.

Alle Vampire waren gutaussehend, aber Darius gab diesem Wort eine neue Bedeutung. Er hatte es perfektioniert. Eine schlanke, perfekte Linie, hübsches Gesicht, athletische Figur und wunderschön proportioniert. Seine Erektion stand dem in nichts nach. Sie glitt zwischen meine feuchten Lippen und schmiegte sich makellos an meinen Körper, als wären wir füreinander geschaffen.

„Scheiße", flüsterte er, sein Rücken hob sich leicht vom Bett an. „Reite mich, Juliet. Ich möchte, dass du jeden Zentimeter von mir durchtränkst."

Das hatten wir zuvor noch nicht gemacht. Es fühlte sich intim an, richtig, und ein wenig erschreckend. Sein hartes Glied würde mich mehr als ausfüllen. Es würde durch meine Jungfräulichkeit brechen und definitiv unangenehm sein.

Ich musste bereit für ihn sein, vor allem, wenn er mich heute Nacht endlich nehmen wollte. Mein Körper gehörte ihm, um so gefickt zu werden, wie er es wollte, und ich würde es erlauben. Was auch immer er wollte.

Meine Hüfte bewegte sich und befeuchtete ihn, wie er

es befohlen hatte, verbreitete all meine Freude über ihm und benetzte seine heiße Erregung. Jedes Mal wenn seine Eichel auf meine Spalte traf, zuckte ich zusammen. Er hatte mich zu sensibel zurückgelassen, zu benutzt, aber ich musste ihm geben, wonach er sich sehnte. Seine Finger tanzten unter meinem Negligé über meine Seiten und weiter zu meinen Brüsten.

„Du bist so perfekt", ein Hauch von Ehrfurcht lag in seiner Stimme, der mir große Genugtuung verschaffte. Sein Unterkörper bewegte sich mit meinem, die Reibung verstärkte sich mit jedem Stoß. Ich hatte fast erwartet, dass er mich neu positionieren und seinen Schwanz in mich treiben würde, aber er schien in unseren Bewegungen verloren zu sein.

Er riss meine Dessous mit einer Bewegung herunter und ich fand seine Faust um meine Haare gewickelt, als er mich fast gewaltsam nach unten drückte, um meinen Mund gegen seinen zu pressen. Ich vergaß unter seinem Ansturm zu atmen und verlor jeden Bezug zur Realität, als er mich auf den Rücken rollte.

Das ist es, dachte ich, gleichzeitig erschrocken und erregt.

Er küsste mich heftig, sein Schaft stieß weiter mit immer heftigeren Schüben bis durch meine Spalten. Meine Klitoris pulsierte durch die Misshandlung seiner knolligen Eichel, aber ich zuckte nicht mehr zusammen. Nein. Ich kam wieder in Stimmung.

Mein Kopf fiel über die Bettkante, als er seine Fangzähne in meinen Hals bohrte.

Ich hatte gar nicht bemerkt, dass er sich bewegt hatte. Er biss zu, sein Vampirkuss beanspruchte mein Wesen als das seine.

„Darius", flüsterte ich und meine Finger fuhren durch seine Haare.

„Meins", knurrte er, als er sich auf meine Brust senkte und mich an derselben Stelle biss, an der es der andere Vampir nur Stunden zuvor getan hatte. Mir fiel auf, dass er dasselbe mit meinem Hals gemacht hatte.

Er markiert mich.

Aber dieser Biss schmerzte nicht.

Elektrizität lief mir den Rücken hinunter, sammelte sich an der Stelle, an der unsere Erregungen aufeinander trafen, und strahlte wieder aus.

Dann verschwand sein Glied, seine Hüfte hob sich leicht an, als er mir ums Handgelenk fasste und meine Hand an seinen Schwanz legte. „Streichle mich, Juliet. Ich möchte auf deine Klitoris kommen."

Ich schloss meine Finger um seine dicke Erregung. Die Auswirkungen meines Orgasmus hatten seine Haut durchtränkt, genau wie er es sich gewünscht hatte, so dass es mir leichtfiel, ihn zu befriedigen. Hoch und runter, fügte Druck hinzu, wo ich wusste, dass er es mochte. Meine andere Handfläche schloss sich dem Geschehen an und legte sich um seine Eier, während ich sein pulsierendes Glied mit gezielten Bewegungen bearbeitete.

„Mehr", forderte er, seine Zähne strichen über meine Nippel. Ich erschauderte, als er mich erneut biss und mein Blut trank, während ich ihn weiter unten innig massierte.

Er war nah dran. Ich konnte es fühlen, wie sich sein Sack in meiner Handfläche zusammenzog und wie sein Schwanz noch größer wurde. Die Versuchung, ihn an meinen Eingang zu stellen, kam mir in den Sinn, meine Hand könnte ihn dazu bringen, seine Spitze auf meinen triefenden Schlitz zu richten.

Es wäre so einfach.

Ein Stoß.

Aber das war nicht das, was er verlangt hatte.

Ich fuhr mit meiner Aufgabe fort, bewegte mich auf

eine Weise, von der ich wusste, dass er ihr nicht widerstehen konnte, und grinste, als ich sein Knurren an meiner Brust spürte. Heiße Samenspritzer trafen auf meine Scheide, trafen mich mit der Wucht seines Orgasmus und brandmarkten mich auf unbestimmte Zeit als die seine.

Meine Hüfte erhob sich wie von selbst, um seine zu treffen. Ich wünschte mir mehr, wünschte mir, dass er in mir wäre anstatt nur über mir zu hocken. Seine brennende Essenz vermischte sich mit meiner und verursachte Freudenkrämpfe. Meine Hand drückte jeden Tropfen aus ihm heraus und ich genoss es, ihn zu fühlen.

Darius erhob sich auf seine Knie und richtete seinen Blick auf meine gespreizten Beine. Er fuhr mit dem Daumen durch meine Falten bis zu meiner Klitoris und dann wieder zurück. „So siehst du so unglaublich aus, getränkt in meinen Samen."

Ich zitterte sowohl durch seine Berührung als auch durch den Anblick seines komplett nackten Körpers, der meinem so nah war. Muskeln und Stärke strahlten von ihm aus, ebenso wie eine Aura der Gefahr. Darius war nicht nur ein Vampir, er war ein sehr alter Vampir.

Er verschmierte seine Essenz um meinen Eingang und erweckte einen Hunger, der tief in mir geschlummert hatte. Dann drückte er sich in mich, brachte seinen Genuss zu meinem und vereinte sie im ältesten Tanz der Welt.

„Bald", flüsterte er düster. „Aber noch nicht jetzt."

Warum? wollte ich ihn fragen, aber stattdessen entglitt mir nur ein Stöhnen. Er übte genau das richtige Maß an Druck auf meine empfindliche Stelle aus und massierte unsere gemeinsame Euphorie in meine Haut.

Lava glitt in meine Magengrube und wurde mit jeder Bewegung seines Daumens heißer. Darius spielte auf meinem Körper mit einer solchen Sachkenntnis, sein Blick immer aufmerksam und seine Konzentration auf meine Reaktionen gerichtet. Er kniff mich, massierte mich und spielte mit meinen Nerven. Ich zitterte unter ihm, völlig verloren unter seinem Willen.

Eine Hand.

Das ist alles, was er benutzte.

Und ich löste mich bereits auf.

Als er sich vorbeugte, um meine Brustwarze mit seinem Mund zu umfassen, drückte mein Körper sich gegen ihn. Mein Atem stoppte. Die ganze Welt um mich herum wurde schwarz. Alles konzentrierte sich auf Darius.

„Du gehörst jetzt meinem Samen", flüsterte er. „Und bald gehörst du meinem Schwanz."

Seine Worte verstärkten die Spannung, die sich in mir aufbaute, krönten den Vulkan, der auszubrechen drohte. Ich erzitterte unter der Macht von all dem, mein Verstand verlor den Bezug zur Realität.

„So nah", er liebkoste meine Brust. „Ich kann spüren, wie du unter deiner Oberfläche brodelst und auf meine Befehle wartest. Dein Körper ist so wundervoll trainiert, Juliet." Er legte einen Weg aus Küssen zu meinem Schlüsselbein und weiter entlang meines Kiefers.

Meine Nerven waren mit einem Kabel verbunden, das vor Energie knisterte und darauf wartete, zu explodieren. Ich fühlte mich gefangen, eingefroren in der Zeit – ein Sklave der Wünsche meines Herrn.

„Bitte", flüsterte ich, von der Wucht des Geschehens überwältigt. „Bitte, Sire."

Er grinste gegen meinen Hals, seine Zunge folgte meinem Puls. „Du bettelst du schön, Liebling."

Meine Nägel gruben sich in meine Handflächen, als Wellen quälender Not über mein Wesen rollten. Ich schnappte nach Atem und hechelte seinen Namen, krümmte mich unter seiner Zuwendung, würde sterben für die Erlösung, die er zurück hielt.

Seine Lippen streiften mein Ohr, sein Atem war schwer und berauschend. „Komm für mich."

Qualen gepaart mit Befriedigung explodierten in mir und zerstörten meine Fähigkeit, mich zu bewegen oder zu denken.

Lichtblitze.

Bruchteile meines Bewusstseins.

Eine Welt voller Unbehagen und Euphorie.

Meine Lungen brannten durch mein Schreien, während meine Gliedmaßen zu einer Pfütze der Befriedigung schmolzen.

„Herrlich", murmelte Darius, seine Lippen gegen meine gedrückt. „ Verdammte Perfektion."

Ich fuhr mit den Fingern hoch zu seinen starken Armen, um Halt zu finden, während er mich küsste. Er schmeckte süß, mit einem Hauch von Sex, und seine Zunge bewegte sich meisterhaft, als er meinen Mund fast zärtlich erforschte.

„Schlaf, Juliet", er schmiegte seine Nase gegen meine. „Wir werden dein Training morgen fortführen."

15

JULIET

Iᴄʜ sᴛʀᴇᴄᴋᴛᴇ meine Arme über meinen Kopf und seufzte zufrieden über die Wärme, die durch meine Adern floss. Ein fremdes Gefühl, eines, das ich gerne für ein paar weitere Minuten genießen würde.

Die meisten Nächte waren so kalt, dass ich mit dem Gefühl erwachte, Eis würde meinen Körper überziehen. Es betäubte mich, bevor der Tag überhaupt angefangen hatte und half mir, das auszuhalten, was auch immer das Coventus als neues Experiment auf meine Schultern legen würde.

Mit Darius aufzuwachen war anders.

Neu.

Berauschend.

Seine Lippen lagen in meinem Nacken, seine nackte Brust drückte sich gegen meinen Rücken, als er mich langsam aus meinem Traum holte. Ich bewegte meine Hüfte und genoss das Gefühl seiner heißen Erektion, die sich gegen meine Rückseite drückte.

„Vorsichtig", murmelte er, „oder ich werde deine Einladung annehmen, Liebling."

Das könnte mir gefallen, dachte ich. Aber meinem wunden Körper zuliebe hörte ich auf, mich zu bewegen.

Darius hatte mich gestern Abend so ganz und gar ausgesaugt, dass ich mich heute trotz des annehmbaren Schlafes erschöpft fühlte. Wenn er mich das erste Mal nehmen würde, würde er nicht sanft sein. Kein Vampir wäre das und Darius hatte mehr als bewiesen, dass er eine Vorliebe für rauen Sex hatte. Ich erwartete, dass es wehtun würde. Sehr.

Er streichelte mein Kinn und neigte meinen Kopf nach hinten, um seinem Kuss begegnen zu können.

Hmm. Lange, flüssige Bewegungen seiner Zunge gegen meine.

An diese Art der Zuwendung könnte ich mich gewöhnen. So sanft, fürsorglich, fast ehrfürchtig.

„Guten Morgen", flüsterte er, als er den Kuss beendet hatte. „Oder ich nehme an, ich sollte ‚Abend' sagen, weil es schon nach Mitternacht ist."

Ja, der typische Tagesablauf eines Vampirs. Das Tageslicht machte ihnen nicht wirklich etwas aus, sie bevorzugten einfach die Nacht. Lykaner hingegen begrüßten den Tag. Das wurde mir zumindest gesagt. Ich habe noch nie einen getroffen.

„Hi", brachte ich mit schmerzendem Hals hervor.

Er drehte mich auf meinen Rücken, um neben ihm zu liegen und lächelte auf mich herunter. „Ich bin stolz auf dich, Juliet."

Ich blinzelte. „Auf mich? Wieso?"

Sein Mund wischte über meinen. „Weil du letzte Nacht zu mir gekommen bist und mir gesagt hast, was du brauchst. Ich wünschte, das würde häufiger passieren."

Also war es ein Test.

Oder eher eine Art Lektion.

Alles, was Darius tat, schien irgendein Motiv zu haben.

Er küsste mich erneut, diesmal mit etwas mehr Kraft, als seine Erektion zwischen meinen Beinen pulsierte. Ich wurde automatisch feucht für ihn, hatte wahrscheinlich sogar die meiste Nacht in diesem Zustand verbracht, als eine Art Instinkt.

„Mmm, behalt das im Hinterkopf", er drückte seine Handflächen auf beiden Seiten neben meinem Kopf in das Kissen und erhob sich, um meinen Blick halten zu können. „Wir müssen über deine Anmerkung, keine Kämpferin zu sein, reden."

Eis schoss durch meine Adern und ließ mich unter ihm gefrieren. „Das bin ich nicht."

„Ich stimme dir zu, dass du das nicht bist", antwortete er. „Noch nicht." Er rollte von mir herunter und hielt mir seine Hand entgegen. „Komm mit mir."

Sein Ton ließ keine Diskussion zu. Meine Hand legte sich in seine, als er mir aus dem Bett half. Anstatt in Richtung Flur zu gehen, geleitete er mich in sein überdimensionales Badezimmer aus Marmor und machte die Dusche an. Ich stand unter dem bereits warmen Wasser und wartete auf seine Anweisungen.

„Deine Überlebensinstinkte wurden aus dir heraus geprügelt", murmelte er, als seine Finger durch mein dampfendes Haar fuhren. „Ich werde dir helfen, deinen Geist und deine Entschlossenheit wiederzufinden." Er wählte eine Flasche aus und goss etwas von der klaren Flüssigkeit in seine Handfläche.

„Vampire und Lykaner sind übergeordnete Lebewesen", fuhr er fort, als er mir das Shampoo ins Haar massierte. „Das steht außer Frage, aber das bedeutet nicht, dass alle Menschen schwach sind. Mit der richtigen Ausbildung und Denkweise, hast du die Möglichkeit, mein tödliches Gegenstück zu werden. Das Coventus hat dich gelehrt, wie man jemanden in

Versuchung führt. Ich werde dir zeigen, wie man kämpft."

Darius schob mich unter den Wasserstrahl, seine Hände liefen über meine feuchten Strähnen, bis auch die letzten Blasen in den Abfluss liefen. Dann fing er mit dem Conditioner von vorne an.

„Wir haben vier Monate bis zur Krönung", seine Stimme senkte sich bei diesen Worten. „Ich brauche deine Hilfe, um die Konkurrenz auszuschalten."

Meine Augen weiteten sich sowohl durch die Bedeutung seiner Worte als auch bei dem ihnen innewohnenden Vertrauen, das sie unterstrichen. Nicht ein Mal hatte er erwähnt, *warum* er meine Kooperation wollte. „Du beabsichtigst zu kandidieren", realisierte ich.

„Nein, ich beabsichtige zu gewinnen." Er streichelte eine verirrte Strähne meines Haares, das mir über die Brust gefallen war. „Der beste Weg einen Feind zu besiegen ist der, selbst zum Feind zu werden."

„Beziehst du dich auf die Allianz?" Ich hielt meine Stimme gesenkt, war unsicher.

„Ja." Er schob mich wieder unter das Wasser und wiederholte seine Arbeit von vorhin. Dann drehte er uns so, dass er näher am Duschkopf stand. „Der Vampir, bei dessen Ermordung du mir letzte Nacht geholfen hast, war Viktor Armintrov." Er duckte sich unter die Brause und sein Kiefer fiel herunter.

„Er gehörte zur Adelsherrschaft", entglitt mir ein geschocktes Flüstern, das Darius natürlich hörte.

„Ja und er war ein absoluter Bastard, der sein Schicksal verdient hat." Er schüttelte die Tropfen aus seinem dunkeln Haar und trat nach vorn. „Sein Lieblingsetablissement ist das Hurenhaus. Ich bin sicher, das haben sie dir im Coventus erklärt?"

Ja. Die verantwortlichen Vampire hatten es als

potenzielle Bestrafung benutzt, falls sich jemand daneben benehmen sollte. „Es ist ein Ort, an den Menschen mit weniger wertvollen Blutlinien geschickt werden", sagte ich und zitierte meine Lehrtexte. „Das durchschnittliche Todesalter ist fünfundzwanzig."

„Dank Männern wie Viktor", antwortete Darius, als er seinen Kopf mit Shampoo einrieb. „Glaub mir, wenn ich dir sage, dass er weitaus Schlimmeres als nur eine Enthauptung verdient hätte."

Ich dachte darüber nach, als er seine Haare ausspülte und Conditioner auftrug. „Warum möchtest du der Allianz beitreten?", fragte ich mich laut. „Du scheinst mir keine politische Motivation zu haben." Vielleicht war es unangebracht für mich, das zu sagen, aber angesichts all meiner Erfahrungen passte Darius nicht in dieses Muster.

Seine Lippen krümmten sich zu einem gefährlichen Grinsen. „Ich möchte sie zerstören und unseren rechtmäßigen Herrscher wieder einsetzen."

Mein gesamter Atem verließ meine Lunge. Er hatte einige Fetzen über Feinde erwähnt, aber das hier...

Die Allianz war der Kleber, der unsere Gesellschaft zusammenhielt. Ohne sie würden Lykaner und Vampire in den Krieg ziehen und die Menschen als Kollateralschaden zurücklassen.

Alles würde zusammenbrechen.

Darius drückte ein Stück Seife gegen meine Brust und fing an sie in kleinen Kreisen einzumassieren.

„Sag mir, Juliet, bist du glücklich?", fragte er sanft. „Mit diesem Leben, meine ich. Genießt du es, in die Sklaverei gedrängt zu werden? Eine Quelle von Nahrung und Befriedigung für meine Art zu sein?"

Mein Mund öffnete und schloss sich wieder, ohne dass ein Laut herauskam. Das waren keine Fragen, auf die ich die Antwort kannte, weil ich noch nie über sie nachgedacht hatte. Mein Schicksal wurde bei meiner Geburt besiegelt. Ich hatte nie eine Wahl. Welche anderen Möglichkeiten des Glücks gab es für eine Blutjungfrau?

„Die Menschen hatten einmal einen höheren Platz in der Gesellschaft." Seine Hände wanderten Richtung Süden, als er meine Haut weiter mit Seife einrieb. „Ich habe dir die Geschichtsbücher gezeigt, als du hier eingezogen bist, damit du das verstehen würdest. Das ist etwas, was das Coventus nicht unterrichtet. Die Informationen sind irrelevant, was eigentlich nur eine schicke Art ist, es als illegal zu klassifizieren."

Er wandte mich von ihm ab und hob mein Haar über eine Schulter, um meinen Rücken besser erreichen zu können, während er weiter sprach.

„Es gibt diejenigen, die mit der Art und Weise, wie unsere Regierung heute arbeitet, nicht zufrieden sind. Sie begünstigt die alte Aristokratie und setzt die der niedrigeren Blutlinien herab. Ivan und Trevor sind zwei Beispiele dafür. Sie qualifizieren sich nicht für ein Richteramt, nur weil sie wie die Menschen in die Unterschicht hineingeboren wurden. Das verbietet ihnen bestimmte Karrierewege, schließt sie von einigen Veranstaltungen aus, zum Beispiel von deiner Blutjungfrauenauktion, und verhindert sogar, dass sie ohne einen Vertreter in bestimmte gesellschaftliche Kreise eintreten dürfen."

Darius' Hände glitten über meine Oberschenkel, als er sich hinter mir hinkniete.

„Wie du zweifellos festgestellt hast, ist Blut in der vampirischen Hierarchie sehr wichtig. Und es ist die Grundlage der Allianz. Dreh dich um."

Ich tat wie befohlen und platzierte meine sensibelste Körperstelle direkt vor seinen Augen. Er gab mir einen Kuss auf meinen rasierten Schamhügel, bevor er vorsichtig anfing, den Bereich von seiner Zuwendung von letzter Nacht zu reinigen.

„Wie viel weißt du über die Lykaner?", fragte er und seine grünen Augen trafen die meinen.

„Blutlinien sind für sie ebenfalls sehr wichtig", antwortete ich. „Sie haben Königshäuser und eine Hierarchie in ihren Rudeln."

„Eine grobe Beurteilung, aber wahr", stimmte er zu. „Die Alphamännchen kontrollieren alles, auch die Frauen in ihren Territorien. Eigentum kann gegen eine Frau ihrer Wahl eingetauscht werden und sie glauben fest an die Zwangszucht. Und so behandeln sie ihre eigenen Artgenossen. Du kannst dir vorstellen, dass es die Menschen noch wesentlich schlimmer trifft."

Ich erschauderte. Lykaner waren nie die Raubtiere gewesen, um die ich mich kümmern müsste, deshalb hatte ich nicht viel Zeit für ihr Studium aufgewendet, aber ich wusste, dass ihre Art gewalttätig war. Es gab Gerüchte, was mit den Menschen passierte, die für einen Vollmond ausgesucht wurden. Keiner von ihnen überlebte.

„Ich will damit sagen, dass unser System fehlerhaft ist und dass es diejenigen gibt – mich eingeschlossen – die mit der Art und Weise, wie alles betrieben wird, nicht einverstanden sind, und wir wollen das beheben." Er stand auf. „Spül dich ab."

Ich trat wieder unter das Wasser, als er sich selbst viel zügiger einseifte und dann die Position mit mir tauschte, um sich die Seife von der Haut zu waschen. Sie sammelte sich an unseren Füßen und kreierte einen wirbelnden Strudel über dem Ausfluss, den ich teilnahmslos beobachtete.

Von allen Herren wurde ich von demjenigen ausgewählt, der sich nach einem Wandel sehnte.

Eine Welt ohne die Allianz. Ich konnte mir nicht einmal ansatzweise vorstellen, wie das aussehen würde.

Darius hob mein Kinn an, sein Blick fesselte meinen. „Meine Blutlinie ist rein adlig, was mich zu dem perfekten Kandidaten für einen Aufstieg macht."

„Was ist mit dem vorherigen Herrscher passiert? Adrian Loughton?" Der Name war eine Vermutung aufgrund seiner Bemerkung zu Viktor. Ich kannte sein Gebiet noch von meiner Ausbildung und wusste, dass er sich unter Adrian befunden hatte.

„Ich bin beeindruckt", lobte Darius. „Und um deine Frage zu beantworten, Mister Loughton hat ein unglückliches Ende in den Händen ein paar fehlgeleiteter Lykaner gefunden. Tragisch."

Er klang nicht allzu bestürzt darüber. „Du hast das inszeniert." Eine weitere Vermutung, von der mir das Schimmern in seinen Augen verriet, dass ich richtig lag.

„Wie ich bereits sagte, tragisch." Er drehte das Wasser ab und nahm ein riesiges Handtuch von der Ablage. Die warme Baumwolle bedeckte mich von den Schultern bis zu den Knien. „Es gibt mehrere Personen in dieser Region, die dafür qualifiziert sind, ihn zu ersetzen, ich selbst bin einer dieser Kandidaten. Aber ich habe die Politik fast für ein Jahrhundert gemieden und stattdessen entschieden, alleine zu leben."

„Warum?", fragte ich neugierig.

Sein Lächeln war traurig „Das ist eine Geschichte für einen anderen Tag, Liebste. Wir haben andere Aktivitäten geplant, die Vorrang haben, unter anderem ein Abendessen mit Ivan und Trevor."

„Abendessen?", wiederholte ich.

„Mhm", er wickelte ein Handtuch um seine Hüfte. „Ja. Das wird ein Übungslauf für einen anderen Abend in dieser Woche sein."

„Was passiert noch in dieser Woche?", die Worte sprudelten aus mir heraus, bevor ich sie stoppen konnte, ein Anzeichen für einen Fehler in meiner Konditionierung. Einen Herren in Frage zu stellen war falsch, nicht, dass es Darius zu interessieren schien. Wenn überhaupt, dann schien er amüsiert.

„Eine Verabredung mit Sebastian Cromwell."

Meine Augen weiteten sich. „Der Regent?" Er stand an zweiter Stelle hinter dem Herrscher und war offenkundig machtvoll. Das konnte nicht der Vampir sein, den er meinte…

„Der einzig Wahre", antwortete er. „Er hat darum gebeten."

„Warum?", es schien als könnte ich meinen Mund nicht mehr davon abhalten, sich zu bewegen und zu sprechen.

Etwas von seiner Belustigung verflüchtigte sich, als er näher kam, was mich zwang, mit dem Rücken zur Wand hinter mir zu stehen. Er legte seine Hände auf den Marmor zu beiden Seiten meines Kopfes und hielt mich zwischen seinen muskulösen Armen gefangen.

„Eine Zeremonie ist selten, Juliet. So selten, dass die letzte aufgezeichnete vor über fünf Jahrhunderten stattgefunden hat. Und obwohl unsere noch nicht abgeschlossen ist, haben die ersten Phasen begonnen, was eine gewisse Neugierde bei meinen Brüdern geweckt hat."

„Das bedeutet, er kommt meinetwegen", folgerte ich.

„Ja." Er ließ diese Antwort zwischen uns stehen, seine Miene geduldig, als warte er auf eine weitere Anfrage, aber schließlich hatte er mich zum Schweigen gebracht. „Weißt du, was der klassische Zweck einer verbundenen Blutjungfrau bei einer Dinnerparty ist?"

Ich rief mir all die Texte zurück ins Gedächtnis, aber fand keine Antwort. Keiner von ihnen hatte jemals die

Zeremonie als Thema, geschweige denn die Etikette, die damit einher gingen. „Nein, Sire."

„Teilen", murmelte er.

Meine Stirn legte sich verständnislos in Falten. „Was teilen?"

„Dich, Liebling. Sebastian wünscht, dass ich *dich* mit ihm teile und angesichts meiner angeborenen Reaktion auf Viktor letzte Nacht, muss ich mich was das angeht in Geduld üben. Also fangen wir mit Ivan und Trevor an. Heute."

DARIUS

„Du HAST ihr vom Endspiel erzählt?" Trotz seines eleganten Anzugs und Krawatte, schien Ivan bereit für einen Faustkampf zu sein, mit meinem Gesicht als sein elementares Ziel.

„Ja." Ich ging nicht näher darauf ein, denn was würde das bringen?

Meine Wünsche mit Juliet zu teilen, hatte in den Moment gepasst. Ihr Verständnis für mein Ziel war entscheidend für ihre Ausbildung.

„Ja", wiederholte er und lief im Zimmer auf und ab. „Das ist also alles?"

„Ja." Dieses Mal sagte ich es, um ihm auf die Nerven zu gehen und es funktionierte. Mein alter Freund kam auf mich zu, seine Nase nur wenige Zentimeter von meiner entfernt.

„Sie könnte zu der scheiß Allianz gehen und dich versklaven lassen. Das ist dir klar, oder?" Seine Wut hatte ihren Ursprung in seiner Sorge um mich, was der einzige Grund dafür war, warum ich nicht auf seine physische Nähe reagierte. „Scheiße, wo ist der verdammte König, wenn ich ihn brauche? Wenn irgendjemand dir ein bisschen Verstand einbläuen könnte, dann er."

Ich ließ meine Finger über meine Krawatte laufen und hielt seinem Blick unbeirrt stand. „Niemand würde dem Geplapper einer Blutjungfrau über einen Vampir mit meinem Status glauben, nicht, dass sie jemals Zugang zu jemandem aus der Adelsherrschaft haben würde, um sie zu informieren. Vor allem aber gehört sie mir und sie wird niemandem auch nur ein Sterbenswörtchen sagen." Bezüglich seines Kommentars über „den König", damit meinte er meinen ältesten Freund und Verbündeten. Schließlich war das meiste hiervon seine Idee. *Für Cam.*

Ivans Augenbrauen schossen nach oben und trafen auf seinen dunklen Haaransatz. „Du vertraust ihr?"

„Ich besitze sie", stellte ich klar. „Vertrauen ist bei Eigentum nicht erforderlich." Eine harte Aussage, aber nichtsdestotrotz wahr.

„Das gefällt mir nicht."

„Es muss dir nicht gefallen, um es zu akzeptieren."

Er nahm sein Glas mit Bourbon und schüttete den Inhalt herunter, bevor er es auf meinen Tisch knallte. „Schön. Aber wenn sie dich schlussendlich in Gefahr bringt, erwarte kein Mitleid von mir."

Ich kicherte. „Ordnungsgemäß vermerkt. Und jetzt, wo ist Trevor?"

„Wahrscheinlich sättigt er sich bei irgendeiner Rothaarigen", murmelte Ivan.

„Obwohl ich ihm für heute Nacht meine Blutjungfrau angeboten habe?"

„*Weil* du sie angeboten hast."

Ich grinste. Trevor machte sich offenbar Sorgen, dass er die Kontrolle verlieren könnte. Nun, das würde kein Problem werden, denn ich hatte jedes Detail geplant. Niemand würde Juliet verletzen.

„Hat sie Angst?", fragte Ivan.

„Ja." Ich hatte ihre Angst wahrgenommen, als ich vorhin erwähnt habe, dass ich sie teilen wollte, und nochmal, als ich verkündet hatte, sie solle sich für unser Abendessen fertig machen. Das Outfit, das ich mir gewünscht hatte, würde nicht helfen. Anstatt etwas Schwarzem, habe ich mich heute für ein Dunkelrot entschieden. An ihrer blassen Haut würde es wunderschön aussehen.

„Dann hast du ihr offensichtlich nicht gesagt, wie das hier ablaufen wird."

Ich schnaubte. „Natürlich nicht. Wo bliebe denn da der Spaß?"

„Immer noch ein Idiot, wie ich sehe."

„Warum sollte ich das ändern?", fragte ich schmunzelnd. „Und jetzt, wollen wir uns ein bisschen amüsieren?"

„Du bist ein böser Mann, Darius."

„Eine weitere Tatsache, die sich nie ändern wird", betonte ich, als ich ihn in den Flur führte. Juliets Geruch wurde stärker, was darauf hindeutete, dass sie ihr Zimmer verlassen hatte, und ich wollte ihre Reaktionen beobachten, wenn sie die große Treppe hinunterkam. Ihr glitzerndes Kleid fing das Licht des Kronenleuchters über ihr ein und brachte ihre Kurven zum Leuchten, als sie am Treppenabsatz stehen blieb.

„Scheiße", brummelte Ivan neben mir. „Ich hasse dich."

„Wir wissen beide, dass das nicht wahr ist", antwortete ich leise, als Juliet uns auf ihren 10 Zentimeter hohen Stöckelschuhen entgegen kam. Niemals geriet sie ins Wanken, trotz ihrer offensichtlichen Nervosität darüber, was dieser Abend mit sich bringen würde.

Ihre Brüste schwankten mit jedem Schritt, was mich

sehr zufrieden mit meiner heutigen Wahl ihrer Garderobe machte. Dünne Goldketten hielten den Stoff auf ihren Schultern und der Ausschnitt spaltete sich bis zum Bauchnabel. Es gab kein Rückenteil, die Schlitze an ihrem Rock gingen bis zur Mitte des Oberschenkels, und wie bei allem anderen, was sie trug, verriet der durchsichtige Stoff alles, was darunter lag.

„Juliet", murmelte ich und gab ihr einen Kuss auf die Stirn, als sie uns erreicht hatte. „Wir werden so tun, als sei dies eine traditionelle Angelegenheit – nur zum Abendessen – um für zukünftige Veranstaltungen zu üben. Also musst du dich angemessen verbeugen, wie du es normalerweise tun würdest, wenn ich dir Ivan vorstelle."

Sie hatten sich bereits bei mehreren Gelegenheiten getroffen, aber heute Nacht ging es darum, uns auf das Essen mit Sebastian vorzubereiten. Und um das zu tun, mussten wir ein wenig schauspielern.

Ihre dunklen Augen glitten von meinen ab, ihre Unterwürfigkeit übernahm sofort die Oberhand. „Ja, Sire."

Ich erhob ihr Kinn, um ihren Blick noch einen Augenblick länger zu treffen. „Ich werde die ganze Zeit hier sein, Liebes. Und ich führe dich durch alles durch, in Ordnung?"

Sie schluckte. „Ja, Sire."

Ich schloss meine Hände um ihre Wangen und küsste sie auf den Mund. „Ich werde nichts zulassen, dass du nicht genießen würdest", flüsterte ich gegen ihre Lippen. „Du wirst sehen."

„In Ordnung." Sie schien nicht sehr überzeugt zu sein, aber ich würde meinen Standpunkt zum Ende des Essens beweisen.

Ich ließ von ihr ab und trat einen Schritt zurück „So sehr es mich auch schmerzt, das zu sagen, bitte verbeuge dich vor Ivan." Eine so lächerliche Formalität, aber die

Menschen hatten den niedrigsten Rang in der Gesellschaft inne. Sie standen auf der gleichen Stufe wie das Vieh.

Juliet senkte sich mit geübter Leichtigkeit auf den Boden, ihr Blick lag wieder auf unseren Schuhen. Sie würde nicht aufstehen, bis ich es erlaubte.

„Wenn Sebastian später in dieser Woche ankommt, wirst du genau wie gerade die Treppe herunterkommen und dich verbeugen, sobald du das Foyer erreicht hast."

„Ja, Sire", ihre Stimme enthielt keinerlei Anzeichen von Angst, diese Art der Formalitäten war ihr zweifellos vertraut.

„Ivan", forderte ich ihn auf.

Er warf mir einen Blick zu, der seine Irritation offenbarte, bevor er Juliets unterwürfige Haltung musterte. Mit den Händen in seinen Taschen umrundete er sie, beäugte jeden Aspekt von ihr, während er sie bei seinem Rundgang absichtlich strich. Sie zuckte nicht zusammen, ihre Haltung war die ganze Zeit makellos.

„Sie ist wundervoll, Darius", er blieb hinter ihr stehen. „Darf ich?"

Meine Instinkte tobten, während ich antwortete: „Natürlich."

Ich konnte damit umgehen.

Ich musste es.

„Knie dich hin für Master Ivan", wies ich sie an.

Juliet setzte sich auf die Fersen, Handflächen auf den Oberschenkeln, den Kopf noch immer respektvoll gebeugt. Mein Schwanz wurde bei der mittlerweile vertrauten Position hart. Sie war wahrhaftig eine hinreißende Frau.

Ivan streifte mit seinen Knöcheln über ihre Wangen, bevor er nach unten glitt, über ihren Hals bis hin zu den Goldkettchen, die auf ihren Schultern lagen. Ich überwachte ihre Herzfrequenz, während er seine

Erkundungen fortsetzte, und bewunderte den gleichmäßigen Rhythmus, besonders als er sich bewegte, um seine Beine an ihren entblößten Rücken zu drücken.

Er griff nach ihrem Kinn und zwang ihren Kopf nach hinten, traf ihren Blick mit seinen eigenen glühenden Augen und lächelte verführerisch. „Hallo, Haustier."

„Master Ivan", grüßte sie ihn. „Willkommen."

So ein Naturtalent. Kein Zittern oder Verstecken, nur reine Unterwürfigkeit in einer gefährlichen Situation. Das Coventus hatte seinen Job offensichtlich gut gemacht. Zu schade, dass ich ihre ganze Arbeit zunichtemachen musste.

Oh, oberflächlich würde sie die Gleiche bleiben, aber nicht unter der Fassade. Und ihre heutige Reaktion bewies, dass das alles möglich war. Juliet hatte mir offen und ohne Furcht Fragen gestellt – ein Schritt vorwärts in unserem Arrangement, ob ihr das klar war oder nicht.

Ivan zog seinen Daumen über ihre Lippen, folgte ihnen langsam und sorgfältig. „Du hast einen sehr schönen Mund. Vielleicht erlaubt mir dein Sire später, ihn näher kennenzulernen."

Ich schluckte meine Antwort auf diese Aussage herunter und behielt meine Gleichgültigkeit bei. Eine Verbesserung gegenüber der Situation mit Viktor.

„Oh, ich habe die Vorstellung verpasst." Trevors Stimme schallte durch das Foyer, als er mein Haus ohne zu Klopfen betrat – ein Zeichen unserer Freundschaft. Nur sehr wenige konnten das tun, ohne ihr Leben zu riskieren.

„Du kommst gerade richtig", antwortete Ivan, seine Handfläche auf Juliets Wange. „Komm und lern Darius' Haustier kennen."

Trevor kam in seinem schwarzen Schneideranzug herüber und stellte sich vor Juliet, während Ivan weiter ihren Kiefer streichelte. Trevors Blick lief langsam über ihren tief ausgeschnittenen Ausschnitt bis zur Taille, hinunter zu ihren leicht gespreizten Oberschenkeln und wieder nach oben.

„Sie ist köstlich, Darius", sagte Trevor und spielte seine Rolle angemessen.

„Möchtest du sie berühren?", bot ich an.

„Mhm, ja, das würde ich gerne. Mit deiner Erlaubnis?" Seine blau-grünen Augen hoben sich bei der höflichen Frage zu meinen.

„Die ist gegeben", die Worte schmeckten sauer in meinem Mund, aber klangen normal. Ein Zeichen dafür, dass ich diesen Abend überstehen könnte, ohne einen meiner besten Freunde umzubringen. Natürlich war das hier noch der einfache Teil.

Trevor berührte ihre Schultern, bevor er die Linie ihres Kleides nachzeichnete, nach unten über die Wölbung ihrer Brust und wieder nach oben. „So weich", sinnierte er, seine Aufmerksamkeit richtete sich auf ihre sich verhärtenden Brustwarzen, „und reaktionsfreudig."

Ihr Körper reagierte auf die Berührung eines Vampirs — noch ein weiterer Impuls, der ihr über die jahrelange Konditionierung eingepflanzt worden ist. War das der Grund, warum sie sich mir so leicht unterwarf? Oder war es etwas anderes?

Spielt das eine Rolle?

Ja.

„Sollen wir ins Esszimmer gehen?", meine ruhige Stimme klang nicht ansatzweise so wie die, die in meinem Kopf Amok lief.

„Ich bin ziemlich ausgehungert", Ivan ließ von Juliet ab, trat aber nicht von ihr zurück. „Dein Haustier ist exquisit."

Währenddessen setzte Trevor seine Erkundung fort, bewegte sich von ihrem Schlüsselbein zu ihrem Kinn.

„Darf ich sie geleiten?", fragte er mit einem Blick in meine Richtung.

Ich zwang mich zu einem Lächeln. „Unbedingt."

„Ausgezeichnet", er streckte seine Hand aus, die Handfläche nach oben gerichtet. „Schönheit?"

Ihre Augenbrauen hoben sich etwas überrascht über den Spitznamen, den er ihr gegeben hatte, während Ivan über das eindeutige soziale Missgeschick lächelte. Nicht, dass es Trevor interessierte. Er hat es mehr als begrüßt, von der Aristokratie zurechtgewiesen zu werden.

Juliet akzeptierte seine Hilfe, stand auf und legte ihren Arm um den seinen. „Es ist mir ein Vergnügen, meine Kleine."

„Dankeschön, Master Trevor."

Er kicherte. „Oh, wie ich es liebe, diese Worte aus dem Mund einer Frau zu hören, vor allem, wenn er so wundervoll ist wie deiner."

„Ich bezweifle, dass Sebastian auch nur annähernd so gutmütig sein wird", warf Ivan in den Raum, als er dem Paar durch den Flur folgte. Ich blieb ein paar Schritte hinter ihnen, so zeigte ich Vertrauen und Respekt.

Trevor schnaubte. „Natürlich nicht. Der Mann hat einen Schwanz in seinem Arsch."

„Stock", korrigierte Ivan.

„Nein, ich meinte definitiv einen Schwanz." Trevor ging mit einem Grinsen im Gesicht voran in den Speisesaal, während ich permanent den Kopf schüttelte.

„Ich habe dir gesagt, er hält keine fünf Minuten durch', sagte Ivan im Plauderton. „Denkst du, das liegt vielleicht an seinem blonden Haar? Hat er es während seiner Surfer-Phase zu oft gebleicht?"

„Wirklich? Ein Blondinenwitz?", gab Trevor zurück. „Ich nehme an, dass ich von einem ehemaligen Briten nicht viel erwarten sollte."

„Der arme Mister America versteht unseren trockenen Sarkasmus nicht, D.", murmelte Ivan. „Glaubst du, das liegt daran, dass sein früheres politisches System Bildung nicht so sehr geschätzt hat wie unseres?"

„Absolut", stimmte ich zu, auch wenn ich nicht in der gleichen Ära aufgewachsen war. Beide meine Freunde wurden viel, viel später geboren als ich.

„Was bedeutet der Name?", fragte Juliet, ihr Blick traf meinen unerwartet im Speisesaal.

Alle hörten auf zu lächeln, die Luft kühlte sich rapide ab. Juliets Augen weiteten sich, als sie ihren sozialen Fauxpas bemerkte, ihre untere Lippe zitterte.

Hmm. Wenn Sebastian hier wäre, hätte ich keine andere Wahl, als sie in aller Öffentlichkeit für diesen Ausbruch zu bestrafen. Da Trevor die Formalitäten allerdings schon über Bord geworfen hatte, könnte ich das hier durchgehen lassen.

Außerdem war es das Verhalten, das ich mir wünschte. Ein Bruch in ihrer Konditionierung, den ich ausnutzen konnte.

Trevor trat zur Seite, als ich auf sie zu kam, und Juliet fiel sofort zu Boden für eine formale Verbeugung. Ich biss mir auf die Zunge, um sie dafür nicht zu züchtigen. Sie dachte, wir würden noch üben, was bedeutete, dass ich ihre Strafe jetzt vollstrecken musste. Aber nein. Ich hatte nicht den Wunsch, sie für ihre Neugierde zu tadeln.

Ivan und Trevor starrten mich beide an, als ich mich vor sie kniete, meine Handfläche suchte ihr Gesicht, um ihren Blick zu heben. „Amerika ist ein ehemaliges Land und technisch gesehen dort, wo wir jetzt leben. Brite kommt von britisch, was sich auf Großbritannien oder das Vereinigte Königreich bezieht. Sie verschwanden mit dem Fall der Menschheit. Jetzt ist alles in Regionen aufgeteilt."

Ihre braunen Augen blickten tief in meine. „Darüber

habe ich etwas in den Geschichtsbüchern gelesen. So viele Kriege."

Ich versteckte ein Lächeln. „Ja, sie haben an einigen davon teilgenommen, aber das haben die meisten Menschen über die Jahrhunderte. Erinner mich daran, dich irgendwann etwas über die Kreuzzüge lesen zu lassen." Eine verheerende Zeit, in der ich nicht gerne gelebt habe.

„Du bist Brite?", fragte sie leise.

„Eigentlich nicht", ich lächelte, als ich aufstand und ihr meine Hand entgegen hielt, damit sie es mir gleichtat. „Ich wurde in der Gaul Region geboren, was später Westeuropa wurde. Ich zeige es dir mal auf der Karte, aber meine Abstammung ist römisch. Später zog ich in die Provinz Britannien, als sie auch Römisches Britannien genannt wurde."

„Was er versucht zu sagen, ist, dass er verdammt alt ist", übersetzte Trevor.

Ich ignorierte ihn und konzentrierte mich wieder auf Juliet. „Fast drei Jahrtausende, um genau zu sein."

Diese Information schien sie nicht im Geringsten zu schockieren, was entweder bedeutete, dass sie so etwas vermutet hatte, oder dass sie von der Ewigkeit, die unser Wesen annehmen konnten, betäubt war. Vermutlich beides. „Du siehst sehr gut aus für dein Alter", antwortete sie und schockierte mich erneut.

„War das...?", Ivan brach ab.

„Ein Witz", beendete Trevor den Satz. „Oh, ich wusste, ich würde sie mögen."

„Du nennst sie immer noch ein Sexpüppchen."

„Das ist sie ja auch, aber ein Cleveres."

„Genug", fauchte ich, verärgert über die Unterhaltung, die den Augenblick unterbrochen hatte.

Juliet zuckte zusammen, ihr Blick fiel zu Boden. „Es tut mir leid, Sire. Das sollte ein Kompliment sein."

„Ich weiß", flüsterte ich. Auf keinen Fall hatte sie plötzlich einen Sinn für Humor entwickelt. „Danke." Ich küsste ihre Stirn und legte meine Arme für eine Umarmung um sie. Ivan und Trevor starrten mich an, als wäre mir ein zweiter Kopf gewachsen.

„Was? Du hast die Übung schon im Foyer versaut, Trevor. Wir fangen jeden Augenblick nochmal von vorne an." Es war nicht so, dass ich mich um meinen Anstand sorgte. Dem folgten wir hier nie.

Ich küsste sie fest auf den Mund, um ihr zu zeigen, dass es mich freute, wenn sie die Grenzen ihrer Ausbildung durchbrach. So wunderschön ungehorsam. Ich wollte mehr davon sehen, aber nur in den Grenzen unseres Hauses.

„Du kannst dich in der Anwesenheit von Mitgliedern der Gesellschaft nicht so verhalten, Juliet." Ich hielt ihren Blick und ging sicher, dass sie die Dringlichkeit meiner Worte verstand. „Nur hier."

„Ja, Sire", ihr Blick war finster. „Ich wollte keine unpassende Bemerkung machen, ich bin nicht sicher, warum ich das getan habe."

„Weil du lernst zu leben", wies ich sie leise darauf hin. „Jetzt geh und setz dich auf den Stuhl in der Mitte. Trevor und Ivan sitzen jeweils neben dir und ich sitze euch am Tisch gegenüber."

Wir waren noch lange nicht fertig.

Ich musste sie immer noch teilen.

Physisch und sexuell.

17

JULIET

„AUFMACHEN", forderte Trevor.

Ich öffnete meine Lippen, während ich die Augen geschlossen hielt, wie angeordnet. Etwas Warmes und Dekadentes rutschte über meine Zunge und ich kämpfte darum, nicht stöhnen zu müssen.

Sie haben mir gesagt, ich sollte weder reden, noch andere Laute von mir geben – eine Forderung, die sie gerade auf die Probe stellten, indem sie mich mit süßen Desserts fütterten. Die Regeln zu brechen, würde in Bestrafungen enden und diese Männer wollten offensichtlich, dass ich ihre Befehle missachtete.

„Ich denke, sie mag es", grübelte Ivan. „Gib ihr noch einen Bissen."

Ohhhh, ich seufzte innerlich. Ich war schon so voll. Nachdem man jahrelang nur Lebensmittel der Nährwerte wegen gegessen hatte, war es schwierig, die Mahlzeiten so zu genießen, wie Darius und seine Freunde es taten. Mein Magen konnte die reichen Aromen nicht vertragen.

„Nur noch einer", wies Darius sie mit tonloser Stimme an.

„Spielverderber", grummelte Trevor.

„Hier, Liebes, aufmachen", sagte Ivan und hielt das Ende der Gabel vor meinen Mund.

Ich gehorchte pflichtbewusst. Ein weiteres süßes Stückchen vom Himmel quälte meine unterentwickelten Geschmacksknospen, als ich mich zum Kauen und Schlucken zwang.

„Großartig", lobte Trevor, als jemand eine zähflüssige Substanz an meinem Schlüsselbein entlang zog. Ich hätte fast nachgeschaut, was es war, aber mein Befehl war, die Augen geschlossen zu halten.

Etwas Feuchtes – eine Zunge – berührte meine Haut, als einer von ihnen das ableckte, was auch immer auf meinen Körper gestrichen worden war. Das hatten sie ein paar Mal während des Abendessens gemacht, ihre Hände und Münder fanden immer einen neuen Grund, mich zu berühren. Aber nie unter dem Kleid und immer mit Darius' Erlaubnis.

„Hmm, ich sehne mich nach etwas anderem zum Nachtisch." Ivans Worte flossen durch mich hindurch, die Andeutung in seiner Stimme unterstrich er, indem er seine Handfläche über meinen Oberschenkel gleiten ließ. „Darius?"

„Ja." Ein Stuhl kratzte über den Boden, dann hörte ich nur noch Schritte.

Mein Herz setzte einen Schlag aus.

Das Berühren und Ablecken während des Essens hatte mich nicht so sehr gestört, wie ich erwartet hatte, weil Darius so nah war. Sie waren auch alle mit dem Essen beschäftigt, verloren in Gesprächen über Politik, während sie meinen Körper als beiläufige Unterhaltung benutzten.

Aber jetzt stand ich im Scheinwerferlicht.

Ich spürte es in jeder Faser meines Körpers, alle drei Blicke ruhten auf mir – gierig.

Oh, Göttin…

Es war wie in der ersten Nacht in Darius' Zuhause, als ich dachte, sie alle würden mich verschlingen. Außer, dass ich dieses Mal *wusste*, dass das der Plan war.

Zum Teilen.

Drei Männer.

Kann ich das schaffen?

Ich wurde kaum mit Darius fertig…

Eine warme Handfläche glitt unter mein Haar und legte sich um meinen Nacken, als mich Darius' vertrauter Geruch überwältigte. „Das hast du so gut gemacht, Liebling. Aber jetzt wird es Zeit für den eigentlichen Test." Sein Daumen streichelte über meinen hämmernden Puls. „Steh auf."

Es war nicht leicht, blind einen Halt zu finden, aber ich schaffte es. Der Stuhl verschwand, als Darius seine Brust gegen meinen Rücken drückte.

Seine Hände lagen auf meiner Hüfte. „Öffne deine Augen "

Das tat ich und sah, dass sich nichts verändert hatte. Trevor und Ivan saßen beide mit räuberischem Ausdruck in denselben Stühlen wie vorher.

„Gentlemen, ihr habt dafür gesorgt, dass Juliets Hunger gestillt wurde. Möchtet ihr, dass sie den Gefallen erwidert?", fragte Darius, seine Stimme war düster und lüstern.

Mein Herz flatterte. *Den Gefallen erwidern…*

Ivan stand auf und fuhr mit der Hand über seine Krawatte, seine karamellfarbene Iris bildete eine dünne Linie um seine überdimensionalen Pupillen. Er sah hungrig aus. Sehr, sehr hungrig. „Das würde mir sehr gefallen."

„Mir auch", fügte Trevor hinzu und stand auf.

„Ausgezeichnet." Darius drückte einen Kuss auf

meinen Hals – eine offene Zurschaustellung seines Besitzes – und spreizte seine Finger an meinen Seiten. „Sollen wir uns in die große Kammer begeben?"

Ivans erregter Blick tanzte über mich, seine Lippen zuckten. „Ich nehme an, das wäre komfortabler."

Trevor grinste und drehte sich um, um uns den Weg zu weisen, Ivan war direkt hinter ihm.

„Folge ihnen", flüsterte Darius, als meine Füße ihren Dienst verweigerten.

Ich schluckte, meine Kehle war trocken. „Ja, Sire."

Ich brauchte einen Moment, bis meine Beine funktionierten, meine Gliedmaßen waren gefroren vor Angst. Das Coventus hatte mich gut auf das, was jetzt kommen würde, vorbereitet. Obwohl ich es selber nie am eigenen Leib erfahren habe, habe ich doch während den Tagen meiner Ausbildung einigen Dreiern und Vierern beigewohnt. So viel Blut… und nicht alle Sterblichen überlebten.

Darius braucht mich lebend. Das hatte er zumindest gesagt. Hoffentlich dachten er und seine Freunde daran.

Trevor und Ivan hielten jeweils auf einer Seite der überdimensionalen Chaiselongue im kunstvollen Wohnbereich des Herrenhauses an. Vornehme Stühle und Sessel dekorierten den gewaltigen Raum und boten noch weitere Sitzgelegenheiten, was darauf schließen ließ, dass sie diesen Ort für einen besonderen Zweck gewählt hatten. Die Chaiselongue bot genug Winkel, um ihr Dessert zu verspeisen – mich.

Ich unterdrückte den Drang, meine feuchten Hände an meinem Kleid abzuwischen und stand mit gesenktem Blick da, in Erwartung von Darius' Anweisungen. Seine Finger strichen sanft über meine Arme und lösten eine Gänsehaut aus, die sich über meinen ganzen Körper verbreitete, als seine Hände sich auf meine Schultern legten.

Trevor glitt aus seiner Jacke und drapierte sie auf der Rückenlehne eines Stuhls. „Wie war der Name des heutigen Weins?", fragte er, während er die Ärmel seines weißen Hemdes hochkrempelte.

„Das war ein alter französischer Wein, der heute nicht mehr produziert wird." Darius' Daumen strichen über mein Schlüsselbein, während seine Finger mit den goldenen Ketten meines Kleides spielten.

Ivan ahmte Trevors Bewegungen nach, als er murmelte: „Das ist eine Schande."

„In der Tat." Darius zog das Metall langsam über meine Schultern, seine Lippen waren nah an meinem Hals. „Soll ich euer Dessert enthüllen?"

Mein Herz hämmerte einen chaotischen Rhythmus gegen meine Rippen. Sie konnten bereits durch mein Kleid hindurch sehen, was den Effekt meiner bevorstehenden Nacktheit schmälern dürfte. Dennoch, der Gedanke, dass Darius die einzige Barriere zwischen mir und diesen drei Männern ablegen würde –

„Ja." Kein Zögern von Ivan, nicht, dass ich das erwartet hätte.

„Unbedingt", fügte Trevor hinzu, seine Stimme klang wie ein tiefes Knurren, das über meine Haut schlich.

Darius kicherte düster, als er die Träger über meine Arme zog und meine Brüste Zentimeter für Zentimeter entblößte. Meine Nippel versteiften sich, sowohl durch die kalte Luft, als auch durch die sexuelle Spannung, die sich im Zimmer ausbreitete.

„Umwerfend", murmelte Ivan, als der Stoff meinen Bauch erreichte. Ich konnte ihre Blicke auf mir spüren, sie prägten sich meinen Körper ein oder, was wahrscheinlicher war, überlegten, wo sie mich als erstes beißen sollten.

Mein Blut erhitzte sich und kühlte wieder ab, mein

Körper führte Krieg darüber, wie er auf das alles reagieren sollte. Darius' Vampirküsse enthielten immer Lust, aber ich wusste, dass die meisten sich anders nährten. Wie würden sich Trevor und Ivan anfühlen? Würde es weh tun? Würde es mir gefallen?

Darius' Daumen strichen über meine Hüfte, das Kleid folgte seiner Führung, glitt langsam von meinem Körper und sammelte sich zu meinen Füßen.

„Lass die Schuhe an", sagte Ivan mit einer von Sehnsucht getränkten Stimme. „Bitte."

„Natürlich. Vorher nur noch eine Sache." Darius drehte mich in seinem Griff so schnell, dass ich hingefallen wäre, wenn sein Arm sich nicht um mich gewickelt hätte. Seine andere Hand hob sich und griff nach meinen Haaren. Ein scharfer Ruck zwang meinen Blick in seinen – zwei schwelende Kugeln aus tiefstem Grün.

Sein Mund legte sich zu einem Kuss der Bestrafung über meinen und ließ mich mit der Frage zurück, was ich falsch gemacht hatte. War es die Gänsehaut? Mein hämmernder Puls? Beides wurde als tödlicher Fehler betrachtet. Das Coventus versuchte meine Art von diesen instinktiven Reaktionen abzustumpfen, indem wir stundenlange Zwangsbeobachtungen absolvieren mussten. Leider hatte ich es nie geschafft, die Kunst zu beherrschen, die Reaktionen meines Körpers zu verbergen. So wie ich die Hitze nicht leugnen konnte, die Darius gerade in mir auslöste, mit den dominierenden Bewegungen seiner Zunge gegen meine.

Ich griff Halt suchend nach seiner Jacke, als er seinen Anspruch vertiefte. Mein Kopf schmerzte, weil er so stark an meinen Haaren zog, während meine Nippel das Gefühl seiner feinen Wolljacke genossen, die an meiner nackten Haut rieb. Er rief gleichzeitig Genuss und Schmerz hervor, was mich völlig aus der Bahn warf. Ich wusste nicht, ob ich schreien oder stöhnen sollte, und dieses verworrene Gewimmel von Emotionen wurde nur schlimmer, als Blut unsere Münder füllte.

Mein Atem kam stoßweise, unsicher über diese Inbesitznahme. Die klebrige Essenz bedeckte meine Zunge und meinen Hals, was mich zum Würgen brachte. Das schien ihn nur noch mehr anzuspornen, sein Arm drückte mich fester, aber die Finger in meinen Haaren lockerten sich, um den Konturen meines Gesichts zu folgen.

„Atme tief ein", befahl er, wodurch mein Herz einen Sprung machte.

Warum? fragte ich mich, selbst als ich gehorchte. Dann griff er nach meiner Nase, während er seine Lippen über meinen verschloss.

Meine Augen sprangen auf.

Ich konnte nicht atmen.

Mehr Blut füllte meinen Mund, ertränkte mich, zwang mich, schwere Schlucke zu nehmen, während meine Lungen auf der Suche nach Luft anfingen zu brennen.

Tränen ließen meinen Blick verschwimmen, mein Körper schmerzte und mein Herz schlug tausend Mal pro Minute.

Warum? ich blinzelte. *Was habe ich falsch gemacht?*

Meine Nägel gruben sich in seine Jacke, während die dickflüssige Substanz meine Kehle hinunter lief. Ich wagte es nicht, einzuatmen, aber das würde ich bald müssen, wenn er nicht von mir abließ.

Dominieren.

Darius besaß mich. Jeder subtile Schwung seiner Zunge über meine bestätigte seine Kraft und die Erektion, die gegen meinen Bauch drückte, bedeutete, dass er seine Herrschaft genoss. Ich gehörte ihm, um das zu tun, was er sich wünschte – zum Ficken, zum Bluten, zum Ersticken, zum Töten. Diese Vorstellung von unbegrenzter und völliger Kontrolle beruhigte mich, trotz des Infernos, das sich seinen Weg durch meine Lunge bahnte.

Er wird mich atmen lassen.

Dieser zuversichtliche Gedanke bohrte sich durch meinen Nebel der Angst und wühlte ein Beben tief in meinem Bauch auf. So gegensätzlich zu der bevorstehenden Handlung. Ich sollte schreien und kämpfen, stattdessen entspannte ich mich. Mein Körper gab seinen Wünschen nach und vertraute ihm auf eine sehr kritische Art und Weise.

Ich wurde gebrochen. Bin zersplittert. Seins. Genau so, wie das Coventus mich trainiert hatte zu sein. Ein menschliches Spielzeug.

Darius' Lippen lösten sich von meinen, als seine Hand mit einem sanfteren Griff als zuvor wieder zu meinen Haaren wanderte.

Die unerwartete Begnadigung schickte einen Ruck durch mein System, schoss Strom in meine Nervenenden und erwärmte mich bis in den Kern. Ich atmete tief ein, restlos, mein Körper zitterte unkontrolliert vor Angst und dem tödlichen Bedürfnis nach mehr. Feuer schoss durch meine Adern und ließ meine Haut durch widersprüchliche Signale brennen, während meine Lungen vor Freude weinten.

Erregung verdunkelte Darius' Augen zu einem gefährlichen Waldgrün, als er mich aufmerksam studierte. „Du hast das genossen."

Ich schauderte, mein Körper war entflammt durch seine Berührungen und seinen Kuss. *Was hat er gerade mit mir gemacht?*

Er strich mit seinem Mund über meinen und lächelte. „Ja, du hast das definitiv genossen."

Ich leckte das Blut von meinen Lippen und erzitterte

erneut, als ich schluckte. *So süß. So süchtig machend. Wie das Leben, nur in flüssiger Form.*

Meine Augenbrauen zogen sich bei diesen verwirrenden Gedanken zusammen und schossen nach oben, als ich plötzlich verstand.

Nicht mein Blut.

Darius hatte mich gezwungen seine Essenz zu trinken, nicht meine. „Warum?", formte ich mit den Lippen. Würde das die zeremonielle Bindung zwischen uns vorantreiben? Er hatte nach dem ersten Mal erwähnt, dass wir uns erneut gegenseitig verzehren müssten.

„Zur Sicherheit", flüsterte er und streichelte meine Wange mit seinen Knöcheln. „Jetzt leg dich auf die Chaiselongue und spreiz deine Beine für uns."

18

DARIUS

JULIET GLICH EINER GÖTTIN, deren dunkles Haar auf den Lounge-Kissen aufgefächert wurde. Ihre perfekten Brüste hoben und senkten sich mit jedem Atemzug, ihr Puls war eine ständige Trommel in meinem Ohr.

Sie verhielt sich so wunderschön – so unterwürfig. Ihre langen cremefarbenen Beine waren geöffnet, genau wie ich es befohlen hatte, und eröffneten unseren Blicken jeden intimen Zentimeter von ihr. Hunger strahlte von Trevor und Ivan aus, ihre Haltung war räuberisch. Ein Zeichen von mir und sie würden sich auf sie stürzen, aber keine Sekunde eher. Ich hatte die Kontrolle über diesen Moment, diesen Raum, diese Frau.

Mein Blut sang, als sich meine Essenz in ihr niederließ und sie mit einer weiteren Schicht der Unsterblichkeit überzog, die unsere Bindung verstärkte. Ich hätte sie bitten können, von meinem Handgelenk zu trinken, aber das erschien mir zu keusch. Der besitzergreifende Mann in mir wollte eine Show, eine Darlegung für die anderen im Raum, dass ich sie besaß. Egal, was in den nächsten Minuten passieren würde, Juliet gehörte *mir*.

Ich zog meine Jacke aus und legte sie zu den anderen auf den Stuhl. „Das wird weh tun, Juliet." Eine Warnung, die sie wahrscheinlich nicht brauchte. Der Blick, den Ivan mir zuwarf, sagte mir ebenfalls, dass das nicht nach dem Protokoll lief. Genau wie mein ewiger Kuss. Scheiße, als ob mich das interessierte. Das hier war aus gutem Grund ein Testdurchlauf.

„Ja, Sire." Ihr Puls sang eine komplett andere Melodie als ihre Stimme.

Ich kniete mich neben sie und küsste ihre Schläfe. „Deine Angst ist berauschend, Liebling." Ich knabberte an ihrem Kiefer, ihrem Hals und zwickte in ihren donnernden Puls. *Mhm, eine göttliche Versuchung.* Ich blickte zu meinen Freunden. „Ivan, Trevor, möchtet ihr euch mir anschließen?"

Fick dich, schien Ivan mit seinem braunen Blick zu sagen. „Ich dachte schon, du würdest nie fragen."

Oh, das hatte ich definitiv in Erwägung gezogen, dachte ich und grinste. „Sei mein Gast. Bitte."

Mit einer arroganten Bewegung seiner Augenbrauen ließ er sich auf die Chaiselongue nieder und platzierte sich zwischen Juliets gespreizten Oberschenkeln. Viel zu nah für meinen Geschmack, aber wir hatte bereits besprochen, dass er von ihrer Oberschenkelarterie trinken könnte.

Trevor blieb stehen, sein Blick haftete auf Juliets Brüsten. Sie atmete ruckartig ein, als er seine Finger zwischen sie legte. „Schreckhaft", murmelte er,

„Etwas, an dem vor Sebastians Besuch noch gearbeitet werden sollte", Ivan griff nach ihren Oberschenkeln, seine Aufmerksamkeit richtete sich auf ihren rasierten Schamhügel. „Wenngleich ihm ihre Erregung gefallen könnte." Er senkte einen Kuss auf ihre Hüfte, ging dann langsam tiefer und lächelte, als sie unter ihm erzitterte. „Oh ja, das wird ihm in der Tat sehr gefallen."

Ich kämpfte gegen den Drang an, meinem besten Freund eine zu verpassen und konzentrierte mich stattdessen auf Juliets Atmung, ihren Herzschlag, ihre geweiteten Pupillen. Sie atmete scharf ein, als Trevor ihre Brust umfasste, und atmete dann langsam wieder aus. Er kniff in ihre Brustwarze – hart – und lächelte, als sie keine äußerliche Reaktion zeigte.

„Das ist besser, meine Schöne", lobte er sie, während er sich neben ihr niederließ. Seine blau-grünen Augen trafen meine, suchten nach der Erlaubnis, mehr zu erkunden. Das war seine Art, dem Stammesältesten und Vorgesetzten den Vortritt zu lassen, bevor er sich mit dem köstlichen Spielzeug vergnügen würde.

Wenn ich ihnen sagen würde, dass sie gehen sollten, würden sie keine Sekunde zögern. Natürlich würde Ivan mir dafür später die Hölle heiß machen, aber meine Dominanz in diesem Raum war bedingungslos. Beide Männer warteten auf meine Erlaubnis, fortzufahren.

Wir haben die Grundregeln während der Planung dieser Übung eingehend überprüft und ich vertraute darauf, dass sie die von mir gesetzten Grenzen nicht überschreiten würden. Deshalb waren sie hier. Ich würde Juliet niemand anderem anvertrauen. Noch nicht. Vielleicht sogar niemals.

Ich umschloss Juliets Kehle mit meiner Handfläche und drückte meinen Daumen auf ihre Arterie. „Sieh mich an."

Sie gehorchte sofort, ihre großen braunen Augen fixierten sich mit einem erleichterten Ausdruck auf die meinen. Hatte sie sich die ganze Zeit nach meinem Blick gesehnt? Bei dieser Vorstellung stieg Stolz in mir auf – ein weiterer Riss in ihrer Konditionierung.

„Sire", hauchte sie, ihre Wangen erröteten.

Ich hob meine andere Hand und fuhr mit den Fingern

durch ihr dickes Haar. Die dumpfen Schläge gegen meinen Daumen verlangsamten sich und ihr Körper gab sich meinem Willen hin. Wir entwickelten Vertrauen, eine wichtige Komponente für unsere Zukunftspläne. Ich hielt ihren Blick noch einen Augenblick länger, bevor ich meine Aufmerksamkeit auf Ivan und Trevor richtete.

„Ihr dürft fortfahren", sagte ich leise.

Juliet verspannte sich nicht und gab auch keine Geräusche von sich, als beide Männer ihre Münder und Hände über ihre entblößte Haut gleiten ließen – Trevor an ihren Brüsten, Ivan in dem Bereich ihrer Oberschenkelarterie.

Ich hielt ihren Blick fest und mein Griff um ihren Hals festigte sich ein kleines bisschen, um sie im Hier und Jetzt zu halten. Meine Freunde würden nicht zärtlich sein. Das war der einzige Weg um sicherzugehen, dass sie die zukünftigen Erwartungen meiner Kollegen verstand. Ich konnte es mir nicht leisten, dass sie sich gegenüber Sebastian oder jemand anderem negativ verhielt.

Ihre Lippen öffneten sich, ihr Ausdruck verdunkelte sich mit einer Mischung aus Genuss und Angst. Ich fuhr erneut mit meinem Daumen über ihren Puls, bevor ich an ihrem nackten Körper herunter einen Blick zu meinen schlemmenden Freunden warf. Trevor hatte ihre Brustwarze in seinem Mund, seine Fänge waren fest in ihrer Haut verankert. Eine tiefe Wallung suchte sich ihren Weg über ihre Brust, führte zurück in ihren Hals und hoch in ihre Wangen. Meine Juliet genoss ein bisschen Grobheit im Schlafzimmer. Ob das wirklich sie war oder nur ein Ergebnis ihrer Erziehung, würde ich wahrscheinlich nie erfahren.

Sie schnappte nach Luft, als Ivans Fangzähne in ihre Oberschenkelarterie eindrangen, sein Mund zog hart und schneidend. Ein typischer Vampirkuss lieferte keine Ekstase für das Opfer, nur für den Räuber. Meine Art war berüchtigt dafür, in Grausamkeit zu gedeihen und sich an den Qualen anderer zu laben. Angst war berauschend für ein Raubtier, manchmal mehr als ein Wesen, dass sich auf dem Höhepunkt seiner Lust befand.

Tränen glitzerten in Juliets Blick, aber ihr Körper blieb entspannt, ihr Atem gleichmäßig. Was für eine beeindruckende Schmerztoleranz.

Ihre Lippen zitterten. Ich fing die untere mit meinen Zähnen und versteckte ihre Reaktion vor meinen Freunden.

Juliet durfte vor meinen Brüdern keine Schwäche zeigen. Gehaltene Menschen waren an qualvolle Spiele, Blutspiele, harten Sex und Dominanz gewöhnt. Sich von einem einzigen Biss beunruhigen zu lassen, würde Fragen aufwerfen, die wir uns nicht leisten konnten.

Ein Teil dieser Übung war es, dass ich lernte, wie ich ihr helfen konnte, in meiner Welt zu überleben. Verbundene Blutjungfrauen waren aus einem guten Grund selten und ich hatte die volle Absicht, meine am Leben zu lassen.

Ich folgte ihrer Zunge mit meiner eigenen, wischte die Träne von ihrer Wange und festigte den Griff um ihren Hals. Das sollte keine Bestrafung sein, sondern eine Erinnerung an meine Anwesenheit. Eine Möglichkeit, um ihren Geist hier zu halten und ihr Trost zu spenden. Trotz der zwei Männer, die sich von ihrer Brust und ihrem Schenkel nährten, war ich derjenige, der die Kontrolle über ihr Schicksal besaß, und hoffentlich hatte sie mittlerweile bemerkt, dass ich nicht die Absicht hatte, sie zu verlieren.

Sie erwiderte meinen Kuss mit anmutigen Zügen, während ihr Körper unter meinem Befehl dahinschmolz.

Sehr gut, Liebste, lobte ich sie mit meinem Mund. Ihre

Herzrate erhöhte sich jetzt aus einem völlig anderen Grund. Ihr Blut sang ein verlockendes Lied, das eine köstliche Idee in mir entfachte. Ich lächelte gegen ihre Lippen, glücklicher mit ihr als Worte es ausdrücken könnten, und zog meinen Mund über ihr Kinn zu ihrem Ohr.

„Bedürftiges kleines Tier." Ich kniff als einen Schein-Tadel in ihr zartes Ohrläppchen. Als Antwort erzitterte sie, ihr Hals arbeitete unter meiner Handfläche. „Hm, ich kann deine Erregung schmecken, Juliet." Sie versüßte die Luft und verhöhnte meine fleischfressenden Sinne. „Ungezogener Schatz", flüsterte ich, bevor meine Lippen über ihren Hals fuhren, bis hin zur der Brust, die mir am nächsten war.

Trevor hatte zum anderen Nippel gewechselt, seine Fänge waren tief in ihrer Haut. Zwei kreisrunde Male hoben ihre rosige Brust hervor, aus denen dank des ungeschickten Bisses meines Freundes Blut tröpfelte. Aber der Mangel an Fürsorge für Menschen war typisch unter Vampiren.

Ich schnitt mir mit meinen eigenen, länger werdenden Fangzähnen in meine Zunge – genau, wie ich es gemacht hatte, bevor ich Juliet geküsst habe – und leckte über jede Stichwunde, um ihr zu helfen, schneller zu heilen. Ihre Augen hielten meinen Stand, ihre Pupillen waren zwei runde schwarze Punkte voller Begierde. Ich lächelte und leckte sie erneut, während meine Hand von ihrem Hals abließ und nach unten wanderte, um ihr Geschlecht abzudecken.

Meins, sagte ich ihr mit einem Blick, der ihre Wangen erröten ließ. Sie dachte nicht mehr an Trevor oder Ivan. Nur an mich. Ich wollte sie dafür belohnen, fürs Loslassen und für ihre perfekte Unterwerfung.

Ich ließ einen Finger durch ihre feuchten Spalten

gleiten, während ich einen Weg hoch zu ihrem Hals küsste. Sie blieb unter meiner Berührung vollkommen ruhig, aber die Hitze, die von ihrer Haut ausging, verriet ihre Sehnsucht.

Scheiß auf diesen Test. Mein Alter und mein Status in dieser Gesellschaft bestimmten, dass ich tun konnte, was zum Teufel auch immer ich wollte, wie auch immer ich es wollte. Und ich *brauchte* es, dass sie kam.

Meine Fangzähne drangen tief in sie ein, zogen ihre berauschende Essenz in meinen Mund und überzogen meinen schmerzenden Hals mit ihrem Leben. Köstlicher als jede andere Nahrung, das feinste Blut überhaupt, und es gehörte ganz mir. Die Kunst des Teilens war ein Brauch der alten Welt, einer, der Beziehungen festigen und Geschäftsabsprachen besiegeln sollte. Schön. Damit konnte ich umgehen, aber es würde unter meinen Bedingungen passieren.

Ihr Stöhnen war Musik in meinen Ohren. Es brach die Regeln, sie mit meinen Händen zu Befriedigen und das Spiel so zu spielen, wie ich es bevorzugte, und als ihr Rücken sich wölbte, hörte ich ein frustriertes Fauchen von Ivan. Ich ignorierte ihn, meine Finger glitten in ihr heißes Inneres, während mein Daumen über ihrer Klitoris kreiste. Ihre inneren Wände umschlossen mich und ließen meinen Schwanz vor Verlangen schmerzen.

Bald, versprach ich.

Ich hielt meine Penetration flach, da ich ihre Unschuld nicht zerstören wollte – noch nicht – und saugte stark an ihrem Hals. Drei Vampire, die sich von ihrem delikaten Körper ernährten, würden ihr bald das Bewusstsein rauben, aber ich wäre verdammt, wenn ich sie vorher nicht ein bisschen in Ekstase versetzen würde, um ihre Träume zu inspirieren. Denn das war der einzige Ort, an dem sie sicher war, vor mir, dieser Welt und den

Albträumen, die uns umgaben. Es war das Mindeste, was ich tun konnte – ein kleines Dankeschön, das sie mehr als verdient hatte.

Ihre Anspannung nahm zu, ihr Stöhnen wurde länger. Ein Blick nach unten zeigte, warum – Trevor und Ivan hatten sich dem Spiel angeschlossen. Sie berührten sie nicht außerhalb der vorgesehenen Bereiche. Vielmehr hatten sie sich dazu entschieden, ihre Bisse mit Euphorie zu füllen, während sie weitertranken.

Schweiß glänzte auf ihrer sensibilisierten Haut, ihr Körper zitterte, aber sie blieb beherrscht. Sie legte ihre Lippe zwischen ihre Zähne und biss so fest zu, dass sie anfing zu bluten. Ich löste mich von ihrem Hals und hob meinen Kopf, um den letzten Tropfen abzulecken, dann streichelte ich ihre geröteten Wangen.

„So siehst du so wunderschön aus", lobte ich. „Wartest auf meinen Befehl." Sie wusste es besser und ließ ohne eine Erlaubnis nicht komplett los. Ich musste es ihr nicht einmal sagen oder sie warnen, sie hatte es bereits verstanden.

So verdammt perfekt.

Ihre dunklen Augen brodelten vor Verlangen, ihr Körper war so angespannt, dass ich wusste, sie würde schreien, wenn ich es erlauben würde. Ich übte Druck auf ihre Klitoris aus und sie biss sich erneut auf die Lippe, ihr Ausdruck war getränkt von purer Qual und Glückseligkeit, gefesselt in einem wunderschönen Feld der Begierde.

„Komm für uns, Juliet", forderte ich, mein Schwanz war begierig darauf, auch mitspielen zu dürfen. „Und halt dich nicht zurück."

Als sie zerbrach, verließ mein Name ihre Lippen mit einem Schrei, der seinen Weg bis in meine Seele fand.

So. Verdammt. Heiß. Ich bezweifelte, dass ich den hingerissen Ausdruck auf ihrem Gesicht jemals satt haben würde, oder die Art, wie sie unter dem genussvollen Übergriff erzitterte.

Elektrische Wellen strahlten durch unseren Bund, ihr Körper griff nach meiner Unsterblichkeit, um das benötigte Leben wieder in ihren Körper zu pumpen. Trevor und Ivan hatten nun leidenschaftlich zu trinken begonnen und zogen alles aus ihren Reserven, während sie sich in den Wirren eines Höhepunktes wand, der in seiner Brutalität und Ekstase scheinbar nicht enden wollte.

Ich streichelte sie ununterbrochen, meine Berührungen variierten von sanft bis grob, während ihre Augenlider durch die starken Empfindungen immer schwerer wurden. Das Rosa in ihren Wangen war verschwunden, weil das Blut woanders in die gierigen Münder der Männer floss, die sich von ihrer süchtig machenden Essenz nährten.

Ein bläulicher Schimmer legte sich auf ihre Lippen, während sie unter dem erstaunlichen Schleier der Genusssucht erzitterte. Ihre Pupillen weiteten sich im letzten Moment, ihr Gehirn löste viel zu spät einen Kampf- und Überlebensmechanismus aus und eine Träne löste sich im Winkel ihres wunderschönen Auges. Ich fing sie mit meiner Zunge auf und drückte einen Kuss auf ihre geschlossenen Lider.

Ein paar letzte Funken zündelten zwischen uns, als die Magie meines Wesens sich über sie legte und sie mit einer schützenden Hülle umschloss.

Ihr Atem wurde dünner und ihr Herzschlag langsamer.

Meine Stirn fiel auf ihre, als sich ein stechender Schmerz in meiner Brust ausbreitete. Fremd in seiner Intensität, seine Anwesenheit war nicht willkommen.

Ich hasste es. Diese Regeln, diese Praktiken, diese monströse Seite in unserer Veranlagung. Ist das nicht genau das, was ich aufhalten möchte?

Ich seufzte. Das System zu verändern nahm viel Zeit in

Anspruch. Etwas, das mir in einem endlosen Zyklus zur Verfügung stand. Das würde ein langes Gambit werden, ein Ungemütliches, und es würde unschöne Opfer auf beiden Seiten geben.

Sie hatte nie eine Wahl, tadelte mich mein Gewissen.

Die hatte ich auch nicht, erinnerte ich mit einem Knurren.

„Genug", sagte ich laut, unfähig, das zitternde Keuchen zu ertragen, das sich aus ihren lilafarbenen Lippen ergoss, als sie nach Luft rang.

Sie hatten sie fast leer getrunken, was auch der Plan gewesen war. Eine nicht verbundene sterbliche würde sterben − nein, sie wäre bereits tot − aber mein altes Blut gedieh in Juliet, während ihr Leid mein Herz zerriss.

Ich konnte ihre Angst *fühlen*, ihren Schmerz, ihre Verwirrung. Sie dachte, ich wollte sie töten und verstand nicht, warum. Dann jagte ein Hauch von Selbstsicherheit durch ihre Gedanken und erinnerte sie, dass ich sie lebend brauchte.

In ihre Seele zu schauen, in ihre Gedanken, war Teil unserer Verbindung. Das würde sich noch verstärken, wenn ich unsere ewige Verbindung vertiefte, bis zu dem Punkt, an dem wir alles spüren könnten, was in dem Anderen vor sich geht. Meine Entschlossenheit, mein Verlangen nach Rache, meine Frustration über den derzeitigen Stand der Dinge − all das würde deutlich werden. Deshalb hatte ich bereits angefangen, mich ihr anzuvertrauen. Sie hätte es vermutlich sowieso bald erfahren. Es ihr im Vorfeld zu sagen, stärkte unsere Partnerschaft, half Vertrauen zu schaffen und würde hoffentlich den Wunsch in ihr wecken, mir bei dieser Angelegenheit zu helfen.

„Das hast du königlich verkackt", sagte Ivan, seine Stimme war ein leises Knurren. „Aber ich weiß schon, dass dir das egal ist."

Ich nahm jedes Detail ihrer stillen Gestalt in mir auf, auch das Fehlen von Bisswunden. Meine Freunde hatten sie schon geheilt. Gut. Ich übertrug ihr mein Blut über die Fangzähne in ihren Hals, bevor ich sie auf die Wange küsste. Jetzt musste sie sich ausruhen. Morgen würde es ihr wieder gut gehen.

„Schnapp dir die Decke hinter dir, Trevor", ich deutete mit meinem Kinn auf die Couch.

Er schnappte sich das Vliesmaterial, Erregung schimmerte in seinem Blick. „Du bist komplett am Arsch."

„Dankeschön", sagte ich, sowohl für die Klarstellung des Offensichtlichen, als auch dafür, dass er mir den Gegenstand überreichte, nach dem ich gefragt hatte. Ich wickelte Juliet darin ein, bevor ich sie auf den Arm nahm. „Raucht eine Zigarre mit mir", das war keine Bitte, sondern eine Aufforderung. Ich gab mir nicht die Mühe, zu gucken, ob sie mir durch das Herrenhaus zu den Sitzgelegenheiten im Außenbereich folgten. Ich wusste, dass sie das tun würden.

Mehrere gepolsterte Stühle standen um ein bereits leuchtendes Feuer – meine Diener kannten uns zu gut. Sie hatten sogar eine Schachtel mit Zigarren auf den Tisch gelegt, ausgepackt und bereit. Trevor hob die Flasche mit uraltem Bourbon, die daneben stand, und schenkte sich einen Drink ein, bevor er sich auf seinen üblichen Platz fallen ließ. Ivan suchte sich stattdessen eine Zigarre aus und setzte sich zu ihm, die tanzenden Flammen brachten seine braunen Augen zum Glühen, als ich mich mit Juliet in meinem Schoß auf einen Stuhl setzte. Ich weigerte mich sie allein zu lassen, bis ihre Haut ihre cremige Farbe zurück hatte.

„Sie kommt wunderschön, Darius", bemerkte Ivan, bevor er einen Zug nahm. Er atmete langsam mit nachdenklichem Ausdruck aus. „Ich kann den Reiz darin sehen, aber andere werden das nicht. Vor allem nicht der Regent.“

Ich dachte über seine Worte nach, während ich über Juliets Kinn streichelte. Die Kühle ihrer Haut hinterließ ein unangenehmes Gefühl auf meinen Fingern, das sich direkt einen Weg in meine Brust bahnte. „Vielleicht nicht“, stimmte ich zu. „Vielleicht ist mir das auch egal.“

„Offensichtlich“, Trevor kippte den Inhalt seines Drinks herunter. „Aber ich bin mir ziemlich sicher, dass dir das nicht helfen wird, den Sitz des Herrschers zu gewinnen.“

„Oder vielleicht wird es das“, Ivan kratzte sich am Kinn. „Das ist alles eine Zurschaustellung von Arroganz und Prestige, richtig? Wenn Darius mit dem Anstand bricht, wird sie das schockieren und zu Intrigen inspirieren. Das wäre ein Weg sicherzustellen, dass sein Name auf die Massen trifft.“

„Sagt der ehemalige Politiker“, murmelte Trevor.

„Ich war ein politischer Berater“, korrigierte Ivan genervt. „Was sehr viel nützlicher ist als ein beschissener Surfer.“

„Geht das wieder los. In irgendeinem Jahrhundert wirst du vielleicht kreativer.“

„Und dir wächst vielleicht ein Gehirn. Wir dürfen alle träumen.“

„Genug“, schaltete ich mich ein, noch eine von ihren Zankereien konnte ich jetzt nicht ertragen. Manchmal fragte ich mich, warum ich sie als meine Freunde gewählt hatte. „Ich werde unsere Strategie für den Besuch des Regenten ausarbeiten. Viele unserer Brüder verführen ihre Opfer wider Willen. Vielleicht spiele ich mit dieser Lebenseinstellung.“

„Indem du ihm sagst, du genießt es, Orgasmen von ihr

zu erzwingen?", fragte Ivan mit scharfsinnigem Blick. „Das könnte tatsächlich funktionieren."

„Oder du könntest ihm die Wahrheit sagen", sagte Trevor achselzuckend. „Nicht alle von uns bevorzugen passive Partner."

„Nein, nur die alten von uns", antwortete ich und seufzte bei der Erinnerung, warum ich mich der Freundschaft mit Trevor und Ivan hingegeben hatte.

Die Alten meiner Art hatten sich schon vor Ewigkeiten ihrem härteren Selbst unterworfen und sich dafür entschieden, die dunkleren Teile unserer Natur anzunehmen und an der Spitze der Nahrungskette zu gedeihen. Trevor und Ivan erinnerten sich immer noch daran, wie es war, ein Mensch zu sein. Sie bevorzugten einvernehmlichen Sex, nicht, dass es den heutzutage noch wirklich geben würde. Einer der vielen Aspekte dieser Welt, die ich gerne ändern würde.

Ich folgte Juliets kalten Lippen mit meinem Daumen. Der Hauptgrund für die Vorfälle des heutigen Abends war es, meine Entschlossenheit zu testen. Juliet hat sich bewundernswert verhalten. Ich habe das nicht, zumindest nicht nach den Regeln der herrschenden Higher Society. Aber ich war älter als die meisten, ein direkter Nachfahre der königlichen Blutlinie und daher eine Staatsmacht mit meinen eigenen Regeln.

„Der Regent mag momentan eine höhere Position innehaben als ich, aber wenn ich den Herrschersitz gewinne, wird er sich vor mir verbeugen. Ich sprach die Worte laut aus, obwohl sie primär für mich waren. „Warum sollte ich mich seinem Willen beugen?"

„Er genießt das Vertrauen zahlreicher Herrscher und Adeliger. Seine Gunst zu gewinnen, würde deine Wahl sichern", kam von Ivan – der beharrlichen politische

Stimme der Vernunft. „Und um ehrlich zu sein, ist da noch die Sache mit deiner Verbindung zu Cam."

Mein Blut kühlte bei diesem wohl bekannten Thema ab. „Getrennte Verbindung", korrigierte ich matt. „Und ich habe die Unterstützung von anderen Adeligen." Einschließlich dem, der mich als seinen neuen Herrscher wünschte.

„Stimmt. Allerdings werden deine Rivalen die direkte Abstammung hervorheben, was bedeutet, dass du es dir nicht leisten kannst, dass jemand deine Behandlung von Juliet in Frage stellt. Nicht, wenn du möchtest, dass sie dir diese Scharade abkaufen."

„Gibt es noch irgendwelche anderen offensichtlichen Sachen, die du erwähnen möchtest, Ivan?", fragte ich gelangweilt.

Wir hatten diesen Teil schon tausende Male diskutiert. Cam hat seine *Erosita* zufällig getroffen und sich verliebt. Im Gegensatz dazu habe ich meine zukünftige *Erosita* über die gängigen Kanäle gekauft und sie bei sozialen Veranstaltungen so behandelt, wie jeder es erwartete. Sehr unterschiedliche Vorgehensweisen.

„Ich habe alles getan, um zu beweisen, dass ich dazu bereit bin, nach deren Regeln zu spielen, inklusive der Verunglimpfung meiner Blutverbindungen", fügte ich bitter hinzu. „Selbst als Cams einziger Nachkomme haben sie keinen Grund, mich für einen Sympathisanten zu halten."

„Richtig, weil du das Problem gelöst hast, indem du vor einhundert Jahren seinen königlichen Thron abgelehnt hast", fügte Trevor mit einer theatralischen Bewegung seiner Hand hinzu. „Hier bin ich auf Darius' Seite, Kumpel. Und jetzt lass es gut sein, du Puppenspieler, damit ich meinen Blutrausch genießen kann."

Ivan sah den blonden Mann mit zusammengekniffenen Augen an. „Politisches Genie."

Trevors Lippe zuckte. „Ganz genau."

„Ich arbeite mit Kindern zusammen", murmelte ich und richtete meinen Fokus auf die umwerfende Frau in meinem Schoß. Juliets Herz schlug regelmäßig gegen meine Handfläche, das einzige Anzeichen für das Leben, das in ihr blühte. Ich zeichnete mit meinem Daumen eine Linie über ihr Schlüsselbein. So köstlich und wunderschön, und viel zu zerbrechlich für die bevorstehenden Spiele.

Weniger als vier Monate bis zur Krönung…

Ivan räusperte sich. „Bis jetzt hast du alles richtig gemacht, indem du einen lenkbaren, unterwürfigen Sklaven gekauft hast. Sie hat sich bei dem Event am Wochenende vortrefflich verhalten, zumindest wenn es nach ihrem Standard geht. Aber das bringt uns zu der Sache mit dem Teilen, vor allem mit dem Regent. Ich denke nicht, dass du das tun musst, zumindest noch nicht."

Hmm, Worte, die ich hören wollte. Ich traf seinen wissenden Blick. „Red weiter."

Seine Lippe zuckte. „Sie ist noch Jungfrau. Nutz das zu deinem Vorteil. Es zeigt eine Beherrschung, die nur sehr wenige besitzen – „

„Ich hätte sie mit Sicherheit schon gefickt", unterbrach ihn Trevor, sein elektrisierter Blick war auf die Frau in meinen Armen gerichtet. „Und wahrscheinlich auch aus Versehen getötet."

Ivan schnaubte. „Grausamerweise korrekt und ehrlich gesagt, ich würde das Gleiche machen. Trotzdem, sag dem Regenten, dass du sie dir aufsparst, biete ihm vielleicht an, ihm selber einen Drink zu ziehen, oder gib ihm nur ihr Handgelenk. Sie hat keine Scheu davor, nackt zu tanzen, biete ihm eine Show, aber halt seine Fänge fern von ihr. Wenn überhaupt wird ihn das dazu bringen, für mehr wiederzukommen, was ihm einen Grund gibt, eure Beziehung auszubauen."

„Ein raffinierter Plan", murmelte ich und dachte nach. „Das würde mir auch Zeit geben, seinen Neigungen und Interessen zu den menschlichen Belangen auf den Grund zu gehen." Etwas, das ich mit jedem in meinem Bekanntenkreis machte, da der Wunsch nach Veränderung weit über Trevor, Ivan und mich hinaus geht. Ich war nur zufällig der erste Bauer, der nach jahrzehntelanger Vorbereitung an seinem Platz angekommen war, und es würde mindestens zehn oder zwanzig weitere Jahre dauern, die Restlichen an ihre jeweilige Position zu bringen, wenn nicht sogar länger.

„Nun, immerhin war das hier keine völlige Zeitverschwendung", Trevor lehnte sich mit einem Gähnen entspannt zurück, seine Augen schlossen sich. „Ich bereue es jedenfalls nicht, dein leckeres, kleines Fickspielzeug gekostet zu haben. Ganz und gar nicht."

Ivan kicherte. „Ich stimme diesem Idioten normalerweise nicht zu, aber in diesem Fall gebe ich ihm Recht."

„Ihr seid beide Arschlöcher." Ich konnte das Knurren in meiner Stimme nicht zurückhalten. Sie hatten es beide verdient, und noch Schlimmeres.

„Und dein Schutztrieb ist eindeutig zu ausgeprägt, wenn es um dein Eigentum geht", warf Ivan zurück. „Daran solltest du wohl arbeiten, Kumpel."

„Denn es wird nur noch schlimmer werden", fügte Trevor leise hinzu, seine Augen waren immer noch vor Zufriedenheit über seine letzte Mahlzeit geschlossen. „Vor allem nach der Paarung."

Ich bewunderte die hinreißende Frau in meinen Armen. „Ja. Ich weiß."

Ivan hob eine Braue, sein Blick war berechnend. „Was

uns zu einem guten Thema bringt, Darius. Alles, was es jetzt braucht, ist ein guter Fick."

Ich täuschte Langeweile vor, die ich nicht wirklich fühlte, nicht mit diesem angenehmen Gewicht, das in meinem Schoß lag. „Irgendwelche anderen Kommentare oder Fragen zu unserem Testlauf?", fragte ich, bereit, dieses Gespräch zu beenden.

„Klar", Ivan paffte seine Zigarre und seufzte entspannt. „Juliets Blut ist der verdammte Himmel, Mann."

„Mm-hmm", Trevor sah aus, als wäre er schon im Halbschlaf, das Glas Bourbon lag lose in seiner Hand. „Ich fange an, diese ganze Kostensache zu verstehen."

„Ach ja?", Ivan kicherte und seine Augen hoben sich zur sternenklaren Nacht. „Eventuell müssen wir hier pennen, D."

„Eure Zimmer warten bereits auf euch." Mein Personal hatte sie in dem Wissen vorbereitet, dass sie während des Tages einen Schlafplatz brauchen würden.

Juliets Blut diente sowohl als Aphrodisiakum als auch als Droge, insbesondere bei jüngeren Vampiren ohne jegliche Toleranz. Trevor und Ivan waren erst ein paar Jahrhunderte alt. Ihre Geschmackssinne und die Verträglichkeit waren noch nicht voll ausgereift. Was gerade von Trevor bewiesen wurde, der über das kicherte, was auch immer hinter seinen geschlossenen Augen tanzte. Ivan stimmte mit ein und machte sie somit zu einem Paar betrunkener Verrückter, die heute Nacht mit keiner tiefgründigen Unterhaltung mehr dienen konnten.

Was in Ordnung war. Es gab sowieso nichts mehr, was eine Beratung erfordert hätte.

„Ich überlasse euch beide mal euren... persönlichen Gedanken." Ich stand auf und hielt Juliet nah an meiner Brust.

„Damit du sie ganz alleine genießen kannst?", fragte Ivan ohne seine Augen zu öffnen.

„Fickspielzeug", fügte Trevor grinsend hinzu. „Geh und lass dich flachlegen."

Ich ersparte mir die Mühe zu erklären, dass sie immer noch halb tot war. „Gute Nacht, ihr Leichtgewichte."

„Fick dich", knurrte Ivan. „Du uralter Sack."

Trevor lachte. „So verdammt alt."

Ich schüttelte den Kopf. „Ihr seid beide total high."

„Und es tut mir überhaupt nicht leid", antwortete Trevor. „Vielleicht kann ich nächstes Mal ein bisschen mehr mit deiner Sexpuppe spielen. Ihre Titten sind fantastisch."

„Ihre Muschi ist noch besser", Ivan klang fast wehmütig. Ich machte mich auf den Weg, als er anfing, all die Dinge aufzuzählen, die er mit Juliet machen wollte. Wenn ich blieb, würde er vielleicht sterben.

Weil niemand außer mir sie anfassen würde.

„Meins", flüsterte ich, als sie sich an meine Brust kuschelte und ihr Körper ganz automatisch nach meiner Wärme suchte. „Ich werde dich nie wieder teilen, Juliet."

Ein verbotenes Versprechen, aber eins, dass sich sehr richtig anfühlte, als es mir über die Lippen kam.

Gesellschaftliche Verpflichtungen. Die Wörter geisterten durch meine Gedanken und hinterließen eine Spur aus Zweifeln auf meiner Seele. Ich drängte sie zurück, weigerte mich, mir die Gefahr einzugestehen.

„Ruh dich gut aus, Liebling", sagte ich, als ich sie in mein Bett legte. „Morgen fangen wir mit deinem physischen Training an und ich werde es dir nicht leicht machen."

19

JULIET

„Nochmal", Darius' Stimme dröhnte in mir wie ein schlechter Traum.

Ich hasste ihn.

Oder besser gesagt mein Körper.

Obwohl meine Beine schon schmerzten, folgten sie seinen Befehlen, meine Füße rasten draußen über den Boden, als ich mich zwang noch eine weitere Runde um das Gelände zu laufen.

Jeden Abend in dieser Woche hatte ich mit einem leichten Frühstück und Dehnübungen begonnen, gefolgt von einer wahnwitzigen Serie von Aktivitäten, die Darius ‚Konditionierung' nannte. So ging es stundenlang weiter, bis zum Abendessen. Wir hörten nur auf, wenn ich Wasser oder Nahrung brauchte. Drei Tage Training und ich hatte bereits genug. Vor allem vom Laufen.

Schweiß perlte über meine Haut, mein Atem wurde schwer durch die nicht enden wollende Belastung. Und ich dachte, das Coventus wäre hart gewesen. Darius hatte mich langsam eines Besseren belehrt.

„Zwanzig Liegestütze", sagte er, als ich die Runde beendet hatte. „Jetzt."

Ich brach an Ort und Stelle zusammen und dachte darüber nach, einfach liegen zu bleiben. Was wollte er tun? Mich beißen? Bei dem Gedanken erhitzte sich mein Blut. Er hatte mich seit dem Besuch von Trevor und Ivan nicht mehr angerührt. Ich war alleine in Darius' Bett aufgewacht mit einer Notiz, auf der stand, ich solle mich fertig machen und ihn am Esstisch treffen. Die letzten beiden Nächte hatte ich in meinem eigenen Zimmer verbracht, während er woanders geruht hatte. Obwohl wir den Großteil der Nächte zusammen trainierten, vermisste ich ihn.

„Liegestütze, Juliet."

Mein Blick schnellte zu seinem, als mir eine Verweigerung in den Lippen kitzelte, aber die Bedrohung in seinem Blick brachte mich in Bewegung. Vampire liebten es zu bestrafen und Darius war da nicht anders. Obwohl ich seine Art der Züchtigung normalerweise genoss.

Wie würde er reagieren, wenn ich mich weigerte? Er konnte mich nicht zwingen zu laufen. Nun, das stimmte nicht ganz. Er konnte mich dazu nötigen. Das könnte mehr schmerzen, als in meinem eigenen Tempo zu laufen. Trotzdem könnte es Spaß machen, sich ihm zu verweigern.

Hör mal her! sagte die logische Seite in mir. *Du hast offensichtlich den Verstand verloren, wenn du es für eine gute Idee hältst, einen Vampir herauszufordern.*

Keinen Vampir, aber Darius…

„Was treibst du da?", fragte er, seine Stimme trug einen Hauch von Irritation in sich.

„Ähm…", ich fing wieder an Liegestütze zu machen. „Tut mir leid, Sire."

„Nochmal zwanzig", knurrte er.

Ich senkte meinen Blick zu Boden und fiel auf meine

Knie, um ihn anzuschauen. „Warum? Welchem Zweck dient das hier?"

Seine Augenbrauen schossen nach oben. „Stellst du meinen Befehl in Frage?"

„Nein, ich stelle einen Zweck in Frage", ich hörte die unterwürfige Version von mir in meinem Kopf schreien, aber ignorierte sie. „Ich möchte wissen, warum wir das hier machen."

Er hockte sich in seiner Jeans vor mich, die Ellbogen auf die Knie gestützt. „Du widersetzt dich mir."

„Ich…", ich musste schlucken, sowohl aufgrund seiner Nähe als auch von der Intensität, die in seinen grünen Augen brannte. „Nein, Sire. Ich –"

Er griff nach meinem Pferdeschwanz – er bestand darauf, dass ich meine Haare so trug – und riss mich zu sich. „Du. Widersetzt. Dich."

Ich erzitterte vor dem todbringenden Ton in seiner Stimme. *Oh, Göttin…* Ich hatte es geschafft, ihn wütend zu machen, und das an dem Abend des Besuchs des Regenten. Was hatte ich mir dabei gedacht? „E-es tut mir leid. I-ich, es kommt nicht –"

Seine Lippen berührten meine sanft und brachten mich so zum Schweigen. „Sehr gut, Juliet. Du lernst."

Ich blinzelte. „S-sire?"

Er küsste mich erneut, seine Zunge teilte meine Lippen, als er mich nach hinten auf das Gras drückte und sich über mir ausstreckte. Meine wenig bekleideten Schenkel öffneten sich automatisch, um ihn zu begrüßen, auch wenn ich es nicht verstand. War das meine Bestrafung für falsches Verhalten? Es fühlte sich nämlich eher wie eine Belohnung an.

„Du gefällst mir aufsässig." Er nahm meine untere Lippe in seinen Mund und zog leicht daran, bevor er mich wieder mit seiner Zunge einnahm. Ich stöhnte, als er seine

Erektion gegen den Bereich von mir drückte, der nur für ihn bestimmt war. „Das gefällt mir sehr."

Seine Lippen ließen Feuer über meine Wangen, meinen Hals, mein Schlüsselbein tanzen. Mein Rücken beugte sich, als er durch das Material meines Sport-BHs in meine Brustwarze biss und sich mein Herzschlag plötzlich erhöhte. „D-Darius?"

„Ja, Haustier?"

„Ich bin verwirrt", gab ich zu, als ich seine nackten Schultern umfasste. „Bin ich in Schwierigkeiten?"

Er kicherte düster gegen meine Brust. „Nein, Liebling. Du lernst."

Ich schluckte. „Ich bin nicht sicher, ob ich verstehe."

Seine Fangzähne durchbohrten mein Dekolleté so plötzlich, dass ich nach Luft schnappte. Er nahm einen tiefen Schluck und stöhnte. Adrenalin vermischte sich mit Glückseligkeit und schoss durch meine Venen, alles ausgelöst durch seinen Biss und die Art und Weise, wie er sich auf mir anfühlte.

„Darius", flüsterte ich und fuhr mit meinen Händen über seinen nackten Rücken. Seine Muskeln spannten und bewegten sich unter meiner Berührung, wühlten ein Verlangen in den tiefen meiner Seele auf.

Wann war diese Anziehungskraft so stark geworden? Noch vor wenigen Augenblicken hatte ich darüber fasziniert, ihn zu töten, indem ich ihn zwang so lange zu laufen, bis er starb. Jetzt wollte ich, dass er mich befriedigte, mit seiner Zunge, seinen Händen, seinem Körper.

Er küsste mich so heftig, dass ich nicht mehr atmen konnte, meine Brüste erhoben sich unter den Strapazen. Aus der Bisswunde, die er noch nicht wieder versiegelt hatte, tropfte warmes Blut über meine Haut, und ein kleiner Teil von mir hoffte, dass das bedeutete, dass er nochmal darauf zurückkommen wollte. Aber stattdessen ergoss sich seine Essenz in meinen Mund, was mich zum Husten brachte, als er mich zwang von ihm zu trinken, so wie er es neulich getan hatte.

Ich klammerte mich an seine Schultern, akzeptierte das Geschenk der Unsterblichkeit mit tiefen Schlucken. Es wärmte mich von innen und sendete ein energiegeladenes Kribbeln in meine Glieder und Fingerspitzen. Seine Besitzergreifung kam über mich, zusammen mit dem Bedürfnis mich zu beschützen. Er wollte mich stärker, athletischer machen – zu einer wahren Kämpferin. Die Gedanken überwältigten mich und erklärten gleichzeitig sein Verhalten in dieser Woche.

Darius trainierte mich, um seine Partnerin zu sein. Sein Blut stärkte mich, machte mich schneller, weniger verletzlich, schwerer zu töten. Aber nicht alles davon war mit dem Nutzen verbunden ihm zu helfen, den Herrschaftssitz zu gewinnen.

Ein Funke von etwas anderem. Ein Gefühl, das er tief in sich vergraben hatte, spornte ihn ebenso an. Ich versuchte, danach zu greifen, musste mehr wissen.

Die Verbindung riss abrupt ab, wodurch sich meine Augen mit Tränen füllten.

Was ist gerade passiert? Wie war das überhaupt möglich?

Ich hatte ihn in mir *gefühlt*, verbunden auf eine Weise, die ich mir nicht erklären konnte. Als ob ich ihn besser kennen würde als mich selbst. Seine Absichten, seine Wünsche, seine Gefühle – sie waren alle deutlich. Und mit einem Knall, der in meinem Herzen schmerzte, waren sie alle weg.

„Scheiße." Darius lehnte sich zurück auf seine Knie, sein Atem war rauer als sonst und sein Blick kochte. Ich konnte nicht sagen, ob er mich auffressen oder mir wehtun wollte. Vielleicht beides.

„Sire", flüsterte ich unsicher. Wollte er eine Entschuldigung? Hatte ich etwas falsch gemacht?

Er rieb sich mit der Hand übers Gesicht und atmete langsam aus. „Ich denke, das reicht für heute. Wir sollten uns auf des Besuch des Regenten vorbereiten."

„O-okay", ich schluckte. „Ähm. Gibt es etwas, das ich tun muss?" Wir hatten kaum über die Testnacht mit Ivan und Trevor gesprochen, was mich unsicher darüber zurückgelassen hatte, ob mein Verhalten akzeptabel war oder nicht. Sie hätten mir gesagt, wenn es das nicht gewesen wäre, richtig?

„Mach dich einfach wie immer fertig, Juliet. Ich kümmere mich um den Rest." Er stand auf und wandte sich ab in Richtung Haus. „Dein Kleid liegt auf deinem Bett."

Ich lehnte mich auf meine Ellbogen, mein Mund öffnete sich, bevor ich etwas dagegen tun konnte. „Darius?"

Er blieb stehen, aber drehte sich nicht um. „Ja?"

„Bin ich...", ich räusperte mich. „Teilst du mich mit ihm? Wie mit Master Trevor und Master Ivan?" Ich erzitterte bei der Erinnerung daran und war nicht gänzlich davon überzeugt, ob ich wollte, dass es sich wiederholt.

Die Befriedigung war intensiv, beinahe schon schmerzhaft gewesen. Ich schwebte auf einer Wolke der Ekstase, während mir mein Leben durch die Finger glitt. Darius' Augen waren das letzte, an das ich mich erinnerte, bevor alles um mich herum schwarz geworden war. Ich wusste nicht, ob ich überleben würde, und diese Angst hatte mich in den letzten Sekunden erstickt, bevor der Tod mich überwältigt hatte. Dann erwachte ich in Darius' Bett, fühlte mich erneuert und wieder voller Leben.

Wie oft konnte jemand eine solche Erfahrung überleben?

Er blickte über seine Schulter. „Hättest du gerne, dass ich dich mit Regent Sebastian teile?"

Ich starrte Darius an. War das ein weiterer Test? Seine Art meine Unterwerfung zu testen, nachdem ich mich vorhin so verhalten hatte?

Mein Training übernahm die Kontrolle, meine Antwort kam automatisch. „Wenn es dein Wunsch ist, dann ja."

Sein Ausdruck verdunkelte sich, was mir sagte, dass das die falsche Antwort war. „Dann soll es mein Wunsch sein, Juliet." Die Worte klangen grausam auf seiner Zunge, ebenso wie die Art, wie sich sein Blick verengte. „Versuch mich nicht wieder zu enttäuschen."

Wieder? „J-ja, Sire."

Er machte auf dem Absatz kehrt und verschwand im Haus, was mich nur noch verwirrter zurückließ.

„Wann habe ich dich beim ersten Mal enttäuscht?", flüsterte ich mit zitternden Lippen. Ich schaute nach unten und beobachtete das Blut, das über meinen Sport-BH lief.

Darius hatte die Wunde nicht geschlossen.

Ein weiteres durchsichtiges Kleid – dieses Mal ein königliches Blau mit einem Schlitz auf beiden Seiten, der bis zur Mitte meines Oberschenkels reichte. Die silbernen Kettchen auf meinen Schultern hielten den Stoff oben, während der tiefe V-Ausschnitt meine Brüste komplett bis zu meinen Brustwarzen enthüllte.

Darius' Biss starrte mich im Spiegel an, fast wie eine Bestrafung, um mich zu erinnern, mich zu benehmen. Ich verstand immer noch nicht genau, was ich getan hatte, um ihn zu verärgern, aber ich würde alles tun, um es ihm heute Nacht recht zu machen.

Ida klopfte an der Tür, als sie herein kam, und hatte ihr mütterliches Grinsen aufgesetzt. „Master Darius hat mich gebeten, dir Schuhe zu bringen." Sie hielt ein Paar silberne Pumps hoch, die zu den Verzierungen an meinem Kleid passten.

Ich legte mein Haar über eine Schulter und ging zu ihr, um sie entgegenzunehmen. „Danke."

Sie runzelte die Stirn und zog ihre Augenbrauen leicht nach unten. „Geht es dir gut, Liebes?"

„Ja." Ich rutschte in die 10 Zentimeter hohen Stöckelschuhe. „Nein. Ich habe etwas getan und Master Darius verärgert." Ich hielt mir die Hand vor den Mund, entsetzt von meiner unverschämten Antwort. Ich wusste es besser, als so etwas laut auszusprechen.

Was war nur in mich gefahren? Ich fühlte mich unfertig, ein bisschen außer Kontrolle, als ob ich mich nicht mehr auf die Regeln verlassen konnte.

„Oh, Göttin", murmelte ich unter meiner Hand. „Es tut mir leid, Ida. Ich…", ich hatte nichts anderes mehr zu sagen. Hier stand ich, kurz davor den Regenten zu treffen und sprach außer Reihe.

Ich werde heute Nacht sterben. Schmerzhaft.

„Liebes, du musst dich für nichts entschuldigen." Sie nahm einen Kamm, um mir die Haare zu bürsten, während ihre Augen viel zu viel Freundlichkeit ausstrahlten. „Wenn du Master Darius verärgert hast, lag es wahrscheinlich an ihm selbst. Er ist ein dickköpfiger alter Vampir, aber unter seiner harten Schale steckt ein guter Mann. Ich bin mir sicher, du hast diese Seite von ihm mittlerweile kennen gelernt?"

„Ich – ja. Ja, natürlich habe ich das. Aber vorhin habe ich etwas getan. Er sagte, ich hätte ihn enttäuscht."

„Ah", murmelte sie und bürstete sanft meine langen, dunklen Strähnen. „Nun, ich bin mir sicher, er wird dir vergeben, Liebes. Er scheint dich recht gern zu haben." Bei den letzten Worten funkelten ihre Augen.

„Aber er hat mir nicht gesagt, wie ich ihn enttäuscht habe", flüsterte ich und vertraute mich ihr an.

„Dann frag ihn", antwortete sie. Bei ihr klang es ganz einfach, sich seinem Herren zu widersetzen und Erklärungen einzufordern.

Aber hatte ich das nicht schon während den Liegestützen gemacht? Gefordert zu wissen, warum er noch zwanzig mehr wollte, zusätzlich zu denen, die ich schon gemacht hatte, wie viele auch immer das gewesen waren.

Und er hatte mich mit einem Kuss belohnt und gesagt, dass er meinen Trotz genoss? Dann, als ich ihn nach dem Teilen gefragt hatte, fragte er nach meiner Meinung, aber die habe ich zurückgehalten.

Darius genoss meinen Trotz.

Er mochte es nicht, dass ich mich bei dem Thema Teilen auf seine Meinung gestützt hatte.

Er wollte wissen, wie ich darüber dachte.

Ich blinzelte. Warum interessierte es Darius? Oder vielleicht war „interessieren" nicht das richtige Wort, weil er nur wollte, dass ich meine Meinung sagte? Um Entscheidungen zu treffen und Fragen zu stellen? Um aufsässig zu sein?

„Ich verstehe", sagte ich finster. „Ich verstehe." Warum ich das Bedürfnis hatte, das zwei Mal auszusprechen, war mir unbegreiflich. Und ich war mir auch nicht sicher, ob ich wirklich etwas verstand. Darius sehnte sich danach, dass ich ungehorsam war, nicht weil er mich bestrafen wollte, sondern weil er meine Schale der Pietät zerbrechen wollte. Das brachte mich einen Schritt näher dahin, sein Gift zu werden – nach außen hin unterwürfig, aber innen drin aufsässig.

Schön. Aber was war mit meinen Wünschen? Meinen Bedürfnissen? Meinen Ansprüchen? Interessierte er sich nicht für sie? Was, wenn ich nicht die Waffe sein wollte, mit der er seine Feinde in die Falle lockt?

Ich blieb mit geweiteten Augen in der Tür meines Zimmers stehen. Wann hatte ich jemals *solche* Fragen in Betracht gezogen? Nie hatte ich einen eigenen Traum für mein Leben gehabt. Alles, wonach ich mich je gesehnt hatte, war das Überleben.

Oh, Darius, was hast du in mir entfacht?

Ein Schmerz kroch durch mein Herz, schickte Krämpfe in meine Lungen und Tränen in meine Augen. *Was war das für ein Wahnsinn? Wie konnte ich ihn stoppen?*

„Juliet?", fragte Ida hinter mir.

Ich räusperte mich und blinzelte, um meine Sicht zu klären. „Ich bitte um Entschuldigung. Ich war einen Moment in meinen Gedanken verloren." *Untertreibung des Jahrhunderts.* Ich schluckte die Überreste meiner Emotionen herunter, zwang sie hinter die Grenzen meiner Brust zurück und schloss sie hoffentlich für die Ewigkeit dort ein. „Ist der Regent da?"

„Er und Master Darius warten im Foyer auf dich."

Ich nickte, das hatte ich erwartet. „In Ordnung. Danke, Ida."

Zeit, meinem Schicksal entgegenzutreten.

20

DARIUS

JULIETS WIDERSPRÜCHLICHE EMOTIONEN zuckten durch unseren Bund, während ich Sebastian Cromwell zuhörte, wie er über den jüngsten königlichen Skandal schwadronierte.

Verwirrung und Schmerz floss durch unsere Verbindung und Juliets Gedanken ergossen sich wie Wellen in meinem Kopf. Ich war ihr gegenüber vorhin nicht ganz fair gewesen, als ich meine Frustration an ihr ausgelassen hatte, aber ihre Gehirnwäsche war einfach so verdammt frustrierend.

Wir hatten endlich einen Durchbruch, als sie meine Autorität in Frage stellte, indem sie den Grund für das körperliche Training hinterfragte. Meine Antwort kam automatisch – ein in Blut getränkter Kuss als Belohnung. Aber ich habe ihr zu viel gegeben, gewährte ihr Zugang zu meinem Verstand, ohne es zu wollen, und hatte die Verbindung zu Juliet abrupt unterbrochen, als ich spürte, dass sie nach mehr suchte.

Ihr Eindringen hatte mich nicht verärgert. Nicht wirklich. Es hatte mich nur erschreckt.

Es war ihre unterwürfige Antwort bezüglich des Teilens, die mich wütend machte.

Ich habe sie gefragt, was sie möchte, und sie gab mir eine einstudierte Antwort. Kein Vertrauen, keine Wahrheit, nur ein kolossaler Schritt rückwärts, was unsere Arbeit anging.

Scheiße. Selbst jetzt wollte ich ein Loch in die Wand schlagen, aber stattdessen grinste ich Sebastian an und nickte zu all seinen Kommentaren. Etwas über Kylan, der aus Langeweile seinen ganzen menschlichen Harem getötet hat. Typisches Verhalten für ein Mitglied der königlichen Familie.

„Er hat verlangt, dass der nächste Bluttag vorverlegt wird, damit er seine Verluste wieder auffüllen kann, was die Göttin natürlich abgelehnt hat."

„Ein intelligenter Schachzug", antwortete ich, meine Augen auf die Treppe gerichtet. „Ein Bruch im Protokoll wäre eine schlechte Präzedenz. Außerdem kann er sich in der Zwischenzeit was bei anderen ausborgen oder das Hurenhaus aufsuchen." Für den richtigen Preis würden die ihm wahrscheinlich einen neuen Harem leihen, während er auf seinen Ersatz wartete.

Sebastians Augen blitzten auf. „Genau mein Gedanke. Nun, nicht der Aspekt mit dem ausleihen, da die Adeligen sehr besitzergreifend sind, was ihre Harems angeht, aber vom Grundsatz her."

Stimmt. Der Adel hatte nichts dagegen, gelegentlich zu teilen, aber ausschließlich vorübergehend.

„Er wird die ankommende Herde drastisch verkleinern", fügte ich mit den Händen in meinen Hosentaschen hinzu.

Sebastian zuckte mit den Achseln. „Die meisten überleben die Strapazen sowieso nicht, aber ich denke, die Göttin wird ein paar Extras aus der diesjährigen

Ernte auswählen, die an den Haremslagern teilnehmen werden.

Ich nickte. „Wahrscheinlich." Das war es, worauf sich meine Art reduziert hatte – über Menschen diskutieren, als wären sie Schafe.

Der Bluttag war ein grauenhaftes Ritual, bei dem Menschen eines bestimmten Alters nach ihrer Zukunft sortiert wurden. Sie kämpften für ihre Position, hofften alle auf den begehrten Pokal, bei dem zwölf Sterbliche um die Unsterblichkeit kämpften. Nur zwei würden gewinnen – einer würde ein Vampir werden, der andere ein Lykaner – der Rest stirbt.

Es war ein brillantes System, wirklich. Menschen gegen Menschen antreten zu lassen. Nur die Schnellsten, Klügsten und Prächtigsten wird die Ehre zuteil, sich gegenseitig im Namen der Zukunft umzubringen. Der Rest wird auf anderen Wegen in den Kampf geschickt.

Manche kommen in die Haremslager, wo sie in der Hoffnung ihr kurzes Leben ein wenig zu verlängern, um die Aufmerksamkeit der Könige wetteiferten. Einige wenige Auserwählte mit nützlichen Fähigkeiten gehen in die Menschenlager zurück, um sich zu vermehren – und so die nächste Generation sicherzustellen – und um niedere Dienste zu verrichten. Die Liste der Interessengruppen ist lang, alle gleichmäßig zwischen Lykanern und Vampiren aufgeteilt. Ich persönlich hatte Mitleid mit denjenigen, die zur Monderte eingeteilt wurden.

Am oberen Ende der Treppe erschien ein Lichtschimmer, als Juliet auftauchte, ihr saphirfarbenes Kleid schimmerte unter dem Kronleuchter.

Ihre dunklen Augen trafen kurz auf meine, bevor sie sie senkte und den Kopf wie erwartet ehrfürchtig neigte.

„Mir war schon, als hätte ich etwas Süßes gerochen", sagte Sebastian, sein Blick nahm jeden Zentimeter der umwerfenden Frau in sich auf, die die Treppe hinunterging.

„Sie ist durchaus köstlich", murmelte ich.

Juliets Besorgnis sickerte durch unsere mentale Verbindung, aber ihre Schritte blieben ruhig und ihr Körper war trügerisch entspannt. Es war beinahe schon faszinieren, die Wahrheit hinter ihrer makellosen Fassade zu fühlen und einen Blick auf die Frau im Inneren zu werfen. Meine Juliet – ein Juwel, das ich ausgraben, polieren und zum Scheinen bringen wollte. Es sei denn, sie würde sich weiterhin vergraben und verstecken.

Ich werde tiefer graben, Liebling. So tief, dass du funkelst und brennst, wenn ich mit dir fertig bin. Erst dann werde ich dich ganz und gar zu meinem Eigen machen.

Das seelische Gelübde weckte etwas Uraltes und Dunkles in mir – einen Besitztrieb, der so alt war wie die Zeit selbst.

Als sie unten angekommen war, sank sie zu einer anmutigen Verbeugung zu Boden und erstarrte, während sie auf meinen Befehl wartete sich zu erheben.

„Erlaube mir, dir meine zukünftige *Erosita*, Juliet, offiziell vorzustellen." Das Anzeichen einer Verwunderung lief über meine mentale Verbindung mit Juliet. Ich hatte ihr diesen Begriff nie erklärt, noch hatte ich ihn in ihrer Gegenwart benutzt, während sie wach war.

„Ich bin beeindruckt von deiner Zurückhaltung", antwortete Sebastian, seine haselnussbraunen Augen hoben sich und trafen auf meine. „Manche könnten annehmen, dass dein Handeln, oder gerade das Fehlen davor, eine bestimmte Absicht verfolgt."

Ich grinste. „Sehnsüchte sind böse Träume, nicht wahr?"

Er erwiderte meine Belustigung. „In der Tat, das sind sie."

Wortspiele haben mich schon immer gelangweilt, aber Vampire liebten sie, vor allem die Politiker. Es wäre so viel einfacher, zuzugeben, dass ich unbestreitbar darauf verzichtete, meine Blutjungfrau zu ficken, um zu beweisen, dass ich ein überlegenes Alter, Können und die nötige Kontrolle besaß, um zu führen. Leider haben wir uns stattdessen dafür entschieden, in Rätseln zu sprechen.

„Darf ich mich mit deiner Juliet bekannt machen?", fragte er, seine Pupillen weiteten sich durch kaum haltbaren Hunger. Ihm das zu verwehren, wäre eine Beleidigung höchsten Grades. Ich musste ihn beeindrucken, nicht verärgern, aber das hielt mich nicht davon ab, mir vorzustellen, wie sein Gesicht wohl unter meinem Lederschuh aussehen würde.

„Du darfst." Ich winkte ihn nach vorne und steckte meine Hand zurück in meine Tasche. Als eine Faust. Die ich wirklich dringend seinem Kinn vorstellen wollte.

Das war ja ein großartiger Anfang, D, stellte ich mir Ivan vor.

Ich habe ihn nicht umgebracht, war meine Antwort. Denn das wollte ich zweifellos, so wie Sebastian Juliet jetzt mit räuberischem Ausdruck umkreiste. Er kniete sich vor sie hin, fuhr seine Finger durch ihr dickes Haar, bevor er seinen Daumen über ihren Kiefer bis zum Kinn laufen ließ. „Lass mich dein Gesicht sehen, Liebling."

Ihr geistiges Zusammenzucken zeigte mir, dass er sie gekniffen hatte, seine Hand war zu ungeduldig, um auf seine Worte zu warten. Sie hob ihren Kopf, traf seinen Blick so mutig, dass ein Zucken durch meine Lippen fuhr. In diesen dunklen Tiefen gab es keine Angst, etwas, das Sebastian als eine Herausforderung interpretierte.

Ein Zögern breitete sich wie Ranken über ihre seelische Entschlossenheit aus, als der Regent sich nach vorne lehnte, um Wange und Hals zu liebkosen, aber unter ihrer Angst war auch ein Hauch von Komfort. Ich folgte neugierig ihrem Gedankenzug und fand die Quelle ihres Trostes.

Mich.

Juliet wusste, dass ich sie beschützen würde. Ihr absolutes Vertrauen in mich berührte mein Herz in schockierenden Wellen, wodurch sich mein Verstand augenblicklich dem ihren öffnete.

Du bist in Sicherheit, flüsterte ich ihr zu.

Ich weiß, antwortete sie, ihr Herz schlug regelmäßig, als Sebastian ihren Puls küsste.

„Bemerkenswert", staunte er, in seiner Stimme lag äußerster Respekt. „Das Coventus hat entweder die Schulung perfektioniert oder du hast eine sehr seltene Blutjungfrau gefunden, Darius. Ich habe noch nie eine gesehen, die so ruhig war. So zutraulich", er stand auf und hielt ihr eine Hand entgegen. „Steh auf, junge Dame. Ich muss dich näher kennen lernen."

Juliet schaute mich mit fragendem Blick an. „Tu, was er sagt, Juliet."

„Sire", antwortete sie und verbeugte sich leicht, als sie Sebastians Hilfe annahm und aufstand.

„Nein, nein", Sebastian hielt zwei Finger unter ihr Kinn. „Du bist zu schön, um dich zu verstecken." Er hielt sie dort, seine Augen auf ihre gerichtet, und lächelte. „So ein Feuer, Darius. Meine Bewunderung für dich wächst von Sekunde zu Sekunde weiter."

Dieses Rätsel war weniger offensichtlich. Bewunderte er mich mehr dafür, meine Blutjungfrau noch nicht gefickt zu haben, oder gab es eine versteckte Bedeutung in seinen Worten? Vielleicht etwas in Verbindung mit meiner Behandlung von ihr? Augenkontakt mit einem Vampir zu halten, störte Juliet offensichtlich nicht, dank unserer gemeinsamen Zeit. Sebastian würde diese Tatsache nicht entgehen, er wunderte sich vielleicht sogar darüber, aber stattdessen schien es so, als würde er mich dafür loben.

Er kicherte, seine Hand hob sich und fuhr durch ihre Haare. „Ich bin ganz verrückt nach ihr", sagte er, wie man es über ein Haustier sagen würde. „Du wirst deinem Herren auf mehr Weisen helfen, als dir klar ist, Liebling. Sollen wir beim Dinner weiter plaudern?"

„Natürlich, Regent Sebastian." Ihre ruhige Stimme entsprach dem Selbstbewusstsein in ihrem Ausdruck und rief bei unserem Gast ein fröhliches Lachen hervor.

„Überaus entzückend", lobte er sie, seine haselnussbraunen Augen funkelten mich an. „Ich bin geradezu neidisch."

Alter und Erfahrung hatten mir beigebracht, wie ich meine Rivalen lesen musste, suchte nach Spuren einer Lüge, Unsicherheiten und Manipulation. Alles in Sebastians Verhalten deutete auf seine Ehrlichkeit und Freude hin. Etwas Neues − eine Faszination − hatte seine Neugierde auf die bestmögliche Art und Weise geweckt. Alles in Form meiner wunderschönen Juliet.

„Sie ist sehr besonders", stimmte ich zu, zufrieden mit ihrem Auftritt, „und wahrscheinlich am Verhungern, nach dem Workout, dass ich sie vorhin hab machen lassen."

Sebastians Aufmerksamkeit richtete sich auf die Bissspuren auf ihrem Dekolleté, seine Lippen verzogen sich. „Ich bin sicher, sie hat es genossen."

Ich traf ihren Blick und schmunzelte. „Ich bin mir da nicht so sicher."

Das subtile Zittern ihrer Lippen bestätigte meine Worte und provozierte ein weiteres Lachen vom Regenten. Ich hatte mich auf das Laufen bezogen − was sie wusste − aber Sebastian hatte es missverstanden.

Ein weiteres Wortspiel, das mein Gegenüber ohne es zu wissen verloren hat.

„Sollen wir?", ich gestikulierte Richtung Hauptsaal, der zum Essbereich führte.

„Wir sollen", stimmte Sebastian zu und hielt Juliet seinen Arm entgegen. „Wenn du uns den Weg weisen würdest, Liebes."

„Dankeschön, Regent", murmelte sie. Ihre Schritte waren selbstsicher, als sie unseren Gast eskortierte. Ich beobachtete ihren frechen kleinen Hintern in dem durchsichtigen, saphirfarbenen Stoff. Bei dem Anblick rührte sich mein Schwanz, irritiert darüber, dass ich meine Bedürfnisse die ganze Woche lang ignoriert hatte. Leider hatte sie ihre Kraft gebraucht, nachdem Trevor und Ivan sich vor einigen Tagen von ihr ernährt hatten. Und jetzt brauchte sie die Energie definitiv, um mit Sebastian fertig zu werden. Er würde nicht rücksichtsvoll sein und sie vielleicht sogar töten, wenn ich ihn nicht ganz genau beobachten würde.

Wir betraten das Esszimmer – ein Raum, den ich langsam nicht mehr mochte – und Juliet führte Sebastian zu dem Stuhl, auf dem Ivan Anfang der Woche gesessen hatte. Anstatt sich hinzusetzen, half der Regent ihr in ihren Stuhl und lächelte mich an. „Darf ich mich zu ihr gesellen, Darius?"

Oh, ja, jetzt hasste ich dieses verdammte Zimmer. „Bitte, sei unser Gast", sagte ich mit einem Winken zu dem Bereich, der für Juliet bestimmt war.

Ein paar Grübchen tauchten in Sebastians Gesicht auf, was ihm ein jugendliches Aussehen gab, als er sich neben meiner Blutjungfrau nieder ließ. Sie bewegte sich nicht, als er ihr eine Serviette auf den Schoß legte, dann eine über seinen eigenen und den Blick auf mich richtete, als ich gegenüber von ihnen Platz nahm.

Raquel, eine von Gladice' Küchenhilfen, kam mit einem Tablett Salat herein, ihr Kopf voller Ehrfurcht gesenkt. Anstand. Etwas, das ich in meinem Haus nur selten verlangte, aber er musste aufgrund unseres Gastes erbracht werden. Ein weiterer gesellschaftlicher Aspekt, den ich gerne ändern würde, aber ich war mir selber einen Schritt voraus.

Sebastian legte seine Hand auf Juliets Oberschenkel. „Erzähl mir etwas über deine Ausbildung, mein Mädchen. Was sind deine stärksten Eigenschaften?"

Ihr Blick fiel auf mich, suchte erneut nach meiner Führung, und ich schenkte ihr ein subtiles Nicken. Ihre pinke Zunge fuhr über ihre untere Lippe und ihre Schultern spannten sich an, als sie sich direkt an unseren Gast wendete und ihr Portfolio herunterbetete. Es erinnerte mich an ihre Auktion, als der Auktionator des Coventus all ihre Merkmale und Fähigkeiten aufgelistet hatte. Gute Noten in Sprachwissenschaften, Geschichte, Logikrätseln, Gedächtnisspielen und Regierungsange-legenheiten. Alles, was eine gute Blutjungfrau ausmacht.

„Was ist mit den Künsten?", fragte Sebastian in perfektem Deutsch – eine der Sprachen, die Juliet fließend sprach.

Sie antwortete mit einem makellosen Akzent und erinnerte fleißig an ihre Partituren in Tanz, Musik und Gesang. Sebastian aß seinen Salat, während sie sprach, seine Hand immer noch fest auf ihrem Oberschenkel. Ich beschäftigte mich mit meinem eigenen Essen, um mich von meinem Wunsch abzulenken, ihm den Arm zu brechen.

„Und die sexuellen Aspekte?", trieb er sie weiter, seine Augen verdunkelten sich vor Neugierde.

Juliet schluckte, das einzige Anzeichen für ihr Unbehagen. All die Jahre der Gehirnwäsche hielten sie ruhig und gefasst, als sie jeden Aspekt ihrer sexuellen Ausbildung detailliert darlegte, vom Kehlkopftraining über Beobachtungskurse bis hin zur Unterweisung von Frau zu

Frau. Ich wusste all das, aber es so offen ausgesprochen zu hören, zu realisieren, warum sie so unglaublich gut einen blasen konnten, machte mich wütend.

Und dennoch, verglichen mit so vielen anderen, waren Juliets Erfahrungen noch leicht zu tragen. Kein Vampir konnte sie im Coventus anfassen, nicht als eine Blutjungfrau. Sie musste bei undenkbaren Handlungen zusehen, aber sie wurden nie *ihr* angetan. Nur die sterblichen Oberinnen und Oberer durften ihre Schützlinge berühren.

„Faszinierend", sagte Sebastian mit einem abschätzendem Blick. „Vergib mir meine Fragen, aber du bist sehr selten, Juliet. Obwohl Blutjungfrauen extra für Anlässe wie diesen ausgebildet werden, machen nur sehr wenige tatsächlich einen Abschluss auf diesem Niveau."

Weil die meisten von ihnen zu Tode gefickt oder auf Zuchtfarmen geschickt werden, oder zurück ins Coventus müssen, um die nächste Generation auszubilden. Ich legte meine Gabel ab, fertig mit meinem welken Salat. „Iss, Juliet", sagte ich, um auf meine Autorität in diesem Raum aufmerksam zu machen.

„Ja, Sire." Sie befolgte den Befehl ohne zu zögern.

Sebastian lächelte. „Wunderbar gehorsam." Er nahm endlich die Hand von Juliets Oberschenkel und entspannte sich in seinem Stuhl, den Salat hatte er schon lange aufgegessen. „Sie ist perfekt für deine Bühne, Darius. Der Adel wird sie lieben."

„Bühne?", wiederholte ich und hob eine Braue.

„Genug mit dem Getue", er machte eine abwinkende Bewegung mit der Hand. „Wir wissen beide, dass du den Herrschaftssitz haben möchtest. Es gibt keinen Grund das abzustreiten."

„Und ich dachte, wir begnügen uns noch mit ein paar Wortspielen", sagte ich amüsiert und ein wenig erleichtert.

Ich hatte mit mindestens einer weiteren Stunde voller Posen und Belehrungen gerechnet, bevor wir diesen Punkt erreichen würden. Glücklicherweise schien mein Gast mit den Formalitäten fertig zu sein und war bereit, sich an die Arbeit zu machen. „Deine freimütige Darlegung bedeutet, dass du eine Meinung hast. Welche ist es?"

„Ich möchte, dass du dich aufstellen lässt." Kein Zögern, kein Anzeichen einer Lüge, nicht einmal ein Lächeln.

Ich hob mein Weinglas – ein Dunkelroter, gemischt mit Blut – und schwenkte den Inhalt. „Warum?"

Der Regent lächelte. „Weil du Cams einziger Erbe bist."

Eine Woge des Schocks wanderte durch unsere Verbindung, das einzige Anzeichen dafür, dass Juliet den Namen erkannt hat. Ihr Blick blieb auf ihrem Teller, ihr Mund kaute langsam, obwohl sie offensichtlich die Bedeutung von Sebastians Aussage verstand.

„Du möchtest, dass ich diese Position aufgrund meines Blutes einnehme", sinnierte ich und nahm einen Schluck von der bestärkenden Flüssigkeit.

„Du bist im Grunde ein König, Darius, und bei weitem der Mächtigste unserer Art in der Region. Es wird ein paar geben, die dich wegen deiner hundertjährigen Abwesenheit herausfordern werden –"

„Und wegen Cams Verrat", warf ich ein, den bitteren Ton in meiner Stimme hatte ich jahrzehntelang geübt. „Dieses wichtige Detail darf nicht vergessen werden."

Raquel kam zurück und tauschte unsere Salate gegen den Hauptgang aus: gebratenes Hähnchen, Kartoffelbrei und eine Reihe verschiedener Gemüsesorten. Juliet wählte letzteres zuerst, ihre alte Angewohnheit, sich gesund zu ernähren, um ihre Geschmacksknospen nicht zu überfordern.

Sebastian murmelte ein paar Worte der Wertschätzung über das Essen und schlug vor, dass wir erst essen sollten, bevor wir unsere Diskussion fortsetzten. Ich bewahrte einen Hauch von Nonchalance, als ob mir die Welt gleichgültig wäre, und frönte dem reichhaltigen Essen, während Erinnerungen durch meine Gedanken schwirrten.

Cam. Mein Erzeuger. Ein König und der rechtmäßige Erbe des Throns der Göttin.

„Es tut mir leid, dir diese Last aufzuerlegen, Darius, aber es ist der einzige Weg. Du musst das weiterführen, was ich angefangen habe, oder es wäre alles umsonst gewesen. Mein Tod wird nichts bedeuten. Mein Opfer würde nutzlos sein. Verstehst du? Du bist jetzt ein Beschützer der Menschheit. Du bist die einzige Hoffnung für die Zukunft."

Seine starken Hände haben so doll nach meinen Schultern gegriffen, dass sie fast gebrochen wären. Dann hatte er mich das letzte Mal umarmt und war in der Nacht verschwunden.

Das nächste Mal als ich ihn sah, war er in einer Urne.

Ich habe ihn an diesem Tag angeprangert. Ich goss Benzin über seine Asche, zündete ein Streichholz an und sah mit trockenen Augen zu, wie er verschwand. Die härteste scheiß Scharade meines sehr langen Lebens.

„Das war wunderbar", sagte er und klopfte auf seinen Bauch.

Juliet hatte ihren Teller erst halb leer und wurde langsamer. Ich würde sie für heute vom Haken lassen, entschied aber, dass morgen ein größeres Frühstück an der Reihe wäre.

Ich aß den letzten Bissen und legte meine Gabel nieder, mir graute es vor dem, was ich jetzt anbieten musste.

„Sie nennen es eine harmonische Zukunft und sagen, es wäre die einzige Möglichkeit für Lykaner und Vampire in Frieden zu leben,

indem sie die Menschheit versklaven. Aber es ist ein klassizistisches System, das dem Adel und dem Alpha-Rudel zugutekommen soll. Es ist ein Spiel von Macht und Blut und Tod. Wir sind die überlegene Rasse, daran hege ich keinen Zweifel. Aber das bedeutet nicht, dass wir grausam sein und unsere Nahrung quälen müssen."

Cams leidenschaftliche Worte durchzogen meine Seele und hinterließen einen bitteren Geschmack in meinem Mund.

„Spiel das Spiel, mein Sohn. Bring alle Figuren an ihren Platz und besiege sie von innen heraus. Du kennst das Schachbrett besser als alle anderen, inklusive mir. Benutze es. Nimm es an. Besitze es."

Ich kämpfte gegen den Drang an, meine Fäuste zu ballen. Cam hatte alles für diese Zukunft aufgegeben. Seitdem waren Jahrzehnte der Planung vergangen und es war endlich an der Zeit, meinen Zug zu machen. Ich konnte es mir nicht leisten, zu zögern, nicht einmal für sie. Meine liebste Juliet.

Ich nippte an meinem Wein, sammelte meine Gedanken und entspannte mein Inneres. Dann lächelte ich nachsichtig. „Kann ich dich für ein Dessert interessieren, Sebastian?"

Begierde erleuchtete die Gesichtszüge des Regenten, als er seine Konzentration wieder Juliet widmete. Sie schob ihren Teller zur Seite, als ihr Hals daran arbeitete, den letzten Bissen herunterzuschlucken.

„Ja", antwortete er. „Das kannst du ganz bestimmt."

21

JULIET

DAS HÄHNCHEN DREHTE sich in meinem Magen. Ich wusste, dass das der Plan war und trotzdem hallte ein tiefer Schmerz durch mein Herz, als ich Darius' Worte hörte.

Kann ich dich für ein Dessert interessieren, Sebastian?

Meine Instinkte tobten, hassten die Vorstellung, mich wieder von einem anderen Mann beißen zu lassen.

Und doch war das schon immer deine Bestimmung, erinnerte mich die logische Seite in mir, *warum sollte sich das jemals ändern?*

Weil Darius mich gefragt hat, ob ich geteilt werden möchte.

Und ich hatte nicht nein gesagt.

Ich wollte diese weiche Stimme vor Frustration anschreien. Die, die immer so vernünftig war und mich daran erinnerte zu gehorchen. Warum ausgerechnet jetzt, wusste ich nicht. Vielleicht lag es an der Erschöpfung. Oder vielleicht hatte ich irgendeine Art Grenze erreicht. Eine undurchdringliche Mauer, gesäumt mit Fremdwörtern, die eine Vergangenheit beschrieben, in der Menschen Rechte hatten, in der Vampire meine Art nicht für Nahrung und für sexuelle Befriedigung benutzten.

Unmöglich.

Geh weg.

Du wirst sterben. Tu, was dir gesagt wird.

Ich sterbe sowieso.

Ein Finger fuhr über meinen Nacken zu den Ketten meines Kleides, streichelte das Metall. „Hast du eine Vorliebe, du süßes Mädchen?", fragte Sebastian mit verständnisvoller Stimme.

Ich würde gerne einen Pfahl durch dein totes Herz rammen.

Der fremde Gedanke schoss mir so plötzlich durch den Kopf, dass ich mich beinahe verschluckt hätte. Darüber nachzudenken, einen Vampir zu töten, kam einem Verrat gleich.

Was stimmt nicht mit mir?

Eiswürfel tanzten über meine Wirbelsäule.

Reiß dich zusammen. Sei gehorsam. Oder stirb.

Wäre das denn so schlimm?

Ja!

Das Geräusch von einem Stuhl, der über den Boden kratzte, und Darius' vertraute Schritte ließen mich zu ihm aufsehen. Sein finsterer Blick sagte mir, dass das absolut falsch war. Er griff nach meinen Haaren, zog meinen Kopf zurück und fing meinen Blick ein.

„Stimmt etwas nicht, Liebling?", fragte er mit einem Knurren in der Stimme. „Hast du den Regenten nicht gehört?"

Hatte ich etwas verpasst? „Ich...", ich schluckte den überdimensionalen Brocken herunter, der mir die Kehle zuschnürte. Oder versuchte es zumindest. „N-nein, Sire."

Er runzelte die Stirn und lockerte seinen Griff etwas. „Geht es dir gut?"

Sag nein, flüsterte Darius über unsere Verbindung, ich hörte seine Stimme klar und deutlich in meinem Kopf. *Sag mir, dass du dich nicht gut fühlst. Jetzt.*

Der Befehl in seiner Stimme ließ mich zusammenzucken. „Ich fühle mich nicht gut, Sire. Ich bitte um Entschuldigung."

Er drehte meinen Kopf zur Seite und fuhr mit dem Finger über meinen Puls. „Hmm. Habe ich dich vorhin zu sehr gefordert, Liebling? Du hast dein Essen kaum angerührt."

Ich hatte aufgrund der Reichhaltigkeit nur etwa die Hälfte davon gegessen. Mein Magen vertrug es nicht, wenn ich zu viel aß. „Es tut mir leid, Sire."

Er schüttelte vorwurfsvoll den Kopf, seine Verärgerung war offensichtlich. „Das ist noch neu für sie, sie realisiert nicht, dass sie mir sagen muss, wenn ich sie zu sehr entleert habe." Er zerrte an meinem Haar, was mich zusammenzucken ließ, und schenkte Sebastian einen entschuldigenden Blick. „Offensichtlich habe ich mit ihr noch viel Arbeit vor mir."

Ich konnte den Regenten nicht sehen, aber ich hörte das Lächeln in seiner Stimme, als er antwortete: „Disziplin ist wichtig."

„Allerdings. Ich würde sie gerne direkt für ihre Unverschämtheit von dir leer trinken lassen, aber dann könnte ich sie nachher nicht mehr auf meine eigene Art und Weise bestrafen." Er stieß einen langen, tiefen Seufzer aus. „Was würdest du tun, Sebastian?"

„Ihr den Arsch versohlen, sie ficken bis sie wund ist und dann ausbluten lassen." Die Worte lösten ein Beben in mir aus. Ich hatte diese Art der Disziplinierung mehr als einmal bei meiner eigenen Oberin miterlebt. Normalerweise dauerte es Tage, bis sie sich wieder erholt hatte.

Darius kicherte. „Eine wunderbare Idee, aber das würde viel von unserer verbleibenden Zeit vor der Dämmerung in Anspruch nehmen. Und wir müssen noch ein wichtiges Gespräch beenden." Während er sprach streichelte sein Daumen über meinen Puls und übte einen subtilen Druck aus, wodurch es sich eher anfühlte wie ein Brandzeichen. Besitz. Beherrschung. Ein Weg, mich auf eine sehr einfache Weise als die seine zu markieren.

„Zu wahr", sagte Sebastian, der nun neben uns stand. „Ich nehme an, es wird zukünftig noch mehr Abendessen geben. Vielleicht werde ich mich dann deinem Angebot eines Desserts hingeben."

„Dann wird sie erfahrener sein", antwortete Darius. „In jeder Hinsicht." Die Schlussfolgerung aus seinen Worten wühlte meinen Magen auf. Er bot ihm mehr an als nur mein Blut.

Erfahrener. In jeder Hinsicht.

Er meinte sexuell.

Als würde er meinen Körper zukünftig teilen, um diesen Verstoß wieder gut zu machen.

Mein Mund wurde trocken und mein Herz hämmerte gegen meine Rippen. Darius hatte vor, meinen Körper zu teilen, über das Trinken hinaus.

Ich musste nicht länger vorgeben krank zu sein, weil ich mich jetzt wirklich so fühlte.

Eine fremde Berührung lief meinen Arm auf und ab und ließ meine Adern gefrieren. „Ich mochte schon immer eine gute Partie hinausgezögerter Freuden", murmelte Sebastian. „Das gibt mir etwas, worauf ich mich bei meinem nächsten Besuch freuen kann."

„Ich verspreche dir, dass sie sich dann auch besser benimmt", antwortete Darius, als sich sein Griff um meine Haare festigte sich. Er zog so hart an ihnen, dass mir Tränen in die Augen stiegen. Oder vielleicht war es das tiefe Gefühl des Verrats, das unter meiner Haut brodelte.

Ich habe ihm vertraut.

Weil du ein dummes, naives kleines Mädchen bist. Vertraust einem Vampir. Was hast du erwartet?

Ein weiterer Ruck zwang mich dazu, aufzustehen.

„Geh in mein Zimmer, Juliet", sein Knurren durchdrang den Nebel in meinen Gedanken und legte sich auf meine Schultern. „Warte auf mich. Nackt."

„J-ja, Sire", die Worte kamen kratzig und voller Angst aus meiner Kehle.

Dieses Mal hatte er wirklich vor, mich zu bestrafen. Ich spürte es an der wütenden Ausstrahlung seines Körpers, an der Art, wie er mich von sich wegstieß, als wäre ich nichts weiter als ein Stück Fleisch, und an der abweisenden Art, wie er mir den Rücken zudrehte.

Versuch mich nicht wieder zu enttäuschen.

Ich hatte kläglich versagt, obwohl ich nicht verstand, was ich falsch gemacht hatte. Meine Schuhe klackerten über den Marmor und brachten mich mit schweren, scheuen Schritten zu seinem Zimmer. Wenigstens wäre er noch eine Weile bei dem Regenten, um ihre Pläne für die Zukunft zu diskutieren. Politik. Cam.

Der Name schnitt durch den Nebel der Schande und des Schreckens und schickte einen verwirrenden Ruck durch meine Gedanken.

Jeder kannte Cam – der verräterische König, der versucht hatte, die Göttin zu ermorden. *Er* war Darius' Erzeuger? Regent Sebastian hatte Darius als Cams einzigen Erben beschrieben, ein anderes Wort für Nachkomme. Im Grunde machte das Darius königlich – zum Nächsten in der Reihe.

Warum lebt er hier? Ich betrachtete die kunstvolle Dekoration an den Wänden, die Ölgemälde, die ausgefallenen Kronleuchter, die handgewebten Teppiche. Sie schrien geradezu nach Reichtum und Ehre, so wie alles andere an Darius auch. Sein Alter, seine Kontrolle, sein Prestige.

Ich erreichte die Tür zu seinen Räumlichkeiten und stieß meinen Atem aus.

Was erwartete mich hier? Was wollte er tun? Die Art und Weise wie seine Wut unten regelrecht vibriert hatte, ließ auf nichts Gutes schließen. Ich hatte ihn noch nie so aufgebracht erlebt. Er bewahrte immer eine gewisse Ruhe und hielt seine Fassung äußert geduldig. Nun hatte ich anscheinend eine Grenze überschritten. Ich verstand nur nicht, welche. Ich habe alles getan, was er verlangt hat. Ich bin gerannt. Ich habe gelernt, wie man mit einem Messer umgeht – nicht gut, aber ich habe es versucht. Erst gestern hat er mich dazu gezwungen, mit einer Waffe zu schießen. Ich habe mich nie beschwert, nicht ein einziges Mal, auch wenn es sich angefühlt hat, als würde es mich umbringen, diese Runden zu laufen.

Gut, ich habe ihn gestern in Frage gestellt. Aber danach hat er mich geküsst. Das bedeutete, ich hatte etwas gut gemacht, richtig?

„Ich verstehe es nicht", murmelte ich zu der Tür. „Nichts davon ergibt irgendeinen verdammten Sinn!" Ich schleuderte meine Faust gegen das Holz und erschrak mich über meinen eigenen Ausbruch. Das Geräusch prallte von den Wänden ab und reichte zweifellos bis nach unten zu den Vampiren.

Oh nein.

Oh nein, nein, nein.

Ich glitt in das Zimmer, musste mich verstecken. Vielleicht würden sie glauben, dass es jemand anderes war, ein Bediensteter hatte aus Versehen etwas fallen lassen. Ich strich die Ketten meines Kleides von meinen Schultern, sodass sich der Stoff an meinen Füßen sammelte, und ließ mich von dem Komfort von Darius' Bettlaken umhüllen.

Schutz, seufzte meine Seele.

Eine Lüge, antwortete mein Verstand, *du bist nirgendwo sicher.*

Ich zuckte zusammen und kuschelte mich noch tiefer in die Decken. Mein Zittern hatte nichts mit der Temperatur zu tun, sondern alles mit der unmittelbaren Zukunft.

Meine Augen weigerten sich, sich zu schließen, selbst als mein Körper sich in dem Komfort der weichen Matratze entspannte. Darius konnte jederzeit reinkommen, wütend, und Buße verlangen.

Wofür?

Meine Sünden. Mein Fehlverhalten. Meine Respektlosigkeit.

Ich schauderte, meine Sicht verschwamm.

„Ich hasse das hier", flüsterte ich.

Über zwei Jahrzehnte lang hatte ich mein Schicksal einfach akzeptiert, mich dem Willen der Vampire um mich herum gebeugt, getan, was mir gesagt wurde, um zu überleben. Und wofür? Um in andauernder Angst zu leben? Um gebissen und bis an die Grenze des Todes leergetrunken zu werden, immer und immer wieder? Um gezwungen zu werden, jedem sexuell gefällig zu sein, von dem es mein Herr verlangt?

Das war kein Leben. Das war der wandelnde Tod.

Ich lag die ganze Zeit so falsch. Die Regeln, der Anstand, das ständige Gehorchen. Ich hatte sie alle befolgt, um die höheren Wesen zu besänftigen und sie davon abzuhalten, mich zu töten. Eigentlich hätte ich rebellieren sollen, um sie dazu zu animieren, meine Misere zu beenden

„Ich bin so ein Narr", staunte ich. Es war der Tod, den ich umwerben musste, nicht das Leben. Um all dem ein Ende zu setzen.

Ja, flüsterte ein düsterer Teil von mir. *Heute Nacht...*

Ich nickte, fühlte mich plötzlich befreit. Kein Schmerz mehr, keine Verwirrung oder Unruhen. Keinem Herren mehr dienen, den ich nicht verstehen konnte. Keine falschen Versprechen mehr über eine veränderte Zukunft oder den Gift-Blödsinn.

Gar nichts mehr.

Mein Körper entspannte sich und mir fielen die Augen zu.

Die Zukunft war herrlich.

Ruhig.

Tod.

22

DARIUS

Ich schloss die Tür, nachdem ich Sebastians Abfahrt beobachtet hatte.

„Danke. Fuck." Ich fuhr mir mit der Hand übers Gesicht und stieß Luft aus.

Unser Gespräch war gut verlaufen, seine Unterstützung war klar und deutlich, da er mich für die Position des Herrschers guthieß. Ein weiterer Schachzug war getan und brachte mich in die perfekte Position für meinen Aufstieg.

Ich strich mit der Hand über meine Krawatte und zog mein Telefon aus meiner Tasche. Ivan ging nach dem ersten Klingeln ran.

„Gut. Du hast das Treffen überlebt."

Ich schnaubte. „Du vergisst, dass Sebastian nur halb so alt ist wie ich und kein königliches Blut hat." Ich hätte ihn mit einer Hand töten können und hatte es heute Nacht auch mehr als einmal in Betracht gezogen.

„Ja, aber er ist der Regent. Er trägt die Macht des Gesetzes", sein neckender Ton brachte meine Lippen zum zucken.

„Ja, was nur bedeutet, dass der Papierkram und die Konsequenzen etwas komplizierter wären. Und zugegebenermaßen dient er lebend einem nützlicheren Zweck."

Ein Moment der Stille, als Ivan zwischen den Zeilen las. „Er hat zugestimmt, dich bei deiner Kandidatur zu unterstützen."

„Besser", antwortete ich. „Er hat zugestimmt, mich in ein paar Wochen bei der Parlamentsgala offiziell zu nominieren."

„Scheiße. Das lief besser als erwartet. Was hast du gemacht, durfte er Juliet ficken?"

Meine Belustigung erstarb abrupt. „Nein." Ich war nicht mal dazu in der Lage gewesen, ihn von ihr trinken, geschweige denn sie anderweitig berühren zu lassen. Glücklicherweise schien sie meine Nachricht empfangen zu haben, ihr Unwohlsein vorzutäuschen, und das hatte sie auf spektakuläre Weise getan. Ich würde sie belohnen, sobald ich oben bei ihr war.

Er kicherte. „Ich bin sicher, ihr Blut war ausreichend."

Ich machte mir nicht die Mühe ihn zu korrigieren und machte mich auf den Weg zu meinen Räumlichkeiten, begierig darauf, wieder bei Juliet zu sein. Um mich auf Sebastian konzentrieren zu können, musste ich ihre Gedanken von meinen trennen, und komischerweise vermisste ich es, sie in meinem Kopf zu haben.

„Ich brauche dich und Trevor, um die entsprechenden Vorbereitungen für die Gala zu treffen", sagte ich, als ich die oberste Stufe der Treppe erreichte. „Und schick auch ein Update an unseren königlichen Freund. Er wird dieses Ergebnis gutheißen."

„Wenn man bedenkt, dass er dadurch vollständig aus dem Schema herausfällt, stimme ich zu. Bezüglich der Gala; Option A und B, korrekt?"

„Ja." Option A, mein Gegner scheut sich und zieht sein Interesse daran, der neue Herrscher zu werden, zurück. Option B, ein tödlicher Unfall lauert in seiner Zukunft auf ihn. Ich bevorzugte letzteres. Gaston war ein sadistisches Arschloch, der sein Blut jung liebte, möglichst noch unter zehn Jahren.

„Schon dabei. Noch irgendwas anderes?"

„Noch nicht."

„Super. Dann geh jetzt und feier mit deinem Sexspielzeug."

Ich stand vor meinem Schlafzimmer und konnte mir das Grinsen nicht verkneifen, das seine Worte hervorriefen. „Das habe ich vor."

„Ich bin überhaupt nicht eifersüchtig", antwortete er und legte auf.

Meine Lippen zuckten erneut. Ivan wäre extrem eifersüchtig, wenn er wüsste, was ich für meine süße Juliet geplant habe.

Ich drückte die Klinke und schob mich in den schummerig beleuchteten Raum. *So still.* Ich machte leise die Tür zu, meine Schritte waren auf dem Teppich nicht zu hören.

Juliets kleine Gestalt lag zusammengerollt in der Mitte meines Bettes, ihr Haar breitete sich verführerisch über meine seidenen Kissen aus. Sie blickte nicht auf, als ich mich näherte, ihre schlanken Schultern hoben und senkten sich in sanften, friedlichen Zügen.

Wundervoll, dachte ich und lockerte meine Krawatte. Ich sollte sie bitten, jede Nacht hier zu schlafen. Nackt. Eingewickelt in meine Bettlaken.

Wärme berührte meine Brust. Der einzige Grund weshalb sie diese Woche woanders geschlafen hatte, war der, sie vor meinen gröberen Bedürfnissen zu schützen. Sie brauchte Schlaf. Ich brauchte Sex. Diese zwei Sachen ließen sich nicht gut miteinander kombinieren, aber ich konnte nicht länger auf sie verzichten.

Ich öffnete den Knoten meiner Krawatte und ließ die Enden an beiden Seiten herunterhängen. Juliet hatte immer noch keine Ahnung, dass ich hinter ihr stand, sie hatte sich in ihren Träumen verloren.

Ich glitt aus meinem Jackett, hängte es über den Stuhl neben dem Bett und öffnete meine Manschettenknöpfe. Sie fielen mit einem Klirren auf den Nachttisch, das durch den Raum hallte. Meine geliebte Blutjungfrau blieb jedoch ruhig und unbekümmert, wie eine ahnungslose Maus, die sich inmitten einer Vipernhöhle ausruht. Sie schien nicht zu hören, wie ich aus meinen Schuhen glitt oder meinen Gürtel öffnete, ihr Körper schlummerte friedlich weiter.

Hmm, wie sollte ich sie wecken? Mit einem Kuss? Ein sanftes Streicheln ihres Rückens? Ich wägte meine Optionen ab, während ich um das Fußende des Bettes herum ging, ich musste ihr Gesicht sehen. Meine Finger waren damit beschäftigt das Hemd zu öffnen, das immer noch in meiner Hose steckte. Diese würde Juliet für mich öffnen. Vorzugsweise mit ihren Zähnen.

Aber als ich ihr Gesicht sah, runzelte ich die Stirn. Dunkle Ringe umrahmten ihre Augen, ihre Haut war ganz rosa vor Erschöpfung.

Nein, nicht Erschöpfung. Verwüstung.

Ich strich mit meinem Daumen über die feuchten Stellen auf ihren Wangen. Ihre Wimpern flatterten auf, zwei schmerzerfüllte Punkte starrten mich an, in ihren Tiefen durchsetzt mit demütiger Angst. Sie wich zurück und zog die Decke mit sich, während sich ihr Körper zu einer Fötusstellung zusammenrollte.

„Juliet", murmelte ich. „Ich bin's nur. Sebastian ist weg."

Ihr Puls erhöhte sich, rief nach meinen räuberischen Instinkten. *Schrecken.*

Sie duftete köstlich, aber ich bevorzugte meine Liebhaberinnen erregt, nicht starr vor Angst. Ich ließ mein Hemd zum Teil zugeknöpft und setzte mich neben ihr aufs Bett, meine Hand hielt sie an der Schulter fest, als sie versuchte, sich wegzurollen.

Ich runzelte die Stirn. „Was ist los, Juliet? Bist du verletzt?"

Sie stieß ihren Atem mit einem rauen Geräusch aus, das verdächtig wie ein Lachen klang. „Nein. Ja." Die heisere Qualität ihrer Stimme in Verbindung mit den feuchten Flecken auf ihrem Kissen bestätigten, dass sie geweint hatte.

Ich legte mich neben ihr auf die Bettdecke. „Sieh mich an, Juliet."

„Warum?", murmelte sie trotzig.

„Weil ich es dir sage."

Sie klemmte ihre Lippe zwischen ihren Zähnen ein und schloss fest die Augen. Ein Zittern arbeitete sich durch ihre Glieder unter meiner Handfläche, bis sie endlich nach Luft schnappte und meinem Blick begegnete. Das Feuer in ihren von Qualen getränkten Pupillen war eine berauschende Kombination.

„Ich hasse dich", flüsterte sie. „Ich hasse dich mehr als das Atmen."

„Das ist eine ordentliche Ansage", antwortete ich, überrascht und ein bisschen erregt von ihrem Wutausbruch. „Darf ich fragen, warum?"

„Warum?", wiederholte sie. „Warum?" Jetzt lauter. „Ich habe keine Wahl. Keine Freiheit. Keinen anderen Grund zu leben als zu überleben, was wenig bedeutet, wenn mein Leben – wie kurz es auch immer sein mag – damit verschwendet wird, für dich und deine Art zu schuften.

Benutzt zu werden, bis zur Schwelle des Todes getrieben und dann wiederbelebt und erneut benutzt zu werden! Und es geht über das Teilen meines Blutes hinaus. Du hast vor, Sex zu verlangen. Nicht einmal mein Körper ist mein eigener. Mein Verstand ist ganz bestimmt nicht mein eigener. Nichts, Darius. Nichts gehört mir!"

Sie stieß einen Schrei aus und schleuderte meine Hand von sich, als sie sich auf den Rücken rollte und ihre Handballen in ihre Augenhöhlen grub.

„Der Tod wäre einfacher. Freundlicher. Wenn du irgendeine Menschlichkeit in dir trägst, würdest du mich töten. Aber ich weiß, dass du das nicht tun wirst. Ich war eine zu teure Investition und selbst jetzt habe ich das Bedürfnis, dich um Vergebung zu bitten, für einen Ausbruch, den selbst ein Tier in meiner Position haben würde. Und ich werde meine Bestrafung akzeptieren, weil es das ist, was eine gute Blutjungfrau macht."

Ihre Hände ballten sich über ihrem Kopf zu Fäusten, erhoben sich und schleuderten nach unten. Ich griff nach ihren Handgelenken, bevor sie sich selbst Schaden zufügen konnte, wobei ich meine Knie auf beiden Seiten ihrer Hüfte absetzte. Sie knurrte unter mir, buckelte wie eine Wildkatze, ihr Blick war verrückt vor Wut und Angst.

„Juliet", besänftigte ich sie, meine Stimme war ruhig, als ich versuchte sie so sanft wie möglich festzuhalten.

„Ich hasse dich!", schrie sie. „Ich möchte sterben!"

Scheiße.

Sie war endgültig zerbrochen. Die ganze Gedankenkontrolle, die ihr durch jahrelange harte Konditionierung eingeimpft worden war, war schließlich unserer Situation und der damit verbundenen Realität gewichen.

„Töte mich", flehte sie, ihre Worte zerrissen mein Herz. „Ich möchte sterben. Bitte, töte mich." Frische

Tränen flossen aus ihren Augen, der Kampf verließ ihren Körper mit einem markerschütternden Laut, der so schmerzerfüllt klang, dass ich ihn tief in mir spürte.

Das war der Moment, nach dem ich mich am meisten gesehnt, den ich aber gleichzeitig auch am meisten gefürchtet hatte. Der Moment, an dem sie so gänzlich bricht, so vollkommen, dass es emotional gesehen nur noch bergauf gehen kann.

Ich verlagerte mich von ihrem Bauch zum Kopfteil des Bettes und zog ihren zitternden Körper auf meinen Schoß. „Juliet", murmelte ich und hielt sie fest in meinen Armen. „Du bist sicher bei mir."

Ein weiteres von diesen grausamen Lachen verließ sie, unterbrochen von einem Schluchzen. „Sicher", murmelte sie. „Du planst mich mit Sebastian zu teilen, lässt ihn mich versohlen und wund ficken."

Ihr Gebrauch von seinen Worten brachte mein Blut zum kochen, aber ich schluckte die Wut herunter. „Niemals, Juliet. Er wird dich niemand berühren."

Sie schüttelte traurig den Kopf. „Doch, wird er."

„Nein, Juliet. Wird er nicht", ich hob ihr Kinn ein wenig an, zwang ihren Blick nach oben. „Du gehörst mir und ich werde dich nicht mit ihm teilen."

„Du hast schon gesagt, dass du es tun wirst." Die Worte waren leise und abgeschlagen und plötzlich verstand ich, was sie von der Klippe gestoßen hatte. Ich hatte ihr Vertrauen in mich mit ein paar sorgfältig formulierten Phrasen zerstört. Es ging natürlich noch darüber hinaus, ihre Herkunft hatte den Weg zu diesem unvermeidbaren Ende geebnet, aber meine Aussagen von heute Nacht hatten die Reste ihres Glashauses zum Einsturz gebracht.

„Oh, Liebling", ich seufzte und küsste sie auf den Kopf. „Ich habe nur eine zukünftige Erfahrung mit dir *angedeutet*, um ihn für heute Nacht zufriedenzustellen."

„Erfahrener. In jeder Hinsicht." Sie sprach die Worte beim Ausatmen aus und sowohl ihre Stimme als auch ihr Körper zitterten heftig, ihr Ekel und ihre Abscheu waren ihr deutlich auf die runden Schultern geschrieben. Es schien, als hätte meine Ankündigung vorhin einen Nerv getroffen. Aus ihrem Blickwinkel betrachtet, konnte ich verstehen, warum.

„Es ist wahr, dass du erfahrener sein wirst – in jeder Hinsicht – wenn er das nächste Mal zum Essen vorbeikommt", ich hob ihr Kinn, schob mich in ihr Blickfeld, „weil ich nicht plane, ihn nochmal zu unterhalten, bevor ich nicht zum Herrscher gekrönt wurde." Ich ließ diese Worte sinken, aber das einzige, was mich anstarrte, war Qual. Ihr Gefühlsschleier vernebelte ihren Verstand. Sie brauchte mehr Informationen, um verstehen zu können. Genaue Worte. Komfort. Vertrauen.

„Juliet." Ich fuhr mit dem Daumen über ihre zitternde Unterlippe. „Es ist ziemlich unschicklich, dass jemand in einer niedrigeren Position – wie etwa ein Regent – etwas von einem Herrscher verlangt. Vor allem die Gefallen, die so etwas Kostbares wie eine *Erosita* beinhalten."

Sie blinzelte aus ihren großen braunen Augen zu mir hoch. „*Erosita?*"

Ich grinste. „Ja. Die offizielle Bezeichnung für einen Menschen, der in einer Zeremonie verbunden wird. Es ist die Art von Titel, der bei Meinesgleichen großen Respekt hervorruft", und verdammt viel Neid. „Du wirst meine *Erosita* sein, sobald wir das Ritual vollendet haben."

„Mehr Blut", murmelte sie.

„Ja… und die Verbundenheit unserer Seelen." *Geist, Körper und Seele.* Dann würden wir alles teilen – unser Blut, unsere Leidenschaft, unsere Gedanken. Ich roch an ihren Haaren und meine Brust zog sich zusammen.

„Das von vorhin tut mir leid, Liebling." Die

Entschuldigung kam mir ohne meine Erlaubnis über die Lippen. Ich war mir nicht einmal sicher, wofür ich um Verzeihung bitten wollte, aber die Worte fühlten sich richtig an. Es fühlte sich nötig an. Nichts von dem hier war ihr gegenüber fair. All ihre wütenden Kommentare, ihre Anschuldigungen und Äußerungen entsprachen der Wahrheit. Sie hatte nie um so etwas gebeten; Keiner ihrer Art hatte das.

„Ich möchte verstehen", flüsterte sie. „Ich *muss* verstehen."

Mein Blick fiel auf ihren, die Sehnsucht in ihren schokoladenfarbigen Tiefen war greifbar. „Du musst es sehen", antwortete ich zustimmend. Das war immer Teil des Plans gewesen, aber nicht, bevor sie nicht wahrhaftig verstand, was ich ihr zeigen musste. „Du hast Recht, Juliet. Es ist an der Zeit." Morgen würde ich die Vorkehrungen treffen. Jetzt, da sie sich von den Fesseln ihrer Gehirnwäsche befreit hatte, konnte ich zur nächsten Phase ihrer Ausbildung übergehen.

Eine Filmvorführung der Realität. Nicht die, die in ihren Büchern, Texten und Präsentationen dargestellt wird, die das Coventus ihr gegeben hat. Sondern die reale Welt und das, was außerhalb der reichen Vampirgesellschaft aus ihr geworden war.

Ich küsste ihr Haar und hielt sie ganz fest.

Das hier war erst der Anfang ihrer Umschulung. Armer Schatz. Wenn sie dachte, dass die Wahrheit von heute Nacht wehtat, würde sie bald noch sehr viel mehr Leid ertragen müssen.

23

JULIET

WIR FLIEGEN.

In einem Jet.

Durch die sternenklare Nacht.

Nie in meinen wildesten Träumen hätte ich mir vorgestellt, so eine Erfahrung zu machen.

Der fast volle Mond malte den dunklen Himmel in faszinierenden Farben. Ich nahm jedes Detail in mir auf, prägte mir die Szene für den Fall ein, dass ich so etwas nie wieder sehen würde.

„Mitternacht", sagte Darius mit seinem Telefon am Ohr. Er saß neben mir, trug eine schwarze Hose und einen cremefarbenen Pullover, der seine dunklen Gesichtszüge hervorhob. Ich trug eine Jeans, eine tiefrote Strickjacke und Stiefel. Es war bei weitem das einengendste Outfit meines Lebens. Kein Körperteil von mir war zu sehen, außer der Andeutung meiner Brüste in dem V-Ausschnitt.

„Hauptgang für sechs Personen", fuhr er fort, dann machte er eine Pause und hörte zu. „Nein, nur ein Zimmer. Die anderen kümmern sich selbst um ihre Unterkunft." Er streckte seine Hand aus, um nach meiner zu greifen, und legte sie auf seinen Oberschenkel. „Ja, das wäre akzeptabel."

Meine Aufmerksamkeit richtete sich wieder auf die Sterne. Darius hatte alle Lampen gedimmt, was uns einen ungestörten Blick auf die atemberaubende Kulisse erlaubte.

Fantastisch...

„Das ist korrekt. Dankeschön." Darius beendete das Gespräch und entspannte sich neben mir, sein Daumen streichelte sanft meine Hand. „Wir sollten in etwa einer Stunde landen."

Ich nickte gedankenverloren, nicht wirklich fähig mich mit der ablenkenden riesigen Kugel vor meinem Fenster zu konzentrieren. Die Sterne dahinter funkelten am Mitternachtshimmel und beruhigten meine Seele.

„Ich kann fühlen, wie sich deine Faszination durch unsere Verbindung brennt, Juliet", murmelte er. „Das ist so ein ungewöhnliches Gefühl. Heutzutage fasziniert mich nur noch sehr wenig." Er hob meine Hand zu seinen Lippen, liebkoste mein Handgelenk und löste so ein Flattern in meinem Bauch aus.

„Wohin bringst du mich?", fragte ich, meine Lippen hatten sich bewegt, bevor ich realisieren konnte, was ich vor hatte zu sagen. Mein Herz machte bei meiner mutigen Frage einen Sprung, aber mein Mund weigerte sich, darauf zu reagieren oder sich zu entschuldigen.

Ich wollte es wissen.

Nein, ich *verdiente* es, zu wissen.

„Chicago", antwortete Darius.

Ich blinzelte, überrascht über seine ruhige Duldung meiner Frage. *Natürlich hat er geantwortet. Warum sollte er das nicht?*, ich schüttelte den Kopf.

Wenn mich die letzte Nacht irgendwas gelehrt hatte, dann das, dass ich Darius absolut nicht verstand. Ich hatte

Schläge erwartet – oder Schlimmeres – für mein Verhalten, aber stattdessen hatte er in einem beruhigenden Ton mit mir geredet und mich die ganze Nacht gehalten.

Er versprach, mich niemals zu teilen. Er hat mich nicht angeschrien, als ich ihn unkontrolliert beschimpfte. Er ließ mich weinen. Er küsste sogar meine Tränen weg.

Und jetzt beantwortete er meine Fragen ohne zu zögern.

„Chicago", wiederholte ich. Der Name kam mir bekannt vor, aber nicht durch mein Studium am Coventus. „Das war eine beliebte Stadt in den ehemaligen Vereinigten Staaten, richtig?" Sie kam mehrere Male in seinen Geschichtsbüchern vor. „Existiert sie noch immer?"

„Alles existiert noch. Die Frage, die du dir stellen musst, ist, was aus der Stadt geworden ist." Er senkte unsere Hände wieder auf seinen Oberschenkel und seufzte. „Du kennst sie als Lilith City."

Mein Blick löste sich endlich vom Fenster, während mir mein Herz in die Hose rutschte.

Lilith City? Das war das Herz der Vampirwelt. Die Göttin selbst lebte hinter diesen berüchtigten Mauern, hielt Recht und Gesetz unter ihrer Art aufrecht. Blutjungfrauen wurden nur für politische Zwecke hierher gebracht oder für Gerichtsverhandlungen und Hinrichtungen.

Hatte Darius vor, mich dem Vampirgericht zu übergeben, um mich zu bestrafen? Um mich wegen meiner Ungehorsamkeit töten zu lassen? Um an mir öffentlich ein Exempel zu statuieren?

Göttin, ich hatte es verdient. Vor allem nach letzter Nacht. Ich hatte jede Regel gebrochen, meinen Emotionen erlaubt, die Kontrolle über mein Verhalten zu übernehmen, mich dem Regenten gegenüber armselig verhalten und war der Auffassung, dass der Tod eine bessere Alternative war, als mein Schicksal. Die Liste meiner Verstöße war endlos.

Werde ich sterben?

Wäre das so schlimm?

Darius lehnte sich zu mir und drückte seine Lippen auf die meinen. Meine Gedanken schmolzen zu einer warmen Pfütze, als seine Zunge in meinen Mund glitt und mich in die Wirklichkeit zurück holte.

Sicher, flüsterte meine Seele. Ein instinktives Vertrauen, das jede Logik über Bord warf. Er konnte mich zu meinem Tod fliegen, oder Schlimmeres, und ich konnte mich nicht davon abhalten, seinen Kuss zu erwidern.

„Entspann dich, Juliet", sagte er leise. „Ich habe nicht den Wunsch, dich zu bestrafen. Nicht dafür, dass du genau das getan hast, was ich wollte." Er küsste mich erneut, dieses Mal langsamer, intimer. Seine Hand hielt immer noch meine, sein Daumen zeichnete kleine Kreise auf mein Handgelenk.

„Darius", flüsterte ich, als ich meine Nerven wieder unter Kontrolle hatte.

„Ja, Liebling?"

„Sag mir, warum wir nach Lilith City fliegen." Das klang mutiger als erwartet, weniger wie eine Frage, eher wie eine Aufforderung.

Er grinste gegen meinen Mund. „Hmm, ich wusste, dass du die Richtige bist." Seine verführerischen Augen waren voller Anerkennung, als sie meinem Blick standhielten. „Was hat das Coventus dir über Lilith City beigebracht?"

„Es ist das wertgeschätzte Zuhause der Göttin und der Führungssitz der Vampire." Die Worte klangen für mich wie aus einem Schulbuch zitiert, waren aber zutreffend.

„Wertgeschätztes Zuhause der Göttin", antwortete er

abfällig. „Lass mich raten: Du wurdest gezwungen zu ihr zu beten, nicht wahr?"

Ich nickte. „Sie ist das höchste Wesen."

„Eher die höchste Schlampe." Er schüttelte seinen Kopf. „Ich kenne Lilith seit über zweitausend Jahren und eine Göttin ist sie ganz sicher nicht. Nur ein sehr alter königlicher Vampir mit einer Vorliebe für Macht."

Mein Mund öffnete sich schockiert über seine lockere Freimütigkeit. Er hatte soeben den am höchsten gestellten Amtsträger beleidigt – die Göttin selbst – und das in einem sehr boshaften Tonfall.

„Du könntest für eine derartige Aussage getötet werden", flüsterte ich bestürzt.

Sie hören immer zu, hatte meine Oberin mich gewarnt. *Sprich ihren Namen niemals unbekümmert aus.*

Darius kicherte. „Schafe lassen sich so leicht erschrecken." Er drückte meine Hand. „Mach dir keine Sorgen, Liebling. Lilith mag mich töten wollen, aber nicht dafür, dass ich ihren kostbaren Titel beschmutzt habe. Keiner meiner Brüder sieht sie als ein höheres Wesen an, lediglich als eine Königin. Nur den Menschen wird beigebracht sie anzubeten. Hauptsächlich, weil sie das amüsant findet."

Mein Blick wurde finster. Das konnte nicht stimmen.

Außer, naja, vielleicht war es… Wieso sollte er lügen?

Das Coventus hielt Rituale ab, bei denen Blutjungfrauen Passagen aus alten lateinischen Texten vorlasen, die der Göttin dafür dankten, uns allen das Leben geschenkt zu haben. Alle Zeremonien wurden von Oberinnen geführt, nicht von Vampiren. Sie lauerten nur an unserer Seite, dienten als Wachen und um aufzupassen, dass niemand aus der Reihe tanzte.

„Die Vampire haben sich nie hingekniet oder ihr bei den Ritualen ihre Ehre erwiesen", sagte ich und realisierte die Wahrheit hinter meinen ausgesprochenen Worten. „Deine Art betet sie nicht an."

„Nein. Dennoch gibt es viele, die ihre Herrschaft respektieren." Die Art, wie er das sagte, ließ vermuten, dass er nicht zu diesen Leuten gehörte.

„Wen verehren die Vampire?", fragte ich laut, jetzt neugierig.

„Meistens uns selbst", er fuhr mit seinen Fingern über meine Knöchel, seine Stimme war nachdenklich. „Das Coventus nutzt Propaganda, um die Menschen in Reih und Glied zu halten. Eine höhere Macht zu haben, zu der ihr beten könnt, gibt euch allen eine falsche Vorstellung von Hoffnung, die sich leicht manipulieren lässt. Bezüglich des Kontrollmechanismus ist es eigentlich brillant, aber auch furchtbar traurig."

Kontrollmechanismus − eine gute Zusammenfassung meines Lebens. Ich hatte nie eine Wahl, nicht ein Mal, und bis Darius in mein Leben getreten war, hatte ich mir auch nie eine gewünscht.

„Wir sind die Raubtiere und der Mensch ist die Beute", fuhr er leise fort, „und meine Art hat es schon immer genossen, mit dem Essen zu spielen." Während er sprach, fiel sein Blick auf meinen Hals und erwärmte mein Blut.

Ja, bitte, flüsterte mein Körper. *Beiß mich.*

„Und du?", hauchte ich. „Genießt du es auch, mit deinem Essen zu spielen?" *Genießt du es, mit mir zu spielen?*

Seine Lippen kräuselten sich. „Steh auf", sagte er und ließ meine Hand los.

Mein Atem wurde langsamer, seine Aufforderung heizte mich von innen heraus auf. *Dürfte ich es wagen, ihn zurückzuweisen?* Oder wichtiger, wollte ich das überhaupt?

Die Antwort kam, als ich mich auf unsicheren Beinen erhob. Selbst nach meinem Zusammenbruch von letzter

Nacht wollte ich ihm immer noch gefallen. Nicht dem Vampir. Nicht der Gesellschaft. Sondern Darius.

Weil ich es genieße, *ihn zu befriedigen.*

„Setz dich auf mich, Juliet."

Ich rutschte auf seinen Schoß, meine Oberschenkel öffneten sich sofort über seinen, als meine Hände auf seinen flachen Bauch fielen. „Du hast mir immer noch nicht gesagt, warum wir nach Lilith City fliegen."

„Ich weiß", er wickelte seine Hand um meinen Hals, seine andere Hand lag auf meiner Hüfte. „Das ist nur ein kurzer Zwischenstopp auf dem Weg zu unserem eigentlichen Ziel, der es mir erlaubt, dir die Wahrheit über unsere Welt zu zeigen." Sein Daumen strich über meinen Puls. „Ich möchte dir zeigen, was das Coventus im Verborgenen hält."

„Warum?"

„Das wirst du sehen, wenn wir da sind." Seine Nase strich über meine Wange, als er langsam einatmete, seine Berührung war wie eine federleichte Liebkosung. „Du riechst unglaublich", murmelte er, sein Griff um meinen Nacken wurde fester. „Wie meine ganz eigene Version des Himmels."

Seine Zähne kratzten über meinen Kiefer und lösten eine Gänsehaut aus, die sich über meine Arme ausbreitete. Ich liebte das Gefühl, das sein Mund auf mir hervorrief, die Art, wie er über meine Haut flüsterte, ließ eine angenehme Hitze in mir erwachen.

„Du hast gefragt, ob ich es genieße, mit meinem Essen zu spielen", sagte er leise in mein Ohr. „War das eine Einladung, Liebling?" Er schmiegte sich an meinen Hals, seine Zähne fuhren über meine empfindliche Haut. „Weil es sich zweifellos wie eine angehört hat."

Meine Kehle wurde trocken und meine Augen fielen zu.

Bitte...

Darius' Reißzähne kitzelten die verletzliche Stelle unter meinem Ohr und schickten ein Zittern über meinen Rücken. Nicht aus Angst, sondern wegen der Versuchung. Ich sehnte mich nach seinem Vampirkuss, seiner Besessenheit, dem Gefühl, das ich hatte, wenn er meine Essenz aus mir zog und jedes intime Detail von mir *besaß.*

Denk nach, Juliet.

Es gab etwas, das ich wissen wollte.

Eigentlich sogar mehrere Sachen.

Aber, *ohhh,* vielleicht waren die ja gar nicht so wichtig. Nicht mit Darius' Mund an meinem Puls, der leicht an mir knabberte.

„Antworte mir, Juliet", verlangte er mit einer trügerisch ruhigen Stimme. „Sag mir, ob es das war, was du gemeint hast."

War es das? Ich konnte mich nicht erinnern. Nicht, wenn sich seine Hand so auf meiner Hüfte spreizte, die andere meinen Nacken hielt, und die Andeutung seiner Schneidezähne, die meine empfindliche Haut ärgerten.

„Beiß mich", bettelte ich, meine Stimme heiser vor Sehnsucht. „Bitte."

Er kicherte. „Wünschst du dir Genuss, Liebste? Ist es das?" Er zog mich näher, hoch an seinen Oberschenkeln und drückte meine Mitte gegen seine unmissverständliche Erregung. Ich wog mich mit einem Stöhnen gegen ihn, dürstete nach mehr.

Wer bin ich?

Wen interessiert's?

Ich griff nach meiner Strickjacke, musste sie ausziehen. So heiß und einengend, und –

Darius griff nach dem Saum, hielt ihn gegen meinen Bauch. „Die Klamotten bleiben an", sagte er, leise und gebieterisch.

Ich stöhnte und traf auf seinen erhitzten Blick. „Warum?"

„Weil wir bald landen." Er biss so hart in meine Lippe, dass sie anfing zu bluten. Es tat mehr weh als dass es mir Freude bereitete – eine Strafe dafür, dass ich zu gierig war? „Weil du so schon verlockend genug bist und meine Kontrolle nicht unfehlbar ist." Seine Zunge kroch langsam zu der Wunde, schickte einen Schuss der Ekstase durch mich hindurch und verjagte den Schmerz innerhalb von Sekunden. „Weil ich vor habe, dich später richtig zu verschlingen, wenn unsere Arbeit hier erledigt ist."

„Richtig?" Wiederholte ich, mein Geist war ganz benebelt von den verrückt machenden Empfindungen, die sein Mund auf meinem hervorrief. „Hast du endlich vor, mich zu entjungfern?" Bei der Aussicht durchfuhr mich ein Nervenkitzel, gefolgt von einem Schatten der Besorgnis.

Würde es wehtun?

Würde er mich danach immer noch wollen?

Würde ich überleben?

Der letzte Gedanke ließ mich innehalten, meine Augen konzentrierten sich voll und ganz auf das stattliche Gesicht von Darius. Sein brennender Blick entfachte eine Flut aus Schmetterlingen in meinem Bauch. Oh, es würde wehtun – keine Frage – aber Darius gab mir nie Schmerz ohne Genuss.

„Deinen Körper zu beanspruchen ist die letzte Phase der Zeremonie, Juliet." Seine Hände glitten unter meine Jacke, berührten sanft meine nackte Haut. „Dadurch wirst du mein. Auf ewig."

„Ist das nicht das Ziel?", fragte ich atemlos. „Oder wartest du, bis ich mich auf irgendeine Art und Weise bewiesen habe?"

Sein Daumen glitt über meine Seite, verfolgte meine

Rippen. „Du musst mir nichts mehr beweisen. Ich weiß, dass du perfekt für mich bist."

„Oh", ich leckte über meine Lippen und dachte nach. „Dann… heute Nacht?"

Belustigung blitzte in seinem Blick auf. „So begierig darauf, dass ich dich ficke, Liebste?"

„Ich… ich verstehe nur nicht, warum du es nicht schon getan hast." Ich räusperte mich. „Meine Oberin hat mich darauf vorbereitet, dass es in der Nacht meines Kaufes passieren würde, aber –"

„Ich habe dich kaum angerührt", beendete er den Satz. Seine Handfläche fuhr nach oben, um meine Brust zu streicheln. „Kein BH. Heißt das, du trägst auch kein Höschen?"

Ich lehnte mich gegen seine Berührung, wünschte mir mehr. „Du hast mir gesagt, die ‚keine-Unterwäsche-Regel' bleibt bestehen."

Seine Lippe zuckte. „In der Tat, das habe ich." Er drückte auf meinen Nippel und erregte ein Kitzeln zwischen meinen Beinen. „Dich nicht zu ficken war eine Herausforderung, aber es dient gleich zwei Zwecken. Erstens, Selbstbeherrschung zu zeigen wird unter meiner Art als Stärke angesehen, eine wichtige Sache, wenn man um den Herrschaftssitz konkurriert. Zweitens funktioniert die Zeremonie nur, wenn wir vor der Inanspruchnahme mindestens drei Mal unser Blut ausgetauscht haben.

Ich runzelte die Stirn „Also wenn du mich entjungfert hättest, bevor ich von dir getrunken hätte…?"

„Hätten wir nie diese Verbindung aufgebaut."

„Und wenn mich jemand anderes entjungfert hätte?"

„Hätten wir nie diese Verbindung aufgebaut", wiederholte er. „Selbst jetzt, wenn ein anderer Vampir dich nehmen würde, würde es den Vorgang zerstören."

„Weil ich an einen anderen Herren gebunden werden würde?"

„Nein, du wärst nur ruiniert." Er kniff mir in die Brustwarze und massierte den Schmerz dann mit seinen geschickten Fingern wieder weg. Ich hielt ein Stöhnen zurück, während ich versuchte, alles zu verarbeiten, was er gerade gesagt hatte, aber das war nicht leicht, so wie seine Hand meine empfindliche Haut brandmarkte.

„Also." Ich räusperte mich, meine Aufmerksamkeit wechselte zwischen Erregung und Informationsverarbeitung hin und her. „Ähm, gilt die Zeremonie nur für Blutjungfrauen?"

„Nicht Blutjungfrauen, sonder Jungfrauen im Allgemeinen. Und der Mensch muss in jeder Hinsicht unberührt bleiben. Was bedeutet, dass wenn du vor mir von einem anderen meiner Art getrunken hättest oder entjungfert worden wärst, wären wir nicht in der Lage gewesen, die Zeremonie einzuleiten. Auch wenn das Teilen deines Blutes das Ritual nicht stört, genauso wie sexuelle Handlungen ohne Penetration, kann alles, was mit dem Bund zusammen hängt – Sex und Vampirblut – alles zerstören, was wir uns aufgebaut haben."

Seine Hand ließ von meiner Brust ab, um meine Strickjacke anzuheben, sein Blick fiel auf den von ihm bearbeiteten Nippel. Ich machte mir nicht die Mühe, ihn darauf hinzuweisen, dass er gerade noch verlangt hat, dass ich meine Klamotten anbehielt, nicht bei dem beruhigenden Luftzug, der über meine Haut huschte. Er lehnte sich nach vorne, um an meiner Brust zu knabbern, seine Bartstoppeln kitzelten auf meiner Haut.

„Von dem Augenblick in dem du meine Essenz getrunken hast, Juliet, wurdest du für immer an mich gebunden und an niemand anderen."

„Außer jemand anderes nimmt mich vor dir", hauchte

ich und bezog mich dabei auf seinen vorherigen Kommentar über die Möglichkeiten, wie jemand unseren Verbindungsprozess beeinträchtigen könnte. Das schien ein gutes Argument für ihn zu sein, mich lieber früher als später zu nehmen.

Darius hielt meine pralle Knospe zwischen seinen Zähnen gefangen und biss zu. Hart. Sein Name verließ meine Lippen, als Tränen hinter meinen Augen funkelten. In diesem Vampirkuss gab es keinen Genuss, nur ein grobes Saugen meiner Essenz und die Markierung meines Fleisches. Meine Nägel gruben sich in seinen Pullover, als ich den Schrei unterdrückte, der sich in meinem Hals anbahnte.

Eine Welle der Euphorie erschütterte meinen Körper, meine Haut dehnte sich bis es wehtat.

Oh, Göttin, was versucht er mit mir zu tun? Meine Oberschenkel klammerten sich an ihn, als eine weitere Welle der Leidenschaft durch meinen Blutkreislauf pulsierte.

„Darius", hauchte ich und griff nach seinen Schultern. Die Kraft seiner Erektion gegen meinen zarten Kern ließ Flammen über meine Haut tanzen. Ich wand mich in seinem Schoß, brauchte mehr Reibung, mehr von irgendetwas. Mehr von *ihm*.

„Niemand sonst wird dich nehmen, Juliet", versprach er dunkel gegen meine verwundete Haut, sein Griff um meinen Hals wurde fester. „Niemals."

Ich keuchte gegen ihn, mein Herz raste. „Aber du hast dem Regenten gesagt –"

„Genug", knurrte er und hob seinen Kopf, um meinem Blick zu begegnen. „Ich habe vor Sebastian angedeutet, dass du erfahrener sein wirst, damit er annimmt, ich hätte vor dich in Zukunft offener zu teilen. Das war sein Fehler, weil ich kein Interesse daran habe, jemals jemand anderem zu erlauben dich anzufassen, geschweige denn sich von dir zu ernähren. Jeder, der das ohne meine Erlaubnis versucht, wird sterben. Hast du das verstanden?"

Die Vehemenz in seiner Stimme schickte einen Ruck durch mein Herz, der den Rhythmus entgleisen ließ. „J-ja, Sire. Ich verstehe."

Er seufzte und zog mich näher zu sich, seine Lippen trafen auf meine Stirn, als er seine Arme um mich legte. „Juliet, die Zeremonie verbindet uns bis ich sterbe oder jemand anderes deinen Körper beansprucht." Er machte eine Pause und ließ die Information zwischen uns sinken.

„Was bedeutet, nur du kannst mit mir schlafen", sagte ich langsam, übersetze seine Worte. „Jetzt und auf Ewig, oder unsere Verbindung zerbricht."

„Ja, was dich wieder sterblich machen würde wodurch du normal altern würdest." Er drückte seinen Mund an meine Haare und seufzte. „Deshalb sind *Erositas* bei meiner Art so begehrt. Sie sind buchstäblich eine verbotene Frucht. Es braucht nur eine intime Berührung, um den ewigen Bund zerspringen zu lassen. Warum sollte ich etwas so wertvolles für Sebastians Vergnügen aufs Spiel setzen?"

Ich lehnte mich gegen ihn. „Aber, aber du hast mir gesagt, dass das Teilen eine Voraussetzung ist, um an deiner Seite zu sein. Das war der Grund für den Test mit Master Ivan und Master Trevor."

„Ja, von Erositas – vor allem von denjenigen mit so wertvollem Blut wie dem deinen – wird unter der aktuellen politischen Struktur erwartet, dass sie einen Teil ihres Lebens mit den Gästen teilen. Das ist ein Weg, die Beziehung klein zu machen, den Menschen daran zu erinnern, wer am längeren Hebel sitzt, und es dient auch als Bestrafung für die Vampire, die sich für diese Zeremonie entscheiden."

„Eine Bestrafung?" Er lockerte seinen Griff, erlaubte mir mich zurückzulehnen. „Warum?"

„In der Welt, in der wir leben, geht es nur um Macht und Kontrolle, Juliet. Einen Vampir dazu zu zwingen, seinen Partner zu teilen, ist die ultimative Form von Dominanz." Er fuhr mit seinem Daumen über die Wunde auf meiner Brust und hob das Blut an seine Lippen, während er meinem Blick standhielt.

„Ist es das, was ich bin? Dein Partner?" Ich schaffte es nicht, das Staunen in meiner Stimme zu verstecken. Die ganze Zeit dachte ich, die Zeremonie wäre lediglich ein Weg, mich als einen Blutsklaven permanent an ihn zu binden, den er bis in alle Ewigkeit teilte und mit dem er Spaß hatte. Es gewährte mir Schutz ohne Freiheit. Nicht, dass es mir etwas ausgemacht hätte, denn mein Zweck war es, zu dienen.

Bis Darius mir die Idee einer Wahl nahegebracht hatte.

Seine Pupillen weiteten sich, als er sich eine eigene Wunde zufügte und seine heilende Essenz auf meinem Nippel aufbrachte. Meine Haut brummte vor Elektrizität, heilte direkt unter seiner Berührung.

„Ja, und du wirst in jeder Hinsicht mein sein", sagte er sanft.

„Und du wirst mein sein?" Die Worte sprudelten aus mir heraus, bevor ich sie aufhalten konnte, und sie schienen ihn zu amüsieren.

„Verlangst du Exklusivität, Liebste?"

„Ich – ich weiß nicht", antwortete ich wahrheitsgemäß. „Du hast gesagt, ich kann nicht mit einem anderen Wesen intim sein oder unsere Verbindung zerbricht. Was passiert, wenn du mit jemand anderem das Bett teilst?"

„Die Zeremonie bindet dich an mich, nicht umgekehrt. Ich könnte mehrere Blutjungfrauen nehmen, wenn ich wollte, ohne unsere Verbindung zu gefährden."

Ich runzelte die Stirn. Darius konnte andere Liebhaberinnen haben, während ich treu bleiben musste. Das bedeutete, ich musste nur mit ihm schlafen – ein Vorteil – aber mir gefiel der Gedanke nicht, dass Darius eine andere befriedigen könnte. In meinem Magen bildete sich ein Knoten, als mir bewusste wurde, dass Darius bereits andere Liebhaberinnen genommen haben könnte, während er die Zeremonie mit mir durchführte.

Er hatte mein Blut seit mehreren Tagen nicht getrunken, abgesehen von ein paar kleinen Schlückchen. Auch das Bett hatte er nie zwei Nächte hintereinander mit mir geteilt. Hatte er sich einer anderen hingegeben? Oder gleich mehreren? Hatte Darius sich so davon abgehalten, mich zu entjungfern, indem er sich seine Befriedigung woanders geholt hatte?

„Das ist unfair", platze es aus mir heraus, mein Herz hämmerte schmerzhaft in meiner Brust. Ich wollte Darius nicht teilen. Genauso wenig wollte ich, dass er mich teilt. Es fühlte sich falsch an. Grausam. Ungerecht.

Er gehört mir.

„So ist die Natur, Liebling." Er brachte meine Strickjacke wieder in Position, seine Hände fielen mit einem zarten Drücken auf meine Hüfte. „Jetzt musst du dich anschnallen. Wir werden gleich landen."

24

JULIET

DARIUS FÜHRTE mich die Stufen seines Privatjets hinunter zu einem schwarzen Auto, das auf uns wartete. Er tauschte ein paar schnelle Worte mit dem Fahrer aus, schüttelte seine Hand und half mir hinten einzusteigen, wo er sich neben mich setzte.

Lichter, wie ich sie noch nie gesehen hatte, leiteten unseren Weg zu einer Ansammlung von Wolkenkratzern, die in der Ferne auf uns zu warten schienen. So anders als Darius' isoliertes Anwesen und die nackten Wände des Coventus.

Er griff nach meiner Hand, als das Auto den Flughafen hinter sich ließ und auf eine Art Barrikade in der Mitte der ansonsten leeren Straße zufuhr. Ich blickte aus dem Fenster und studierte das seltsame Objekt.

Nein, keine Barrikade. Eine Reihe von schwarz gekleideten Soldaten, die Waffen hielten. *Genau wie die im Coventus.*

Ich erstarrte. *Sie sind hier, um mich zurück zu bringen, ins –*

„Das ist die Grenzkontrolle", murmelte Darius, drückte

meine Hand und zog mich näher zu sich. „Ihr Job ist es, alle innerhalb der Stadtgrenzen zu behalten."

Wir wurden langsamer, krochen nur noch, und hielten schließlich ganz an, als die uniformierten Männer das Auto umstellten. Darius ließ mit gelangweiltem Ausdruck das Fenster herunter. „Guten Abend, Gentlemen."

„Sire", antwortete eine tiefe Stimme.

Er ist menschlich, realisierte ich sofort. *Aber wie?*

Seine tiefblauen Augen trafen kurz auf meine, bevor er runter auf das Klemmbrett in seinen Händen blickte. „Wie lange besuchen Sie uns?", fragte er.

„So lange wie ich will", antwortete er, Autorität unterstrich seine Stimme. „Ich besitze hier mehrere Immobilien."

Der Mann blätterte durch seine Dokumente und nickte. „Richtig. Ja. Natürlich." Er hob seine Hand, winkte jemandem zu. Die Soldaten, die das Auto umstellten, wichen augenblicklich zurück. „Ich wünsche Ihnen einen schönen Abend, Sire. Bitte entschuldigen Sie diese Unannehmlichkeiten."

Darius antwortete nicht, rollte lediglich das Fenster wieder hoch und entspannte sich, als das Auto weiter fuhr.

„Menschliche Wachen", flüsterte ich und blickte ihnen über meine Schulter nach. Da waren mindestens fünfzig, vielleicht sogar mehr.

„Ja, das ist eine begehrte Position unter deiner Art, wegen der Vorzüge."

„Vorzüge?", wiederholte ich und dreht mich wieder nach vorne.

„Ja. Sex, anständiges Essen, vernünftige Lebensbedingungen. Die Vigil, so werden sie genannt, erhalten diese Luxusgüter als Gegenleistung für ihre Dienste an den Grenzen, wo ihre Hauptaufgabe darin besteht, aufzupassen, dass niemand entkommt." In seinen grünen Augen tanzten Flammen, als er meinen Blick traf. „Du wirst sie in der ganzen Stadt sehen. Sie halten Recht und Ordnung aufrecht und dürfen nach vernünftigem Ermessen Strafen verhängen."

„Menschen", sagte ich erstaunt, „arbeiten für die Vampire?" Ich dachte die meisten würden versklavt werden oder in verschiedene Lager geschickt. Diese Soldaten liefen frei herum. Mit Waffen.

„Die Vigil dienen auch den Lykanern. Wie gesagt, es ist eine begehrte Stellung. Nicht viele werden dafür auserwählt, der Konkurrenzkampf ist groß." Er führte meine Hand zu seinen Lippen und küsste mein Handgelenk. „Sie zwingen die Massen für eine begehrte Position in der Gesellschaft zu kämpfen, damit sie sich nicht zusammenschließen und rebellieren. Das ist ein Steuerungsmechanismus wie er im Lehrbuch steht und wird einwandfrei ausgeführt. Im Grunde regulieren die Menschen sich selbst, ohne dass sich ein höheres Wesen irgendwie anstrengen müsste."

Ich öffnete meinen Mund, schloss ihn, dann öffnete ich ihn erneut. Aber ich hatte nichts. Keine Worte. Nicht einmal eine Frage.

Er lächelte traurig, strich seine Lippen über meine und verweilte dort. „Das Coventus hat dir alles über die politischen Angelegenheiten der Vampire beigebracht, aber nichts über den Bluttag oder die Splittergruppen. Und wahrscheinlich nur sehr wenig über die Lykaner." Ein weiterer Kuss, diesmal länger, seine Zunge drang in mich ein, um meine zu treffen. „Mmm, das wird sich ändern, Liebste. Ich möchte, dass du dir dessen bewusst bist und belesen, nicht beschützt und fügsam."

Sein Mund nahm meinen ein und brachte jede Antwort, die ich hätte äußern können, zum Schweigen. Nicht, dass ich eine gehabt hätte. Mein Verstand schwankte noch immer bei dem Versuch, die Vigil zu verstehen. *Menschen überwachen Menschen. Kämpfen um Positionen. Regulieren sich selbst.*

Darius griff mich bei der Hüfte und zog mich auf seinen Schoß, zwang mich, mich auf ihn zu setzen, wie ich es im Jet getan hatte. Ein Surren erklang hinter mir – ein Sichtschutz, der hochgefahren wurde? – als meine Strickjacke mir über den Kopf gezogen wurde und neben uns landete.

„Ich muss mich nähren", murmelte Darius, seine Lippen legten sich auf meinen Hals. „Ich wollte es eigentlich im Flugzeug machen, aber jetzt ist es passender." Er knabberte an meinem Schlüsselbein und atmete tief ein. „Berühr mich."

Ich gehorchte umgehend und legte meine Hände auf seine Schultern.

„Tiefer, Juliet."

„Ja, Sire." Ich fuhr mit meinen Fingern über seinen Pullover bis zu der Beule, die in seiner Hose größer wurde.

Er sammelte meine Haare in einer seiner Hände und zog sie nach hinten, bis meine Kehle entblößt war. „Mach meine Hose auf", flüsterte er, seine Lippen an meinem Puls. „Nimm meinen Schwanz." Bei dem letzten Wort durchdrangen seine Fangzähne meine Haut. Hart. Scharf. Schnell.

Meine Augen drohten sich zu schließen, als ich seinen Gürtel lockerte, den Knopf öffnete und den Reißverschluss herunterzog. Seine Erregung – ganz heiß, weich und männlich – traf begierig pochend auf meine Handfläche. Ich ließ meinen Griff so über ihn gleiten, wie ich wusste, dass er es sich wünschte, und er belohnte mich, indem er meinen Brüsten Aufmerksamkeit schenkte.

„Darius", stöhnte ich, die Ekstase aus seinem Biss schlängelte sich abwärts zu dem empfindlichen Bereich zwischen meinen Beinen. Er verlagerte meinen Körper auf seinen Schoß, weg von seiner Mitte, bis mein Kern auf seinen starken Oberschenkel traf. Mein Kopf fiel mit einem Seufzer nach vorne, aber er nutze seinen Griff in meinem Haar, um mich wieder nach oben zu ziehen und meine Kehle seinem gefräßigen Mund auszusetzen.

Ich erhöhte meinen Rhythmus, bewegte meine Hand so über seinen Schaft, wie es mein Unterkörper gerne getan hätte. Wenn die Hosen nicht gewesen wären, wäre ich in Versuchung geraten, das Zentrum meiner Erektion gegen seine zu drücken.

Oh, Göttin, ja…

Ich wollte ihn in mir spüren.

Um unsere Bindung zu versiegeln. Mich in jeder Hinsicht zu der seinen zu machen. Ihn als den meinen zu beanspruchen.

Nur, dass er das nicht wäre. Nicht wirklich.

Eine Lüge, flüsterte meine Seele, *er gehört mir.*

Elektrizität kitzelte über meine Haut, seine Essenz vermischte sich mit meiner, während er trank. Ich gab mich ihm voll und ganz hin. Vertraute ihm, dass er wusste, wann er aufhören musste. Aalte mich an der Ekstase, die sein Mund hervorrief. Fuhr mit meiner Hand rauf und runter und stellte mir vor, er würde die gleichen Bewegungen in mir machen.

Ich drückte meinen schmerzenden Kern unwillkürlich gegen sein Bein, sehnte mich nach Reibung. Ich brauchte mehr. Ich brauchte *ihn.*

Die Hand an meiner Hüfte rutschte tiefer, sein Daumen fand zielsicher den besonderen Punkt unter dem Stoff meiner Jeans. Ein einziger fachkundiger Druck ließ mich über den Rand meiner Existenz fliegen, mein Schrei war frei von jeglicher Last, als sein Name schubweise über meine Lippen rollte.

Es war immer so – explosiv.

Intensiv.

Überwältigend.

Wahnsinnig.

Mein Körper zitterte, meine Glieder verweigerten ihren Dienst, meine Hand griff viel zu fest zu. Er stöhnte gegen meinen Hals und seine Fänge zogen sich aus meiner Haut zurück. Eine weitere Schockwelle traf mich, schickte mich noch weiter die Spirale hinunter. Ein zweiter Orgasmus? Oder ging der erste noch weiter? Oh, ich wusste es nicht, es war mir auch egal, denn ich verlor mich ganz in diesen Empfindungen. Heiß und kalt, Licht und Dunkelheit, Lärm und Stille.

Ich bemerkte kaum, wie Darius mich auf meine Knie drückte, sein Schwanz meinen Mund fand und tief in ihm verschwand. Schlucken war meine einzige Option. Jeder salzige, warme Tropfen lief meinen Hals hinunter. Meine eigene Euphorie ließ mich immer noch erzittern, als meine Lungen bereits von dem Bedürfnis nach Luft brannten.

„Die verdammte Perfektion", lobte mich Darius, seine Finger fuhren durch mein Haar. Ich traf seinen Blick, hindurch durch die schwarzen Punkte, die in meinem Blickfeld tanzten. „Hmm, so du siehst so umwerfend aus, Juliet – wartest so geduldig darauf, dass ich dir wieder erlaube zu atmen." Er strich mir mit seinen Knöcheln über die Wangen, fing die Tränen auf, die ich unwissentlich vergossen hatte, und führte sie an seine Lippen. Er leckte sie langsam ab, zog den Augenblick in die Länge, während mein Blick von einem Dunst schwarzen Nebels bedeckt wurde.

Meine Augen öffneten und schlossen sich mehrere Male, klärten meinen nebligen Blick und enthüllten eine Skyline, die mit funkelnden Lichtern übersät war. Ich blinzelte nochmal. Und nochmal. Aber die raumhohen Fenster zeigten immer noch eine unruhige Nacht voller Aktivitäten.

„Darius?", flüsterte ich.

Keine Antwort.

Ich rollte mich auf den Rücken – die Matratze unter mir verschmolz mit meinem Körper – und nahm die hohen Decken in mir auf. Über mir drehte sich ein Ventilator, der nur wenig dabei half, meine klamme Haut abzukühlen. Die Strickjacke und meine Jeans halfen auch nicht weiter.

Warum hatte Darius mich wieder angezogen? Nein, besser noch, warum hatte er mich hier gelassen?

Ich streckte meine Arme und Beine und glitt aus der fluffigen weißen Bettdecke. Die silbernen und schwarzen Verzierungen im Raum wirkten sehr maskulin und sauber, aber es fehlte der vertraute Geruch, nach dem ich mich sehnte.

Links von mir war ein Badezimmer mit Marmormöbeln und einer riesigen Dusche, daneben eine geschlossene Tür. Ich drückte langsam die Klinke hinunter und fand einen hell erleuchteten Flur vor.

Stimmen drangen an meine Ohren – eine Frau.

Gefolgt von einem tiefen Lachen, das mir den Magen umdrehte.

Darius.

Mit einer anderen Frau?

Ich ging los, bevor ich mich selbst davon abhalten konnte und fand ihn in der Mitte eines überdimensionalen Wohnzimmers, seine Arme waren über die Rückenlehne einer Couch ausgebreitet. Eine umwerfende Blondine saß in einem Stuhl neben ihm, ihre Beine waren überschlagen und zeigten in Darius' Richtung, ihre Lippen waren zu einem charmanten Lächeln geformt. Ihre hellblauen Augen trafen auf meine und weiteten sich für den Bruchteil einer Sekunde, als wäre sie schockiert mich zu sehen.

Das Gefühl beruhte auf Gegenseitigkeit. Umso mehr, wenn man bedachte, dass ich Darius erst direkt vor unserer Ankunft hier befriedigt hatte. Er brauchte keine andere und ich teilte nicht. Wenn er mehr Blut brauchte, könnte er meins haben. Und meinen Körper. Und meinen Mund.

Er blickte auf, als ich mich näherte, der Knöchel, der auf seinem Knie ruhte, bewegte sich gerade noch rechtzeitig zum Boden, bevor ich mich auf seinen Schoß setzte.

Meins.

Ich stellte sicher, dass mein Gesichtsausdruck das vermittelte, als ich dem Blick der Blondine standhielt. Ihre Antwort war ein weiteres dieser klingelnden Lachen.

Darius' Arme legten sich mit leichtem Griff um meine Hüfte. „Was ist mit dem Verbeugen für unsere Gäste passiert?", fragte er leise.

Meine Wirbelsäule erstarrte. *Verbeugen. Gäste. Formalitäten.* Wir waren inmitten von Lilith City und ich hatte soeben die wichtigsten Regeln ignoriert. Offensichtlich bestand mein Todeswunsch von letzter

Nacht noch immer, weil ich für diese Art des Verhaltens getötet werden würde.

Ich musste mich entschuldigen. Kriechen. Ich… ich… Oh, Göttin, ich hatte keine Ahnung, was ich tun konnte, um das wieder gut zu machen. Darius forderte keine Formalitäten, aber das alles änderte sich, sobald ein Gast da war.

Ich versuchte, mich zu bewegen, auf den Boden zu fallen, aber er hielt mich fest, seine Arme waren wie dicke Fesseln aus puren Muskeln. Tränen traten mir in die Augen. „Sire, ich – ich –"

„Oh, hör auf das arme Mädchen zu quälen, Darius", sagte die Blondine mit einem strafenden Tonfall. „Du weißt, dass ich diesen ganzen unterwürfigen Mist hasse."

Er kicherte, seine Lippen fuhren über meinen Hals. „Juliet, das ist Mira", er knabberte an meinem Puls. „Eine alte Freundin."

Meine Nasenflügel blähten sich auf. Eine alte Freundin, wie in eine ehemalige Geliebte? Oder jemand, mit der er immer noch gerne intim wurde?

Ein weiteres von diesen viel zu fröhlichen Kichern kam von der Blonden. „Sie erinnert mich an Izzy", ihre Augen funkelten, als sie meinen Blick traf. „So besitzergreifend."

Ich grub meine Nägel in Darius' Arm, ganz und gar nicht erfreut über diese Frau und ihre Heiterkeit. Aber der Mann unter mir schien sehr amüsiert, als er erneut kicherte. „Das ist eine recht neue Entwicklung, Mira. Ich glaube, es gefällt mir."

„Lügner. Wir wissen beide, dass du es liebst", antwortete sie und lächelte nachsichtig, bevor sie sich wieder auf mich konzentrierte. „Du kannst deine Krallen wieder einfahren, Liebling. Ich bin an deinem zukünftigen Partner nicht interessiert. Ich habe bereits selbst einen."

Ich gaffte sie an. „Du bist eine *Erosita*?"

Sie lachte so stark, dass Tränen in ihren Augen aufblitzten. Anscheinend fand diese Frau alles in dieser Welt unfassbar lustig.

Vielleicht ist sie nicht ganz richtig im Kopf?

„Mira ist eine Lykanerin", sagte Darius, seine Lippen streiften mein Ohr. „Sie ist mit dem Alpha ihres Rudels zusammen."

„Eine Lykanerin", ich blinzelte. „Oh." Ich hatte nie zuvor eine getroffen, hatte immer angenommen, sie wären animalischer als Menschen. Aber mit ihrem cremefarbenen Kleid, den zerzausten Locken und der perfekten Maniküre wirkte sie recht menschlich. „Schön, dich kennen zu lernen", fügte ich peinlich berührt hinzu.

„Ganz meinerseits", antwortete sie und ihr Blick richtete sich wieder auf Darius. „Jetzt, da sie wach ist, solltet ihr euch fertig machen."

„In der Tat." Darius ließ seine Hände über meine Hüfte gleiten und drückte leicht zu. „Aber zuerst muss Juliet von mir ablassen."

„Ich glaube, sie hat dich für sich beansprucht", murmelte Mira, wieder funkelten ihre Augen.

„Es scheint so", antwortete er, seine Hände schoben mich langsam von seinem Schoß.

Ich rutschte auf meine Füße und drehte mich um, während Darius aufstand. Meine Lippen teilten sich, ohne einen Laut von sich zu geben. Was wollte ich sagen?

Er legte seine Hand auf meinen Nacken und zog mich für einen Kuss zu sich, was meinen Gedankengang ins Wanken brachte. Nicht, dass er sehr vielversprechend gewesen wäre. Ich erkannte mich selbst kaum wieder.

Sie hat dich beansprucht.

Ja. Ja, hatte ich. Was falsch war. Menschen hatten nicht das Recht auf einen Besitz und dennoch wollte ich, dass Darius ganz mein war. Das zeigte ich ihm mit meinem

Mund, kämpfte mit seiner Zunge um Dominanz und Anspruch, und fühlte sein Grinsen gegen meine Lippen.

„Du machst mich so stolz, Juliet", flüsterte er, während sein Daumen meinen Puls streichelte. „Aber für das Abendessen brauche ich dein bestes Benehmen. Meine Anwesenheit erregt immer viel Aufmerksamkeit und das Gerücht, dass ich ein Kandidat für den Herrscher der Region von Jace bin, wird die Aufregung um meine Anwesenheit heute Abend nur noch verstärken. Es ist unbedingt notwendig, dass ich als jemand angesehen werde, der unsere momentanen Angelegenheiten akzeptiert, was beinhalten wird, dass ich Sachen sagen oder tun werde, die dir nicht gefallen."

Mira schnaubte. „Vergiss nicht die Unterhaltung durch lebendiges Essen und die geschmackvoll dekorierten Bedienungen."

Er ignorierte sie und konzentrierte sich auf mich. „Ich brauche dich, um den Part der unterwürfigen Blutjungfrau zu spielen, oder es wird Fragen geben. Und diejenigen, die heute Nacht mit uns dinieren, möchtest du nicht verärgern. Hast du das verstanden?"

Er zeichnete weiter Muster auf meinem Hals nach, was mich nur leicht von seiner Forderung ablenkte. „Ein weiteres Dinner."

Darius lächelte. „Ja."

„Und du möchtest, dass ich den Formalitäten folge, die mir von meiner Oberin beigebracht wurden."

„Ja", wiederholte er.

„So wie das Verbeugen."

„Leider, ja."

Mich an meine Ausbildung und die von meiner Oberin aufgestellten Regeln zu halten. Wieso fühlte sich das plötzlich wie eine unmögliche Aufgabe an?

Weil du es jetzt besser weißt. Aber bestimmt konnte ich

mich für ein Abendessen an die Regeln halten. Es sei denn... „Wird dort geteilt?"

„Nein", eine klare Antwort. „Du wirst schweigen, es sei denn, jemand spricht dich an, Augen nach unten gerichtet, ein Bild der Unterwürfigkeit, und du wirst mich mit Sire ansprechen, nicht mit Darius. Aber ganz bestimmt kein Teilen." Sein Griff wurde fester, sein Mund strich über meinen. „Die einzige erlaubte Verkostung wird durch meine Lippen auf deiner Haut erfolgen, Juliet. Wenn ich einen Drink fordere, gehorchst du. Wenn jemand anderes danach fragt, kümmere ich mich darum. Verstanden?"

Ich schluckte. Kein Teilen. Das könnte ich akzeptieren. Die Unterwürfigkeit kam automatisch. Nicht reden zu müssen, wäre ein Segen. Ich würde beobachten, sonst nichts weiter. „Wird so unsere Zukunft aussehen?", fragte ich leise. „Veranstaltungen, die mein Schweigen und meine Unterwürfigkeit erfordern?"

„Sobald ich zum Herrscher ernannt wurde, ja. Das wird ein normaler Ausflug werden, wenn wir für politische Angelegenheiten in Lilith City sind." Er klemmte mir mein Haar hinters Ohr und legte seine Hand auf meine Wange. „Wir dinieren heute Nacht mit einigen einflussreichen Vampiren. Sie sind mächtig, sie sind gemein und sie glauben, dass ich auf ihrer Seite stehe."

„Mit einer Ausnahme, die –"

„Nicht relevant ist", unterbrach er und brachte Mira so zum Schweigen. „Juliet, die Gerüchte über meinen Kauf haben sich verbreitet und es ist wichtig, dass wir als ein richtiges Master-Blutjungfrauen-Paar angesehen werden. Wenn irgendjemand etwas anderes vermutet, wird es Bestrafungen geben, so wie die, die ich bei unserer Anreise erwähnt habe."

„Teilen", flüsterte ich.

Er nickte. „Ich möchte dich nicht teilen, aber sie

müssen denken, dass es mir nichts ausmacht. Das vermindert das Vergnügen." Er küsste meine Stirn und seufzte. „Betrachte es als eine Einführung in die Rolle, die wir spielen müssen. Ich brauche dich als die perfekte Unterwürfige, die das Coventus aus dir gemacht hat. In Ordnung, Liebste? Kannst du das für mich tun?"

Eine Frage, kein Befehl. Obwohl wir beide wussten, dass ich keine Wahl hatte. Ich konnte ihm das nicht verweigern, nicht, wenn es der einzige Zweck für meine Existenz war.

Es wäre viel einfacher für ihn, mich zur Unterwürfigkeit zu zwingen, aber Darius wünschte sich meine Zustimmung. Genauso wie ich mich nach einer Möglichkeit sehnte, ihm zu gefallen. Bei dem Gedanken ihn glücklich zu machen, breitete sich Wärme in meiner Brust aus. Zu hören, wie er mich lobte, so wie er es vor wenigen Augenblicken getan hatte, war wie ein Geschenk.

Du machst mich so stolz, Juliet.

Energie kitzelte auf meiner Haut, seine Worte wiederholten sich in meinem Kopf. Ich musste ihn dazu bringen, diese Worte noch einmal zu sagen, hoffentlich heute Nacht.

„Okay", stimmte ich zu und mein Herz ging auf. „Ich werde diejenige sein, die du an deiner Seite haben musst. In der Öffentlichkeit."

Er küsste mich zärtlich. „Süße Juliet, mein perfektes Gift." Ein weiterer Kuss, dieses Mal länger, unterstrichen von seiner Zunge. Ich jagte die Euphorie, die von seinem Mund ausging und kämpfte gegen den Drang an, zu knurren, als Mira sich räusperte.

Darius seufzte. „Da ist ein Kleid für dich in dem Schrank neben meinem Anzug", er knabberte an meiner Unterlippe. „Ich helfe dir, dich umzuziehen."

„Hast du Angst, dass sie dich später hasst?", fragte Mira mit einem hämischen Grinsen.

„Wir wissen beide, dass sie das tun wird", antwortete er. Die Worte, die folgten, waren in einer Sprache, die ich nicht verstand, aber sie hinterließen einen Hauch von Traurigkeit in seinen Augen. „Erinner dich einfach daran, dass das alles eine Scharade ist, Juliet. Bitte."

25

JULIET

DER TOD STARRTE mich von der anderen Seite des Esstisches in Form von zwei glasigen Augen an. Mit ihren blauen Lippen, die sich leicht kräuselten, wirkte sie fast friedlich, als wäre sie in ein Geheimnis eingeweiht worden, das der Rest der Welt noch nicht kannte.

Die andere nackte Frau war noch nicht tot. Ihr leises Wimmern verhöhnte meine Ohren, während ich mich dazu zwang, noch einen Bissen von meiner Pasta zu schlucken. Die Tomatensoße verbarg die Blutspritzer, die von dem gefräßigen Vampir zu meiner Linken in meinem Essen gelandet waren, aber ihre Tarnung hielt mich nicht davon ab, die rostige Essenz zu schmecken.

„Ein bisschen würzig für eine B-Positive", sagte der Vampir mir gegenüber, als er seinen Kopf zwischen den Schenkeln der sterbenden Brünetten hervorhob. „Aber nicht schlecht."

Darius zuckte mit den Achseln. „Meine Geschmacksnerven wurden in letzter Zeit zu sehr verwöhnt für einen Vergleich." Seine Hand lag in meinem

Nacken, sein Daumen streichelte besitzergreifend über meinen Puls.

Ich nahm einen weiteren Bissen und ignorierte die Galle, die in meinem Magen rumorte.

Eine Scharade, hatte Darius es genannt.

Sieht für mich ziemlich real aus, dachte ich, als die Frau ihren letzten Atemzug tat. Er stotterte mit einer Endgültigkeit durch die Luft, gefolgt von einem Seufzen eines rothaarigen weiblichen Vampirs. *Veronika,* hatte Darius sie genannt.

Ihren Namen hatte ich nicht wiedererkannt, aber ich schloss aus ihrer Statur, dass sie alt und mächtig war. Allerdings war Darius das Mitglied mit dem höchsten Rang an diesem Tisch. Das zeigte sich durch seine offene Freimütigkeit und die Art, wie er die Bediensteten behandelte, während die anderen ihn beobachteten.

Er hob seine Hand ohne meinen Hals zu streifen und signalisierte den Bedienungen des Restaurants etwas. Wahrscheinlich war das seine Art, um Bescheid zu geben, dass ihr Abendessen tot war.

Ich unterdrückte ein Zittern. Sie töteten so einfach und ohne einen Hauch von Reue. Selbst Darius hatte von dieser Frau getrunken, als würde sie nichts bedeuten.

Ein Trio von Menschen, die mit nichts anderem als Piercings bekleidet waren, erschienen, um sich um die Leichen zu kümmern. Sie bewegten sich geräuschlos, während die Vampire sie mit räuberischem Glanz in den Augen anstarrten.

Ich zwang eine weitere Gabel voll Nudeln meine Kehle hinunter. Es schmeckte bitter und falsch, aber ich hatte keine Wahl oder würde so enden wie die Frauen auf dem Tisch. In diesem Raum waren noch mehrere andere, die alle auf die gleiche Art und Weise verschlungen wurden. Die meisten von ihnen waren dabei ganz still, aber ich weigerte mich, die nächste zu sein.

Heb. Die. Gabel. Hoch.

Der Vampir neben mir – Brent – fing an, mit den Ketten zu spielen, die von den Brüsten einer Bedienung hingen.

Ignoriere ihn. Schluck dein Essen herunter.

„So hübsch", sagte er nachdenklich und riss dann heftig an ihnen. Das Metall riss von ihrer Haut und ließ sie zusammenzucken, sie gab aber keinen Laut von sich. Blut floss aus der Wunde, wovon etwas auf meinem Teller landete.

Ich hätte beinahe die Gabel fallen lassen, aber Darius' Griff unter meinem Haar wurde fester, seine Hand hielt mich im Hier und Jetzt.

Übergib dich jetzt bloß nicht, sagte ich zu mir selbst, atmete tief durch die Nase ein und durch den Mund wieder aus. *Das macht es nur noch schlimmer.*

Die Frau schrie auf, als Brent sie auf seinen Schoß zerrte und seinen Mund über der Wunde schloss. Niemand sprang auf, um ihn zu stoppen, nicht einmal die anderen Bedienungen. Sie säuberten weiter den Tisch, als ob nichts Ungewöhnliches passiert wäre.

Weil das jeden Tag passiert.

Überall.

Verhalte dich normal. Darius' Stimme in meinem Kopf erhitzte mein Blut. Ob es wirklich er war oder nur meine Einbildung, wusste ich nicht. Interessierte mich nicht. Ich klammerte mich an unsere Verbindung, ertrank in ihrer Macht und horchte nach neuen Anweisungen. *Leg deine Gabel ab.*

Das tat ich.

Gut, Liebling.

Die Frau wimmerte, als Brent sie auf den Tisch legte

und ihr Körper die beiden ersetzte, die von den anderen Bedienungen bereits entfernt wurden.

Juliet, gib vor, mit dem Essen fertig zu sein. Wisch dir den Mund mit der Servierte ab. Sag nichts.

Ein Schauer lief mir über den Rücken, aber irgendwie kam ich dennoch seiner Aufforderung nach. Ich tupfte mir die Lippen ab, faltete den Stoff ordentlich auf meinem Teller, die Augen immer noch abgewandt, während der Atem des Menschen immer flacher wurde.

Alle nährten sich von ihr, bis auf Darius. Er konzentrierte sich auf mich, sein Daumen strich über meinen Hals.

„Darius", sagte eine dunkle Stimme direkt hinter mir.

Die Hand auf meinem Hals verschwand, als Darius aufstand. „Nun, das ist eine Überraschung."

„Ich habe das Gleiche in letzter Zeit auch oft über dich gesagt", antwortete der Neuankömmling, in seiner Stimme schwang Belustigung mit. „Als Sebastian erwähnt hat, dass du Interesse daran hast, mein neuer Herrscher zu werden, dachte ich, er hätte sich vertan. Und dennoch bist du hier mit deiner köstlichen neuen Blutjungfrau. Faszinierend."

Eisige Tröpfchen schienen meine Venen einzufrieren, schickten Krämpfe durch mein Herz.

Mein neuer Herrscher.

Jemand königliches stand hinter mir. Jace, sagte mir mein Gedächtnis auf der Grundlage meines Wissens über die siebzehn Hoheitsgebiete. Sebastian residierte in seinem Gebiet, was bedeutet, dass die von Darius angestrebte herrschende Position auch unter Jace stand.

„Was dagegen, wenn ich mich zu euch geselle?", fragte der königliche Vampir.

„Bitte", antwortete Darius, sein Auftreten wirkte unbeeindruckt. Der Rest des Tisches war bei Jace' Ankunft ganz still geworden und hat von dem Menschen auf dem Tisch abgelassen. Sie atmete kaum noch, lebte aber.

Finger liefen über meinen Arm. „Steh auf." Der Befehl kam nicht von meinem Herren, sondern von dem königlichen Vampir.

Ich konnte zu keinem von ihnen nein sagen, vor allem nicht zu ihm. Ich tat wie befohlen und fiel in eine Verbeugung, als Zeichen von Respekt berührte mein Kopf den Boden.

Sein Kichern darauf war verführerisch maskulin und erwärmte meine Haut. „Sie ist reizend, Darius, wenn auch ein bisschen zu sehr darauf bedacht, es allen recht zu machen."

„Das sehe ich eher als Vorteil an", antwortete mein Herr. „Aber mach, was immer du möchtest."

Mein Atem stockte, genauso wie mein Herzschlag.

Teilen.

Er hat versprochen, dass das nicht passieren würde, seine Worte implizierten jedoch etwas anderes. Ein Spiel, um seine Lässigkeit zu zeigen? Um den Spaß an einer potenziellen Bestrafung zu mindern? Weil das der einzige Vampir in diesem Raum war, den Darius nicht abweisen konnte? Könige waren wie Götter, die Ältesten ihrer Art und wurden von allen verehrt. Nur die Göttin selbst stand allein an der Spitze.

Jace rutschte auf meinen freien Platz. „Komm, Jungchen. Du kannst auf meinem Schoß sitzen."

Ich zögerte, war unsicher, ob er mich oder jemand anderes meinte.

Mit wem sollte er sonst reden?

Richtig.

Ich erhob mich in meinen Pumps und akzeptierte mit gesenktem Kopf die Hand, die er in meine Richtung hielt.

Seine Oberschenkel bestanden aus puren Muskeln, was mich an Darius erinnerte.

„Dann werfen wir doch mal einen genaueren Blick darauf, was es mit dem ganzen Lärm auf sich hat", murmelte er, während er meine Haare mit einer Hand direkt an meinem Kopf sammelte. Mit einem scharfen Ruck wurde mein Kopf hochgerissen, mein Blick fiel auf seine verblüffenden silberblauen Augen. Sie verengten sich, bevor sie über meine Gesichtszüge glitten, als würde sie eine neue Anschaffung inspizieren. „Schöne Form und Knochenstruktur."

„Fickbarer Mund", fügte einer der anderen hilfreich hinzu.

Er ignorierte den Kommentar und konzentrierte sich auf den Schnitt meines kastanienbraunen Kleides. Ein Finger seiner freien Hand lief über mein Schlüsselbein bis in die Mitte und weiter nach unten, wo der Stoff auf meinen Bauchnabel traf. Meine Brustwarzen wurden unter seiner Berührung hart – ein Zeichen von Erregung, ausgelöst durch Angst. Bei dem Anblick weiteten sich seine Pupillen, seine Berührung fuhr wieder nach oben, um meine Reaktion dem Rest des Tisches zu zeigen.

„Wunderschöne Brüste", murmelte er, streichelte über mein Fleisch und kniff in meinen Nippel. „Und reagiert auch wundervoll."

Wenn es Darius etwas ausmachte, ließ er es sich nicht anmerken. „Du siehst also, warum ich mich entschieden habe, sie zu behalten."

„Das tue ich", antwortete Jace, er streichelte immer noch über meine Haut. „Sie wird bei den zukünftigen Veranstaltungen sehr beliebt sein." Seine eindrucksvollen Augen trafen wieder auf meine. „Vielleicht können du und ich diese Zukunft *privat* diskutieren, während ich mich mit deinem neuen Kapital vertraut mache."

Ein scharfer, unsichtbarer Speer traf mich und hinterließ eine Wunde in meinem Herzen.

Darius konnte nicht nein sagen. Ich wusste es, verstand warum, und hasste ihn trotzdem, als er sagte: „Unbedingt. Lass mich nur wissen, wann."

„Jetzt wäre herrlich", Jace drückte seine Nase an meinen Hals und atmete tief ein. „Ich bin ziemlich ausgehungert und nichts anderes auf der Speisekarte hat meinen Appetit angeregt."

„Deshalb habe ich für später ein paar Desserts bestellt", Darius klang gelangweilt. „Tatsächlich sollten sie mittlerweile im Zimmer bereitstehen."

„Ausgezeichnet." Jace hob seinen Kopf und lächelte. „Sag mir deinen Namen, du Schönheit."

Ich schluckte und brachte es irgendwie zustande „Juliet" zu sagen.

„Reizend", er küsste mich auf die Wange. „Steh wieder auf und führe mich zu eurem Zimmer."

„Natürlich, Eure Hoheit." Ich rutschte von seinem Schoß, seine Hand lag in meiner.

Jace kicherte. „Sie ist sehr gebildet."

„In der Tat." Darius drückte sich vom Tisch auf und sagte ein paar höfliche Worte zu seinen Freunden. Sie mussten verstanden haben, dass er keine Wahl hatte, als sie zu verlassen, nicht, wenn ein König es verlangte. Auf unserem Weg nach draußen sagte er zu dem Bedienungspersonal noch, dass sie die „Artikel", welche auch immer noch bestellt wurden, mit auf seine Rechnung schreiben sollten.

Wie viele Menschen wurden bei einem Treffen verschlungen?

Denk nicht darüber nach, sagte ich zu mir selbst. Du bist in weitaus größeren Schwierigkeiten.

Die Hand, die meine hielt, drückte zu, als ich den

Knopf zu unserem Stockwerk auswählte. Darius stellte sich an meine andere Seite, seine Haltung wirkte distanziert. Ich hielt meinen Blick gesenkt und konzentrierte mich darauf, nicht zu schreien. Oder zu rennen. Oder zu weinen. Oder zu fragen, ob sie mich unten zur Speisekarte hinzufügen könnten, damit ich mich zu der lächelnden Frau auf dem Tisch gesellen konnte.

Vielleicht sterbe ich stattdessen durch einen gefräßigen König.

Aber ich wollte nicht wirklich sterben, oder?

Ein Kampf zwischen meinem Herzen und meinem Verstand wurde entfacht, ein Teil in mir wollte mehr von diesem Leben. Eine Option, eine Wahl, *irgendwas.*

Das ist alles nur eine Scharade, erinnerte ich mich, *richtig?*

Darius hatte mich davor gewarnt, dass diese Nacht hart werden würde, dass er Sachen tun und sagen müsste, um seinen Status zu verteidigen. War eine Sache davon das hier?

Nein, bestimmt nicht. Er hatte Jace nicht erwartet – einen König – der in unser Abendessen hineinplatzen würde. Das war ganz bestimmt kein Teil von Darius' Plan.

Die Glocke klingelte und kündigte unser Stockwerk an und ich führte sie wie befohlen den Gang hinunter, meine Schritte waren wesentlich gefasster als mein Herz.

Darius hatte versprochen, mich nicht zu teilen, aber er hatte keine Wahl. Er konnte sich einem König nicht verweigern.

Wenn Jace mich haben wollte, würde er mich kriegen. Die Zeremonie mit Darius würde zerbrechen. Ich wäre nicht mehr länger an ihn gebunden, noch würde ich das jemals wieder sein. War das nicht das, was er gesagt hatte? Dass ich, wenn ich einmal genommen wurde, für immer beschmutzt wäre? Ein Mensch, der für die Zuchtlager, oder schlimmer noch, für den Speisesaal im Erdgeschoss bestimmt war.

Meine Knie zitterten, als Darius den Schlüssel in das Schloss steckte. Die Tür schwang auf und enthüllte drei nackte Frauen, die alle kniend mit gesenktem Kopf da saßen.

„Dein besonderes Dessert?“, fragte Jace.

„Wie du bereits gesagt hast, war die Speisekarte unten geschmacklos.“

Jace kicherte, seine Brust wärmte meinen Rücken. „Man könnte denken, du hast mich erwartet, Darius.“

„Vielleicht habe ich das“, antwortete er, ging hinein und rutschte aus seinem Jackett. „Komm rein und schließ dich uns an. Ich lasse dir sogar die erste Wahl.“

„Wie großzügig“, Jace‘ Hand fiel auf meine Hüfte, als er mich über die Türschwelle drückte. „Ich wähle Juliet.“

Darius schmunzelte. „Ausgezeichnete Wahl. Möchtest du sie hier oder im Schlafzimmer?“

„Im Schlafzimmer“, antwortete er und schloss die Tür hinter uns, schottete mich so von meiner einzigen Fluchtmöglichkeit ab.

Gefangen.

Die Worte klirrten durch meinen Kopf, schossen Energie durch meine Glieder. Ich konnte das nicht tun. Ich weigerte mich. Ich wollte keinen anderen. Nur Darius. Und vielleicht nicht einmal ihn.

Diese Welt… Dieses Leben… Ich weigerte mich.

Das war nicht richtig.

Ich musste flüchten. Rennen. *Schreien.*

Mein Mund öffnete sich, meine Lungen waren bereit, aber eine Hand legte sich auf meinen Mund, bevor ich auch nur einen Ton von mir geben konnte. Ein Arm – hart wie Stahl – wickelte sich um meinen Bauch und zerrte mich zurück an seine harte Brust.

Jace.

Der König wusste, was ich vor hatte, und hat mich

gestoppt, bevor ich überhaupt anfangen konnte, zu handeln.

Er schnalzte in mein Ohr. „Oh, Darling." Er knabbert an meinem Hals und es fühlte sich so falsch an, seinen Mund dort zu fühlen, dass ich das Zittern in meiner Wirbelsäule nicht stoppen konnte. „Verweigerst du dich mir?"

Ich wand mich gegen ihn, Tränen traten in meine Augen. *Nein!* Ich würde das nicht tun. Nicht, ohne einen letzten Kampf.

Keine Regeln mehr.

Kein Anstand mehr.

Keine Formalitäten mehr.

Der Tod wäre das bessere Schicksal.

Jace kicherte düster, sein Mund lag an meinem Ohr. „Ich werde das hier sehr viel mehr genießen, als ich zugeben würde, Juliet." Er hob mich hoch und ich trat um mich, aber mein Widerstand löste nur noch mehr Belustigung bei ihm aus.

„Tu ihr nicht zu sehr weh", die Lässigkeit in Darius' Stimme schmerzte.

Es interessierte ihn nicht. Vielleicht hatte es das nie. War alles eine Lüge? Hatte er von mir bereits das bekommen, was er brauchte?

Bedeutete ich ihm gar nichts?

Nein, ich weigerte mich, das zu glauben. Darius hat sich mir anvertraut. Hat mir seine Pläne verraten und mir eine neue Welt vorgestellt. Warum sollte er mich jetzt schänden? Das musste ein Trick sein, so wie mit Sebastian.

Ich suchte Darius Blick und seine Gedanken, aber meine Augen waren voller Tränen. Er starrte einfach nur unbeirrt zurück und hielt seine Gedanken fest verschlossen. Keine Kommunikation. Kein Rat. Nichts außer Stille.

Das dürfte nicht passieren. Ich musste etwas tun. Er

konnte mich nicht einfach diesem Schicksal überlassen, nicht nach alledem –

„Es wird nur eine Sekunde lang wehtun", murmelte Jace, seine Fangzähne kratzten über meinen Hals.

Darius, flehte ich, mein Herz zerbrach unter seinem gleichgültigen Blick, *bitte lass ihn das nicht mit mir machen.*

Keine Antwort. Er verzog nicht einmal das Gesicht.

Dann konnte ich es sehen, das Monster, das unter seiner Fassade gelauert hatte. Ich war ein Mittel zum Zweck. Er musste nie eine gewisse Position oder Macht gewinnen, nur die Gunst eines Königs. Und zwar von dem hinter mir.

Hass ergoss sich in mir. Betrug. Eine Wut, wie ich sie vorher noch nie gespürt hatte.

Ich habe ihm *vertraut.* Ich habe ihn *verehrt.* Wollte alles für ihn sein. Und bei dem ersten Anzeichen eines Sieges warf er mich weg wie Müll.

Meine Brust zerbrach mit einem Schmerz, den ich noch nie zuvor gespürt hatte und begrub meine Seele unter sich. Tränen liefen mir aus den Augen und fielen auf den Boden, meine Pupillen hafteten sich an meinen Henker.

Er hatte mir das angetan. Hatte mich für dieses gestörte Spiel ausgesucht. Mich ausgetrickst und dazu gebracht, an eine andere Version der Welt zu glauben, mit Möglichkeiten und einer Wahl.

Ich werde dir niemals verzeihen, sagte ich ihm mit meinem Blick. Nicht, dass es ihn besonders zu interessieren schien. Reine Gleichgültigkeit. Es hatte ihn nie interessiert. Es war alles eine Lüge. Die einzige Scharade, die hier existierte, war die zwischen uns.

Meine Entschlossenheit und meine Kraft schwanden. Es hatte keinen Sinn. Das war immer mein Schicksal gewesen, es wurde nur etwas mehr in die Länge gezogen, als ich vermutet hatte. Ich war nie dazu bestimmt, zu leben.

Noch mehr Tränen fielen, sie tränkten meine Haut, meinen Geist und mein Herz.

Hoffnung und Sehnsucht erstarben in mir, hinterließen die Hülle einer Frau, die von Vampiren geschaffen wurde. *Nimm mich. Benutz mich.* Es interessierte mich nicht länger.

Jace' Mund schloss sich um meinen Puls, seine Zähne drangen tief in mich ein. Ich kämpfte nicht dagegen an. Wimmerte nicht. Bewegte mich nicht einmal. Hielt nur Darius' Blick stand, damit er die Frau sehen konnte, die er gebrochen hatte.

Herzlichen Glückwunsch, dachte ich bitter, *du wirst ein ausgezeichneter Herrscher sein.*

DARIUS

Genug.

Ich schickte eine Druckwelle durch die Verbindung mit Juliet und zwang sie, das Bewusstsein zu verlieren. Jace fing sie ohne ein Wort auf und warf mir einen irritierten Blick zu, weil er mitten in seiner Szene gestört worden war.

Wenn du nicht vom Drehbuch abgewichen wärst, wäre das nicht nötig gewesen, sagte ich ihm mit einem finsteren Blick. *Arschloch.*

Sein Blick fiel auf die Einkerbungen in ihrem Hals. *Das hätte wesentlich schlimmer ausgehen können,* schien er zu sagen. Wahrscheinlich weil seine Fänge in ihr steckten, als ich ihr das Bewusstsein genommen habe.

Du solltest sie nicht beißen, gab ich zurück. Nicht, dass er mich wirklich hätte hören können, aber mein Blick deutete ihm meine Gefühle ziemlich deutlich an.

Er rollte mit den Augen. „Nimm sie, während ich mich entscheide, welches Dessert ich mit deiner Juliet kombinieren möchte." In seiner Stimme fehlte die Verärgerung, die ihm klar ins Gesicht geschrieben war.

„Natürlich", antwortete ich und klang dabei genauso

entspannt, obwohl ich wollte, dass sein Gesicht Bekanntschaft mit meiner Faust macht.

Jace übergab mir Juliet mit großer Vorsicht, bevor er sich den Menschen auf der anderen Seite des Raumes widmete. Ich schnitt meine Zunge auf und tupfte sie auf die beiden kreisrunden Wunden an ihrem Hals. Aus heilender Sicht war es nicht unbedingt notwendig. Ich wollte nur nicht, dass Jace seine Male auf ihr hinterließ.

Meine Juliet. Ich schmiegte mich an ihre warme Wange und unterdrückte einen Seufzer. Der Hass in ihrem Blick hätte beinahe meine Fassung zum Einsturz gebracht. Ich hatte es erwartet, aber ich war nicht darauf vorbereitet gewesen, es zu *fühlen*.

Jace berührte die Menschen, beschrieb ihre physischen Eigenschaften, als er sie alle in einen tiefen Schlaf schickte. Als die Blondine zu Boden fiel, fragte er mich, ob ich eine Vorliebe hätte.

Mira kam aus dem Schlafzimmer, ihre Füße glitten geräuschlos über den Boden, während ich mich mit dem Drehbuch beschäftigte, auf das wir uns vorhin geeinigt hatten.

Wir kommentierten ihre Blutgruppen und persönlichen Vorlieben, während Mira über jeden Menschen mit ihrem ausgefallen Scanner strich. Ihre Technologie schaltete die Abhörgeräte in ihren Armen aus. Sie fungierten auch als Tracker, für den Fall, dass die Sterblichen irgendwie fliehen konnten. Juliet war mit einem Ähnlichen gekommen, den ich ihr in unserer ersten Nacht in der Limo entnommen hatte, nachdem ich ihr das Bewusstsein genommen hatte. Ich hatte es irgendwo in dem Land gelassen, das offiziell Italien genannt wurde – dort, wo auch das Coventus liegt.

„Vielleicht sollten wir gucken, wer am lautesten schreit?", schlug Jace Mira vor, die ihre Finger für einen Fünf-Sekunden-Countdown gehoben hatte.

„Klingt reizend", antwortete ich aufs Stichwort.

Miras Hand schloss sich. „Frei."

„Danke, verdammt", sagte Jace und fuhr sich mit seiner Hand übers Gesicht. „Ich dachte schon, Darius würde noch versuchen mich zu töten."

„Du solltest sie nicht beißen", knurrte ich, erleichtert diese Worte endlich laut aussprechen zu können. Das Drehbuch hatte vorgesehen, sie zu verängstigen, nicht sie zu kosten.

„Wenn du dich dadurch besser fühlst, Kumpel, ich habe nichts runtergeschluckt."

Ich ging einen Schritt auf ihn zu – bereit, meinem ältesten Freund zu zeigen, wie wenig mich das interessierte – als Mira sich zwischen uns stellte.

„Ihr zwei könnt euch später verprügeln. Wir müssen los, wenn du Majestic Clan bei Sonnenaufgang erreichen willst", Mira durchbohrte mich mit ihren eisblauen Augen, das Alphatier in ihr lag direkt unter der Oberfläche. „Weck sie auf und zieh sie für die Fahrt an. Du hast zehn Minuten."

Ich machte mir nicht die Mühe zu diskutieren, meine Füße bewegten sich schon in Richtung Schlafzimmer. Wenn der Blick, den Juliet mir gegeben hatte, bevor sie ohnmächtig geworden war, noch irgendwo in ihr schlummerte, würde sie kämpfend aufwachen.

„Juliet", murmelte ich leise, während ich sie auf die weiche, weiße Bettdecke legte. „Öffne deine Augen, Liebling."

Ihre Lider flatterten, ihre Wangen schienen in einem leichten Rosa. So wunderschön und unschuldig. Sie aus ihrem Schlaf aufzuwecken, war ein Luxus, den ich ein Leben lang genießen könnte.

„Darius?", hauchte sie, ihre Pupillen weiteten sich, als ihr Gehirn den Moment verarbeitete. „Du!" Ihre

Handfläche schoss durch die Luft, aber ich konnte sie aufhalten, bevor sie auf mein Gesicht traf. Sie versuchte es erneut mit der anderen Hand und nun hielt ich ihre beiden Handgelenke über ihrem Kopf zusammen.

„Juliet", ich hielt meine Stimme gedeckt und ruhig. „Du musst mir zuhören."

„Ich hasse dich", rief sie, wand sich unter mir und versuchte vergeblich, meinem Griff zu entkommen. Weitere Worte der Verachtung verließen ihren Mund, einige davon überraschten mich. Entweder sehnte sie sich wirklich nach dem Tod oder sie fühlte sich in meiner Gegenwart komfortabel genug, um diese Dinge auszusprechen. Niemals würde ein Mensch so einen Vampir anschreien.

„Beruhige. Dich." Drohung und Führung unterstrichen meine Stimme, verlangten ihre Unterwerfung. Wenn jemand sie so hören würde, würde die Hölle losbrechen, und ich wollte der einzige sein, der sie jemals zum Bluten brachte.

Ich sammelte ihre Handgelenke in einer Hand und bedeckte mit der anderen ihren Mund, während ich mich über ihr ausstreckte. Mein Schwanz regte sich, aufgeregt durch die Aussicht auf mehr, obwohl mein Gehirn versuchte, sich auf die lange Reise zu konzentrieren, die uns bevorstand. Ihr Kampf gegen mich war so ein Antörner. Einer, den ich sowohl bestrafen als auch belohnen wollte – so ein aufreizender Gegensatz. Aber ich würde dem später nachkommen müssen.

„Es tut mir leid, dass Jace dich gebissen hat", sagte ich mit einer weichen Stimme, so gut es mit der Erregung, die mein Blut erhitzte, ging. „Das war nicht Teil des Plans."

Ihre Augen kniffen sich zusammen, ein Anzeichen dafür, dass sie sich immer noch nach einem Stück von meinem Fleisch sehnte. Oder Schlimmeres.

Ich seufzte. „Juliet, ich habe dir gesagt, dass das hier nur ein Zwischenstopp ist, auf dem Weg zu unserem eigentlichen Ziel. Wir verschwinden in ein paar Minuten und du musst dich bereitmachen. Du kannst mich später hassen, aber jetzt musst du mir vertrauen und das tun, was ich dir sage." Ihr Gesichtsausdruck blieb unverändert.

„Denk über alles nach, was ich gesagt habe, Liebling. Ich habe dich gewarnt, dass heute Nacht alles eine Scharade sein würde und ja, ich habe versprochen, dass du nicht geteilt wirst. Es tut mir leid –"

„Es war nicht seine Schuld", sagte Jace und unterbrach meine Erklärungen. Ich blickte zornig über meine Schulter zu dem aufgeblasenen Arsch, der sich gegen den Türrahmen lehnte. „Sieh mich nicht so an. Du bist derjenige, der ewig hier drin braucht."

„Weil du sie zu Tode erschreckt hast." *Und sie dabei verdammt nochmal stinksauer gemacht hast.* Nicht, dass ich mich gänzlich über den letzten Teil beschweren konnte. Ich wollte, dass sie sich ein Rückgrat wachsen lässt und den unterwürfigen Schwachsinn hinter sich lässt. Es schien, als wäre mein Wunsch nach einer temperamentvollen Frau endlich erhört worden.

„Ich musste es glaubhaft aussehen lassen, Darius. Ich muss meinen Ruf aufrecht erhalten und so weiter."

Ich schüttelte genervt meinen Kopf und begegnete Juliets verwirrtem Blick. „Er ist ein alter Freund – mein Ältester, um genau zu sein – und ein Scheißkerl."

„Ja, nun, dieser ,Scheißkerl' hat dich davor bewahrt, unten noch weiter mit diesen Idioten dinieren zu müssen. Übrigens, gern geschehen, so ganz nebenbei bemerkt. Erinnere mich daran, dir das nächste Mal *nicht* zu helfen, wenn das der Dank dafür ist."

„Ihr benehmt euch wie Kinder", knurrte Mira. „Warum ist sie noch nicht umgezogen?"

„Weil Jace uns gestört hat", antwortete ich. „Ihr beide –
raus. Gebt mir fünf Minuten und sie ist fertig."

„Das wäre besser für sie", antwortete Mira vollkommen
unbeeindruckt von meinem Ton. „Du", sie zeigte auf Jace
und dann auf die Tür, „raus."

„Ich liebe es, wenn du das Alphatier raushängen lässt,
Baby. Das ist bezaubernd."

„Oh ja?" Sie fächerte mit ihren langen Wimpern in
seine Richtung. „Ich bin mir sicher, dass Luka das sehr
interessieren wird."

Jace kicherte beim rausgehen. „Ich habe keine Angst
vor deinem Alpha-Gefährten, Mira, Darling."

„Und wie sieht es mit *meinen* Krallen aus?", fragte sie
und folgte ihm.

Verdammter Aufreißer. Königlicher Vampir hin oder
her, Jace schafft es noch eines Tages sich töten zu lassen,
weil er es sich mit dem falschen Lykaner verscherzt hat.

Ich konzentrierte mich wieder auf meine aktuelle
Aufgabe und fand eine sehr viel ruhigere Juliet unter mir.
„Ich werde dich jetzt reden lassen."

Als Antwort blinzelte sie.

Meine Handfläche glitt auf ihren Hals, umkreiste ihn
besitzergreifend. Ihre Augen loderten, ihre Zunge schoss
heraus, um ihre Lippen zu befeuchten. Jetzt war nicht die
Zeit dafür, aber ich wollte sie. Nein, ich *brauchte* sie.

Bevor sie sich bewegen oder Widerworte geben konnte,
nahm mein Mund ihren ein. Ich ließ meine ganze
angestaute Frustration über den heutigen Abend raus,
nötigte sie brutal dazu, meine Entschuldigung
anzunehmen und sich zu fügen.

Zunächst bewegte sie sich nicht, reagierte nicht, aber
dann gab sie langsam meinem Kuss nach und erwiderte
ihn mit einem Stöhnen, dass ich noch tief in mir spürte.

Meins.

Ich hasste Jace dafür, dass er sie angefasst hatte. Seinen Mund auf sie gelegt hatte. Ich musste ihn und jeden anderen ausradieren, mich selbst daran erinnern, dass sie zu mir gehörte. Ich küsste ihren Kiefer, ihren Hals, die Stelle, an der Jace es gewagt hatte, sie zu markieren, und senkte meine Zähne in ihre Kehle. Sie beugte sich gegen mich, als ihr ein Schrei der Befriedigung entglitt und sie unter mir erzitterte. Hierbei ging es nicht um Blut oder das Bedürfnis mich zu nähren, sondern darum, ihren Platz an meiner Seite nochmal zu bestätigen.

„Niemand sonst", flüsterte ich, mehr zu mir selbst als zu ihr. „Ich werde jeden töten, der dich anrührt." Ich ließ ihre Hände los, fuhr mit den Fingern an ihren Armen herunter bis zu ihrem Kleid. Ich riss es mit einer einzigen Bewegung von ihrem Körper und entblößte ihn. „Scheiße, ich muss Anspruch auf dich erheben, Juliet. Damit du nur noch mir gehörst."

Sie fuhr mit ihren Fingern durch mein Haar, zog meinen Kopf nach unten. „Ich werde dich nicht teilen."

Ich lächelte über ihren besitzergreifenden Ton. Die Zeremonie war so selten, so wenige Vampire suchten sich einen Partner aus, aber ich kannte einen ähnlichen Fall, bei dem die Frau genauso habgierig wurde wie der Mann.

Ismeralda.

Der Name war wie ein Schwung kalten Wassers, das ich brauchte, um aus diesem Moment aufzuwachen, eine ernste Erinnerung an unsere Mission.

Ich gab Juliet einen langen Kuss, versprach ihr mit meinen Lippen, dass wir diese Diskussion bald fortsetzen würden. „Wir müssen dich fertigmachen", sagte ich und zog mich von ihr zurück. „Ich werde dich an einen Ort bringen, der für mich sehr besonders ist, Juliet. Aber es ist sehr, sehr gefährlich. Du musst genau das tun, was ich sage."

„Es ist ein weiteres Abendessen, nicht wahr?", fragte sie misstrauisch.

Ich kicherte und half ihr vom Bett. „Nein, seit dem letzten sind erst ein paar Minuten vergangen."

„Oh", sie blickte auf ihr ruiniertes Kleid auf dem Bett. „Ich bin nicht durch den Blutverlust ohnmächtig geworden?"

„Nein, ich habe dich in den Schlaf gezwungen." Ich strich meine Knöchel über ihre Wange. „Du warst nur für ein paar Minuten weg, die wir brauchten, um die Menschen nebenan bereitzumachen."

„Bereitzumachen?", wiederholte sie.

„Ja." Ich fand ihre Klamotten von vorhin – Jeans und Strickjacke – und gab sie ihr. „Mira hat ein Gerät, um die Implantate in ihren Armen umzuwandeln. Jeder, der zuhört, hört jetzt viele Schreie und männliches Gestöhne. Zur Tageszeit wird es ruhiger werden und abends wieder losgehen."

Sie zog zuerst ihre Hosen an. „Warum?"

Ich half ihr in ihre Jacke und durchkämmte ihre dicken Haare mit meinen Fingern, als sie über ihren Rücken fielen. „Es liefert eine Erklärung für meine Abwesenheit und auch für die von Jace." Wir machten das jedes Mal, wenn wir Lilith City zusammen besuchten. Es half uns unseren Ruf zu bewahren, während es uns die Freiheit gewährte, unseren Verpflichtungen im Norden nachzukommen. „Mira hat einen Freund, der die Menschen während unserer Abwesenheit ruhig und gesund hält. Aber wir haben nur etwa zweiundzwanzig Stunden zur Verfügung, weshalb wir uns beeilen müssen."

Ihre Stirn legte sich in Falten. „Warum müsst ihr vorgeben, hier zu sein?"

Es gab zu viele Antworten auf diese Frage. Ich legte meine Handflächen um ihre Wangen und gab ihr die direkteste Antwort, die mir einfiel. „Wir gehen an einen Ort, den Vampire normalerweise meiden."

„Wirst du mir sagen, wo wir wirklich hingehen?"

Ich lächelte über ihren Mut und drückte meine Lippen an ihr Ohr. „Das Majestic Clan Hauptquartier, wo Mira herkommt."

Sie schnappte nach Luft. „Ein Gebiet der Lykaner?"

„Ja, Liebling." Ich knabberte an ihrem Hals, leckte die Wunde, die ich hinterlassen hatte. „Du wirst es verstehen, wenn wir da sind. Aber kannst du mir vertrauen und meiner Führung Folge leisten?"

Juliet begegnete meinem Blick, ihr Ausdruck wirkte beunruhigt. „Wird Jace mich nochmal beißen?"

Ich schnaubte. „Nicht, wenn ihm sein Leben lieb ist."

Ihre Pupillen weiteten sich. „Aber er ist königlich, richtig? Musst du ihm nicht gehorchen?"

„Ja, Darius. Vielleicht solltest du dich öfter verbeugen? Meine Hand küssen? Mich anbeten?"

Meine Augen hoben sich zur Zimmerdecke. *Scheißkerl.* „Hast du vergessen, wie man anklopft?"

„Ich habe meinen Namen aus dem Mund von deinem süßen Menschen gehört und gehofft, sie möchte noch mehr von mir", er ließ sich neben mir nieder, seine silbernen Augen schimmerten fröhlich, als er seine Hand ausstreckte. „Das Spiel von vorhin tut mir leid, Juliet. Ich bin Jace und freue mich, dich offiziell kennenzulernen."

Sie griff nach meinem Arm, ihre Nägel gruben sich in mein Hemd. Die Kämpferin, die ich erst vor wenigen Augenblicken geweckt hatte, hatte sich wieder in einem Meer aus Zweifeln verloren.

Ich zog Juliet nah zu mir heran und küsste sie auf die Stirn. „Du musst keine Angst vor ihm haben. Er ist ein königlicher Idiot, aber auch ein Freund."

„Liebe dich auch, Kumpel." Jace klopfte mir mit der

Hand, die Juliet nicht angenommen hatte, auf den Rücken. „Und es ist Mira vor der wir uns fürchten sollten, weil sie nebenan schon nervös auf und ab geht. Wenn wir nicht bald loskommen, wird die Wölfin uns noch jagen."

Meine Lippen zuckten trotz der Ernsthaftigkeit unserer Lage. „Eines Tages wird sie dich töten."

Jace zuckte unbeeindruckt mit den Schultern. „Das darf sie gerne versuchen. Also dann, sollen wir? Ich kann es kaum erwarten, dass diese Show beginnt."

Da waren wir schon Zwei. „Juliet?", fragte ich, eine Hand streichelte über ihren Rücken. „Kannst du mir vertrauen?"

Sie bewegte sich nicht, ihre umwerfenden Augen durchbohrten Jace, ihr Körper war starr.

Ihr Ausdruck wurde weicher. „Der Kampf tut mir leid, Schätzchen. Ich hatte kaum meine Fänge in dir, als Darius dich ausgeknockt hat", seine Augen fixierten mich. „Und mal ganz nebenbei, es war gut, dass ich sie gefangen habe, oder ich hätte aus Versehen ihre Kehle aufschlitzen können."

„Gib nicht mir die Schuld. Du bist derjenige, der sie ohne meine Erlaubnis gebissen hat."

„Das wirst du mir noch ewig nachtragen, nicht wahr?"

„Vermutlich", gab ich zu. „Jetzt entschuldige dich nochmal bei Juliet."

Bei dieser Forderung weiteten sich ihre Augen, ihre Lippen öffneten sich geräuschlos.

Jace schenkte ihr sein charmantestes Lächeln. „Es tut mir schrecklich leid, Liebchen. Kannst du mir bitte vergeben, damit Darius aufhört sich wie ein Arsch aufzuführen?"

Ihre Kinnlade fiel komplett herunter, alle Anzeichen ihrer Selbstbeherrschung waren verschwunden, als sie wie eingefroren neben mir stand.

„Ich habe getan, was du verlangt hast, aber sie scheint nicht sehr erpicht darauf zu sein, meine Entschuldigung anzunehmen", Jace runzelte die Stirn. „Liegt es daran, dass ich ein König bin, dass sie diese grauenvollen Dinge von mir erwartet?"

„Das Coventus erfreut sich auf jeden Fall an Propaganda", murmelte ich.

„Offensichtlich." Jace fuhr mit der Hand über seine Krawatte. Sein Jackett hatte er irgendwo im Wohnzimmer abgelegt. „Sollen wir dann jetzt gehen? Vielleicht kann ich die Sache auf eine andere Art und Weise wieder gut machen."

„Juliet?", drängte ich sie sanft, strich ihr erneut über den Rücken. „Ich muss wissen, ob du meiner Führung außerhalb dieses Zimmers Folge leisten wirst. Bitte?"

Sie blinzelte aus diesen umwerfenden Augen zu mir hoch. „Habe ich eine Wahl?" Die Worte kamen mit einer kratzigen Stimme heraus, aber immer noch besser, als still zu bleiben.

Am besten wäre es, die Wahrheit zu sagen, keine Lügen. „Nicht wirklich, nein."

Sie schien sich an der ehrlichen Antwortet nicht zu stören. Ihr Blick − jetzt neugierig anstatt verängstigt − flog zu Jace, dann wieder zu mir. „Du vertraust ihm?"

„Ich würde ihm mein Leben anvertrauen", antwortete ich und meinte es auch so. „Er ist mein ältester Freund."

Jace schmunzelte. „Wenn es was bringt, ich vertraue ihm auch."

Sie blickte erneut zwischen uns hin und her. „In Ordnung. Dann sollten wir gehen."

Ich presste meine Lippen auf ihre. „Bald wirst du alles verstehen. Ich verspreche es."

Und dann beanspruche ich dich als die meine. Ganz. In jeder Hinsicht. Für Immer.

27

JULIET

DARIUS' Hand hielt meine fest, während wir die Treppen hinuntergingen, Mira ganz vorne und Jace hinter uns. Sie beeilten sich nicht, gingen ganz normal, als müssten sie sich über nichts in der Welt Sorgen machen.

Ein König arbeitet mit Darius zusammen. Mag er die Allianz ebenfalls nicht?

Ich widerstand dem Drang, mir an den Hals zu fassen und nach den Bissspuren von Jace zu suchen.

Er hatte nicht von mir getrunken.

Meine Gewissheit darüber wuchs mit jedem Schritt. Mein Körper fühlte sich frisch an, nicht geschwächt, und ich konnte mich tatsächlich nicht daran erinnern, dass er an meinem Hals gesaugt hatte. Ich erinnerte mich nur noch vage an seine Fänge, als er seinen Biss einleitete, dann wurde alles schwarz.

Ich schaute ihn über meine Schulter an und er begegnete meinem Blick mit einem Lächeln in seinen silberblauen Augen. Er ähnelte jetzt überhaupt nicht mehr dem fruchteinflößenden König vom Dinner, er war lediglich ein normaler Mann mit einem unglaublich attraktiven Gesicht. Es bestand kein Zweifel an seinen Vampirgenen, nicht mit so einer Knochenstruktur.

Darius lenkte meine Aufmerksamkeit wieder auf die Treppe, als wir um eine weitere Ecke bogen. Die Tennisschuhe, die er mir gegeben hatte, fühlten sich fremd an meinen Füßen an. Sie waren so flach, ich fühlte mich fast labil. Irgendwie brachte ich es fertig, mich neben ihm zu bewegen, ohne zu stolpern, aber ich vermisste meine Pumps.

Mira hielt irgendeine Art von Gerät, das uns zu führen schien. Als wir das Ende der Stufen erreichten, blieb sie stehen, drückte ein paar Knöpfe, und führte uns dann durch eine Tür in einen trostlosen Flur. Niemand sprach, aber ich spürte Darius' Wachsamkeit.

Majestic Clan. Gebiet der Lykaner. Welchen Grund konnte er haben, um dort hinzugehen. Vampire und Lykaner arbeiteten zusammen als oberste Führer der Welt, aber blieben offenkundig in ihren eigenen Bezirken. Das bedeutete nicht, dass sie die Grenzen nicht überschreiten konnten, sie bevorzugten einfach, es nicht zu tun. Und dennoch war dieser Besuch von heimlicher Natur. Warum?

Wir hielten an einem stählernen Eingang an, Mira spielte mit dem Gegenstand in ihrer Hand. Nach einem Moment zischte das Metall und schwang auf, um eine Garage voller Autos zu offenbaren.

Sie ging zielstrebig auf ein großes schwarzes Fahrzeug zu und lächelte, als eine weitere Frau in unser Blickfeld trat. Sie begrüßten sich mit einer Umarmung und Küssen auf die Wangen, aber sagten nichts. Jace tat es ihr gleich, während Darius lediglich nickte.

Die Hintertüren öffneten sich und enthüllten zwei Männer, die im Inneren des Wagens warteten, sie trugen Jeans und T-Shirts und signalisierten uns einzusteigen. Darius hob mich zu ihren wartenden Händen und sprang dann ebenfalls zu uns rein. Sie gestikulierten zu einer boxähnlichen Kammer, die mit einem schwarzen Stoff umhüllt war. Darius legte sich zuerst hinein und hielt mir seine Arme entgegen, damit ich mich zu ihm gesellen konnte.

Eine sehr andere Art zu reisen, aber in Ordnung.

Ich drückte mich längs gegen ihn und erzitterte, als etwas Warmes und Hartes auf meinen Rücken traf. Ein Blick über meine Schulter zeigte einen schmunzelnden Jace, dessen Hände nun auf meiner Hüfte lagen.

Eine Trommel erwachte in meiner Brust und schickte eine Gänsehaut über meine Glieder.

Warum passiert das hier?

Darius' Finger fand meine Lippen und nahm mir die Möglichkeit, nach einer Erklärung zu fragen. In seinem Blick brannte eine Warnung.

Shh, beruhigte er mich in meinen Gedanken, *hier sind überall Abhörgeräte.*

Wäre schön gewesen, das zu wissen, bevor wir losgehen, dachte ich zu ihm zurück. Das Zucken seiner Lippen deutete an, dass er mich entweder gehört oder meinen Blick verstanden hatte.

Ein Streifen dunklen Stoffes bedeckte unsere Körper, gefolgt von einem Deckel, der über unseren Köpfen klickte. Trotz der beiden warmen Männer, die sich an mich pressten, zitterte ich.

Es ist so dunkel...

Ich weiß, Liebling. Darius' Gemurmel schickte einen Schauer über meinen Rücken. Seine geistige Präsenz fühlte sich so intim an, als würde er dort hingehören. *Das geht nur so lange, bis wir die Stadtgrenzen unerkannt überschritten haben,* fügte er hinzu.

Diesen Teil verstand ich noch nicht so ganz. Sie strengten sich sehr an, diesen Besuch zu verbergen, nur um ein paar Fragen zu vermeiden. *Dürft ihr die Lykaner nicht besuchen?*

Oh, wir dürfen schon, aber es ist ungewöhnlich und würde Fragen aufwerfen. Fragen, Juliet, die wir uns nicht leisten können. Also musst du für mich ruhig und leise bleiben, okay?

Das Fahrzeug begann sich zu bewegen und unsere Körper knallten in dem engen Raum gegeneinander. Jace atmete tief ein und erinnerte mich so an seine Anwesenheit. Nicht, dass ich ihn vergessen hätte, mit seiner Hüfte, die gegen meinen Rücken drückte, und seiner Nase in meinem Haar.

Ruhig. Ja, das wäre überhaupt kein Problem.

Hmm, ich habe eine Idee, wie wir uns die Zeit vertreiben können. Darius hob mein Kinn an und nahm meinen Mund ein. Seine Zunge glitt in mich, um sich langsam an meiner zu reiben, wodurch meine Herzrate nach oben schoss.

Jace knabberte an meinem Hals, seine Handfläche brannte auf meiner Hüfte.

Oh, Göttin, was machst du mit mir? Ich war auf engstem Raum gefangen zwischen zwei Vampiren – nach dem einen war ich verrückt und der andere war ein Fremder.

Darius' Hand glitt unter meine Strickjacke und legte sich auf meine Brust. Ich drückte mich gegen ihn, mein Blut erhitzte sich bei den Empfindungen, die seine Erektion auslöste, als sie auf meinen unteren Bauch traf. Er drückte mich zurück, zwang mich zu dem erregten Vampir hinter mir.

Jace blieb ruhig, abgesehen von seinem Daumen, der sanft über die Oberkante meiner Jeans strich.

Das ist falsch. Er sollte nicht hier sein.

Lass es zu, antwortete Darius und massierte meine Brustwarze, *Jace wird dir nicht weh tun.*

Was auch immer ich darauf hätte antworten können, wurde durch einen weiteren seelenbindenden Kuss

zunichte gemacht, der mich atemlos zurückließ. Jace'
Lippen waren in meinem Haar, sein heißer Atem berührte
meinen Nacken.

Darius, ich –

Er nahm meine Unterlippe in seinen Mund und biss
sanft zu. *Hör auf zu denken, Juliet.*

Das tat ich. Mein Gehirn fuhr herunter und übergab
ihm die volle Kontrolle, als er mich von innen nach außen
hin auffraß und jeden Atemzug von mir beanspruchte.

Jace blieb eine stabile Wärme in meinem Rücken, die
mich von der Außenwelt abschnitt. Ich sollte mich
ängstlich fühlen, vielleicht sogar panisch, aber ich fühlte
mich auf seltsame Weise beschützt zwischen den beiden.
Vielleicht, weil trotz ihrer offensichtlichen Wünsche, sie
mich nicht unter Druck setzten. Jace' Hand verließ nie
meine Hüfte, sein Mund blieb in meinem Haar und
berührte nicht meine Haut, während Darius mich
leidenschaftlich küsste und sanft meine Brust streichelte.

Als das Auto anhielt, wurden ihre Griffe fester, aber
ihre Umarmung hörte nicht auf. Wenn überhaupt, wurde
sie noch intensiver, mit Darius, dessen Mund sich noch
schneller gegen meinen bewegte, und Jace' Handfläche, die
an meinem Oberschenkel rauf und runter streichelte.

Ich kämpfte gegen den Drang an, zu stöhnen, ein Teil
von mir, der noch bei Sinnen war, wusste, dass ich still sein
musste. Es fühlte sich so gut an, so *heiß*, dass ich mein
Bedürfnis nach mehr nur schwer zurückhalten konnte.

Befriedige mich, flehte ich. *Bitte, Darius.*

Das Fahrzeug fuhr wieder los, stieß mich gegen ihn
und wieder zurück zu Jace und zerriss meinen Verstand
durch den lustdurchtränkten Nebel, der mich umgab. Ich
erzitterte, mein Körper flehte nach mehr, während die
Logik versuchte, mich in die Gegenwart zurückzuholen.

Darius' Zunge umschmeichelte immer noch meine,

seine Berührung versengte meine Haut. Ich verfiel seiner Umarmung, mein Herz schlug im Takt mit seinem, während mein Kern sich nach mehr sehnte. Es überwältigte meine Sinne, ließ mich unsere Umgebung vergessen.

Bis wir wieder anhielten.

Jace kicherte hinter mir, das erste Geräusch, das durch die Luft schwebte, seit ich mich erinnern konnte. „Das ist eine Möglichkeit sie ruhig zu halten, Darius."

Der Mund, der gegen meinen drückte, kräuselte sich. „Ich dachte, das würde dir gefallen."

„Es würde mir mehr gefallen, wenn ich mich ihr richtig hingeben könnte."

„Vielleicht, wenn die Hölle zufriert", antwortete Darius, seine Nase strich über die Flammen, die auf meinen Wangen brannten.

„In den fast dreitausend Jahren, die wir uns jetzt kennen, hast du nie eine Möglichkeit zum Teilen abgelehnt", Jace küsste die Rückseite meines Kopfes. „Du hast gut gewählt, Kumpel."

„Ich weiß", Darius' Hand glitt unter meiner Strickjacke hervor und legte sich auf meine Wange. „Bleib ruhig für mich."

Ich hatte keine Chance zu antworten, bevor ein schwaches Licht in unsere schwarze Höhle drang. Jace verschwand, überließ mich ungeschützt der kalten Nachtluft. Darius drehte mich auf den Rücken und kletterte über mich, dann hielt er mir seine Hand entgegen, um mir aus unserem ehemaligen sicheren Versteck zu helfen.

„Da sind wir", murmelte er, als meine Füße den gepflasterten Boden berührten.

Ein männliches Lachen ließ mich zur Seite springen. Über ein Dutzend gelber Augen glühten in der Nacht, der

Mond über uns war die einzige Lichtquelle. Darius streichelte mir über den Rücken, als sich uns ein weißer Wolf näherte und an meiner Hand schnüffelte. Mein Puls schlug unregelmäßig, aber ich zwang mich, ruhig zu bleiben.

Er – ich nahm an, dass der Wolf männlich war aufgrund seiner Größe und Statur – knurrte tief und ging ein paar Schritte zurück.

Ähm...

„Du solltest wissen, dass Angst wie ein Aphrodisiakum für ein Raubtier ist", warnte eine weibliche Stimme aus der Dunkelheit. Eine Frau trat aus den Bäumen neben der Straße hervor, weiße Wölfe waren an ihrer Seite. Der Mond betonte ihre blasse Haut und hob ihr aschblondes Haar hervor, was ihr einen fast überirdischen Reiz verlieh, als sie über den Bürgersteig ging. „Obwohl ich sicher bin, dass es Darius nicht interessiert."

„Ismerelda", murmelte er mit einer liebevollen Note in seiner Stimme. „Du solltest nicht so nah an der Grenze sein."

Sie schnalzte missbilligend mit der Zunge. „Als Luka mir gesagt hat, dass du ein Notfallprotokoll für einen unerwarteten Besuch eingeleitet hast, wusste ich, dass es einen wichtigen Grund geben musste. Jetzt sehe ich, warum." Sie ging auf ihn zu und küsste ihn auf beide Wangen, ihre intime Beziehung wurde in der Art, wie sie ihn umarmte, deutlich. „Ich habe dich vermisst, Liebster."

„Ich habe dich auch vermisst", antwortete er leise und hielt sie eine Sekunde zu lang.

Die Haare auf meinen Armen erhoben sich wie ein Gegenschlag, unzufrieden mit dieser Entwicklung. Wie konnte er es wagen, mich hierher zu bringen, um seine frühere Geliebte zu treffen? Ich wollte mich gerade einen

Schritt entfernen, als sein Arm sich um meine Taille legte und mich an seiner Seite hielt.

„Juliet, ich möchte dir eine sehr alte Freundin von mir vorstellen, Ismerelda."

Sie lächelte warm. „Das ist ein Name, den ich nur höre, wenn du uns einen Besuch abstattest, Darius. Jeder andere nennt mich Izzy, sogar Jace."

„Das ist kürzer", antwortete Jace, als ob das alles erklären würde.

Izzy lachte, ihr hinreißendes Gesicht erleuchtete unter dem Mond. Ihre hellgrünen Augen trafen meine und warfen kleine Falten an ihren Seiten. „Willkommen in Majestic Clan."

Darius drückte meine Seite. „Sie ist es, die ich dir vorstellen wollte, Juliet", murmelte er. „Ismerelda ist nicht nur menschlich, sie ist auch eine *Erosita.*"

Meine Lippen öffneten sich. *Eine* Erosita? *In den Wäldern? Umgeben von Wölfen?*

Jemand, der mein Schicksal verstand? Der mir die Wahrheit darüber sagen konnte, was mich an Darius' Seite erwartete?

Das war fast zu schön um wahr zu sein. Irgendeine Art Trick. *Wenn sie eine* Erosita *ist, wo ist ihr Sire?*

„Es ist wahr. Cam ist mein Partner." Ihr Lächeln war traurig. „Du kennst ihn wahrscheinlich als Darius' Erzeuger, oder vielleicht Jace' Cousin."

Ich kannte ihn als beides, aber Moment... *ist? Präsens?* Ich runzelte die Stirn. Cams Betrug und sein anschließender Tod waren wohlbekannt. Das Coventus hat ihn als einen korrupten Vampir beschrieben, der erfolglos versucht hat, die Allianz zu übernehmen und für seinen Versuch getötet wurde.

Aber wenn sie seine Erosita ist, dann müsste sie tot sein, oder nicht?

Darius' Worte aus dem Flugzeug schlichen sich in meine Gedanken. *„Juliet, die Zeremonie verbindet uns, entweder bis ich sterbe, oder bis ein anderes Wesen deinen Körper für sich beansprucht."*

Wenn Izzy Cams Partnerin war, hätte sein Tod ihren Bund gebrochen und sie vor mehreren Jahrzehnten wieder menschlich gemacht. Und dennoch schien sie keinen Tag älter als dreißig zu sein, was bedeutete, dass sie ihre Unsterblichkeit nicht verloren hatte.

„Er ist noch am Leben", bestätigte Darius leise. „Aber niemand weiß, wo."

„Wir wurden alle dazu verleitet, zu glauben, dass Cam tot ist, aber Izzys Existenz beweist, dass er das nicht ist", fügte Jace hinzu. „Und eines Tages werden wir ihn befreien."

Izzy lächelte, aber es erreichte nicht wirklich ihre Augen. „Nun, jetzt da wir uns alle vorgestellt haben, kann ich Juliet vielleicht zurück zum Gelände begleiten, während ihr Zwei hinten sitzt? Es wird hell werden, bevor wir unser Ziel erreicht haben."

Darius küsste meine Schläfe, seine Stimme war leise, als er fragte: „Ist es ok für dich vorne mit Ismerelda zu sitzen?" *Du hast die Wahl, Juliet,* flüsterte er durch meine Gedanken. *Sie wird nicht verletzt sein, wenn du es ablehnst.*

Darüber musste ich nicht nachdenken, ich hatte meine Entscheidung in dem Moment getroffen, als ich realisierte, wer und was sie war. „Ja. Ich würde gerne mit ihr reden."

Darius umarmte mich. „Das habe ich mir schon gedacht", eine weitere Berührung seiner Lippen. „Ich bin direkt hinter dir, wenn du mich brauchst, zumindest bis zum Sonnenaufgang."

„Was passiert dann?", fragte ich, plötzlich besorgt. Sonnenlicht konnte Vampire nicht töten, sie aber ernsthaft schwächen. Das war der Grund dafür, dass sie es bevorzugten, erst nachts aktiv zu werden.

„Dann gehe ich wieder in den Reisesarg mit Jace, wo es sicher ist", seine Lippen kräuselten sich. „Du darfst uns gerne wieder Gesellschaft leisten."

In der Ferne heulte ein Wolf, was alle dazu brachte, ihre Köpfe zu heben und in die Richtung zu schauen, aus der das Heulen gekommen war. Als ein zweiter Wolf mit einstieg, wurden die Lykaner munter.

„Wir müssen los", sagte Darius und wirbelte mich in Richtung des Autos und Izzy. Sie ergriff meine Hand und führte mich auf den mittleren Sitz zwischen ihr und dem Fahrer, während Darius und Jace sich hinter uns setzten. Die restlichen Lykaner verschwanden in Form von Wölfen oder auf Motorrädern.

„Nichts, worüber wir uns Sorgen machen müssen", murmelte Izzy. „Nur eine Warnung vor menschlichen Spähern am Horizont. Manchmal schleichen sie gerne an der Grenze entlang, normalerweise, weil sie gelangweilt sind. Aber sie streifen nicht zu weit in unser Gebiet hinein, nicht ohne ein Nachspiel durch unsere eigenen Wächter."

„Du meinst die Vigil?", fragte ich, während ich mich an die offizielle Bezeichnung erinnerte, die Darius verwendet hatte.

„Ja, die menschliche Bürgerwehr, die ihre eigene Art jagen, um sich die Gunst der Vampire und Lykaner zu verdienen", spottete sie. „Wandelnder Abschaum, wenn du mich fragst."

„Opportunisten", sagte der Fahrer neben mir, seine Stimme war rau und tief. Definitiv ein Lykaner.

„Mit Sicherheit", schnaubte sie. „Wie dem auch sei, du musst ziemlich überwältigt sein."

Ich dachte über ihre Aussage nach, während Jace und Darius hinter uns leise miteinander redeten. Ihre Worte waren zu leise, als dass ich sie hätte hören können, aber ich wusste, dass sie keine Probleme hätten, mich zu verstehen, selbst wenn ich flüstern würde. „Ist es mir erlaubt, frei zu sprechen?", fragte ich, mehr zu den Wesen auf dem Rücksitz als zu denen neben mir.

„Du kannst sagen, was auch immer du möchtest, Juliet", antwortete Darius und bestätigte so meinen Verdacht, dass er uns zuhörte. „Ich möchte dich sogar dazu ermutigen."

„Wie nett von dir", antwortete Izzy trocken.

„Sie kommt aus einer anderen Welt als du, Ismerelda. Sie fragt nach einer Erlaubnis, weil diese Anordnung ihr über Jahre der Folter eingefleischt wurde." Er klang genervt, was mich an die Zeit erinnerte, als er mir gesagt hat, ich solle aufhören mich zu verbeugen.

„Scheiß Vampire", knurrte sie.

„Lykaner sind nicht besser, Liebchen", sagte Jace. „Nichts für Ungut, Hunter."

Der Lykaner neben mir grunzte. „Alles gut."

„Ignorier sie einfach alle und rede mit mir", ermutigte mich Izzy. „Wie fühlst du dich?"

Wie fühle ich mich? Ich hatte plötzlich das Bedürfnis zu lachen. Die letzten zehn, zwölf, vierundzwanzig Stunden waren ein Wirbelwind der Gefühle gewesen. War das Dinner mit Sebastian erst einen Tag her? Jetzt saß ich neben einer *Erosita* und einem Lykaner, mit einem königlichen Vampir und Darius hinter mir.

Liebe Göttin, ich verliere meinen geliebten Verstand.

Von dem Wunsch zu sterben bis dahin, nicht zu wissen, wo oben und unten ist, hatte ich alles durchlebt.

Ein Kuss von Darius brachte meine ganze Welt ins Wanken, eine Berührung von Jace hatte mich in der einen Minute dazu gebracht, schreien zu wollen, und in der nächsten musste ich ein Stöhnen unterdrücken, und als wäre das noch nicht genug, haben wir uns aus einer Vampirstadt geschlichen, um einen Lykaner-Stamm zu besuchen.

Trotz der Gedanken, die ich versuchte zu verarbeiten, kräuselten sich meine Lippen und das Kichern, das mir im Hals saß, explodierte mit einem Lachen aus mir heraus. Es war entweder das oder ein Schrei. Nein, warte, da liefen auch Tränen aus meinen Augen.

Ich konnte nicht aufhören. Der Ausbruch von Energie erfüllte das leise Auto mit einem Geräusch, das ich nur sehr selten gehört hatte, geschweige denn, es selbst produzierte.

„Sie dreht durch, Kumpel." Jace' Stimme erreichte kaum meine Gedanken, weil es mich nicht interessierte. Es fühlte sich so gut an, die Emotionen einfach raus zu lassen.

Hier konnte ich lachen. Weinen. Schreien. Was auch immer ich wollte. Ohne eine Bestrafung.

Sicher, realisierte ich. Darius hatte mich an einen *sicheren* Ort gebracht. Ich traf seinen besorgten Blick im Spiegel. Das war es, was er wollte, das ich sehe – Leben, außerhalb der Grenzen der Vampirgesellschaft. Und ich hatte keine Ahnung, was ich als nächstes tun sollte.

28

DARIUS

Juliets Lachen ging mir direkt ins Herz. Es war so erfüllt von Emotionen, so gebrochen, alles was ich tun wollte, war sie in meine Arme zu schließen. Aber ein scharfer Blick von Ismerelda hielt mich in meinem Sitz.

„Sag mir, was mit Viktor passiert ist", sagte Jace und half mir, meinen Fokus wieder auf unser ursprüngliches Ziel zu wenden.

„Er hat versucht meine Blutjungfrau zu nehmen, also habe ich ihn getötet."

Jace lächelte. „Das ist, was Sebastian gemeldet hat, aber was ist wirklich passiert?"

Ich zuckte mit den Achseln. „Ich könnte ihm diskret angedeutet haben, dass er die Erlaubnis hat, mein Eigentum zu begrabschen, als sonst niemand geguckt hat."

Er kicherte. „Brillant. Und wie hast du vor mit Gaston fertig zu werden?"

Ich lockerte meine Krawatte und schob den Knoten von meinem Hals weg. Formale Kleidung wurde nach einer Weile so ermüdend. „Meine Hoffnung ist, dass ihn die Nachricht von diesem improvisierten Treffen mit dir in

Lilith City erreicht und er sich zurückzieht, wenn Sebastian mich bei der Parlamentsgala nominiert. Wenn er das nicht tut, könnte ihn ein schlimmes Schicksal ereilen. Rein zufällig natürlich."

„Wie meinen vorherigen Herrscher, Adrian?", fragte er amüsiert.

„Schade, dass ihn diese schurkischen Lykaner erwischt haben." Auf meine Worte folgte ein Schnauben aus dem Fahrersitz, was mir ein Lächeln auf die Lippen zauberte. Hunter war ein ausgezeichneter Scharfschütze. Einer, den ich schätze an meiner Seite zu haben.

„Schade", stimmte Jace zu und klang deswegen ein wenig traurig. Was er natürlich nicht war, da der ganze blutige Plan seine brillante Idee gewesen war. Jace war die erste Figur im Spiel, der seinen Zug gemacht hatte, als ein König mit einem geerbten, hohen Ansehen.

Als er die Führung über den ehemaligen Nordwesten der Vereinigten Staaten übernommen hat, habe ich mich entschieden, in meinem Anwesen in Washington unter seinen Regeln zu leben und auf den nächsten Schritt zu warten. Über ein Jahrhundert später hatte er den Plan entwickelt, mich als einen seiner beiden Herrscher einzubringen, was mir Macht und Autorität über das Land und die Vampire gab.

Woanders waren noch mehrere Figuren im Spiel, alle strategisch aufgestellt, um irgendwann die Allianz zu Fall zu bringen. Mein Aufstieg war erst der Anfang – ein Zeichen für die anderen, dass das Spiel begonnen hatte.

Und während der ganzen Zeit hatten wir nach Cams Aufenthaltsort gesucht. Er war der rechtmäßige König unserer Art. Nicht Lilith, die Schlampe von Königin, die die Krone gestohlen hat.

„Vor eintausend Jahren?", Juliet schnappte auf dem Vordersitz nach Luft, ihr Gelächter war dank Ismereldas

Geschichten verebbt. Sie war tief in der Geschichte versunken, wie sie Cam getroffen hatte. Ihre Stimme ließ auf eine sehr viel glücklichere Zeit in ihrem Leben schließen. Ich konnte mir nicht vorstellen, wie es sein musste zu wissen, dass ihre Liebe noch irgendwo existierte, an einem Ort, den sie nicht finden konnte.

Ihre mentale Verbindung war zerbrochen — ein Anzeichen dafür, dass er sie unterbunden hatte — vermutlich, um sie vor den Qualen zu beschützen, welche auch immer unsere Art über ihn brachte. Ganz zu schweigen davon, dass es ebenso ihre Existenz beschützte.

Die Könige dachten, Cam hätte seine Erosita vor dem übermenschlichen Aufstand getötet, eine Szene, die er strategisch inszeniert hatte, um sie vor der unvermeidlichen Zukunft der menschlichen Versklavung zu schützen. Er versteckte sie inmitten des Majestic Clan, einer unserer wenigen Verbündeten unter den Lykanern, weil er wusste, dass die Vampire nie auf die Idee kommen würden, hier nach ihr zu suchen.

Und dann wurde er gefasst und wegen Hochverrats angeklagt. Nicht wegen des Verrats, den Lilith ihm vorwarf, sondern seiner möglichen Bedrohung ihrer Macht.

Ein Hauch von Ehrfurcht drang in Juliets Stimme, als sie Ismerelda über ihre Beziehung zu Cam befragte. Sie wollte etwas über Besitzgier wissen und ob Vampire üblicherweise mehr als einen Partner haben.

„Ich denke, sie wünscht sich deine Treue", murmelte Jace, der dem Gespräch lauschte.

„Es scheint so", ich grinste. „Sie ist sehr besitzergreifend geworden, aber ich denke nicht, dass sie versteht warum."

„Der Bund."

Ich nickte. „Sie lenkt meine Gefühle für sie." Ich

musste alle meine Instinkte wegsperren, aus Angst, dass jemand sie testen könnte, und es schien, als hätte ich ihr durch unsere Verbindung einige davon eingepflanzt.

„Ich denke, da könnte mehr dran sein", er neigte seinen Kopf zur Seite und hörte Juliet zu, wie sie leise über die Entwicklung unserer Beziehung sprach. „Sie mag dich."

„Weil sie keine Alternativen hat."

Er zuckte mit der Schulter. „Ich habe ihr eine in dem Sarg geboten und sie hat kaum bemerkt, dass ich da war, und wir beide wissen, dass mir das sonst nie passiert."

Mit seinem dunklen Haar, silbernen Augen und dem markanten Gesicht verweigerte sich ihm nie jemand. Zum Teufel, einige der Menschen, die wir zum Teilen bestellt hatten, schienen tatsächlich erleichtert, von ihm ausgewählt worden zu sein. Ganz zu schweigen davon, dass die Mehrheit derer, die in die königlichen Sexualerziehungslager geschickt wurden, sich seinen Harem vor allen anderen wünschten.

„Sie hat Angst vor dir", betonte ich. „Das Coventus hat ihr beigebracht, alle königlichen und einflussreichen Vampire zu fürchten."

„Und dennoch fürchtet sie dich nicht", sinnierte er. „Faszinierend, wenn man bedenkt, dass du einer der Mächtigsten unserer Art bist. Cams Essenz fließt durch deine Venen, was dich zu einem echten Prinzen macht."

„Etwas, das sie nicht versteht."

„Oh, da bin ich anderer Meinung. Sie spürt es zur Genüge, aber vertraut dir trotz ihrer Instinkte, weil ihr Gefühl ihr sagt, dass sie sicher ist."

Ich betrachtete sie ihm Spiegel, ihre erröteten Wangen und nachdenklichen Augen. Sie war in die Unterhaltung mit Ismerelda vertieft und bemerkte gar nicht, wie wir auf dem Rücksitz über sie diskutierten. Sie zählten die Vorteile auf, die es mit sich brachte, Partner eines Vampirs zu sein. Die Unsterblichkeit, die mentale Verbindung, die wir gerade erst angefangen hatten zu entdecken, und die Freuden, die zwischen Vampir und *Erosita* ausgetauscht wurden. Juliet errötete, ihre Stimme wurde zu einem Flüstern, als sie fragte, ob Cam lange gewartet hatte, bevor er Ismerelda entjungfert hat.

Ich grinste und spürte Juliets Frustration darüber, dass ich unsere eigene Verbindung heraus zögerte. Jetzt, da sie alles wusste, könnte ich ihr eine richtige Wahl bieten, etwas, das sie am Anfang nie in Betracht gezogen hatte, wonach sie sich jetzt aber sehnte. Sie an meiner Seite zu haben, würde sich als vorteilhaft erweisen, solange sie auch wirklich dort sein wollte. Falls sie das nicht wollte, dann könnte sie den Rest ihrer Tage hier unter den Lykanern leben, mit den anderen Menschen, die sie beschützen würden.

Es gab einen ganzen Stamm von Sterblichen, die beinahe so lebten wie damals, mit Freiheiten und Familien, versteckt von den Bäumen und den Lykanern, die dieses Gebiet kontrollierten. Niemand dachte daran, in den Wäldern nach herumstreunernden Menschen zu suchen, weil angenommen wurde, dass sie alle verhaftet oder tot wären. Außerdem, welcher Lykaner würde Frischfleisch frei herumlaufen lassen? Das war es, was die anderen dachten, und so machten sie dieses hier zu den sichersten Gebieten für Sterbliche. Und für meine Juliet, sollte sie bleiben wollen.

„Wie geht es Ivan und Trevor?", fragte Jace und lenkte meine Gedanken wieder in die Gegenwart.

Ich gab ihm ein kurzes Update, inklusive Ivans Gedanken über die aktuellen politischen Angelegenheiten und wen wir in Betracht ziehen könnten, auf unserer Seite zu stehen. Jace lauschte jedem Wort, nickte zustimmend und brachte seine eigenen Ideen mit ein. Wir hatten kaum eine Möglichkeit gehabt, frei über unsere Pläne zu reden, und nutzten die Zeit hier zu unserem Vorteil. Jace informierte mich über das Königshaus und ihre Possen, er erwähnte sogar Kylan, der seinen ganzen Harem aus Langeweile getötet hatte.

„Ist er einer Art unsterblichem Wahnsinn verfallen?", fragte ich mich laut, neugierig. Einige der Ältesten unserer Art verloren völlig den Bezug zur Wirklichkeit und fingen an, im Tod zu baden, um sich die Zeit zu vertreiben. Es schien, als hätte Kylan diesen Weg eingeschlagen.

„Seine Motive bleiben unklar, aber irgendwas stimmt nicht. Er hat sich für den Moment zurückgezogen und ausgesagt, er brauche Zeit zum Trauern."

„Sebastian sagte, er habe versucht den Bluttag vorzuziehen, um sein Harem wieder aufzufüllen."

Jace kratzte sich am Kinn. „Das hat er, aber es fehlt ihm an Herz. Ich versuche immer noch herauszufinden, was da passiert ist. Aber ungeachtet dessen dreht er durch und es macht ihm offensichtlich nichts aus zu töten, als wäre es ein Sport."

„Eine gute Zusammenfassung unserer Art."

„Stimmt", er blickte aus dem Fenster, nahm die letzte Spur der Nacht in sich auf. „Manchmal frage ich mich, ob wir es jemals schaffen werde, alle diese Fehler wieder gut zu machen."

„Das werden wir nicht", antwortete ich leise. „Aber wir können versuchen, es in Zukunft besser zu machen." Indem Cam auf seinen Thron zurückkehrt und wir die Menschen besser behandeln als Vieh.

Vampire und Lykaner werden immer herrschen, unsere übernatürliche Natur hat uns an die Spitze der Nahrungskette gesetzt, aber das bedeutete nicht, dass wir die Menschen in Lager schicken mussten. Sie waren unsere

Lebensquelle. Wir brauchten sie mehr, als sie uns brauchten. Etwas, dass die Allianz vergessen hat, als sie die Menschheit beinahe ausgerottet hatte.

„Ja", stimmte Jace zu. „Wir können es versuchen."

Der Horizont begann sich zu erhellen und kündigte so den kommenden Tag an. „Zeit für ein Nickerchen", gähnte ich. Nicht, dass wir das in unserem Alter nötig gehabt hätten, aber alte Gewohnheiten und so weiter. Außerdem wollte ich ausgeruht und bereit sein, wenn Juliet sich später zu mir gesellte. Wir mussten in naher Zukunft eine wichtige Unterhaltung führen und ich musste auf alles, was sie antworten könnte, vorbereitet sein.

29

JULIET

„HIER HÄLT DARIUS sich normalerweise immer auf", sagte Izzy und machte das Licht in dem Schlafzimmer an, das in verschiedenen Brauntönen gehalten war.

Wir hatten die gesamte Fahrt hierher damit verbracht, über ihr Leben zu reden. Über Cam, wie es war, der Partner eines Vampirs zu sein, und ihre Sicht zu den aktuellen Angelegenheiten. In meinem Kopf geisterten tausende weitere Fragen herum, aber nach dem ganzen Reisen und dem Stress forderte mein Körper, dass ich mich ausruhte.

„Das ist wunderschön", sagte ich ihr und berührte den hölzernen Türrahmen. „Darf ich hier schlafen?"

Sie lächelte. „Ich kann mir nicht vorstellen, dass Darius möchte, dass du irgendwo anders schläfst."

„Du warst schon immer eine kluge Frau", Darius' Stimme kam aus dem Flur, sein schlendernder Gang war sicher und zuversichtlich, als er auf uns zu ging. Ich hatte ihn während des Tages noch nie wach gesehen. Er erschien mir nicht anders, nicht einmal, als er Izzy auf die Wange küsste. „Dankeschön, Liebes. Ab hier kann ich übernehmen."

„Dann sei jetzt nett zu ihr, Darius", sie tadelte ihn mit einem strengen Blick. „Ich mag sie."

Er lächelte, seine grünen Augen trafen meine. „Keine Sorgen, Ismerelda. Ich mag sie auch."

In meinem Herzen flatterte es und meine Wangen erröteten, als ich die Aufrichtigkeit in seiner Stimme erkannte. So hatte er noch nie mit jemandem über mich geredet, nicht einmal mit Trevor und Ivan.

„Gut", antwortete Ismerelda zufrieden. „Cam würde es auch gutheißen." In ihren letzten Worten schwang Wehmut mit, als sie Darius auf den Arm klopfte und fortging, wodurch sie uns alleine an der Türschwelle zurückließ.

„Geht es dir gut?", fragte er leise, sein Ausdruck war weich. „Ich kann mir vorstellen, dass das alles ein wenig überwältigend sein kann."

Ein wenig überwältigend? Ich wollte lachen oder vielleicht sogar schreien.

Draußen gab es freie Menschen. Sie liefen herum. Lachten. *Lebten.* Wir waren an ihnen auf dem Weg zu diesem überdimensionalen Blockhaus vorbeigekommen. Sie hatten uns alle neugierig beobachtet, einige haben sogar gewunken.

Unter ihnen waren sogar Lykaner, manche in Klamotten, andere in ihrer Wolfsgestalt.

„Willkommen im Herzen von Majestic Clan", hatte Ismerelda gesagt.

Nach all dem, was sie mir auf dem Weg hierher erzählt hatte, hätte ich nicht überrascht sein sollen. Aber ihre Realität zu sehen, war so anders, als nur davon zu hören.

„Ich möchte mich hier später umsehen", sagte ich. „Bitte." Ich runzelte die Stirn. Ich wusste nicht, wie ich mich hier verhalten sollte, in seiner Gegenwart. Fanden die Anstandsregeln hier noch Anwendung? „Darf ich mich hier umsehen?"

Darius schob eine Haarsträhne hinter mein Ohr und legte seine Hände auf meine Wangen. „Du kannst hier machen, was du möchtest, Juliet. Es erfordert keine Erlaubnis."

Ich lehnte mich gegen seine Berührung, suchte seine Vertrautheit und Wärme. Seine Arme legten sich um mich und schlossen mich in eine Umarmung ein, von der mir nicht bewusst war, dass ich sie brauchte. Er hielt mich lange so fest, einen Fuß im Schlafzimmer, den anderen im Flur, und sagte nichts.

„Ich bin nicht sicher, wie ich mich verhalten soll", gab ich flüsternd zu. „Wir sind von einer Dinner-Horror-Show, nun ja, hier hin gewechselt und ich weiß nicht, was du von mir erwartest." Bei den Worten stiegen mir Tränen in die Augen. „Sag mir, was ich tun soll. Bitte." Ich brauchte seine Führung, sein Verständnis, seine Worte.

Ich brauchte *ihn*.

„Shh, ist schon gut." Er führte mich ins Schlafzimmer und schloss die Tür, dann nahm er mich wieder in seine Arme und hielt mich ganz fest. Seine Stärke umhüllte mich und verlieh mir dieses Gefühl von Sicherheit und Vertrautheit, nach dem ich mich so sehnte.

„Es gibt so viel, was ich verarbeiten muss. Ich hätte mir nie träumen lassen... nie gedacht... Darius, da draußen sind Menschen. Sie leben mit Lykanern. Ist das bei allen Clans so? Kann ich hier bleiben?" Die Worte waren plump und hastig, Tränen liefen über meine Wangen.

Ich hatte nicht bemerkt, wie erschöpft und überwältigt ich mich fühlte, bis jetzt. Meine Beine drohten ihren Dienst zu verweigern und mein Herz hämmerte gegen meine Rippen. Alles brach mit einem Mal über mir zusammen – Sebastian, das tödliche Dinner in Lilith City, Izzy, dieses Blockhaus voller frischer Luft und Fröhlichkeit...

„Darius." Ich klammerte mich Halt suchend an ihn und er hob mich hoch.

„Ich hab dich", murmelte er, trug mich zum Bett und hielt mich auf seinem Schoß.

Ich rollte mich auf ihm zusammen und hörte auf, gegen den Ansturm der Gefühle anzukämpfen, der mein Wesen schändete.

Zu viel. Es war alles zu viel.

Die Unterhaltung mit Izzy war aufschlussreich und erschreckend und sehr, sehr traurig. Sie hatte dieses Leben gewählt. Sie hatte Cam gewählt. Ich hatte das nie, hatte nicht einmal gewagt darauf zu hoffen. Ihr Leben hier zu sehen – und wenn es nur ein flüchtiger Blick gewesen war – die Freiheit, Freude, Menschen, die lächelten, während ich in einer Welt lebte, die von Vampiren kontrolliert wurde... Ich erschauderte. Darius hatte mir so ein Leben gezeigt, es fühlte sich an, als wäre es schon Jahre her, indem er mich all diese Bücher hat lesen und die Geschichte der menschlichen Natur hat entdecken lassen.

Zu dem Zeitpunkt hatte es sich wie eine Erfindung angehört, aber jetzt, *jetzt,* verstand ich es. Ich hatte in nur wenigen Stunden die Unterschiede erlebt, Izzy lachen gesehen und wie sie die übermenschlichen Wesen neckte – als ein Mensch.

Das würde ich niemals haben. Das hier war ein Besuch, nicht mein Leben. Und selbst wenn es das wäre, ich gehörte nicht hierher. Wie würde ich jemals in eine Welt passen, in der ich eine Wahl hatte? Ich konnte nicht einmal darum bitten, ohne Erlaubnis herumlaufen zu dürfen, und schlimmer, ich *wollte* mich hier nicht ohne

Darius' Erlaubnis umsehen. Weil ein Teil von mir lebte, um ihm zu dienen.

Selbst als ich fragte, ob ich hier bleiben könnte, wusste ich, dass ich das eigentlich nicht wollte. Mein Verstand randalierte über diesen ganzen Wahnsinn, vernebelte meine Sicht und schickte schmerzhafte Krämpfe durch meinen Körper.

Weinen war eine Schwäche. Verboten. Wurde von Vampiren nicht toleriert. Und dennoch, *mein* Vampir hielt mich während all dem fest. Er flüsterte fremde Worte in mein Ohr, in einer lyrischen und süß klingenden Sprache. Sie besänftigten mein schmerzendes Herz und lenkten mich von dem Tumult in meinem Kopf ab.

„Was sagst du da?", fragte ich gegen seine Brust, meine Tränen hatten sein Hemd bereits ruiniert.

„Ich sage ein altes Gedicht auf." Er fuhr mit seinen Fingern durch mein Haar und meinen Rücken herunter. Immer und immer wieder. „Es handelt von Vergebung und Mitgefühl, aber es gibt keine richtige Übersetzung. Die Sprache ist sehr alt."

Ich schniefte, meine Wimpern waren immer noch feucht. „Warum bist du so anders als die anderen?"

„Du meinst meine Brüder, wie Sebastian und Brent?"

„Ja. Du kannst so kalt sein – wie sie – aber auch warm. Wieso?'

Er bewegte sich, streckte seine Beine aus, um die Knöchel zu überkreuzen und mich in seinem Schoß umzusetzten. Er drückte meine Wange an seine Schulter, mein Blick lag auf der dunklen hölzernen Wand.

„Die Kälte ist natürlich, die kommt mit den Jahren. Allerdings habe ich im Gegensatz zu den meisten meiner Art mein Gefühl für Menschlichkeit nicht verloren. Vampire und Lykaner sind übergeordnete Rassen, aber Menschen sind die Quelle unserer Lebenskraft. Ohne euer

Blut würden die Vampire sterben. Ohne eure Fähigkeit sich fortzupflanzen, würden auch die Lykaner aussterben." Er streichelte meinen Rücken während er sprach, seine Berührung fühlte sich friedlich und richtig an, wiegte mich in einer Behaglichkeit, die ich noch mit niemandem sonst geteilt hatte.

„Es muss einen Weg für uns alle geben, in Harmonie zu leben, ohne deine Art in Lager und Folter zu verbannen", fuhr er fort. „Das haben wir mehrere tausend Jahre lang geschafft, was sich natürlich geändert hat, nachdem die Menschheit uns entdeckt hat. Trotzdem war diese Lösung – die heutige Gesellschaft – nicht die einzige Option. Das war Cams Glaube und es gibt viele unter uns, die ihm zustimmen. Inklusive mir."

„Und Jace."

„Ja. Trevor und Ivan ebenso, und mehrere andere, die du noch nicht kennengelernt hast. In der Hoffnung auf einen Umsturz haben wir uns in den letzten Jahrzehnten weltweit entsprechend positioniert. Dass ich der Herrscher unter Jace werde, ist für die anderen das Signal, dass wir bereit sind, die ersten Figuren auf dem Spielbrett zu bewegen."

„Warum jetzt?", fragte ich mich. „Ist etwas passiert, dass den Wandel vorangetrieben hat?"

Er schüttelte seinen Kopf. „Nicht direkt. Wir hatten gehofft, eine bessere Vorstellung von Cams Aufenthaltsort zu haben, bevor wir anfangen, aber uns ist zunehmend klarer geworden, dass wir mehr Leute in hohen Positionen brauchen, um ihn zu finden. Die Veränderung, die wir anstreben, wird nicht über Nacht passieren, vielleicht nicht mal in den nächsten paar Jahrzehnten. Es ist ein langes Spiel, das wir spielen müssen. Eins, das vor einem Jahrhundert begonnen hat und heute weiter geht."

Ich blinzelte, meine Sicht war verschwommen. „Also werden Menschen weiterhin leiden."

„Leider, ja", er drückte mich an sich. „Aber es sind nicht nur die Menschen, Juliet. Die Nomadenländer sind furchterregend und hoffnungslos und viel schlimmer als selbst die niedrigsten übergeordneten Klassen. Unsere heutige Gesellschaft basiert auf Aristokratie und Macht und sie ist für alle Beteiligten äußerst unangemessen. Nur die Mächtigsten und Ältesten unserer Art – die Könige, zum Beispiel – profitieren davon. Der Rest wird sich selbst überlassen oder verhungert."

Diesen Aspekt der Welt hatte ich noch nicht gekannt. Die Lehren des Coventus bezogen sich alle auf den Lebensstil der Einflussreichen, weil das immer meine Zukunft war – Sklavin eines wohlhabenden Vampirs zu sein. Wie Darius.

Mein Blick richtete sich auf den Mann, der mich hielt, auf sein hübsches Gesicht, den verführerischen Blick und die vollen Lippen. „Warum hast du mich gewählt?"

Seine Handfläche glitt hoch zu meinem Hals, unter mein Haar, und griff um meinen Nacken. „Wenn jemand in meiner Position Interesse daran hat, sich eine Blutjungfrau anzuschaffen, werden uns Portfolios von allen Kandidaten geschickt. Die ersten habe ich vor zwei Jahren beantragt und monatlich eine Akte erhalten, aber keine von ihnen hat meine Neugierde geweckt. Ich war kurz davor diese Idee aufzugeben, weil unsere Zeit knapp wurde, aber dann lag dein Profil auf meinem Schreibtisch." Sein Daumen strich über die Seite meines Halses und umrahmte meinen Puls.

„Deine intellektuellen Fähigkeiten und die Affinität zu Sprachen waren der erste Punkt zu deinen Gunsten. Aber es waren deine Augen" – in seinen Augen knisterte ein grünes Feuer – „sie haben dein Schicksal besiegelt. Ich wusste, du wärst in der Lage, meine Feinde mit einem Blick in die Knie zu zwingen, und würdest meine eigene perfekte, intelligente, umwerfende Waffe werden."

Ich leckte meine Lippen, die auf einmal ganz trocken waren. „Das Coventus hat mir beigebracht zu tun, was immer mein Herr sich wünscht, was bedeutet, ich würde versuchen dir mit allem zu helfen, worum du mich bittest, unabhängig von der Zeremonie. Warum sich also die Mühe mit diesem Ritual machen? Ist es, weil du mich unsterblich brauchst, so wie Izzy?"

„Die Zeremonie bietet uns eine tiefe Verbindung und die Möglichkeit zu kommunizieren, falls wir es müssen. Und ja, deine Unsterblichkeit dient einem wichtigen Zweck. Ich brauchte dich weniger zerbrechlich, um mit den Situationen fertig zu werden, die ich ursprünglich für dich geplant hatte, deshalb habe ich auch angefangen, dir das Training mit Waffen und Selbstverteidigung beizubringen", die Hand, die nicht in meinem Nacken lag, fiel auf meinen Oberschenkel, seine Finger spreizten sich besitzergreifend über meine Jeans. „Aber diese Pläne haben sich als unmöglich herausgestellt."

Ich schluckte. „Was meinst du?"

„Ich kann dich nicht noch einmal in eine Situation bringen wie die mit Viktor. Zum Teufel, ich kann dich ja nicht einmal teilen", in diesen letzten Worten schwebte ein Hauch von Frustration mit. „Ich habe es versucht, mit Ivan und Trevor hat es sogar einigermaßen geklappt, aber bei Sebastians Besuch konnte ich es nicht. Deshalb habe ich dich nach oben geschickt."

Ich runzelte die Stirn „Aber ich dachte, ich hätte dich enttäuscht. Ich bin in dein Zimmer gegangen und habe eine Bestrafung erwartet."

„Oh, Liebling, nein", er drückte seine Lippen auf meine Stirn, seine Arme legten sich um mich. „Jegliche

Frustration, die du gespürt hast, galt Sebastian, nicht dir. Meine Worte waren alle bloß Teil einer Scharade, die wir spielen müssen um zu überleben. Ich hatte vor dir so lange Freuden zu bereiten, bis du nicht mehr laufen kannst, aber stattdessen fand ich dich völlig zerstört vor." Er lehnte sich zurück und sein Blick traf wieder auf meinen. „Lag es daran, dass du dachtest, ich hätte vor dir wehzutun?"

„Ich – ich, ja. Du sagtest, ich hätte dich früher am Abend enttäuscht, und ich dachte, ich hätte es mit Sebastian wieder getan", mein Hals presste die Worte hervor, als meine Emotionen wieder an die Oberfläche drangen. „Ich habe Schmerzen erwartet."

Er seufzte, seine Stirn fiel gegen meine Schulter. „Ich wollte dir nie wehtun, Liebling. Jedenfalls nicht auf eine grausame Weise", er küsste meinen Hals, mein Ohr. „Mir gefallen die erotischen Spiele viel besser als die Bestrafungen."

„Ich verstehe nicht mehr, wie ich mich verhalten soll", gab ich zu. „Du hast gefragt, ob ich mit Sebastian geteilt werden wollte, und das wollte ich nicht, aber ich bin darauf trainiert, alles zu tun, was du willst. Dann hast du bei unserem letzten Dinner versprochen, mich nicht zu teilen, aber Jace hat mich gebissen. Ich bin so verwirrt, Darius. Ich weiß nicht, wie ich dir gefallen kann oder was du von mir möchtest. Ich mache die ganze Zeit Fehler, aber ich verspreche, ich werde –"

Seine Lippen legten sich auf meine und ließen meine Verzweiflung verstummen. Er küsste mich sanft, sein Mund glitt zärtlich gegen meinen eigenen. Ich ließ meine Finger durch seine Haare gleiten, hielt mich an ihm fest, wollte ihn unbedingt, atmete ihn ein wie Luft.

Ich brauche dich, sagte ich ihm, *bitte, Darius.*

Er antwortete, indem er mich bewegte bis ich mit gespreizten Beinen auf ihm saß, seine Hände packten meine Hüfte, als er unsere Umarmung vertiefte. Meine Zunge teilte seine Lippen, forderte mehr. Er lächelte oder reagierte nicht, aber er ließ mich das nehmen, was ich brauchte. Ich erkundete seinen Mund, wie er es immer mit meinem tat. Ich kostete jeden Zentimeter von ihm, beanspruchte ihn, wie er es mit mir getan hatte, und markierte ihn als den meinen.

Ich werde dich nicht teilen, warnte ich ihn, *Izzy war Cams einzige Partnerin, also erzähl mir nicht, dass es unmöglich ist. Das werde ich dir nicht glauben.*

Er brach den Kuss ab, grüne Flammen tanzten in seinem Blick. „Du verlangst meine Treue." Keine Frage, sondern eine Feststellung.

Ich zögerte nicht, mein Herz und meine Seele weigerten sich, jetzt einen Rückzieher zu machen. „Ja. Du hast gesagt, Vampire können mehr als eine *Erosita* haben, aber das kann ich nicht akzeptieren. Wenn ich dir treu bleibe, dann erwarte ich das gleiche von dir."

„Und jetzt gibst du mir ein Ultimatum." Er rollte mich von ihm runter und auf meinen Rücken, sein Körper hielt mich auf der Matratze gefangen. „Hast du vergessen, wer hier der Herr ist, Juliet?"

Ich zitterte unter ihm, seine Position und sein Tonfall bekräftigten seine Dominanz. Nicht, dass ich die je geleugnet hätte.

„Wenn du eine andere nimmst, werde ich sie töten." Als ich das sagte, wurde mir klar, wie wahr diese Aussage war. Darius hatte mir genug Selbstverteidigung mit Waffen beigebracht, in Kombination mit meinen besitzergreifenden Gefühlen könnte ich töten. „Ich werde dich nicht teilen", wiederholte ich, dieses Mal lauter. „Ich weigere mich."

Er kicherte, seine Lippen fielen auf meinen Hals. „Scheiße, Juliet." Er drückte seine Erektion gegen meine

Hüfte, sein Körper über mir war reine animalische Kraft. „Ich weiß nicht, ob du diese Dinge nur sagst, weil meine Besitzgier dich durch unseren Bund beeinflusst, aber das ist verdammt heiß." Er glitt zwischen meine Beine und legte seine Erregung zwischen meine Oberschenkel. „Du bist auch mein, Juliet. Aber die Gesellschaft wird mich zwingen, dich zu teilen. Deshalb habe ich dich hierher gebracht. Nicht nur, um zu lernen, sondern um dir einen Ausweg anzubieten."

Ich erstarrte unter ihm trotz des Feuers, das in meinen Venen brannte. „Was?"

„Du kannst hier bleiben, wenn du möchtest. Menschen, selbst Blutjungfrauen, gehen jeden Tag verloren. Niemand würde etwas verdächtigen, nachdem ich dich mit Jace in die Suite mitgenommen habe. Wenn überhaupt wären sie schockiert, dass du überlebt hast." Seine Lippen trafen auf meinen Hals, seine Küsse waren voller Ehrfurcht. „Du hast mir bereits geholfen, indem du mich bei der Wiedereingliederung in die Gesellschaft begleitet hast. Ich habe die erforderlichen Ergebnisse erzielt, was bedeutet, dass du deinen Teil der Abmachung erfüllt hast."

Sein Atem ließ meine Haut erzittern und jagte eine Gänsehaut über meine Haut.

„Was sagst du da?", fragte ich und mir stockte der Atem.

„Ich sage, dass du ein richtiges Leben haben könntest. Hier, Juliet. Niemand wäre überrascht von unserer kurzlebigen Verbindung; Man würde einfach annehmen, dass ich deiner überdrüssig geworden bin, wie es bei meinesgleichen üblich ist."

Meine Augen verengten sich bei seinen Worten. „Kurzlebig?" Ich packte ihn bei den Schultern und schubste ihn zurück, ich musste sein Gesicht sehen. „Du behauptest, dass unsere Zeremonie kurzlebig ist?" Hatte er mir nicht Unsterblichkeit versprochen im Austausch für meine Zustimmung ihm zu helfen seine Konkurrenten zu vernichten? Oder wollte er mir nur für die Dauer des Wahlprozesses vorübergehende Unsterblichkeit schenken und nicht darüber hinaus? „Vollenden wir unseren Bund nicht?"

Er starrte auf mich herab. „Möchtest du die Zeremonie nicht mehr?"

Das war ganz und gar nicht das, was ich gerade gesagt hatte. Ich schüttelte meinen Kopf, verwirrt und unentschlossen. Was war der Zweck den Bund einzuleiten und mich dann hier zu lassen? Ich dachte, Darius will die Ewigkeit, mich trainieren, um für immer sein perfektes Gift zu sein, nicht *vorübergehend*. Ich schubste ihn erneut, dieses Mal mit der Intention, ihn von mir runter zu schieben, aber der harte Vampir bewegte sich nicht.

„Juliet, lehnst du den Bund mit mir ab?"

Meine Augenbrauen sprangen nach oben. „Den Bund ablehnen?" Machte er Witze? „Ich habe dir gerade gesagt, dass ich dich niemals teilen möchte und du antwortest, indem du mich darüber informierst, dass mein Zweck in deinem Leben im Grunde erledigt ist!" Ich konnte mich nicht davon abhalten, meine Stimme zu erheben. Alles hier war vollkommener und heilloser Wahnsinn. „Du hast von mir verlangt, deiner Abmachung zuzustimmen. Sagst, ich würde Unsterblichkeit erlangen, dann sagst du mir, dass Vampire mehr als eine *Erosita* haben können und jetzt hast du vor mich hier zu lassen? Alleine. In einer Welt, die ich nicht verstehe, weil ich dir nicht länger von Nutzen bin und unser Bund kurzlebig sein kann."

Ich hasste dieses Wort offiziell. Ich hasste ihn offiziell. Ich hasste offiziell alles. Dieses Leben. Diese Welt. Diese Situation. Ich wollte schreien – eine Handlung, die von

Vampiren verboten wurde. Aber kümmerte es mich? Welchem Zweck diente es, immer vollkommen gehorsam zu sein? *Um einem Herren zu dienen.* Ich hätte beinahe gelacht, aber stattdessen teilte ein anderer Laut meine Lippen.

Ein Kreischen, erfüllt von all den Emotionen und dem Hass, den ich für alles und jeden empfand. Meine Welt zerbrach unter einem Schleier aus Schmerz und Qualen.

Nicht mehr.

Darius wollte mich hier lassen? Schön. Aber nicht ohne ihn vorher spüren zu lassen, wie sehr er mich verletzt hatte.

30

JULIET

„Scheiße!" Darius' Handfläche bedeckte meinen Mund, das komplette Gegenteil von dem, was ich wollte. Ich wand mich unter ihm und kämpfte mit allem, was ich hatte, um seinen viel größeren Körper zu vertreiben, allerdings ohne Erfolg. „Hör auf!", forderte er.

„Nein!" Mein Schrei kam nur gedämpft unter seiner Hand hervor. Tränen brannten in meinen Augen, als ich finster zu ihm hoch starrte. Er konnte meinen Mund zum Schweigen bringen, aber nicht meinen Verstand.

Ich hasse dich! Warum hast du dich überhaupt um die Zeremonie bemüht, wenn du nicht vor hattest sie zu Ende zu bringen? Um mich einfach hier zu lassen? Alleine? Ohne dich? Ich versuchte wieder erfolglos ihn abzuschütteln und schrie innerlich vor Frustration, als er sich nicht einmal einen Zentimeter rührte.

Du hättest mich einfach zwingen sollen, dir ohne die ganzen zusätzlichen Bedingungen zu helfen. Das wäre ein besseres Schicksal gewesen, als mich in diesen vorübergehenden Bund zu drängen, nur um ihn zu zertrümmern, sobald ich meinen Zweck erfüllt habe. Oder ist das die Art, wie du mit deinem Essen spielst, Vampir? Versprich ihr die Ewigkeit, nur um sie ihr wieder zu stehlen und sie an einem Ort voller Fremder zurückzulassen, während du losziehst und eine neue Partnerin suchst?

Er hielt mich unten, sein Blick glühte vor unverhüllter Wut, als ich wütend unter ihm bebte. *Lass. Mich. Los!*

Meine beiden Hände wurden von ihm über meinem Kopf gefangen gehalten, während seine Oberschenkel meine auf das Bett drückten und seine Hand immer noch meinen Mund abdeckte. „Du hast meine Absichten völlig falsch verstanden", knurrte er.

Ich schnaubte. *Ich habe permanent alles falsch verstanden, weil du lieber in Rätseln redest, anstatt es mir tatsächlich zu erklären.*

Seine Augenbrauen hoben sich. „Du willst eine vollständige Erklärung, Juliet? Dann gebe ich dir eine." Seine Hand rutschte von meinen Lippen, nur um sie durch seinen Mund zu ersetzen. Ich biss ihm in die Zunge, was ein tiefes Knurren bei ihm hervorrief. Aber er hörte nicht auf, trotz des Blutes, das aus der Wunde tropfte. Seine Lippen verschlangen meine in einem bestrafenden Kuss, der mir den Atem raubte.

Um uns herum stürzten Mauern ein, ein Strom von Geräuschen und Stimmen durchdrang meine Ohren.

Nach diesem Angriff wurde mir schwindelig und ich rutschte in ein Bewusstsein, das nicht mir gehörte.

Darius.

Sein Geist umgab mich, umhüllte mich mit seinen Erinnerungen, seinen Gedanken, seinen Gefühlen und Absichten. Ich keuchte, meine Lungen entzündeten sich durch das Bedürfnis einzuatmen, aber alles, was ich in mich aufnehmen konnte, waren noch mehr Worte und Emotionen.

Zärtlichkeit, Angst, Besessenheit, Schmerz.

Sie hierher zu bringen ist das Richtige, auch wenn es mich umbringt.

Ich kann sie nicht behalten. Nicht in dieser Welt.

Ich verliere die Orientierung.

Scheiße, sie ist bezaubernd. So gebrochen, so wunderschön, so sehr meins.

Sie zu brechen wird die erfüllendste und verheerendste Tat sein, die ich je begehen werde.

Diese Welt ist zu gefährlich für sie.

Ich werde jeden töten, der sie anfasst, auch wenn ich das nicht sollte.

Cam zählt auf mich. Aber alles was ich tun kann, ist an sie zu denken.

Sie wird bei dem Majestic Clan sicher sein, sogar sicherer als bei mir, aber ich werde sie kaum sehen können. Ein Opfer, das ich bringen muss − für sie.

Ohne sie wird es mir miserabel gehen, aber wie kann ich so egoistisch sein?

Was, wenn sie an meiner Seite bleibt? Das würde sie noch mehr verletzen, die Gesellschaft würde so viele Forderungen stellen… Das kann ich ihr nicht antun.

Was war mit dem eigentlichen Plan? Hatte ich alles vergessen?

Das hier könnte niemals kurzlebig sein, nicht zwischen uns.

Sauerstoff verbrannte mein Inneres, als er mich freiließ. Sein Mund war eine Haaresbreite von meinem entfernt, als ich vor dem Ansturm seines Eindringens nach Luft schnappte. Zwei glühende, flüssige Smaragde blickten auf mich herab, seine Wangen waren rosa von der Anstrengung, mich in seine Gedanken zu lassen.

„Darius", hauchte ich. Ich hatte nichts zu sagen, jetzt zählten nur noch meine Lippen auf den seinen.

Ich schloss die Lücke zwischen uns, küsste ihn mit einer Inbrunst, die durch seine Gedanken noch verstärkt wurde. Er hatte die Tür zu seinen Verstand offen gelassen, zeigte mir alles. Sein zerrüttetes Begehren, die Zurückhaltung, die er brauchte, um meinen Körper nicht zu beanspruchen, die Wut, die er auf die Gesellschaft hatte, seine besitzergreifenden Instinkte, sein Herz…

Ich wölbte mich gegen ihn, brauchte mehr. Seine Hand glitt zu meiner Hüfte und dann unter meiner Strickjacke nach oben, um sich auf meine Brust zu legen. Ich stöhnte ermutigend. Meine Erschöpfung spielte keine Rolle mehr, ebenso wenig wie all meine gequälten Gefühle. *Nur er.*

„Nimm mich", flüsterte ich. „Vervollständige uns."

Er knurrte gegen meinen Mund, der Griff an meiner Hüfte wurde fester. „Es wird wehtun, Juliet."

„Es tut mehr weh, wenn du es nicht tust." Ich rieb mich gegen seine Erektion, meine Oberschenkel spannten sich unter ihm an. „Beanspruche mich, Darius. *Bitte.*"

Sein Mund herrschte über meinen mit einer Brutalität, die ich noch in meiner Seele spürte. Ich stürzte mich kopfüber in seinen Kuss, mein Verstand funktionierte nicht mehr, mein Herz schlug nicht mehr, meine Lungen pumpten gedankenlos.

Darius war überall. *Alles.* Meine Besessenheit, der Grund für meine Existenz, mein Leben.

Er setzte sich auf, zog mich mit sich und zog mir meine Strickjacke über den Kopf, während ich die Knöpfe seines Hemdes herunterriss und seine nackte Brust auf meine pressten, während unsere Münder sich weiterhin gegenseitig bekämpften. Meine Jeans war als nächstes dran, zusammen mit meinen Schuhen. Dann legte er mich wieder aufs Bett, nackt, damit er mich ganz genau anschauen konnte.

„Ich werde nie müde werden, dich so zu sehen." Seine Stimme war voller Ehrfurcht, seine Augen glühten vor unbändiger Sehnsucht, als er die Reste seines Hemdes wegwarf. Als Reaktion darauf schnellte mein Puls in die Höhe und bettelte um seinen Biss. Ich wollte alles, was er zu bieten hatte. *Alles.* Immer. Er schob seinen Gürtel langsam, fast höhnisch, durch die Schnalle und ließ das Leder seitlich hängen. „Ich sollte dich meine Hose mit deinen Zähnen aufmachen lassen."

Ich lehnte mich auf meine Ellbogen, begierig darauf, es zu versuchen, aber er hatte sie bereits geöffnet, sein Reißverschluss öffnete sich und enthüllte seine angeschwollene Erektion. Feuchtigkeit perlte über die Spitze, so köstlich verlockend. Ich liebte es, ihn zu schmecken, war süchtig nach seinem Geschmack und dem damit verbundenen Vergnügen.

Seine Pupillen weiteten sich. „Du siehst mich an, als ob du mich gerne auffressen würdest, Liebste."

„Das tue ich", stöhnte ich, meine Brustwarzen wurden zu schmerzenden Pfeilspitzen.

Er grinste. „Bald." Er zog seine Hose über seine kräftigen Oberschenkel und warf sie zu unseren restlichen Klamotten auf den Boden.

Ich ließ mich von meinen Ellbogen auf meinen Rücken fallen und begegnete seinem gefräßigen Blick. Ein Schauer sehnsüchtiger Gänsehaut nach dem anderen lief über meine Arme. *Darius wird mich endlich für sich beanspruchen.* Bei dem Gedanken entfachte sich ein Wirbel aus Feuer und Eis in meinem Unterleib. Ich wollte das hier, sehnte mich danach, und fürchtete es zur selben Zeit.

„Bist du feucht für mich, Juliet?", fragte er, sein Körper schwebte über meinem, mit seinen Händen und Knien hielt er mich auf dem Bett gefangen.

„Ja", flüsterte ich.

Er setzte sich zurück auf seine Fersen, zwischen meinen gespreizten Oberschenkeln. „Zeig es mir."

Ich spreizte meine Beine noch weiter für ihn, zeigte ihm meine intimste Stelle.

„Benutz deine Finger", ein ruhiger Befehl, keine Bitte.

„Tauch sie in dich ein und bring deine Feuchtigkeit zu meinen Lippen."

Bei dieser unersättlichen Anordnung überkam mich eine Hitzewelle, sogar als meine Hand nach unten tauchte, um meinen rasierten Schamhügel zu berühren und noch tiefer ging. Ich beugte mich gegen meine Handfläche, suchte verzweifelt nach Reibung. Es fühlte sich so gut an, aber dennoch nicht annähernd gut genug. Dieser Widerspruch ließ mich wimmern, meine Lippen waren gefangen zwischen meinen Zähnen. Spannung baute sich in meinen Gliedern auf. *So nah…*

Ich glitt mit zwei Fingern in meinen engen Kanal, in der Hoffnung auf süße Erleichterung, aber es verschlimmerte nur den Schmerz, der zwischen meinen Oberschenkeln pulsierte.

„Geh tiefer für mich", spornte er mich an, seine Augen auf meine Hand gerichtet.

„Ja, Sire." Meine Berührung half nur wenig dabei, die Sehnsucht zu lindern, die in meinem Inneren brodelte. Wenn überhaupt, dann verschlimmerte es meine Qualen, und schickte eine erneute Hitzewelle zu meinem bereits weinerden Kern.

„Das sieht köstlich aus, Liebste." Seine Daumen streichelten die Innenseite meiner Schenkel so nah an dem Punkt, wo ich ihn am meisten begehrte, dass es mir ein kehliges Stöhnen entlockte. Er beugte sich vor, um meine arbeitende Hand zu küssen. „Lass mich probieren, Liebling."

Ich erschauderte und hob meine Finger zu seinen wartenden Lippen. Er stöhnte auf, als er sie in seinen Mund nahm und mit starken, genüsslichen Zügen seiner Zunge bearbeitete. Ich wollte, dass er das an meiner Klitoris tat, um mich wieder an den Ort zu führen, den er mir schon so oft gezeigt hatte. Der, wo ich alle meine Gedanken loslassen und nur noch *fühlen* konnte.

„Darius, bitte…"

Er grinste. „Hmm, ich liebe es, wenn du bettelst." Er legte meine Hand auf das Bett und drückte mir einen Kuss auf mein schmerzendes Zentrum. „Ist es das, was du brauchst?"

„Ja", zischte ich, als meine Lungen ihre Funktion vergaßen.

„Komm noch nicht", warnte er mich und schickte eine Welle der Begierde durch meinen Bauch zu meinen Brüsten. Meine Brustwarzen verhärteten sich zu quälenden Spitzen, sein Mund schwebte über dem Herzen meiner Lust und er atmete tief ein.

„Ich…", dem folgten keine Worte. Ich war vor Erwartung so angespannt, dass ich nicht wusste, ob ich schreien oder weinen wollte. Ich wusste nicht mehr, wie man bettelt. Verstand keine Worte mehr…

Und dann teilte seine Zunge meine Falten.

Ich ballte meine Hände auf beiden Seiten meiner Hüfte zu Fäusten, sein Name hallte mit einem Schrei durch die Luft. Ein Hieb gegen meinen sensiblen Intimbereich hatte mich an den Rand einer Explosion geschleudert. Aber seine Zunge lief in die falsche Richtung, suchte ihren Weg meinen Körper hinauf zu meinen Brüsten, wo er an meinen empfindlichen Spitzen knabberte.

„Darius", hauchte ich, als mein Körper nach einer Befreiung verlangte. Die ganzen emotionalen Umbrüche, die Sticheleien im Auto, die Einsicht in seine Gedanken… „Es fühlt sich an, als würde ich in Flammen stehen…"

„Gut", murmelte er gegen meine Brustwarze. „Das ist genau der Punkt, an dem ich dich brauche."

Ich öffnete meinen Mund, um zu fragen, was er

meinte, als der Kopf seiner Erektion an meinen Eingang stieß. Seine Hände glitten zu meiner Hüfte, hielten mich unten, sein Mund immer noch an meinen Brüsten.

„Du hast die Erlaubnis zu schreien, Juliet." Seine Reißzähne durchbohrten meinen Brustwarzenhof und schossen Ekstase in meinen Blutkreislauf, die sich in den Schmerzen zwischen meinen Oberschenkeln sammelte. Ich schrie – verwirrt und erregt – und er stieß vor.

Ich vergaß zu atmen, mein Körper war zu schockiert und voller Schmerzen durch sein Eindringen, um zu funktionieren. Tränen glitzerten in meinen Augen, mein Körper schien in der Zeit gefroren zu sein.

Das war der Akt, den ich so viele Jahre gefürchtet habe – der Akt, von einem Vampir in zwei gerissen zu werden. Und den ich mir von Darius ersehnt hatte.

Seine Handflächen fuhren über meine Seiten, sein Unterkörper bewegte sich nicht, während meine Wände um den harten Eindringling herum erzitterten. Ich registrierte meine stechende Brustwarze kaum, oder wie seine Zunge den Blutstropfen folgte, die an meiner Brust herunterliefen.

„Tief einatmen", wies er mich sanft an, seine Hüfte beugte sich subtil.

Ich wimmerte, war nicht bereit. Seine Hände umklammerten meine Taille, seine Finger quetschten meine Haut, als ob er kämpfen musste, um sich selbst davon abzuhalten, nach mehr Reibung zu suchen. Sein Mund wanderte zu meinem Hals, seine langen Fangzähne kratzten über meinen Puls.

„Ich muss mich bewegen", flüsterte er mit gequälter Stimme. „Ich muss dich ficken, Juliet."

Meine Kehle arbeitete an den Worten, die ich sagen wollte, aber kein Laut entkam meinen Lippen. Ich wollte um eine weitere Minute bitten, ihn bitten, mich zu schonen.

„Scheiße", stöhnte er, als seine Zähne in meinem Fleisch versanken.

Ich zuckte erschrocken zusammen.

Es tat weh, aber oh, das Gefühl war eher interessant.

Ich beugte wieder meine Hüfte, seine Härte rieb an einem Ort tief in mir, was Adrenalin durch meine Venen schoss. „Darius", hauchte ich.

Er glitt aus mir heraus und wieder rein – hart – und ich stöhnte aus Dankbarkeit. Er wiederholte diese Handlung, neben meiner war seine eigene Erleichterung ebenfalls hörbar. Von der Stelle, an der sich unsere Körper vereinigten, stieg die Hitze spiralförmig auf und entfachte eine Woge der Erregung. Sein Mund verweilte auf meinem Hals, seine Fänge saugten an meinem Blut.

Ich neigte meinen Kopf, gewährte ihm vollen Zugang und lud ihn ein, sich satt zu trinken. „Ich bin bereit, Darius. Mach mich zu der deinen."

„Oh, Liebling", flüsterte er. „Hast du es nicht bemerkt? Du warst von Anfang an die meine." Seine Fangzähne durchbohrten erneut meine Haut und sein Unterkörper begann jetzt, sich richtig zu bewegen. Vorher hatte er mich noch verschont, meine Grenzen ausgetestet. Jetzt kümmerte er sich nicht länger darum. Sein Körper nahm meinen so, wie er es brauchte.

Seine Hände waren auf meinen Brüsten, meiner Hüfte und wieder auf meinen Brüsten, seine Vernunft war nur noch ein loser Faden in seinen Gedanken.

Meins.

Endlich.

So verdammt hart.

So gut.

Mehr…

Ich schrie, als er in mich eindrang, seine hungrigen Gedanken und die Empfindungen, die sein Körper erzeugte und mich über den Rand meiner Existenz katapultierte.

Meine Nägel gruben sich in seinen Rücken, hielten an ihm fest, während er mich besaß, wie nur Darius es konnte Seine Hüfte stieß heftig gegen meine, sein Mund zog die Essenz meines Lebens von meinem Körper in seinen und seine Hände nahmen jeden Zentimeter meiner Haut ein.

Ich schrie unter ihm, die Brutalität bei seinem Übergriff war genau so, wie ich es erwartet hatte, und dennoch so viel besser. Er nahm mich mit einer Grausamkeit, für die seine Art bekannt war, aber heiße Emotionen überschatteten die Wolke des Hungers. Sein Verstand war für meinen offen geblieben, seine Gedanken und Gefühle vertieften unsere Vereinigung.

Sie umschließt meinen Schwanz so fest, ich passe kaum rein… Scheiße, ich kann nicht aufhören. Ich werde nie aufhören.

Er hob mich hoch, sodass meine Beine seine Hüfte umschlossen. Ich ritt ihn, zwang ihn noch tiefer, während seine Schenkel jeden Stoß antrieben.

„Darius", stöhnte ich, mein Körper zerbrach unter dem Ansturm von Lust und Schmerz. Er hatte mich bereits durch einen Höhepunkt gebracht und ein weiterer baute sich gerade auf.

„Trink von mir", forderte er und hob sein Handgelenk. Er schnitt mit seinen Reißzähnen in seinen Arm bis Blut aus der Wunde quoll. „Beende die Zeremonie."

Eine Wahl. Wenn ich mich entscheiden würde, nicht zu trinken, würde die Verbindung ins Wanken geraten. Das verstand ich nur, weil er mir mit seinem Verstand gezeigt hatte, wie der Prozess abläuft. Sein Körper beanspruchte meinen mit dem wilden Bedürfnis, es zu Ende zu bringen, den Bund zu vollenden, aber nicht ohne meine endgültige Zustimmung.

Ich hatte nie vor, es abzulehnen.

Ich nahm sein Handgelenk an, mein Mund klammerte sich an die Wunde und saugte stark daran. Sein süßes Blut sammelte sich in meinem Mund und sein Stöhnen erfüllte meine Ohren.

Meins, hörte ich ihn rufen. Ob er es laut ausgesprochen hatte oder nicht, konnte ich nicht sagen, ich war zu verloren in den Gefühlen unserer Körper, Gedanken und Geister, die sich in einem ewigen Versprechen trauten.

Sein Tempo wurde schneller, meine Hüfte wurde von seinem starken und groben Griff gequetscht, aber mit jedem weiteren Stoß trieb er den Genuss weiter in mein Inneres. Ich ließ von seinem Handgelenk ab, mein Mund suchte seinen, während sein Arm sich um meinen Rücken wickelte. Seine andere Hand fiel auf meine Taille, sein Griff war fest, als er sich in meinen Körper stieß.

Fick mich. Liebe mich. Vernichte mich.

Ich erwiderte den Druck ganz automatisch, traf ihn Zug um Zug, musste ebenfalls meinen Anspruch geltend machen, und ich spürte sein Lächeln auf meinem Mund.

„Die perfekte Partnerin", sagte er und eroberte meine Zunge mit einem mutigen Angriff seiner eigenen. „Du fühlst dich so verdammt unglaublich an."

„Mehr", flehte ich. „Gib mir mehr."

Er legte mich wieder aufs Bett, sein Schwanz blieb tief in mir. „Halt dich an mir fest."

Ich wickelte meine Arme um seinen Hals, klammerte mich an das Leben, als er mich zu einem neuen Level der Existenz mitnahm. Mein Herz raste, der Schweiß tropfte mir die Stirn hinunter. Der Schmerz war fast zu groß, um ihn zu ertragen.

Aber es fühlte sich auch so, so gut an. Besser, als ich es mir jemals vorgestellt hatte.

Mein Körper zitterte, das Feuer in meinen Venen erreichte den Schmelzpunkt. Und dennoch, ich brauchte mehr. Wovon wusste ich nicht. Ich war zu verloren in seinen Bewegungen, seiner Schnelligkeit. Er bewegte seine Hüfte so, dass sie meine Klitoris streichelte, aber es war nicht genug.

So heiß.

Nein, zu heiß.

Oh, Darius.

Er besaß mich. Mein ganzes Wesen existierte für diese Verbindung von Körper und Geist. Es brannte, versengte jeden Nerv, entflammte mein Herz. Ich konnte nicht atmen, mein Körper war in den heftigen Schmerzen eines nicht enden wollenden Krampfes gefangen, der mich nicht entlassen wollte.

Er schmerzte…

„Komm für mich, Juliet", forderte Darius rau gegen meine Lippen. „*Jetzt.*"

Ich zog meinen Mund fort von ihm und stieß meinen Atem aus, sein Name war das einzige, was meine Zunge berührte, als ich unter seinem Befehl zerbrach.

Sein Stöhnen, das darauf folgte, rollte durch meine Brust, fand seinen Weg zu meinem Herzen und meiner Seele. Es zerstörte mich von innen heraus, verfestigte seinen Anspruch und meinen eigenen, während mein Körper in der glückseligen Qual unserer süchtig machenden Leidenschaft heftig zitterte.

„*Mein.*" Darius' heftige Verkündung durchfuhr die Wände, als er mir in die herrliche Unendlichkeit folgte. Seine Verzückung versengte unsere Verbindung und rührte von innen heraus eine weitere Explosion herbei.

Schwarze und weiße Lichter tanzten hinter meinen

Augen, meine Welt stand von einer Sekunde auf die andere kopfüber. Ich verlor das Bewusstsein, zu vertieft in die Glückseligkeit meiner Seele, die sich auf eine neue Existenzebene erhob, um unter den Lebenden zu bleiben.

So fühlte es sich an, wenn man flog…

Ich schwebte höher, war glücklicher, als ich es je gewesen war, und fand mich wieder, wie ich in die grinsenden grünen Augen von Darius starrte. Sein dicker Schwanz pulsierte in mir, heiß und immer noch hart. „Bist du bereit, weiter zu machen", fragte er sanft. „Oder brauchst du noch eine Minute?"

„Es gibt noch mehr?", fragte ich benebelt.

„Oh, Juliet", seine Lippen kräuselten sich zu einem strahlenden Lächeln. „Das war erst der Anfang."

DARIUS

Juliet schlief so friedlich, dass ich mich dafür hasste, sie zu wecken. Es war bereits Abend geworden, nachdem wir so viele Stunden damit verbracht hatten, miteinander zu schlafen. Sie war eine ausgezeichnete Schülerin, nahm ohne zu zögern meine Führung an und vertraute auf ihre Instinkte.

Ich lächelte, als ich daran dachte, wie sie vor mir kniete, ihre Hände auf dem Kopfteil des Bettes, während ich sie von hinten genommen hatte. Mein Schwanz pochte gegen ihren knackigen Arsch und wollte mehr.

Noch nicht.

Sie musste sich von vorhin erholen, bevor wir in diesen Bezirk gekommen waren. Ihre Unsterblichkeit war nun fest verankert, ihre Lebenskraft gedieh in mir, aber sie brauchte immer noch Nahrung, um gesund zu bleiben.

Ich knabberte sanft an ihrem Hals, meine Zunge glitt über ihren Puls. Sie stöhnte, ihr Hintern drückte sich begierig gegen meine Leistengegend, als sie sich streckte und gähnte. „Darius?", murmelte sie mit verschlafener Stimme.

„Juliet", ich küsste ihre nackte Schulter. „Es ist nach Mitternacht."

„Mhm." Ein weiteres Strecken, das mich tief in meiner Kehle knurren ließ.

„Mach nur weiter damit und wir werden dieses Zimmer heute nicht mehr verlassen."

Sie hielt inne, dann wiederholte sie den Vorgang.

Kleiner Rebell. Ich drehte sie auf den Rücken und kniete mich zwischen ihre gespreizten Oberschenkel. „Juliet, wirke ich auf dich wie jemand, der Scherze macht?" Ich hatte meine Warnung ernst gemeint. Sie könnte einen Tag ohne Nahrung aushalten, vor allem mit meinem Blut in ihren Venen.

„Ähm, nein." Sie leckte über ihre Lippen, ihr brauner Blick fiel auf die Erregung zwischen meinen Beinen. Ihre Wangen erröteten und ihre Pupillen weiteten sich hungrig.

„Sieh mich nicht so an, es sei denn, du hast vor, etwas dagegen zu tun." Ich griff nach meinem Schwanz und gab ihm einen festen Hieb, meine Muskeln verspannten sich vor Sehnsucht.

Sie zitterte sichtbar, erhob sich auf ihre Ellbogen. „Ich, ähm…" Ihr Magen knurrte aufs Stichwort, wodurch sich meine Lippen kräuselten.

„Ja?", ich streichelte über meinen Penis. „Möchtest du eine Vorspeise, Liebste?"

Sie stöhnte und ließ sich auf ihren Rücken fallen, während sie ein Kissen über ihr Gesicht drückte. Ihre hart werdenden Nippel und die glänzende Scheide verrieten mir genau, was sie über mein Angebot dachte. Ich gab ihr einen Kuss auf die Erhöhung zwischen ihren Beinen. „Du kannst dich nicht vor mir verstecken, Juliet."

Gänsehaut breitete sich über ihr aus, ihre Lust verdickte die Luft. Ich schenkte ihr eine lange, tiefe Berührung meiner Zunge, bevor ich über sie krabbelte und sie mit meinen Armen gefangen hielt. Sie zuckte, als meine Erektion auf ihren aalglatten Eingang traf.

„Bist du wund?", fragte ich leise.

Ihr Genuschel unter dem Kissen blieb mir unverständlich. Ich entfernte die Barriere zwischen uns mit einer Bewegung meines Handgelenks und blickte runter auf ihr errötetes Gesicht. So wunderschön und antörnend, aber ein weiterer Hieb gegen ihre Falten bestätigte meine Vermutung.

„Ich sollte dich ficken, nur um meinen Standpunkt zu verteidigen", ich kniff in ihre Unterlippe. „Du musst mir sagen, wenn ich dich zu weit treibe."

Sie schluckte. „W-wie?"

„Öffne nur deinen Geist", murmelte ich. „Ich werde zuhören."

Ihre Augenbrauen hoben sich, ihr Zweifel sickerte durch unsere Verbindung.

Meine Lippen kräuselten sich amüsiert. „Ich habe nicht gesagt, dass ich aufhören werde, aber ich werde zuhören."

Ich glitt langsam in sie hinein, ihre süße Hitze umhüllte meinen Schwanz mit ihrer feuchten Erregung. Ihre Wangen verdunkelten sich zu einem tiefroten Farbton. Ich fuhr mit meiner Nase über ihre weiche Haut und atmete ihr süßes Aroma ein, während ich in einem genießerischen Tempo fortfuhr. Ihre Augen rollten mit einem Stöhnen nach hinten, ihr vorheriges Zögern war verschwunden.

Ich küsste ihren Hals, ihren Kiefer, die sensible Stelle unter ihrem Ohr. „Es muss nicht immer hart sein, Liebste." Ein weiterer Kuss auf ihre Schläfe. „Ich kann auch zärtlich sein."

Ihre Handflächen glitten über meine Arme, ihre Finger gruben sich in meine Schultern. „Ich denke, ich mag es lieber stürmisch."

„Ich weiß, dass du das tust." Ich erhob mich auf meine

Ellbogen, um ihrem Blick zu begegnen. „Aber du brauchst mehr Energie, bevor ich dich nochmal so nehmen kann. Ich möchte im Schlafzimmer einen Partner, keine bewusstlose Puppe."

Sie hob ihre Hüfte an, um meine zu treffen, trieb mich weiter in sich. „Ich komme mit dir zurück." Sie sprach die Worte mit einem Stöhnen aus, ihre Pupillen verschlangen ihre verführerischen braunen Iris.

„Tust du das?", meine sanfte Frage passte nicht zu dem harten Hieb von meiner Hüfte, als ich ihre Schmerztoleranz austestete.

Sie biss auf ihre Lippe, ihr Rücken wölbte sich auf. „Das tue ich", keuchte sie. „Du lässt mich hier nicht zurück."

„Du würdest sicher sein", ein wichtiger Faktor, wenn man meine politischen Absichten bedenkt. „Und wenn du dich entscheidest, treu zu sein, können wir in der Zukunft zusammen sein."

Ihre Nägel bohrten sich in meine Haut. Hart. „Du gehörst zu mir."

Die Wildnis in ihr brachte mich zum Lächeln. „Ich weiß, Liebling. Aber du hast die Wahl."

Sie erhob sich wieder gegen mich, führte meine Erektion zu dem Ort, wo sie sie sich am meisten wünschte. „Nein, Darius. Ich werde mit dir kommen." Ihre Augen schlossen sich, ihr Ausdruck war das perfekte Bild von gequältem Genuss.

„Es tut weh, nicht wahr?", fragte ich, während ich weiter in ihr steckte.

„Ja.", flüsterte sie. „Aber ich will mehr."

„Härter?"

„Ja", wiederholte sie. „Und sag mir, dass ich mit dir kommen kann. Dass ich bei dir bleiben kann." Ihr Blick bohrte sich bei diesen letzten Worten in meine Augen. „Sag es, Darius. Bitte."

Ich gab ihr die Antwort durch einen Kuss, erlaubte ihr, meine Emotionen zu *fühlen* und untermauerte sie mit einem etwas stärkeren Schwung. Ihr Herz schlug schnell gegen meine Brust, ihr Atem ging unregelmäßig. Es würde nicht lange dauern, bis sie kam, und allein der Gedanke daran, brachte mich meinem eigenen Höhenpunkt ebenfalls einen Schritt näher. Zu spüren, wie ihre Wände meinen Schaft ergriffen, war eine der erstaunlichsten Erfahrungen meines sehr langen Lebens. Das würde ich niemals satt haben, *sie* würde ich niemals satt haben.

„Oh, Juliet", flüsterte ich gegen ihre geschwollenen Lippen. „Verstehst du denn nicht, was es bedeutet, meine Partnerin zu sein?" Ich verlagerte mein Gewicht auf einen Ellbogen, während ich die andere Hand benutzte, um ihre Hüfte zu umarmen und unsere Verbindung noch intensiver zu machen.

Ein kehliges Geräusch teilte ihre Lippen, ihre Zustimmung zeigte sich in der Art, wie sie ihren Körper vom Bett gegen meinen beugte.

„Es würde verdammt wehtun, dich hier zu lassen", fuhr ich fort, meine Stimme verdunkelte sich in meiner Not. „Aber ich würde tun, worum auch immer du mich bittest, was immer du möchtest." Meine Zunge fand ihre, wollte meinen Standpunkt untermauern, um das für mich zu beanspruchen, was mir gehörte und es ihr in Naturalien zurückzuzahlen. Sie bebte unter mir, ihre Lust erreichte ihren Höhepunkt, wartete auf mein Einverständnis und den finalen Stoß.

„Scheiße, dein Körper ist perfekt", sagte ich ehrfürchtig. „*Du* bist perfekt."

„Darius", hauchte sie, ein Hauch von Dringlichkeit in ihrer Stimme. „*Bitte...*"

Ich nahm den Moment in mir auf, stürzte mich wie im Rausch in sie hinein und genoss die Anspannung in ihren Gliedern, als sie darum kämpfte, den Verstand nicht zu verlieren. Ein leichter Schimmer aus Schweiß hüllte ihre Haut ein, ihre Augen waren so fest zugedrückt, dass sie Sterne sehen musste.

Umwerfend.

„Ich nehm dich mit, wo auch immer du hin willst, Juliet", schwor ich. „So lange, wie du mich mit dir nimmst." Ich küsste sie innig, ihre Glieder zitterten heftig. „Komm für mich, Liebste. Lass es zu."

Ihr Schrei durchdrang die Nacht, mein Herz und meine Seele, und ich folgte ihr über die Klippe eines umwerfenden Orgasmus, der alle anderen in den Schatten stellte.

Scheiße.

Ich stöhnte ihren Namen, mein Samen füllte sie so tief, machte meinen Anspruch geltend. Meine Arme zitterten vor der Anstrengung, mich über ihr zu halten. Ihre Befriedigung nahm mich ein, drückte jeden Tropfen in ihre gierige Scheide.

Meine Stirn fiel auf ihren Hals, in meinen Augen glänzten Tränen durch die Wucht des Moments. Ich würde mich nie nach einer anderen sehnen, nicht nach Juliet. Nach all den Jahren, in denen ich an der Verbindung zu einer *Erosita* gezweifelt und mich gefragt habe, warum Cam sich jemals dafür entschieden hatte, sich darauf einzulassen, verstand ich es endlich.

Juliet ist die andere Hälfte meiner Seele. Es könnte der Bund sein, der aus mir spricht, irgendeine magische Wendung des Schicksals, aber das bezweifelte ich. Nicht mit der Art und Weise, wie mein Körper und mein Seele auf ihre Anwesenheit reagierten. Sie tat alles, was ich wollte, kämpfte gegen mich, wenn ich es brauchte, unterwarf sich mir, wenn ich es verlangte, und wollte dennoch an meiner Seite bleiben.

„Ich werde dich nirgendwo lassen, wo du nicht sein möchtest", murmelte ich. „Und wenn es sich als zu viel erweist, an meiner Seite zu sein, werde ich einen Weg finden, dich wieder hierher zu bringen. In Sicherheit."

Sie umschloss meine Wangen mit ihren Handflächen, hob meinen Kopf an und blickte mir benommen in die Augen. „Deine Welt verängstigt mich, aber ich werde zusammen mit dir in ihr überleben."

Ich drehte meinen Kopf, um ihre Handfläche zu küssen, dann lehnte ich meinen Kopf gegen ihre Hand. „Das wird nicht leicht werden. Lilith City war erst der Anfang."

„Ich weiß und es wäre erträglicher gewesen, wenn du mir gesagt hättest, was passieren wird."

„Deine Reaktionen mussten authentisch sein."

„Dann vertraue darauf, dass ich weiß, wie ich mich verhalten muss, Darius", ihr Blick brannte sich in meinen. „Ich habe zweiundzwanzig Jahre damit verbracht, alles über die Politik und den Anstand der Vampire zu lernen. Du willst, dass ich deine Waffe bin, richtig? Benutz mich, aber kommuniziere mit mir. Ich kann das tun, wenn du an mich glaubst."

So scharfsinnig, meine Juliet. „Ich verdiene dich nicht", nicht in diesem Leben, vielleicht in einem anderen, „aber ich behalte dich trotzdem."

In ihren Augen schimmerte ein Glück, das mein Herz berührte. Dann knurrte plötzlich ihr Magen und erinnerte mich an ihre Bedürfnisse.

Ich grinste. „Ich habe dir eine Vorspeise versprochen, hmm?" Ich zog mich langsam aus ihr zurück und kniete mich zwischen ihre Oberschenkel. „Deine Scheide sieht so gut aus, wenn mein Samen aus dir heraus läuft", sagte ich ihr und fuhr mit meinem Finger durch ihre Falten. „Aufmachen."

Sie öffnete ihre Lippen und nahm meinen Sex-getränkten Finger entgegen. Ihre Pupillen weiteten sich, als sie meine Haut sauber leckte.

„Ich möchte, dass du das mit meinem Schwanz machst", sagte ich ehrfürchtig.

„Ja, Sire", antwortete sie mit heiserer Stimme. Ihre Beine beugten sich, als sie sich hinkniete und meine Hüfte umklammerte.

Ich stöhnte, als sie sich bückte, um mich in den Mund zu nehmen, ihre dunklen Locken waren durch unser Liebesspiel ganz durcheinander.

„Scheiße", stöhnte ich, steckte meine Finger in ihre Haare und zwang ihre Lippen bis zu meiner Basis. Ihre Zunge bearbeitete mich gründlich und leckte jeden Tropfen auf. Mein Schwanz glänzte fast, als sie fertig war, ihr Mund war geschwollen von meiner energischen Zuwendung.

Ich festigte meinen Griff um ihre dunklen Strähnen und ich gab ihr einen scharfen Ruck, um ihren Kopf für meinen lohnenden Kuss nach hinten zu neigen. Sie verdiente so viel mehr, aber zuerst brauchte sie vernünftige Nahrung. So sehr ich mir auch wünschen würde, dass sie allein von meinem Sperma leben könnte, so unwahrscheinlich und auch ein bisschen grausam erschien es mir.

Sie atmete stoßweise, als ich mich zurückzog, ihre Pupillen waren groß und überwältigt. „Ich werde dich definitiv nochmal ficken", versprach ich. „Nachdem wir gegessen haben."

Etwas, das einer Enttäuschung ähnlich war, blitzte in ihren Augen auf. „Ein weiteres Dinner."

Ich lachte, in meiner Brust breitete sich eine

humorvolle Leichtigkeit aus. Natürlich würde sie nach der letzten Woche alles fürchten, was mit Essen zu tun hat. „Es wird nicht annähernd so wie die anderen sein, Liebste." Ich rutschte aus dem Bett und nahm sie in den Arm. „Dusch vorher noch." Das heiße Wasser wäre gut für ihre Muskeln, ebenso wie eine ausführliche Pflege ihrer sensibleren Regionen.

Sie diskutierte nicht, ihr Körper gab meinem Willen nach, während ich sie badete und anzog. Nur ihre Augen verrieten mir, dass sie sich nicht viel aus ihrem Outfit machte „Das fühlt sich so heiß an", murrte sie.

„Das ist der Zweck von einem Pullover." Ich zog am Saum. Ismerelda hatte uns einige Klamotten organisiert, die während des Tages geliefert worden waren, und die Juliet perfekt passten. Meine Kleidung war bereits hier im Zimmer, wo ich sie auf unbestimmte Zeit eingelagert hatte. Wir müssten eine Garderobe für Juliet einrichten, für die seltenen Gelegenheiten, in denen wir einen Besuch abstatten konnten.

Ich zog mir ein marineblaues, langärmeliges Hemd über den Kopf und kombinierte es mit Jeans, die zu Juliets Outfit passten. Ihre Augen glitten interessiert über mich und ich zog eine Augenbraue hoch. „Was?"

„Nichts, es ist nur, nun, ich mag diesen Look an dir."

Ich wickelte meine Handflächen um ihren Nacken unter ihrem feuchten Haar. „Mhm, das beruht auf Gegenseitigkeit, Juliet." Ich küsste sie, länger, als es nötig gewesen wäre. „Jetzt lass uns etwas zu Essen suchen, damit ich dich später wieder ausziehen kann."

Ihr Ausdruck wurde weicher. „Also ist das der Zweck der Klamotten."

Ich kicherte. „Nein, aber wir können so tun, wenn du dich dann besser fühlst." Keine Frau, die ich je getroffen hatte, hatte es bevorzugt nackt herumzulaufen. Ich wollte das Coventus dafür verantwortlich machen, das wollte ich wirklich, aber mein Herz war einfach nicht bei der Sache. Eine Partnerin, die zeit ihres Lebens nackt herumlief, machte mir nichts aus. Nicht im Geringsten.

Ich legte meine Finger zwischen ihre, als ich sie durch den Flur in Richtung Küche führte. Jace war gerade auch dort, sein Kopf über die Schulter einer blonden Lykanerin gebeugt, seine Lippen an ihrem Ohr. Was auch immer er sagte, verlieh ihren Wangen ein tiefes Rot, ihre Erregung und Nervosität waren mehr als deutlich.

Als sie uns im Türrahmen erblickte, kicherte sie, stürzte aus dem Raum und ließ Jace schmunzelnd zurück. „Es wird Spaß machen, sie später zu jagen."

Ich schüttelte den Kopf. „Du hast eindeutig Todessehnsucht."

Er drückte eine Handfläche auf seine Brust. „Was? Sie hat keinen Partner unter den Lykanern und ist definitiv alt genug, um ihre eigenen Entscheidungen zu treffen."

„Sie ist die Tochter des Alphas", erinnerte ich ihn und öffnete einen Schrank, um zwei Schüsseln herauszunehmen, während Juliet sich auf die Theke lehnte. „Er hat mit Sicherheit eine politische Vereinbarung für sie getroffen."

Jace winkte abweisend mit der Hand. „Nicht in den nächsten paar Jahren. Das ist schon in Ordnung."

„Lykaner bevorzugen jungfräuliche Partner."

„Es gibt genug Dinge, die ich mit ihr tun könnte, die ihre Jungfräulichkeit erhalten", er streckte sich. „Ich bin mir sicher, du hast einige von ihnen mit Juliet ausprobiert?"

Juliet räusperte sich neben mir, ihre Wangen nahmen ein reizendes Purpur an. Ich streichelte mit meinen Knöcheln über ihre Wangen, bevor ich den Kühlschrank öffnete. „Was hältst du von Suppe?", fragte ich, als ich einen Trog mit Hühnersuppe im obersten Regal erspähte. *Komfortnahrung.*

„Okay", sagte sie, ihr Blick ruhte immer noch auf Jace.

Er hatte einen neugierigen Schimmer in seinen Augen, als er zwischen uns hin und her blickte. Dann fing er an zu grinsen. „Ihr Zwei hattet einen guten Tag. Viel geschlafen?"

„Hör auf, sie in Verlegenheit zu bringen", rügte ich ihn und füllte die Flüssigkeit in die Schüsseln. „Ich möchte sie behalten und nicht verängstigen."

„Heißt das, sie wird mit uns wieder zurückgehen?", fragte er, in vollem Bewusstsein meiner Überlegung, sie hier zu lassen.

„Ja", antwortete Juliet, bevor ich es konnte. „Ich kann meine Rolle bei Bedarf spielen."

Meine Lippen zuckten bei der Bestimmtheit in ihrem Ton, als ich Jace anschaute. „Sie hat gefordert, dass ich mehr kommuniziere."

„Sieh einer an." Jace lächelte. „Nun, dann habe ich zu diesem Thema einen Vorschlag, den ihr Zwei ausführen könntet."

Ich stellte die Schüsseln in die Mikrowelle und drehte den Knopf. „Bezüglich?"

„Gaston", antwortete er. „Ich denke, ich kenne einen Weg, ihn dazu zu bringen zurückzutreten und deinen Sieg ohne weiteres Blutvergießen zu sichern. Es wird auch dein Problem mit dem Teilen lösen."

Meine Augenbrauen hoben sich. „Alles klar, du hast meine Aufmerksamkeit. Was ist deine Idee?

DARIUS

EIN PAAR WOCHEN SPÄTER...

DAS WAR EIN GRAUENVOLLER PLAN. Gaston zu töten wäre so viel einfacher gewesen und auch sehr viel angenehmer.

„Entspann dich", murmelte Ivan neben mir. „Oder du wirst noch dein Glas zerbrechen."

„Irgendwas werde ich brechen", murrte ich. *Zum Beispiel Jace' Gesicht, wenn er Juliet noch ein einziges Mal küsste.*

Es geht mir gut, Darius, antwortete sie, ihre Stimme war besänftigend. Sie saß auf der anderen Seite des Raumes auf seinem Schoß und trug ein schwarzes, bis zum Bauchnabel ausgeschnittenes, Abendkleid. Sein Arm lag auf ihren Schultern und seine andere Hand lag zwischen dem Schlitz ihres Kleides, um auf ihrem nackten Oberschenken zu ruhen.

Ich habe dem hier zugestimmt, erinnerte sie mich. *Das ist der beste Weg und auch mein Schicksal als deine Partnerin. Vertrau mir, ich kann diese Rolle spielen.*

Mein Griff lockerte sich, ihr beruhigender Ton entspannte meine Instinkte als ihr Partner. Jace hatte dieses Schauspiel vorgeschlagen, um der Gesellschaft meine mangelnde Zuneigung und Fürsorge gegenüber meiner Blutjungfrau zu demonstrieren.

„Wenn man ihnen den Reiz des Verbotenen nimmt, nimmt man ihnen den ganzen Spaß", hatte er gesagt. „Und es dient dir ebenfalls dazu, mir deine Gunst zu erweisen. Etwas, das die Massen in diesem politischen Spiel mehr als gutheißen werden. Gaston wird keine Chance haben, weil er nichts von Interesse hat, was er mir anbieten könnte, und das weiß er."

Ich trank mein Glas aus und stellte es auf ein Tablett in der Nähe. Meine Nominierung hatte sich bereits herumgesprochen und Sebastian wollte allen Anwesenden im Saal erklären, dass er derjenige war, dem ich für meine neugewonnen politischen Ambitionen zu danken hatte. Ich würde es genießen, ihn eines Tages zu töten, wenn er mir nicht mehr von Nutzen war.

„Sieht aus, als hätte Gaston gerade die Neuigkeiten gehört", informierte mich Ivan, sein Kinn nickte in Richtung des betroffenen Vampirs. Sein kahler Kopf glänzte unter dem Licht des Kronenleuchters, als er mit Sebastian sprach und sein Gesicht erblasste.

„Er sieht begeistert aus", sagte Trevor und überreichte mir eine neue Sektflöte. „Mach das jetzt nicht kaputt."

Ich schnaubte. „Ich habe mich unter Kontrolle."

„Mit Sicherheit", grinste er. „Red dir das nur weiter ein."

„Sie hat dich an den Eiern, seit du sie mit nach Hause genommen hast", Ivan klang ein bisschen zu amüsiert. „Es war sehr unterhaltsam, das mit anzusehen."

Ich seufzte, heimlich war ich dankbar für ihre Ablenkung. „Warum bin ich immer von Kindern umgeben?"

„Weil du verdammt alt bist?", vermutete Trevor. „Nur so ein Gedanke."

Ivan kicherte. „Ein Wahrer", seine Lippe zuckte. „Du wirst gerufen, Darius."

Ich blickte zu dem Tisch von Jace und bemerkte seine gehobene Augenbraue. „Hmm. Das könnte spaßig werden. Wenn ihr mich entschuldigen würdet." *Ich werde dich küssen, Juliet,* sagte ich ihr, als ich näher kam. *Bereite dich darauf vor.*

Warum klingt das wie eine Drohung?

Weil du mich gut kennst. Ich nahm noch einen Schluck von meinem Champagner, bevor ich ihn ohne Kommentar einer menschlichen Kellnerin in die Hand drückte.

„Eure Hoheit", grüßte ich formell, meine Finger verknoteten sich in Juliets langen Strähnen. „Einen Moment, bitte." Ich zerrte sie zurück und küsste sie, wie ich es versprochen hatte, meine Zunge kratzte besessen über ihre Zunge. Ihre süße Essenz füllte meinen Mund. „Mmm, das ist besser", murmelte ich und ließ so plötzlich von ihr ab, wie ich nach ihr gegriffen hatte.

Jace kicherte, seine Finger fuhren durch ihre jetzt verhedderten Strähnen. „War das eine Einladung, nochmal von ihr zu kosten, Darius?" Ein brillanter Verweis auf unsere Zeit in Lilith City als Vorstellung für die anderen im Saal. An manchen Tagen hatte ich das Gefühl, dass Jace mehr von diesem Spiel verstand als ich, vielleicht aufgrund seiner Erfahrungen im Königshof.

Ich hob eine Schulter an und täuschte Lässigkeit vor. „Du kannst mit ihr machen, was auch immer du möchtest." Kalte Worte, die ich nur aussprechen konnte, weil ich ihm vertraute. Vielleicht war es trotz allem doch ein guter Plan.

Sein silberner Blick schimmerte. „Vielleicht komme ich später auf dieses Angebot zurück."

Ich strich mit meinen Knöcheln über ihren nackten Arm und erzeugte eine Gänsehaut bei ihr. „Sie wäre glücklich dir mit allem gefällig zu sein, was du möchtest."

Jace küsste ihren donnernden Puls und dann ihre Wange. „Ich freue mich schon drauf." Er seufzte, lehnte sich entspannt in seinem Stuhl zurück. „Setz dich zu uns, Darius", er gestikulierte auf den Stuhl neben sich. „Gloria kann sich zu Lisa setzen."

Glorias Gesichtsausdruck blieb stoisch, als sie aufstand und sich auf seiner anderen Seite schweigend auf Lisas Schoß setzte. Beide Menschen waren Mitglieder von Jace' königlichem Harem. Sie waren aufreizend in marineblauen Dessous gekleidet, aber selbst ihre zusammengenommene Schönheit konnte sich nicht mit der von Juliet messen.

„Dankeschön", murmelte ich und setzte mich neben ihn.

Die Symbolik im Saal ging nicht verloren. Die Einladung, mich an seine Seite zu setzen, deutete auf seine Gunst hin, mich in der Position seines neuen Herrschers zu akzeptieren. Ich traf Gastons vor Wut brodelnden Blick durch den Saal. *Nachricht definitiv angekommen.* Sebastian stand neben ihm, seine Lippen kräuselten sich triumphierend. Der machthungrige Vampir nahm an, dass er davon irgendwie profitieren würde. Er wird zutiefst enttäuscht sein.

„Ich war gerade dabei, Benedikt zu erzählen, wie begeistert ich über dein Interesse bin, endlich meinem politischen Konzil beizutreten", sagte Jace im Plauderton. „Adrian hat eine recht große Lücke im Team zurückgelassen und es wird schön sein, jemand Kompetentes an meiner Seite zu haben, der ihn ersetzt."

„Hoffentlich kann ich deine Erwartungen erfüllen." Eine einstudierte Antwort, von der er trotz meines respektvollen Tonfalls wusste, dass sie sarkastisch gemeint war.

„Oh, ich glaube, das hast du bereits." Ein weiteres

Streicheln durch Juliets Haare, das bis zu ihrer Taille lief. „Ich habe nie den Reiz verstanden, sich eine Blutjungfrau anzuschaffen – vielleicht, weil ich meinen eigenen Harem habe – aber ich konnte in den letzten Wochen nicht aufhören, an das Blut deiner Juliet zu denken."

Ich erlaubte mir ein Lächeln. „Sie kann recht süchtig machen."

„Weshalb ich mir vorstellen kann, warum du sie als deine *Erosita* gewählt hast", fügte Jace gedankenverloren hinzu. „Ein weiterer Aspekt, den ich nie verstanden habe, aber definitiv respektieren kann, wenn es um sie geht." Er lächelte süffisant zu den anderen Aristokraten, die neben uns saßen. „Sie schreit wunderschön."

Ihre lustgetriebenen Gesichtsausdrücke zeigten, dass sie gerne selber einmal probiert hätten, aber das würde auf keinen Fall passieren.

„Eure Hoheit", sagte eine vertraute Stimme hinter uns. „Bitte, auf ein Wort?"

Jace wartete eine Sekunde, bevor er sich umdrehte. „Gaston. Natürlich." Er fuhr mit einem Finger über Juliets Kehle. „Sei ein braves Haustier und geh zurück zu deinem Herren."

„Ja, Eure Hoheit", murmelte sie gehorsam und rutschte von seinem Schoß auf meinen. Ich wickelte meine Arme um ihren entblößten Rücken und spreizte meine Hände über ihre Seite. Ihr Haar fiel auf eine Seite, während sie mich mit ihrem nackten Hals verspottete.

Sehnst du dich nach einem Biss, Liebste?

Nur, wenn er von dir kommt, antwortete sie.

Ich küsste ihren Puls und knabberte an ihrer verführerischen Haut. *Ich werde mir später etwas von deiner Oberschenkelarterie genehmigen.*

Sie zitterte. *Ich bitte darum.*

„Wie kann ich dir helfen, Gaston?", fragte Jace, sein

Körper hatte sich dem älteren Vampir zugewandt. In den Augen meines Gegners blitzte aufgrund dieser offenkundigen Missachtung seiner Position Wut auf. Die meisten unserer Brüder würden in seiner Anwesenheit aufstehen, aber ein König könnte auch sitzend davonkommen. Und Jace nutzte dieses Recht in vollem Umfang aus und lieferte ebenfalls eine deutliche Nachricht. *Ich unterstütze dich nicht.*

Gaston räusperte sich. „Wie du vielleicht weißt, habe ich meinen Namen für die Position deines Herrschers vorgeschlagen."

„Ja, darüber wurde ich unterrichtet." Jace hielt seine Stimme höflich neugierig, seine Scharade war makellos.

„In Anbetracht der jüngsten Ereignisse, halte ich es für das Beste, meine Kandidatur zurückzuziehen." Es klang, als würde es Gaston wehtun diese Worte zu sagen, aber er lieferte sie angemessen. „Darius ist wesentlich geeigneter für diese Position." Er konnte sich die Grimasse nicht verkneifen, als er diese Worte aussprach. Ich versteckte mein Grinsen hinter Juliets Haaren.

„Darin, Gaston, sind wir uns einig", antwortete Jace. „Ich akzeptiere deinen Rücktritt. Wäre das dann alles?" Diese rasche Kündigung ließ einige Köpfe in unsere Richtung schnellen, ihre Blicke waren neugierig. Könige waren im Allgemeinen unhöflich zu ihren Untertanen, aber unhöflich zu jemandem zu sein, der so alt war wie Gaston, würde mit Sicherheit für Gerede sorgen.

„Ja, Eure Hoheit. Das ist alles, was ich zu sagen habe."

„Ausgezeichnet. Es war nett, mit dir zu reden, Gaston." Jace drehte sich wieder um, bevor der Mann antworten konnte. „Also, wo waren wir? Oh ja, die Unterhaltung über später und was ich mit deiner Juliet machen werden…"

Ich glitt in die Limo neben Juliet und sie legte ihre Hand in meine. Sie sagte nichts, als Jace sich zu uns gesellte, sein Ausdruck wirkte auf die, die uns beobachteten, teilnahmslos. Die zwei Mitglieder seines Harems fuhren bei seinem Fahrer mit und folgten uns zurück zu meinem Anwesen.

„Also, das lief ja wie geschmiert", sagte Jace, sobald sich die Tür geschlossen hatte. „Aber wir müssen ihn im Auge behalten."

„Ja, deine offensichtliche Ablehnung hat definitiv sein Ego verletzt."

Jace zuckte mit den Achseln. „Jeder, der Jagd auf Kinder macht, hat es verdient, ab und zu mal einen Dämpfer verpasst zu bekommen."

Ich habe nie einer Aussage mehr zugestimmt. Juliet entspannte sich an meiner Seite, als die Limo losfuhr, ihr Arm wickelte sich um meinen Bauch. Eine ganz andere Reaktion als vor all den Monaten, als ich sie von der Auktion mitgebracht habe.

„Müde, Liebling?", fragte ich leise und strich durch ihr Haar.

Sie nickte.

„Das ist zu schade", murmelte ich. „Ich habe noch Pläne für später."

Erregung sickerte durch unsere Verbindung, erhitzte

mein Blut und auch ihres. Offensichtlich war sie *dafür* nicht zu müde.

„Obwohl ich Voyeurismus eigentlich immer mag, müssen wir deinen Aufstieg besprechen."

Ich seufzte. „Und so beginnt mein Leben in der Politik."

Es spielte keine Rolle, dass die Krönung erst in drei Monaten stattfinden würde. Diejenigen, auf die es ankam, waren heute Abend bei der Parlamentsgala anwesend, und sie alle waren für meine Platzierung als neuer Herrscher unter Jace. Es würde keine Einwände geben, wenn ich die Position akzeptierte.

Die Einladungen zum Abendessen hatten bereits begonnen, ebenso wie die zu den Veranstaltungen der High Society. Mein Kalender hatte sich innerhalb von nur wenigen Stunden beträchtlich gefüllt.

Ich werde bei dir sein, flüsterte Juliet, meine Gedanken standen ihr komplett offen.

Ich drückte ihre Hand. *Ich weiß*.

Jace fing an über die Zukunft zu reden, seine Ideen, wie wir zusammen arbeiten könnten, und er kommentierte auch die aktuelle Scharade mit Juliet. Solange unsere Brüder dachten, dass ich sie öffentlich mit ihm teilen würde, würde sich niemand darum bemühen, nach einer Geschmacksprobe zu fragen. Sie war eine benutzte Ware, was sie bei weitem weniger aufregend machte. Eher wie eine hübsche Verzierung, die köstlich duftete.

Bleibt er heute Nacht auf dem Anwesen? fragte sie.

Ja, mit seinem Harem, und vielleicht noch ein paar Tage länger.

Um seine Unterstützung für dich als neuen Herrscher zu festigen?

Deshalb und um sich ein paar Tage zu verstecken. Es gab nur sehr wenige andere, unter denen Jace ganz er selbst sein konnte. Es half, dass mein Zuhause frei von Abhörgeräten war, wodurch es ihm möglich war zu tun und zu sagen was zum Teufel auch immer er wollte.

Das wird nett, gab sie zu, ihre geistige Stimme war weich.

Meine Lippen kräuselten sich. *Du magst ihn, nicht wahr?*

Ich spürte ihr geistiges Achselzucken. *Er wächst mir ans Herz.*

Solange du ihn später nicht in unser Bett einlädst, habe ich kein Problem damit.

Niemals. Nur du, Darius.

Für die Ewigkeit, erinnerte ich sie.

Für die Ewigkeit.

Ich schloss meine Augen, während Jace über der Blutallianz schwadronierte und die Namen derer auflistete, von denen er dachte, wir könnten sie auf unsere Seite ziehen und warum. Bald würden sich andere in unsere Reihe gesellen, deren Identität nur wenige kannten.

Mein Aufstieg diente als Signal dafür, dass der Spaß bald anfangen würde.

Weil der König das Spielfeld betreten hatte, zusammen mit seiner Königin.

Es wird Zeit zu spielen.

Epilog

JULIET

BLUTTAG

DARIUS' HAND WICKELTE sich um meine, sein Körper war starr, als das Ritual begann.

Gesänge und Gebete der Menschen, die auf dem Feld aufgereiht standen, erfüllten die Luft, die Göttin selbst saß hoch oben auf einer Plattform. Wir saßen hinter ihr, neben uns waren Jace und alle anderen Könige, Herrscher und Regenten. Die High Society der Vampire, eine Gruppe von der wir jetzt offizielle Mitglieder waren, nach der offiziellen Anerkennung von Darius in der Position des Herrschers letzte Woche.

Die Stammesführer der Lykaner – inklusive Mira und Luka – füllten die andere Plattform, ihre Ausdrücke waren gelangweilt, während sie das Prozedere beobachteten.

Lateinische Worte hallten überall um uns herum, die Menschen versprachen Lilith ihre unendliche Ergebenheit. Ich hatte sie noch nie persönlich gesehen, aber sie war so umwerfend, wie ich sie mir vorgestellt hatte. Lange, wallende, aschblonde Haare, blasse Haut und scharfe grüne Augen.

Sie saß nicht bei den anderen, ihr Thron war der höchste auf der Bühne. „Meine Kinder", murmelte sie mit einem Lächeln in der Stimme. „Heute feiern wir unseren einhundertsiebzehnten Bluttag. Wie diejenigen vor euch, wurden zwölf glückliche Seele ausgewählt, um für den Status des unsterblichen Blutes zu kämpfen. Von diesen Zwölf, werden Zwei die Unsterblichkeit erlangen."

Die Menge wurde ruhig, der Eifer, einer dieser Namen zu sein war deutlich in ihren vorausschauenden Haltung und ihrem Ausdruck zu sehen.

Das war es, was Darius mir erklärt hatte. Die Kunst, Menschen gegeneinander aufzubringen. Indem sie gezwungen wurden gegeneinander zu kämpfen, versagten sie darin, zusammenzuarbeiten. Und das wurde darin deutlich, wie alle voneinander getrennt waren. Nicht ein einziger Mensch machte Anstalten, einem anderen Trost zu spenden.

„Der Rest wird zu den entsprechenden Fraktionen geschickt", fuhr sie fort, ihre Stimme war viel zu freundlich für einen Vampir. „Jetzt, möge die Zeremonie beginnen. Magistrat?"

Ein dunkelhaariger Lykaner, der in Roben aus königlichem Blau gekleidet war, stand auf, in seinen Händen ein großes Buch.

Die menschliche Einteilung, erklärte Darius, *er wird sie nacheinander aufrufen, um sie über ihr Schicksal zu informieren. Mach dich bereit, Juliet. Das wird sehr schnell hässlich werden.*

Ich schluckte. *Ja, Sire.*

Ein nervöses Schweigen fiel über die Menge, als er sich hinter einem Podium positionierte und sein Buch öffnete.

Ich blickte auf ihre nach unten gerichteten Gesichter und die Armee von Vigil, die sie mit Waffen umzingelten. Mir lief ein kalter Schauer über den Rücken.

Zweiundzwanzig Jahre lang hatte ich mein Schicksal verstanden. Ich kannte meine Zukunft, bevor sie überhaupt angefangen hatte, wurde dazu trainiert, die perfekte Blutjungfrau zu sein, und hatte trotzdem den Tag meiner Auktion gefürchtet.

Während ich diese Menschen beobachtete, die auf ihre eigene Zukunft warteten, wurde mir klar, wie viel besser ich es gehabt habe. Wenigstens wusste ich, was mich erwartete. Diese armen Wesen hatten keine Ahnung, wo sie hingehen würden, und noch schlimmer, sie hatten keine Wahl. Es war alles vorgegeben, von einem Buch, einem Magistrat und einer unechten Göttin.

Wir werden für sie alle nach Gerechtigkeit streben, schwor Darius, der die Richtung bemerkt hatte, in die meine Gedanken gewandert waren.

Ja, stimmte ich zu, als der erste Name aufgerufen wurde.

Ihre Absätze klackerten auf den Steinstufen, als das erste Lamm sich ihrer Schlachtung näherte. Ihr Albtraum hatte gerade begonnen. Ich hatte meinen überlebt. Wenn sie doch auch nur so viel Glück haben könnte. Aber ich wusste, dass sie das nicht hatte. Keine dieser Menschen würde das haben.

Ich sehnte mich danach, um sie zu weinen, aber stattdessen hielt ich meine Position – eine Dienerin an der Seite von Darius. Eines Tages würde ich kämpfen dürfen und wenn dieser Tag kommt, dann würde ich bereit sein.

Auf die Zukunft, murmelte Darius.

Auf die Zukunft, antwortete ich.

Die Geschichte geht weiter mit Königlicher Biss...

Es gab eine Zeit, in der die Menschheit über die Welt herrschte, während Vampire und Lykaner im Verborgenen lebten. Das ist nicht länger der Fall.

Rae

Der Bluttag – der Höhepunkt meiner Ausbildung. Der Tag, der über mein Schicksal entscheidet.

Ich werde nicht schreien. Ich werde nicht flehen. Ich werde ruhig bleiben.

Gefühle bedeuten Schwäche und ich bin nicht schwach.

Mein Name ist Rae und ich werde das hier überleben.

Aber ich hätte niemals erwartet, dass *er* meinen Namen nennt…

Kylan

Jemand möchte mir den Wahnsinn der Unsterblichkeit anhängen? Sei mein Gast, Schätzchen.

Ich habe gerade eine Kämpferin als Köder ausgewählt, eine Gemahlin mit einem Hauch von Trotz in ihrem Blick.

Und wenn der Schuldige versucht zu beißen, bin ich derjenige, der zurückbeißt.
Weil niemand das berührt, was mir gehört. Auch nicht den feurigen Rotschopf an meiner Seite.

Willkommen in Kylan City.
Ich fordere euch alle heraus. Kommt raus und spielt mit.

AMAZON

USA Today Bestsellerautorin Lexi C. Foss ist eine Schriftstellerin, verloren in der Welt der Computer. Sie lebt in Chapel Hill, North Carolina mit ihrem Mann und ihren haarigen Gesellen. Wenn sie nicht gerade schreibt, ist sie mit Sicherheit auf Reisen. Viele der Orte, die sie schon besucht hat, lassen sich in ihren Büchern wiederfinden, einschließlich der mystischen Welt von Hydria, die auf der griechischen Insel Hydra basiert.

Lexi ist ein bisschen verschroben, trinkt viel zu viel Kaffee und schwimmt gern.

Würden Sie gern über Neuerscheinungen informiert werden? Dann tragen Sie sich für ihren Newsletter ein:
https://www.lexicfoss.com/deutschen-newsletter

Besuchen Sie Lexi im Netz!
https://www.lexicfoss.com/aktuell
www.facebook.com/LexiCFoss
twitter.com/LexiCFoss
www.instagram.com/LexiCFoss
E-Mail: lexicfoss@gmail.com